Bibliografische Information der Deutschen Nationalbibliothek:
Die Deutsche Nationalbibliothek verzeichnet diese Publikation in der Deutschen Nationalbibliografie; detaillierte bibliografische Daten sind im Internet über www.dnb.de abrufbar

TWENTYSIX – der Self-Publishing-Verlag
Eine Kooperation zwischen der Verlagsgruppe Random House und BoD – Books on Demand

Copyright © 2019 Dr. Jürgen Albers

Herstellung und Verlag:
BoD – Books on Demand, Norderstedt

Korrektorat: Rebecca Feist // https://www.die-flinke-feder.de
Umschlaggestaltung: Tina Köpke // https://tinakoepke.de
Nachweis Bildherkunft (via Bigstockphoto.com):
Stockfoto-ID: 157806380, Copyright: jakkapan
Stockfoto-ID: 76450541, Copyright: photkas
Stockfoto-ID: 134728898, Copyright: IR Stone
Stockfoto-ID: 15360776, Copyright: Miiicha
Stockfoto-ID: 164372051, Copyright: vladsogodel
Stockfoto-ID: 101268935, Copyright: Sateda

ISBN-13: 9783740761790

Jürgen Albers

Erased

Ein Charles Norcott-Roman

Prolog

Der Hass bewegt sich langsam, vorsichtig. Zögerlich zuerst, fast behutsam gleiten die Fingerspitzen über ein großes Notizboard neben dem Schreibtisch, berühren die kleinen Erinnerungszettel. Wuterfüllte Blicke streifen über Gesichter auf Fotos, über das Streichholzbriefchen eines noblen Londoner Clubs, alte Premierenkarten aus dem Royal Opera House. Und Fotos, immer wieder Fotos. Die Finger bewegen sich weiter, über immer mehr Fotos von Jack. Dem genialen Jack de Vercenne, dem glänzenden Wissenschaftler, dem jüngsten Physikprofessor in Oxford, einem gutaussehenden Jack. Dem Sieger Jack beim Polo, Jack mit seinem geliebten Coupé, Jack mit seiner Rudermannschaft, einem gesunden, lachenden Jack, einem siegreichen Jack. Jack! Plötzlich scheint er überall zu sein, wird allgegenwärtig, nimmt die Luft zum Atmen. Es ist wie ein riesiges Spinnennetz, das einen einschließt, einen erwürgen will. Wie ein Spiegelkabinett, in dem aus allen Richtungen Jack erscheint, man ihm nicht entkommen kann, sich nicht verstecken kann vor diesem lächelnden Jack.

Die Hand zuckt zurück, als wenn sie sich plötzlich verbrannt hat. Der Atem wird schneller. Zischend, abgehackt wird die Luft ein- und ausgestoßen. Jacks immerzu lächelndes Gesicht brennt sich in die Augen, die es betrachten. Es brennt sich bösartig ein und weckt einen ebenso brennenden Hass, der wild auflodert. Da fällt der erste Schlag. Noch zögerlich landet die Faust in dem Gesicht, das weiter so unerträglich lächelt. Die Fäuste öffnen sich. Schließen sich. Krampfhaft. Wissen nicht, wohin mit all der Wut, mit all der Feindseligkeit. Finden kein anderes Ziel als diese elenden Bilder. Wieder ein Faustschlag. Fester diesmal, gezielter, bewusster. Ein Schlag, der töten will, der auslöschen will.

Noch ein Schlag.

Noch einer.

Immer fester.

Blutig sind inzwischen die Fingerknöchel, hinterlassen rote Spuren, Schlieren auf den Bildern. Zitternde Finger reißen, zerren an den Bildern. Finger, Hände, angetrieben von hell loderndem Hass, zerfetzen das ewige Lächeln, zerreißen diese Erinnerungen. Kleiner, viel kleiner, es muss kleiner zerrissen werden. Fieberhaft, voll unbändiger Abscheu verwandeln die Finger Erinnerungen in unkenntliche kleine Schnipsel, unlesbar, unbekannt. Ausgelöscht. So sollen sie sein, seine Erinnerungen: Ausgelöscht. Nie dagewesen. *Ich vergesse dich, Jack! Vergesse dich, wie du noch nie vergessen wurdest.*

Vergessen. Auslöschen. Die Gedanken legen sich wie kühlendes, beruhigendes Balsam über eine zitternde, verletzte Seele. Erst zaghaft, dann immer machtvoller durchströmt der Gedanke das Blut, beruhigt und gibt gleichzeitig Kraft. Es wird wieder still im Büro, der Atem geht ruhiger. Momente verstreichen, die Kraft kehrt zurück in einen gepeinigten Körper, in einen erniedrigten, entwürdigten Geist.

Auf dem Schreibtisch liegt ein Stapel handschriftlicher Notizen, alle gefüllt mit einer arroganten, hoch aufschießenden Handschrift. Einer Schrift, die sich scheinbar nicht in die Linien einpassen will, kein Maß kennt. Seite um Seite füllt sie, ungeduldig, herrisch die Seiten. Die Hände nehmen einige der Blätter auf und beginnen, sie säuberlich und methodisch zu zerreißen. Die Arroganz der Schrift wird entzweigerissen, die Allgegenwart, die Selbstsicherheit des Jack de Vercenne verschwindet Seite um Seite, Linie um Linie, Gedanke um Gedanke. Zerrissen mit einem Zorn, der kalt und hart geworden ist, schneidend wie ein Sturm aus Eis.

Als das Werk getan ist, sich der Sturm gelegt hat, befriedigt im Zerstörungswerk, hebt eine Hand den Deckel eines großen Blecheimers. Mit raschen, fließenden Bewegungen schiebt sie alles zerrissene Papier, jeden kleinen Schnipsel über den Rand des Schreibtisches in den Eimer. Sorgfältig wird dieser wieder mit dem Deckel verschlossen. Er trägt die Aufschrift: *Vertraulich - zur Verbrennung bestimmt!*
Ein Lächeln spielt um die Lippen.

Kapitel 1

London NW8, 126 Hamilton Terrace
Montag, 31. März 1947, Vormittag

Er rückte die Krawatte gerade und warf einen letzten prüfenden Blick in den Spiegel. Bewegte den Oberkörper, um zu sehen, wie die Farben bei unterschiedlichem Lichteinfall zusammenpassten. Dann musste er über sich selbst schmunzeln und lockerte die Krawatte absichtlich wieder ein wenig.

»Du hättest Model werden sollen, Darling. Du liebst den Spiegel so sehr.« Vicky lehnte lässig in der Küchentür, nippte an einer Teetasse und betrachtete ihn lächelnd.

»Sir Harold will mich heute Nachmittag sehen und es wird auch irgendjemand vom Justizministerium da sein.« Was als Erklärung gedacht war, missriet zur Rechtfertigung. Er musste lachen. »Und wir? Wofür haben wir uns so sportlich schick gemacht?«

Vicky sah an sich herunter. »Was? Dieser alte Hosenanzug? Das ist doch nur ...« Sie rieb sich über die Nasenflügel. »Das ist doch nur ...« Sie suchte erfolglos nach dem passenden Begriff.

»Ein absolut harmloser Hosenanzug, in dem deine ohnehin umwerfende Figur noch vorteilhafter zur Geltung kommt.« Er tippte sacht an ihre Schulter, wie um seine Worte zu unterstreichen.

Sie umfasste seine Wangen zärtlich mit beiden Händen und küsste ihn lange. Lächelnd löste sie sich wieder von ihm, strich sich den Hosenanzug glatt. »Ich treffe mich gleich noch mal mit diesem Marcus Ottersby, Ossersly, Orsingly oder wie dieses schleimige Wesen nun heißt. Ich kann mir diesen Namen doch partout nicht merken. Wahrscheinlich instinktive Abneigung.« Sie sah den skeptischen Blick ihres Mannes und beeilte sich zu sagen: »Keine Sorge, Max begleitet mich. Mir passiert schon nichts mit Mister Schleimig-Oversby.«

Norcott lachte. »Der arme Mann. Mit Maxine in deinem Schlepptau hat er keine Chance.«

Vicky tat so, als würde sie schmollen. »Max war drei Jahre Motorradkurier beim ATS, sie weiß wirklich Bescheid über Motorräder. Und ich habe keinerlei Neigung, mich von Mr. Oggelsby übers Ohr hauen zu lassen.« Sie sah ihn mit einem prüfenden Blick an. »Du hältst das immer noch für kindisch mit dem Motorrad, oder?«

»Ach, Unsinn.« Er lächelte. »Du willst dieses Motorrad und ich kann dich auch verstehen. Wenn ich den ganzen Tag mit dem Wagen unterwegs bin, bist du hier quasi wie angenagelt zu Hause. Du brauchst für deine Arbeit die Freiheit, jederzeit Licht und Wetter auszunützen und dafür eben auch ein Fortbewegungsmittel. Und, nebenbei bemerkt, angesichts der Benzinrationierungen ist ein Motorrad doch ein guter Kompromiss.«

Vicky musste es sich eingestehen. Sie wollte dieses Motorrad. Sie liebte den Rausch der Geschwindigkeit, ein Grund, warum sie im vergangenen Jahr fliegen gelernt hatte. Und, auch das musste sie sich eingestehen, sie liebte - fast noch mehr - ihre Unabhängigkeit. Sie stupste Charles an. »Okay, Superintendent, dann schwing du dich jetzt mal in dein schrecklich schönes Angeberauto und sorge für Sicherheit im Königreich. Und ich begnüge mich mit meinem kleinen Motorrad.«

Charles Norcott verzichtete darauf, seine Frau darauf hinzuweisen, dass eine Scott Flying Squirrel eine ausnehmend schnelle und ausnehmend kostspielige Maschine war und nicht das Erste, was man sich unter einem *kleinen Motorrad* vorstellte. Er nahm seine Aktenmappe, griff den Hut von der Garderobe und öffnete die Haustür. Grinsend schob ihn Vicky ein Stück beiseite und deutete mit ihrer leeren Teetasse auf das vor dem Haus stehende, dunkelrot leuchtende Monster.

»Es ist einfach dekadent, Charles. Dieses Auto ist eine neue Definition von Dekadenz.« Sie lachte. »Warum lässt du mich dich nicht vor dieser Monstrosität malen?«

Er seufzte. »Seinem Vorbesitzer mangelte es sichtlich an dieser typischen Form von Understatement, die wir Briten ...«

»Engländer! Nur ihr liebt das Understatement. Wir Waliser halten davon nichts. Wir lieben es schreiend.« Sie grinste.

»Wir Briten, wollte ich gerade sagen, bevor ich auf impertinente Weise unterbrochen wurde, wir Briten lieben das Dezente und Zurückhaltende.« Er hüstelte. »Nun, das ging dem Besitzer dieses Autos offenbar ab.« Sie betrachteten den Alvis 25, eine schon in der Grundversion opulent wirkende Sportlimousine, die sein Vorbesitzer mit einem Sportfahrwerk und teuren Speichenrädern hatte ausstatten lassen.

»Du weißt doch, wie an allen Ecken und Enden gespart wird. Ich kann mich glücklich schätzen, überhaupt diesen Wagen aus der Beschlagnahme bekommen zu haben. Andere Superintendents fahren einen zehn Jahre alten Hillman Mix aus Armeebeständen. Da ist mir mein rotes Monster schon lieber.«

»Ach, lass dich doch nicht hochnehmen, Charles. Er ist schon ein Schmuckstück.« Sie küsste ihren Mann zärtlich auf die Wange. »So, und nun ab. Und spiel schön mit den anderen Kindern.« Lachend duckte sie sich unter seiner drohend erhobenen Hand weg und verschwand im Haus.

Norcott blieb noch einen kurzen Moment stehen, genoss den endlich aufkeimenden Frühling. Nach diesem elenden Winter sog man jeden einzelnen Sonnenschein gierig in sich auf.

Schließlich stieg er in den Alvis und startete den Motor. Er musste den Wagen wenden, was auf der breiten Hamilton Terrace mühelos gelang. *Wir wohnen nicht gerade in einem sozialen Brennpunkt*, dachte er bei sich, während er die umliegenden Häuser ihres neuen Wohnsitzes betrachtete. Alles atmete großbürgerliche Eleganz. Saubere, gediegene Fassaden, Alleebäume, die nach einem unmenschlichen Winter mit ihrem frischen Grün dem Frühling geradezu entgegenzufiebern schienen. Norcott bremste den Alvis leicht ab, als er an die Kreuzung Carlton Hill kam. Schon halb eingebogen, blieb er abrupt stehen. Er betrachtete das

11

Eckhaus und dessen cremefarbene Fassade. Quer über die Hauswand hatte jemand *Häuser für Helden?* gepinselt. In riesigen Buchstaben. Norcott stieg aus, ging ein paar Schritte auf das Haus zu. *Go home* und das durchgekreuzte Wort *Homo* konnte man jetzt erkennen. Alles in Rot gepinselt. Die ehemals schöne, lindgrüne Haustür war mit einem Galgenmännchen beschmiert und einem weiteren *Homo*.

»Wollen Sie nur etwas gaffen oder soll ich Ihnen auch noch einen Pinsel geben?« Im gepflegten Vorgarten des Hauses stand ein Mann, die Hände in die Hüften gestemmt, und funkelte seinen Besucher aus dunklen Augen an.

Norcott löste sich aus einem Moment der Überraschung und ging auf den Mann zu, der Hose und Weste eines dunkelgrauen Nadelstreifenanzugs trug. Nur eben ohne Jackett, so als wäre er mitten beim Ankleiden gestört worden. Der Mann wich einen Schritt zurück, blieb dann aber wieder stehen.

»Bitte entschuldigen Sie, ich wollte nur ... ich war im Begriff ...« Norcott machte eine halbherzige Geste zum Wagen. Er räusperte sich und ging dann noch ein paar Schritte ruhig auf den Mann zu. »Verzeihen Sie. Ich wohne seit Kurzem auch hier, Nummer 126b.« Er griff in seine Jacketttasche und hielt dem unbekannten Nachbarn seinen Dienstausweis hin. »Darf ich fragen, Mr. ...?«

»Karatzas. Constantin Karatzas«, antwortete der Mann, blieb aber ansonsten auf Distanz. Keine Hand wurde angeboten.

»Mr. Karatzas, darf ich fragen, ob Sie schon die lokale Polizeiwache informiert haben?«

Er schüttelte den Kopf, hob dann hilflos die Arme, drehte sich zum Haus. »Ich hab's versucht. Aber ...«

Norcott sagte nichts, legte nur den Kopf leicht schräg und sah Karatzas aufmunternd an.

»Ja, ich hab im Revier in der Chichester Road angerufen.« Es folgte eine Pause. »Ihre Kollegen waren mäßig interessiert und ich ...« Karatzas rieb sich die Nasenwurzel, wie es Brillenträger tun. Er wirkte ernüchtert und der anfänglichen Aggressivität war eine Art eingeübte Resignation gewichen.

»Warten Sie bitte einen Moment.« Norcott ging zum Wagen, fuhr ihn auf den Bordstein und kehrte dann zu Karatzas zurück.

»Was haben Sie vor?«

Norcott lächelte. »Nur ein paar Kleinigkeiten klarstellen. Wenn ich dazu vielleicht Ihren Telefonapparat benutzen dürfte?«

Karatzas schien für einen Moment nachzudenken. Der stattliche Mann mit einem dichten, gut gepflegten Vollbart wirkte auf einmal verletzlich. Er seufzte. »Also gut. Bitte kommen Sie.«

Der Eingangsbereich des Hauses setzte die Farbgebung der Front fort. Cremetöne harmonierten mit sanften Pastellfarben. Karatzas bat seinen Gast in einen Raum, der halb Bibliothek, halb Büroarbeitsplatz zu sein schien. Er wies auf ein Telefon und rückte Norcott zugleich einen Stuhl zurecht. Als er sich anschickte, den

13

Raum zu verlassen, hielt ihn der Kriminalbeamte zurück. »Bitte bleiben Sie.« Er wählte.

»Polizeirevier Kilburn Park, Constable Burgess.«

»Superintendent Norcott, New Scotland Yard.« Er ließ die übliche kurze Schrecksekunde verstreichen. »Constable, wie weit sind Sie vom Wachbuch entfernt?«

»Ich sitze davor, Sir. Ich vertrete gerade den wachhabenden Sergeant. Er ... macht gerade eine kurze Pause, Sir.«

»Heute Morgen hat ein Mr. Karatzas bei Ihnen angerufen und eine Sachbeschädigung gemeldet. Ist das richtig?« Die folgende Stille beantwortete die Frage nicht vollständig. »Constable?«

»Entschuldigung, ich glaube, den Anruf hat Sergeant MacInnes entgegengenommen. Sir, er kommt gerade. Ich übergebe an den Sergeant.« Die Erleichterung des Constable war überdeutlich. Kurzes Getuschel folgte.

»Polizeirevier Kilburn Park, Sergeant MacInnes. Was kann ich für Sie tun, Sir?«

»Superintendent Norcott. Sergeant, ich habe nur eine einfache Frage. Sie haben mit Mr. Karatzas telefoniert?«

Einem minimalen Zögern folgte: »Jawohl, Sir, hab ich. Um 7.37 Uhr lief der Anruf hier ein.«

»Und wie viel Uhr haben wir jetzt Sergeant?«, fragte Norcott mit sanfter Stimme.

»Es ist 8.22 Uhr, Sir.«

»Zeit genug für die dreiviertel Meile hierher, denken Sie nicht, Sergeant?«

»Hierher, Sir? Sie sind jetzt ...«

»Ja, Sergeant. Mein Nachbar, Mr. Karatzas, war so freundlich, mich in seinem Haus telefonieren zu lassen.« Er holte Atem. »Sergeant. Ich fahre jetzt zum Victoria Embankment. Wenn ich dort angekommen bin, werde ich noch einmal mit Mr. Karatzas telefonieren. Und ich würde mir wünschen, er ist bis dahin mit den von Ihnen veranlassten Maßnahmen zufrieden.«

»Jawohl, Superintendent, Sir. Wir werden, wir sind ...«

»Sehr schön, Sergeant. Ich weiß, ich kann mich ganz auf Sie verlassen.« So sanft, wie er gesprochen hatte, so sanft legte er den Telefonhörer zurück auf die Gabel. Er lächelte seinem Gegenüber zu. »Seien Sie ruhig anspruchsvoll in Ihrer Meinung zu unseren Diensten, Mr. Karatzas.« Norcott griff in die Brusttasche seines Jacketts und präsentierte eine Visitenkarte. »Falls Sie Gelegenheit finden, rufen Sie mich doch heute im Laufe des Tages einmal im Büro an, ja?«

Norcott wählte für die Fahrt zum Embankment einen weiten Bogen, umrundete den Regents Park nördlich und bog dann in den Outer Circle. Am Ende ordnete er sich hinter dem Royal College of Physicians rechts in Richtung Hyde Park ein und nahm damit einen weiteren Umweg in Kauf. Er steuerte die schwere Alvis-Limousine durch die winkligen Straßen von Marylebone und Mayfair und genoss es, durch diese zwei der buntesten Viertel Londons zu rollen. Wenn auch der Bombenkrieg hier im Zentrum seine sichtbaren Spuren hinterlassen hatte. Der Autoverkehr hielt sich durch die

Benzinrationierung immer noch stark in Grenzen und er hatte es nicht eilig. Norcotts neue Position, direkt dem *Commissioner of Police of the Metropolis*, also dem faktisch leitenden Polizeioffizier für das gesamte Königreich, unterstellt, erlaubte eine Menge Freiheiten. Heute standen vor der Besprechung mit dem Polizeichef, Sir Harold Scott, am frühen Nachmittag keine Termine an. Was andererseits nicht bedeutete, dass Norcott nicht genügend Arbeit auf seinem Schreibtisch vorfinden würde. Sir Harold setzte ihn als eine Art Feuerwehr an den Brennpunkten der Polizei ein und davon gab es jetzt, zwei Jahre nach Kriegsende und mitten in einer absoluten wirtschaftlichen Krise genug. Die Arbeitslosigkeit lag, ebenso wie die Staatsverschuldung, in schwindelnden Höhen. Blanke Not befeuerte alle Arten von illegalen Geschäften, von Schwarzmarkt, über Prostitution bis Einbruchs- und anderen Diebstahlsdelikten.

Am Embankment angekommen, fuhr Norcott den Wagen in die Tiefgarage und nahm dann den Fahrstuhl in den 6. Stock. In der gemächlich schwebenden Kabine hatten seine Gedanken Zeit, abzuschweifen. Der Superintendent war neugierig, worum es in der Nachmittagsbesprechung beim Chef gehen würde. Er hoffte inständig darauf, dass es kein neuer, der ohnehin zahllosen, Arbeitskreise sein würde.

Die Fahrstuhlkabine hielt mit einem kurzen Glockenton. Norcott schob die schmiedeeisernen Schutzgitter beiseite und trat auf den Flur. Wie an jedem Tag grüßte er mit einem Kopfnicken das Portrait

Sir Robert Peels, welches gegenüber dem Fahrstuhl prangte. Sir Robert galt als Gründer der ersten uniformierten britischen Polizeitruppe.

Nach nur wenigen Schritten hatte er die Tür zu seinem Vorzimmer erreicht.

»Guten Morgen, Steph! Guten Morgen, Trish!«

»Guten Morgen, Chef«, antworteten die beiden in einem fast perfekten Chor. Steph, eigentlich Alexandra Stephens, seine Sekretärin, sah wie an jedem Morgen makellos aus: in frühlingshafte Grüntöne gekleidet und eine moderne Frisur. Sie gestattete sich einen Blick auf die winzige Uhr, die am Revers ihres Blazers hing. Ihre Genauigkeit hatte ihr den Beinamen *rollender Wecker* eingetragen.

»Keine Kritik, Steph«, beschwerte er sich, noch bevor sie etwas sagen konnte. »Ich war schon dienstlich tätig heute früh.« Und mit einem jungenhaften Grinsen fügte er hinzu: »Außerdem ist es ein zu schöner Morgen, um durch die Stadt zu rasen.« Er zwinkerte ihr zu. »Kriege ich trotzdem meinen Kaffee?«

Trish Cooper, ein Constable, sprang auf. »Alles schon bereit, Chef.« Sie hielt das Tablett bereits in der Hand.

»Lass nur, Trish, ich nehme das gleich mit«, sagte Steph und rollte hinter ihrem Schreibtisch hervor. »Ich muss jetzt sowieso meine Liste mit ihm durchgehen. Stell es einfach vorn drauf.« Mit einer geübten Handbewegung klappte sie eine Art Minitisch von der Seite des Rollstuhls über ihre Knie und arretierte ihn.

Trish platzierte das Kaffeetablett auf der entstandenen Fläche und strahlte Steph nun erwartungsvoll an. »Kann ich dann ... ich meine, brauchst du mich ...?«

Steph lächelte. »Na, hau schon ab. Aber in fünfzehn Minuten bist du wieder hier, klar?«

»Klar, Boss.« Trish salutierte und war im nächsten Moment, flink wie ein Wiesel, durch die Bürotür verschwunden.

Die Sekretärin sah ihr einen Moment lang nach, dann griff sie entschlossen an die Räder und rollte in Richtung ihres Chefs. Die beiden Büros lagen hintereinander und waren beide länglich geschnitten. So hatte jeder Besucher den Eindruck, einen fast unendlich langen Flur zu durchlaufen, bis man an Norcotts Schreibtisch angekommen war. Steph stellte das Kaffeetablett auf den Tisch und schenkte ein. Kaffee und ein kleiner Schuss Milch.

Norcott sah von einem Stapel Papiere auf. »Wollen Sie keinen?«

Seine Sekretärin schüttelte den Kopf. »Danke, aber ich bin heute sehr früh wach geworden und hab mir aus Langeweile Kaffee gekocht, bis George wach wurde. Jetzt revoltiert mein Magen.« Sie zuckte mit den Schultern.

Ihr Chef warf den Stapel Papiere auf einen weit größeren Stapel auf seinem Schreibtisch. »Okay. Zwei Fragen von mir, dann können Sie loslegen. Erste Frage: Wohin ist Trish so schnell verschwunden? Und die zweite Frage: Von wem sind die Blumen auf Ihrem Schreibtisch? Hab ich etwas vergessen? Hochzeitstag?«

Alexandra Stephens lächelte. »Trish ist runter in den 3. Stock. Sie ist doch mit einem Constable aus dem Dezernat 4 befreundet. Die beiden sind wie die Kletten. Und sie wissen ja, wie es da unten zugeht. Sie haben wenig Zeit. Abends sind die Leute vom Dezernat 4 oft dienstlich unterwegs. Da lass ich ihr manchmal die Freiheit ...« Es hing ein ganz kleines Fragezeichen an ihrer Bemerkung, aber Norcott nickte. »Etwas Ernstes?«

»Nein, sie sind nur Freunde. Sowas soll es geben.« Sie grinste. »Und die Blumen sind von Commissioner O'Leary.«

»Hat der alte Luchs das immer noch nicht aufgegeben, Sie mir auszuspannen? Da kann er lange drauf warten, bevor ich Sie ziehen lasse.« Er wusste, wie sehr Steph die Abwerbungsversuche genoss. Ebenso sehr, wie er es genoss, eine der mit Sicherheit kompetentesten Sekretärinnen des Yard zu haben. Ihre Arbeit war perfekt, Ihre Persönlichkeit eine Bereicherung. Der Neid seiner Kollegen war da nur noch das Tüpfelchen auf dem i.

Die beiden arbeiteten die anstehenden und laufenden Fälle durch, diskutierten und entschieden gemeinsam, wann was von wem zu tun war. Trish war irgendwann, zufrieden und pünktlich, wieder erschienen und hatte sich an ihre Arbeit gemacht.

* * *

»Es ist 13.50 Uhr, Chef.« Stephs Erinnerung riss Norcott aus Überlegungen, wie man die Schmuggler an der schottischen Nordküste noch effektiver bekämpfen könnte. Er notierte seine letzten Gedanken und machte sich dann auf den Weg in die heiligen Hallen des 7. Stockwerks. Das Büro des Polizeichefs, Sir Harold Scott, war allerdings wenig beeindruckend. Im Grunde war es eine fast identische Kopie von Norcotts eigenem Büro. Da es jedoch ein Eckbüro war, verfügte es über eine Fensterfront mehr, strahlte aber ansonsten eher nüchterne Effektivität aus.

Sir Harold Scott war der erste britische Polizeichef, der vor seiner Ernennung nicht bei der Polizei oder dem Militär gewesen war. Aber er galt als hervorragender Verwaltungsfachmann und hatte sich nach seiner Ernennung vor zwei Jahren sehr erfolgreich eingearbeitet. Ihm war das Kunststück gelungen, einerseits Kosten einzusparen und gleichzeitig für bessere Ausrüstung und Versorgung der Polizeibeamten zu sorgen. Scott legte viel Wert auf die Meinung seines Mitarbeiterstabes und ermutigte alle, bis hinunter zum Constable, offen ihre Sicht vorzutragen. Auch Norcott brachte dem ruhigen Mann mit der charakteristischen runden Brille großen Respekt entgegen.

Norcott wurde von Scotts Sekretärin gleich weitergebeten. Sir Harold trug, wie fast immer, die dunkelblaue Polizeiuniform.

»Hallo, Charles, schön, dass Sie da sind. Da kann ich Ihnen gleich Rupert Jernigan aus dem Justizministerium vorstellen.«

Die beiden Männer begrüßten sich und Norcott nahm an dem kleinen Besprechungstisch Platz. Scott griff nach einer vor ihm liegenden Akte.

»Mr. Jernigan ist Mitarbeiter einer Projektgruppe aus Justiz-, Innen- und Kriegsministerium. In dieser Projektgruppe geht es um die Erarbeitung von Regeln und Vorschriften, welche die Verwaltung der britisch besetzten Zone Deutschlands betreffen. Sie arbeiten dem Militärgouverneur, Sir Sholto Douglas, direkt zu.«

Norcott konnte bereits die erdrückende Last von Aktenbergen ahnen und sah endlose Stunden im Kampf um Verwaltungsformulierungen drohend an sich vorbeiziehen.

»Aber Verwaltungsvorschriften sind eines, eine vernünftige pragmatische Verwaltung etwas anderes. Und deshalb hatte man daran gedacht ...« Sir Harold wandte sich an Jernigan: »Vielleicht möchten Sie selbst Ihre Idee vorstellen? So wie ich Sie im Vorgespräch verstanden habe, war es Ihre persönliche Idee?«

Der bisher so blass wirkende Jernigan erwachte wie durch ein geheimes Stichwort zum Leben. »Oh ja, Sir Harold, ich darf das, bei aller Bescheidenheit, für mich reklamieren.« Er rückte seine schmale Stahlbrille zurecht. »Wissen Sie, Superintendent, ich selbst habe vor dem Krieg ein Semester in Deutschland studiert, Verwaltungswissenschaften. Und auch wenn dies nur eine kurze Zeit war, habe ich in den letzten Monaten bemerkt, wie viel Vorsprung ich gegenüber meinen Kollegen habe, die bisher nichts mit deutscher Verwaltung oder Justiz zu tun hatten. Kurz und gut, ich habe dem Militärgouverneur vorgeschlagen, praxiserfahrene Fachleute zu gewinnen, die ihr Wissen und ihre Erfahrung an diejenigen Kollegen weitergeben, die bald nach Deutschland versetzt werden. Und da Sie, als einer der ganz wenigen britischen Polizeibeamten längere Zeit mit deutschem Militär und Verwaltung zusammenarbeiten mussten, wären Sie als Ausbilder prädestiniert.«

Jernigan sah Norcott mit einem Leuchten in den Augen an, ganz als erwarte er ein Lob für seinen Plan. Tatsächlich machte die Idee durchaus Sinn. Die britische Militärverwaltung konnte unmöglich die gesamte deutsche Verwaltung und Justiz auf den Kopf stellen. Selbst kleinste Eingriffe hatten manchmal unvorhersehbare Folgen. Norcott musste nur an die, damals ganz selbstverständlich getroffene, Entscheidung der deutschen Besatzungstruppen denken, auf den Kanalinseln den Rechtsverkehr einzuführen. Und er musste an seine eigene Verzweiflung denken, als Polizeichef der Kanalinseln diese und andere Vorschriften umzusetzen. Er seufzte tief bei dieser Erinnerung an 1940.

»Sie sind nicht überzeugt?«, fragte Sir Harold überrascht, der das Seufzen missdeutet hatte.

Norcott sah in das enttäuschte Gesicht von Mr. Jernigan und beeilte sich, den Irrtum aufzuklären. »Oh, ganz und gar nicht, Sir Harold. Mr. Jernigan, ich muss mich entschuldigen. Ich hatte bei Ihrer Beschreibung nur plötzlich wieder alte Bilder von 1940 vor Augen. Nein, ich halte Ihre Idee für brillant. Absolut. Darf ich fragen, wie und wo diese Erfahrungsweitergabe stattfinden soll?«

Jernigan hatte erleichtert aufgeatmet. »Wir stellen derzeit eine Gruppe von Juristen und Verwaltungsfachleuten zusammen, die wir gern in den kommenden drei Monaten schulen würden. Da dort auch andere Vorbereitungskurse stattfinden, haben wir an das All Souls College in Oxford gedacht.«

Sir Harold schaltete sich wieder ein. »Ich denke, ich habe im letzten halben Jahr genug Arbeit aus Ihnen herausgepresst, Charles. Ich würde Sie also für die komplette Zeit bis Ende Juli oder meinetwegen auch Ende August an die Universität Oxford ausleihen und Ihre einzige Aufgabe würde es sein, Vorlesungen zu geben. Der Kurs wird offiziell bis zum Freitag, den 1. August, gehen. Danach können Sie Urlaub dranhängen, genug Tage haben Sie ja noch. Also? Machen Sie es? Die genauen Details können Sie alle mit Mr. Jernigan in Ruhe klären. Soweit Sie zustimmen. Ich möchte Ihnen das nicht befehlen.«

Norcott war wirklich überrascht. Sein eigenes Jurastudium in Edinburgh lag dreißig Jahre zurück. Oxford, eine der ältesten Universitäten Europas. Und noch dazu am All Souls College, einer so altehrwürdigen Institution, das hatte seinen ganz eigenen Reiz. Er holte sich zu rein praktischen Erwägungen aus seinen Gedankenspielen zurück. »Bitte entschuldigen Sie, Sir Harold und auch Mr. Jernigan, das ist eine gewiss hoch interessante Aufgabe. Aber, wie Sie wissen, Sir Harold, habe ich vor einem Dreivierteljahr geheiratet ... nach, nun, einigen Turbulenzen, und wir haben erst vor einem halben Jahr unser Haus hier in London bezogen. Verstehen Sie mich, wenn ich das zuerst mit meiner Frau besprechen möchte?« Norcott bemerkte, wie Jernigan kurz zuckte, als wollte er etwas sagen, aber der Polizeichef hatte schon genickt.

»Natürlich, Charles. Ich verstehe das vollkommen. Sie sind da sicher in einer besonderen Situation. Könnten wir das trotzdem zügig erledigen?« Er blickte damit zu Rupert Jernigan.

Der nickte eifrig. »Leider hat es sehr lange gedauert, die Zustimmung des Militärgouverneurs zu bekommen, vieles geht in Deutschland noch drunter und drüber. Nun, jedenfalls, um ehrlich zu sein, wir würden Ihre erste Vorlesungen gern schon ... übernächste Woche sehen.«

Kapitel 2

London NW8, 126 Hamilton Terrace
Montag, 31. März 1947, Nachmittag

Norcott zuckte zusammen. Das Klopfen an seiner Seitenscheibe hatte ihn aus seinen Gedanken gerissen. Er kurbelte das Fenster herunter.

»Alles in Ordnung, Superintendent?«, fragte der Polizist, der Wache an der Ausfahrtsschranke hatte. »Ich wollte Sie nicht erschrecken.«

»Keine Sorge, Constable.« Norcott lächelte. »Ich war nur in Gedanken. Kann losgehen.«

Der Wachposten nickte und drückte die Schranke nach oben. Sie wechselten noch einen kurzen Gruß und schon tauchte der rote Alvis in den Londoner Nachmittagsverkehr ein.

Fast zwei Jahre lag das Kriegsende nun schon zurück. Wirklich ruhig war aber auch die folgende Zeit nicht. Weder für Großbritannien noch für die Norcotts. Wenn das letzte Kriegsjahr schon stürmisch für sie gewesen war, so hatte 1946 noch einmal mit ganz neuen Spezialitäten aufgewartet. Einer dieser apokalyptischen Reiter war der Winter 1946/47 gewesen. Mit seiner, Monate andauernden, arktischen Kältewelle hatte er das ganze Land fest in seinem Würgegriff gehalten. Bis in die Londoner Ministerien und auch in die Führungsetage des Yard im 7. Stock war die Rationierung gedrungen. Auch der Polizeichef hatte mit Wintermantel,

Schal und Handschuhen im Büro gesessen. Norcott erinnerte sich gut an einen Tag, an dem er es nur mit Hilfe eines Armeefahrzeugs überhaupt ins Büro geschafft hatte. An der Kreuzung Westminster Bridge/Victoria Embankment war am Vorabend ein Doppeldeckerbus liegen geblieben. Bis zum Morgen war die Schneewehe am Bus bis auf das Dach in über vier Meter Höhe gewachsen. An diesem Tag, dem 23. Januar 1947, hatten die Schlagzeilen die Reduzierung der Brotration verkündet.

Dann, vor einigen Wochen, war schlagartig der Frühling ausgebrochen. Und was zunächst mit kollektiver Erleichterung aufgenommen worden war, offenbarte sich schnell genug als Geschenk des Teufels. Die ungeheuren Schneemassen schmolzen zu schnell und halb England verwandelte sich in eine Lagunenlandschaft. Norcott seufzte am Steuer. In jenen Tagen die öffentliche Sicherheit und Ordnung aufrechtzuerhalten, war fast schwieriger gewesen, als während der Bombennächte des berüchtigten *London Blitz*, den massiven Angriffen der deutschen Luftwaffe Ende 1940. Langsam erholte sich aber nun das Land. Das Wasser ging mehr und mehr zurück. Es trat etwas ein, was man ohne größeren Zynismus als eine Art von Normalität bezeichnen konnte. Wenngleich London in einigen Stadtteilen immer noch einem Trümmerfeld glich und Lebensmittel, Strom und Kohle nach wie vor streng rationiert waren.

Es war für Vicky und Charles Norcott, die erst im Herbst 1946 geheiratet hatten, daher wie ein verspätetes

Hochzeitsgeschenk, als sie von der Wohnungsbehörde das beschlagnahmte Haus eines Schwarzmarkthändlers angeboten bekamen. Ein intaktes Haus mit viel Platz, nahe der City – sie hatten ihr Glück nicht fassen können.

Ein Hupen weckte Charles Norcott aus seinen Gedanken, er stand bei Grün an einer Ampel. Er bog nach rechts in die St. John's Wood Road ein und grübelte dabei weiter, wie Vicky wohl die Nachricht zu Oxford aufnehmen würde. Eines war klar, nach allem, was sie gemeinsam durchgestanden hatten: Ohne ihre Zustimmung würde er nicht nach Oxford gehen. Zu Hause angekommen, fand er Vicky und Maxine im Garagenhof des Hauses.

»Du hast sie also tatsächlich gekauft.« Die beiden Frauen waren so mit dem Motorrad beschäftigt gewesen, dass sie ihn erst jetzt bemerkten. Vicky sprang auf ihn zu, nahm sein Gesicht in die Hände und küsste ihn stürmisch.

»Oh, Darling, ja! Max war fantastisch! Sie hat diesen schleimigen Mr. Ottersby auf Hundert Pfund heruntergehandelt. Inklusive Ersatzteilen! Ups!« Sie hatte seinem Gesicht ein paar ölige Fingerabdrücke verpasst.

»Das steht dir ungemein«, sagte Maxine lakonisch und küsste ihn ungerührt auf beide Wangen. »Deine Frau hat einen wirklich guten Fang gemacht. Die Scott-Motorräder sind exzellent verarbeitet und sehr durchzugskräftig.«

»Was für ein Baujahr ist es?« Norcott hockte sich dabei neugierig neben seine Frau. Die war gerade dabei, mit atemberaubender Geschwindigkeit Bauteile ineinanderzusetzen.

»1937«, antwortete Maxine. »Einer der letzten Jahrgänge, bevor die Fabrik auf Flugzeugmotoren für den Krieg umgestellt wurde. Noch echte Friedensware. Wenn Vicky sie ordentlich pflegt, kann sie damit auch noch in zehn Jahren durch die Gegend fliegen.«

Vicky sah die gerunzelte Stirn ihres Mannes und winkte ab. »Mach dir keine Gedanken, Darling. Ich habe nicht die Absicht, Geschwindigkeitsrekorde aufzustellen.«

Norcott entschied, jetzt lieber keinen Kommentar abzugeben. »Könnt ihr dieses Baby einen Moment allein lassen? Ich hätte da auch noch etwas zu verkünden. Maxine, hast du noch Zeit für eine Tasse Tee?« Mit einem Schmunzeln fügte er hinzu: »Oder einen Gin Tonic?«

»Und führe mich nicht in Versuchung. Nein, ernsthaft, ich kann nicht, Charles. Ich bin um fünf mit meiner Tochter in der Stadt verabredet. Wir wollen in die London Metropolitan Archives. Ich hab versprochen, ihr bei der Literaturrecherche für eine Uni-Arbeit zu helfen. Und das«, sie schaute auf ihre Armbanduhr, »werde ich gerade noch schaffen.«

Sie verabschiedeten sich und Max bestieg ihr eigenes Motorrad, eine ehemalige Armeemaschine.

In der Küche angekommen, fragte Vicky: »Was möchtest du trinken, Darling? Schrecklich langweiligen britischen Tee oder etwas Dekadenteres?«

Er strich sich nachdenklich über den Nacken. »Soll ich dir erst einmal etwas erzählen und dann entscheiden wir, was wir Passendes dazu trinken?«

»Okay. Deal.« Seine Frau lehnte sich in einer typischen Geste an den Küchentisch und verschränkte die Arme. »Ich bin bereit, Superintendent.«

Norcott erzählte von dem Angebot in knappen Zügen. Und er endete mit dem Hinweis darauf, dass er sich Bedenkzeit erbeten hatte, um mit ihr darüber zu sprechen. Als Vicky nicht antwortete, zog er einen Ring mit zwei Schlüsseln aus der Tasche. »Mr. Jernigan war so freundlich, mir diesen Schlüssel zu überlassen. Wir könnten uns unser ›Ausweichquartier‹ also ansehen, wenn du willst.«

»Wann?«

»Wann du willst«, antwortete er leichthin und bereute es im selben Augenblick. Zu spät hatte er das charakteristische Strahlen in ihren meerwasserblauen Augen bemerkt.

»Oh nein ...«

»Oh doch!« Sie sah ihn mit diesem umwerfenden Blick an, dem er nie widerstehen konnte. »Ach komm, Charles. Sei kein Hasenfuß. Ich kann mein Motorrad ausprobieren und wir sehen uns gleichzeitig das Haus an. Ich verspreche, ich gebe dir direkt danach eine Antwort.« Als sie seine zerfurchte Stirn sah, lachte sie. »Wir könnten uns ein Restaurant suchen und die Nacht über dort bleiben. Oder hast du morgen früh dringende Termine?«

Er schüttelte den Kopf. »Nein, keine Termine bis Mittag.« Norcott atmete tief durch. »Also gut. Pack ein paar Sachen zusammen, ich suche mir inzwischen etwas Passendes zum Anziehen für deinen Feuerstuhl.«

* * *

»Was darf ich Ihnen zu trinken bringen?« Die ältere Kellnerin lächelte sie erwartungsvoll an. Sie war sichtlich froh über das Paar, das so spät noch hereingeschneit war. Die anderen Gäste des gemütlichen kleinen Hotelrestaurants ließen sich an den Fingern abzählen. Hier wie überall warf die schlechte Wirtschaftslage ihre dunklen Schatten. Dazu noch an einem Montag, da konnte sich das Öffnen kaum lohnen.

Norcott reichte das erwartungsvolle Lächeln an Vicky weiter. »Nun, was werden wir trinken, Darling? Champagner oder Wasser?«

Sie lachte und griff nach seiner Hand. Ihre Augen hatten nichts von dem Strahlen verloren, das sie bei der Ankunft in Oxford gehabt hatten. »Selbst wenn«, sie machte eine bühnengerechte Pause und wurde leiser, »selbst wenn ich nicht schon rettungslos verliebt wäre in unser wunderschönes kleines Traumschloss hier, selbst dann hättest du etwas Besseres als Wasser verdient. Allein dafür, dass du es so tapfer die hundert Kilometer auf meinem Rücksitz ausgehalten hast. Dafür verdienst du wenigstens einen anständigen Weißwein.«

Sie wandte sich der wartenden Bedienung zu. »Was für Weißwein haben Sie? Einen leichten, französischen?

Vielleicht können Sie etwas Gutes empfehlen?« Sie schenkte der Frau ein freundliches Lächeln.

»Oh sicher, Madam. Sie wollten das Fasanenragout, nicht wahr? Wir haben einen schönen Sauvignon Blanc aus der Gascogne, der wird sehr gern dazu getrunken.«

Vicky nickte zustimmend und die Bedienung verschwand scheinbar zufrieden.

»Also, du bist einverstanden?«, hakte Norcott noch einmal nach. »Kein Problem mit: Noch einmal alles packen und einen Riesenaufwand für knapp fünf Monate?«

Sie lachte. »Es ist nicht gerade mein drängendster Wunsch, frisch nach dem Umzug wieder zu packen. Aber es ist doch eine Riesenchance. Du kommst mal aus der Tretmühle im Yard heraus, ein bisschen Veränderung wird dir vielleicht ganz gut tun. Und ich gebe offen zu, es reizt mich auch. Oxford ist ja nicht *irgendeine* Universität. Hier berührt dich der Atem von achthundert Jahren Geschichte. Ich bin da wirklich egoistisch, die Umgebung ist herrlich, es gibt hier Motive für mich auf Jahre hinaus.« Sie griff nach seiner Hand und streichelte sie. »Und du? Möchtest du es denn? Oder tust du es nur, weil Sir Harold es will?«

»Nein, das ist es sicher nicht.« Energisch schüttelte er den Kopf. »Es ist eher die Möglichkeit, Irrtümer aufzuklären und dafür zu sorgen, dass diese Männer und Frauen gut vorbereitet nach Deutschland gehen. Der Krieg hat schon so viel Hass und so viele Vorurteile hervorgebracht, ich fürchte, diese Spirale geht weiter, wenn wir nicht versuchen ... nun, das Bild zumindest in

31

ein, zwei Punkten geradezurücken.« Er lächelte. »Und ja, ich fühle mich auch geschmeichelt. Wie du schon so treffend festgestellt hast: Oxford ist ein besonderer Ort.«

Die Kellnerin brachte den Wein und nach einer kurzen Probe waren sie wieder allein.

Vicky hob das Glas. »Dann trinken wir auf ein ruhiges Semester in Oxford.«

»Auf Oxford. Und darauf, dass ich die Rückfahrt morgen überstehe.«

Kapitel 3

Oxford, Physikalisches Institut
Montag, 7. April 1947, Vormittag

Das Gebäude des Physikalischen Instituts fiel vor allem durch seine wuchtigen Außenmauern auf. Ein Londoner Händler, durch den Handel mit Indigo zu unverschämten Reichtum gekommen, hatte das Gebäude 1860 gestiftet. Ein klassizistisches Portal, von massigen Säulen im dorischen Stil getragen, bildete den Mittelpunkt. Rechts und links vom Portal erstreckten sich zwei symmetrische Flügel, deren Enden wiederum in symmetrischen Quergebäuden endeten. Alles atmete gepflegte Opulenz, zumal eine Stiftung des Kaufmanns die Erhaltung des Gebäudes sicherte.

Wenngleich aufgrund der Benzinknappheit immer noch viele Pferde benutzt wurden, fiel dieses Pferd doch auf. Einerseits, weil Pferde hier im Herzen des Universitätsviertels doch eher selten waren. Andererseits, und noch viel mehr, durch seine Reiterin. Unmittelbar vor dem Portal des Physikalischen Instituts hielt die schlanke, junge Frau ihr Pferd an. Sie saß mit Schwung ab und band ihr Reittier an der Tatze einer Löwenstatue fest. Weder Pferd noch Löwe schienen damit Probleme zu haben, im Gegensatz zu dem grauhaarigen Männchen, welches eilig aus dem Portal gelaufen kam. Ohne auch nur im Ansatz den Vorhaltungen des Männchens zuzuhören, marschierte die

33

hochgewachsene junge Frau zielsicher durch die hohen Türen des Portals. Die Absätze ihrer Reitstiefel hallten durch die Rotunde, bevor sie sich nach rechts wandte und mehrere Schwingtüren durchschritt. Endlich hatte sie ihr Ziel erreicht und bog mit Schwung in ein Büro ein.

»Halt. Miss Carsdale ... Halt! Bitte.« Eine üppige Sekretärin versuchte, schnell genug hinter dem Schreibtisch hervorzukommen und sich der jungen Frau in den Weg zu stellen. »Sie können da jetzt nicht ... Er hat eine Besprechung ...«

Ohne zu klopfen oder die Sekretärin irgendwie zu beachten, riss Janna Carsdale eine weitere Tür auf. Die vier im Raum sitzenden Personen sahen sie an, wobei nur drei überrascht schienen.

»Wo, in drei Teufels Namen, bist du gewesen?« Die junge Frau richtete ihre Reitgerte auf einen etwa fünfunddreißigjährigen Mann. Der strich sich als einzige Antwort mit einer blasiert wirkenden Geste über das gewellte braune Haar.

»Wo du gewesen bist, hab ich dich gefragt!« Carsdales blaue Augen funkelten.

Als der Angesprochene keine Anstalten machte, zu antworten, erhob sich eine der anderen Personen halb, eine unscheinbare junge Frau in einem Laborkittel. »Möchten Sie ...? Wollen Sie lieber allein ...?« Niemand beachtete sie.

»Ich hatte zu arbeiten.« Es war eine Feststellung, in dem leicht schleppenden Tonfall teurer Privatschulen getroffen, die sich an niemand Speziellen zu richten schien. »Wie auch jetzt.«

Janna Carsdale machte einen Schritt auf den Mann zu und hielt ihm das Ende ihrer Reitgerte unter das Kinn. »Ich bin nicht deine kleine Cecily. Ich lass mich nicht wie eine Puppe in den Schrank stellen, wenn du keine Lust zum Spielen hast.« Ihr Tonfall war leiser, aber nicht weniger bedrohlich geworden.

Der Mann schob die Spitze der Reitgerte von seinem Hals. »Ich wäre dir dankbar, Janna, wenn du Miss Morley aus dem Spiel lassen könntest. Sie ist eine Dame.«

Sehr langsam stützte sich die junge Frau auf den Konferenztisch und beugte sich zu ihm hinüber. »Miss Morley ist eine Dame. Und dabei so sterbenslangweilig tugendhaft, dass du lieber mich besteigst, wenn du es brauchst.« Sie lächelte jetzt, aber der Klang ihrer Stimme war noch eisiger geworden. Fast flüsterte sie nun: »Eine Frau, deren einzige Fähigkeit im Bett darin besteht, sich auf den Rücken zu legen und die beim Ficken wahrscheinlich das Ave Maria betet. So etwas willst du?« Ihr Gesicht verriet, wie sich ganz langsam Wut in Hohn verwandelte. Und wie sehr sie diese Verwandlung genoss. »Ist das so eine spezielle Art von ... adliger Perversion?«

Einer der anderen Männer unterdrückte mühsam ein Prusten und versuchte, es mit einem Hustenanfall zu kaschieren. Die junge Frau im Laborkittel dagegen hatte sich wieder gesetzt und fixierte mit starrer Kopfhaltung den Fußboden, bedeckte ihren Mund scheinbar schamhaft mit der Hand.

Der Mann mit dem gewellten Haar seufzte. Dabei wirkte er weiterhin eher gelangweilt als beunruhigt. Er blickte in die kleine Besprechungsrunde und machte eine lahme Handbewegung. »Es tut mir unfassbar leid, aber würden Sie uns einen Moment entschuldigen? Ich denke, wir können in zehn Minuten fortfahren.« Mit einer weiteren lässigen Handbewegung waren die Besprechungsteilnehmer entlassen.

»Janna, was willst du?« Jetzt, nachdem seine Kollegen den Raum verlassen hatten, wirkte der Mann eher gereizt denn gelangweilt. »Was in aller Welt denkst du dir, hier einfach aufzutauchen?« Er sah sie das erste Mal direkt an und wiederholte: »Was willst du?«

Die Frau setzte sich halb auf den Konferenztisch. »Viele Leute behaupten, du seist ein brillanter Wissenschaftler. Das kann ich nicht beurteilen. Aber manchmal, Liebling, bist du wirklich schwer von Begriff.« Carsdale beugte sich zu ihm hinüber. Ihre Stimme war leise, aber voller Selbstsicherheit. »Ich will dich, Jack Vercenne. Dich.«

Der Mann mit dem gewellten Haar dagegen schwieg. Blieb eine Antwort schuldig.

Schließlich richtete sich die Frau wieder auf und seufzte. »Eines scheint mir offensichtlich. In einfachen Dingen des Lebens entgeht dir leicht das Wesentliche.« Carsdale stieß sich vom Konferenztisch ab und machte einen langsamen Schritt auf die Tür zu. Neigte dann aber bedächtig den Kopf und wandte sich doch wieder um. »Vergiss mich nicht noch einmal, Jack.« Leise Worte.

Mit entschlossenen Schritten marschierte sie danach an zwei Personen vorbei, die im Flur warteten: einem pickelgesichtigen Jüngling und der Unscheinbaren im Laborkittel.

Der Pickelgesichtige sah Janna Carsdale einen Moment nach. Sein Blick spiegelte Neugier wider. Gemischt mit der Spur eines hämischen Lächelns.

Jack de Vercenne lehnte sich aus der Tür seines Büros. »Daphne, holen Sie bitte die anderen wieder herein.«

»Dr. Fraser-Collins ist schon wieder im Labor, Professor.« Sie machte eine hilflose Geste.

De Vercenne bedachte sie mit einem Blick, der ihr ein Frösteln über den Nacken trieb. Er schloss die Tür zu seinem Büro wortlos und ließ sie hilflos zwischen den Stühlen zurück. Die Bürotür öffnete sich. Die Unscheinbare und der Pickelgesichtige kamen herein. Beim Anblick der ratlosen Daphne seufzte die Frau mitfühlend.

»Soll ich dann mal Dr. Fraser holen?«

Eine erneute hilflose Geste war die Antwort.

»Schon in Ordnung.« Sie schlüpfte aus der Tür und ließ eine erleichterte Sekretärin zurück.

»Sie ist wirklich nett«, bemerkte Mitch Firking, der Pickelgesichtige. »Und selbst mit unserem kleinen Inder wird sie spielend fertig.« Er grinste abschätzig.

»Sag nicht immer *Inder*, Mitch. Wenn Dr. Fraser das mitbekommt ...«

Der Laborassistent winkte achtlos ab und starrte weiter auf die Tür, hinter der seine Kollegin Gene Rackshaw verschwunden war. Die füllige Daphne wünschte sich, er möge *ihr* einmal so hinterherstarren. Aber dann änderte sich plötzlich sein Gesichtsausdruck.

»Alles dasselbe arrogante, hochnäsige Pack. Adlige und Ausländer. Alles Pack, die meinen, hier herumkommandieren zu können ... verdammte Schinder, die uns kleinen Leute ...« Er kam sichtlich in Fahrt und presste die Worte heraus. »Wir haben gegen die Falschen gekämpft. Die Nazis haben es schon ...«

Bevor Daphnes ängstliche Geste ihn zum Schweigen bringen konnte, trat Dr. Fraser-Collins, gefolgt von Gene Rackshaw, ins Vorzimmer. Der dunkelhäutige Wissenschaftler lächelte sarkastisch.

»Ja, Firking, was haben die Nazis?« Als der Laborassistent nicht gleich antwortete, machte Dr. Fraser einen Schritt auf ihn zu und tippte ihm auf die Brust. »Glauben Sie ja nicht, ich wüsste nicht, dass Sie hinter meinem Rücken gegen mich hetzen. Machen Sie mir doch die Freude und hetzen noch ein bisschen mehr.« Seine gleichmäßigen Züge formten ein Lächeln. »Dann kann ich Sie endlich feuern lassen.« Mit seinem ausgestreckten Zeigefinger drückte er Firking beiseite und ging in Professor Vercennes Büro weiter.

Kapitel 4

Oxford, All Souls College
Dienstag, 8. April 1947, früher Abend

Professor Richard Peake, der Rektor des All Souls College, war nur ungefähr einen Meter fünfzig groß und hatte dazu noch lediglich einen schmalen Kranz strubblig abstehender grauer Haare. Durch die ehrfurchtgebietenden Räume des Colleges bewegte sich der koboldhafte Mann jedoch mit der gelassenen Selbstsicherheit eines unumschränkten Herrschers. Eine kleine Prozession folgte ihm durch Flure und Gänge.

»Wir befinden uns hier im Warden's Lodging, also meinen Räumen, in einem der jüngeren Teile des Colleges«, sagte Peake, der neben Charles Norcott ging. Norcott, fast fünfzig Zentimeter größer als der Rektor, versuchte aus Höflichkeit, möglichst kleine Schritte zu machen. Ihnen folgten Vicky Norcott und Rupert Jernigan, der Verantwortliche für das Schulungsprogramm, in dem Norcott lehren sollte. »Mein Amtsvorgänger George Clarke ließ das Haus für sich Anfang des 18. Jahrhunderts bauen. Wenn sich ein Besucher«, dozierte Peake weiter, »von hier aus durch die Treppenhäuser am südlichen Innenhof und die große Halle bis zu den Hawksmoor Towers bewegt, so wie wir es nun tun, dann bewegt er sich baugeschichtlich vom 18. bis ins 15. Jahrhundert und zurück.«

Vicky und Charles wechselten Blicke und er seufzte innerlich auf. Bei aller Ehrfurcht vor der Geschichte der Universität hätten sie auf einen Großteil dieser Geschichtsvorlesung verzichten können. Zumal Professor Peake in seinem Vortrag so viel Enthusiasmus versprühte wie eine Beerdigung im Regen. Charles lächelte seiner Frau aufmunternd zu und nahm sich fest vor, seine eigenen Vorlesungen deutlich spannender zu gestalten. Norcott war für einen Moment wieder so ergriffen von der Vorstellung, hier bald selbst lehren zu dürfen, dass er fast mit Peake zusammengestoßen wäre. Der war stehen geblieben, um seinen Besuchern eine große Durchgangstür aufzuhalten. »Die Zwillingstürme hier gehören zu einem großen Bauabschnitt um den nördlichen Innenhof, der 1733 fertiggestellt wurde. Der Architekt, Nicholas Hawksmoor, hat sie an den Stil einer gotischen Kathedrale angelehnt.« Wieder blieb der Rektor stehen und wies aus einem der hohen Fenster. »Die Codrington-Bibliothek wurde zwar nach seinen Plänen gebaut, aber erst nach Hawksmoors Tod fertiggestellt.« Er seufzte. »Der ursprüngliche Entwurf wurde mehrfach geändert und im 19. Jahrhundert dann durch allerlei architektonische Eingriffe ... nun ... nicht eben verbessert.« Nach einem stillen Moment griff er dann entschlossen nach der schweren eisernen Türklinke.

Sie betraten den langgestreckten Hauptsaal der Bibliothek. Auf der einen Seite öffnete sich eine breite Fensterfront zum Innenhof, auf der anderen Seite wurde der Saal durch zweigeschossige Bücherregale mit durchgehender Balustrade bestimmt. Der langgestreckte Bibliotheksraum selbst war mit nur wenigen zierlichen Arbeitstischen möbliert und wirkte steif und kühl. Nur knapp zwanzig Meter vom Eingang entfernt jedoch sprang der untere Teil der Bücherwand nach innen. Auf den dahinter liegenden Raum strebte Professor Peake nun zu. Je näher sie kamen, umso mehr warmes Licht drang heraus, begleitet von den Wortfetzen leiser Unterhaltungen. Die kleine Gruppe betrat den Raum, der sich nach dem niedrigen und eher engen Durchgang sofort wieder in Höhe und Breite öffnete. Im Gegensatz zu den in zurückhaltendem Creme und Dunkelblau gehaltenen Wänden der Hauptbibliothek war hier nicht mit Blattgold gespart worden. Die oval angelegte Bibliothek wurde durch eine in sich verschlungene Doppeltreppe dominiert, die den Besucher scheinbar emporzuheben schien, hinauf in einen Olymp voll Gelehrsamkeit. Norcott war auf den ersten Blick hin fasziniert von der Mischung aus geschwungener Leichtigkeit einerseits und der opulenten Farbigkeit aus Gold und dunklem Rot andererseits. Ins Hundertfache verstärkt wurde dieser Eindruck durch die scheinbar zahllosen Kerzen, die den Ort beleuchteten. Pittoresk verziert schließlich wurde der Eingangsbereich durch einen auf einem Holzstuhl sitzenden älteren Mann, dessen rechter Arm auf einer Pumpspritze ruhte und der einen Helm des Zivilschutzes trug.

Professor Peake hüstelte leise. Er war Norcotts Blicken gefolgt, die an dem sitzenden Mann hängengeblieben waren. »Bitte verzeihen Sie uns die etwas opernhafte Beleuchtung sowie die ... Begleitumstände. Feuerschutz, Sie verstehen.« Peake warf dem Sitzenden kurz einen entnervten Blick zu. »Da in einer halben Stunde die abendliche Stromsperre beginnt, sind Kerzen die einzige Möglichkeit, für Licht zu sorgen. Wir haben es mit Petroleumlampen versucht, aber das derzeit verfügbare Petroleum ist von derart schlechter Qualität, dass wir in kürzester Zeit hier drin nicht mehr atmen könnten. Ah, Cyril ...« Durch die kleinen Gruppen leise plaudernder Gäste hindurch war ein hagerer Mann mittleren Alters auf sie zugetreten. Peake begrüßte ihn und wandte sich dann an die Norcotts. »Superintendent und Mrs. Norcott, darf ich Ihnen Cyril Falls vorstellen?« Sie gaben sich die Hände und Falls offener, neugieriger Blick gefiel Norcott vom ersten Moment an gut. »Professor Falls hat im Februar den *Chichele-Lehrstuhl zur Geschichte des Krieges* übernommen. Die Vorlesungsreihe, in der Sie unterrichten, wird über die Verwaltung seines Lehrstuhles abgewickelt.«

Falls hatte eine schmale, ganz leichte Hakennase, über die er sich mit einer versonnenen Geste strich. »Auch wenn ich selbst noch damit beschäftigt bin, mich in den Schützengräben der Hochschulverwaltung vorwärts zu kämpfen. Ich werde nach Kräften versuchen, Ihnen Rückendeckung zu geben.« Er lächelte freundlich und wandte sich dann an Vicky Norcott. »Wie ich gehört habe, sind Sie Künstlerin, Mrs. Norcott. Wir genießen hier in Oxford im Moment einen ganz wunderbar lebendigen Kreis von Künstlern, Schriftstellern und anderen schöpferischen Seelen. Und wir würden uns freuen, wenn Sie uns gelegentlich Gesellschaft leisten.« Er reckte leicht den Hals, um zwischen den anderen Gästen jemanden auszumachen. Als er offenbar gefunden hatte, wen er suchte, lächelte er erneut und sah zu Rupert Jernigan. »Mr. Jernigan, Sie nehmen es uns doch bestimmt nicht übel, wenn wir das Dienstliche auf morgen verschieben und heute Abend erst einmal für ein bisschen gesellschaftliche Einbindung sorgen?«

Jernigan, dessen ministeriale Steifheit angesichts der entspannten, warmen Atmosphäre zu schmelzen schien, nickte freundlich und murmelte Zustimmung.

»Schön, schön.« Falls lächelte erfreut. »Dann erlauben Sie mir, Sie mit sehr lieben Freunden bekannt zu machen.« Er hatte einem Paar zugewinkt, das nun näher kam. »Dorothy, Clive ...« Er winkte noch einmal. »Mrs. Norcott, Superintendent, darf ich Ihnen Dorothy L. Sayers und Clive Lewis vorstellen?« Man begrüßte sich und Clive Lewis, ein Mann mit einem freundlichen runden Gesicht lächelte Vicky Norcott an.

»Sie malen impressionistisch, nicht wahr?« Er wartete keine Antwort ab, sondern ergänzte: »Ich hab Ihre Arbeiten in der Dulwich Picture Gallery gesehen. Beeindruckend.« Er nestelte an einer Pfeife herum, ohne sie jedoch anzustecken. »Ich mag ihr Licht. Haben Sie schon einmal Illustrationen für Bücher gemacht?«

Dorothy Sayers schmunzelte und sah über ihren Kneifer zu Vicky herüber. »Sagen Sie nichts. Er vergisst nie etwas und wird Sie noch in zehn Jahren daran erinnern.«

Vicky Norcott musste lachen. »Entschuldigen Sie, Miss Sayers, aber ich kann mir Schlimmeres vorstellen, als von einem berühmten Schriftsteller nach Illustrationen gefragt zu werden.« Sie sah wieder zu Lewis und ihre Augen verengten sich ein wenig. Jetzt erschienen die Grübchen auf ihrem Gesicht, die Charles Norcott so liebte. »Arbeiten Sie an einer Erweiterung des Perelandra-Zyklus oder denken Sie an etwas anderes?«

Während ein bescheiden wirkender C. S. Lewis an seiner Pfeife herumhantierte, nutzte Charles Norcott die Pause. »Verzeihen Sie mir, Miss Sayers, darf ich fragen, ob Sie bald weitere Kriminalromane veröffentlichen werden? Ich habe *Fünf rote Heringe* sehr genossen.« Sie war sichtlich überrascht, denn er hatte den Buchtitel auf Deutsch genannt.

Professor Falls lachte leise. »Mir scheint, wir haben noch eine Menge Gesprächsstoff. Aber jetzt wollen wir unseren Ehrengästen erst einmal etwas zu trinken verschaffen.« Galant bot er Vicky Norcott seinen Arm an und die Gruppe strebte unter seiner Führung einem Tisch zu, an dem Cocktails angeboten wurden. Es war, als wenn dieser Bibliothek - der David-Colyear-Sammlung für historische Reiseliteratur - wie Professor Falls kurz erläuterte, eine ganz eigene Magie innewohnte. Charles Norcott fühlte sich förmlich hineingesogen, glaubte die farbenprächtigen Folianten flüstern zu hören, ihm Geschichten von fernen Kontinenten, von Entdeckungen und Abenteuern versprechen. Wieder hörte er das leise Lachen Falls'. »Es ist der

44

schönste Raum der ganzen Universität. Nirgendwo fühle ich mich mehr inspiriert.«

Norcott und seine Frau wechselten wieder kurze Blicke und es schien ihnen beiden, als wenn in diesem Moment die Universität selbst sie in ihren Mauern begrüßt habe.

»Herzlich willkommen in Oxford!« Professor Falls erhob sein Glas. »Und auf einen schönen Abend.«

Kapitel 5

Oxford, All Souls College
Donnerstag, 10. April 1947, später Nachmittag

Zwei Tage waren vergangen, seit Norcotts offizieller Begrüßung an der Universität Oxford. Eine knappe Woche, seit Vicky und er innerhalb von zwei Tagen Kleidung, Geschirr, Bücher und gefühlte tausend Kleinigkeiten gepackt und knapp einhundert Kilometer weiter nordwestlich alles wieder ausgepackt hatten. Alexandra Stephens und Trish Cooper, Norcotts direkte Mitarbeiterinnen hatten sich nicht abweisen lassen und waren den beiden tatkräftig zur Hand gegangen. Max Hayfield, die mit allem umgehen konnte, was Räder hatte, fuhr den kleinen Austin K2-Y. Einen Lkw, den die Fahrbereitschaft der Metropolitan Police freundlicherweise zur Verfügung gestellt hatte. Das gedrungene Fahrzeug sah wie eine überdimensionale Schildkröte aus und erreichte trotz aller Bemühungen von Max nur noch eine Geschwindigkeit von knapp fünfzig km/h. So waren sie langsam, aber guter Dinge in drei Stunden Richtung Oxford gerumpelt. Immer noch waren zahllose Straßen wegen Überschwemmungen gesperrt und ein paarmal musste die kleine Karawane, der Austin, Norcott mit dem roten Alvis und Vicky auf ihrem Flying Squirrel, bereits bezwungene Strecken wieder zurückfahren, weil die Straße vor ihnen urplötzlich in einer Wasserlandschaft endete.

Norcott seufzte bei der Erinnerung. Entschlossen stieg er aus seinem Wagen und zog seine blauschwarze Uniform glatt. Obwohl er sie im alltäglichen Dienst so gut wie nie trug, hatte er sich heute, an seinem ersten Vorlesungstag für die Uniform entschieden. Norcott gestand sich ein: Er war ein wenig nervös. Von internen Schulungen und Vorträgen abgesehen, lag seine letzte Vorlesung an der Polizeiakademie in Ryton Jahre zurück. Und hier betrat er nun eines der mit Abstand angesehensten Institute an einer der ältesten Universitäten des Landes und Europas. Achthundert Jahre Geschichte und Superlative auf jedem verdammten Meter, den man hier betrat. Norcott musste dann doch über sich selbst lächeln. So oft hatte er noble Institutionen betreten, sich in abgeschlossenen Zirkeln behaupten müssen. Erinnerungsfetzen tobten durch seine Gedanken und sein Lächeln wurde grimmig. Er würde auch hier bestehen. Er zog das Koppel der Uniformjacke straff und rückte die Schirmmütze gerade, dann betrat er durch das Seitentor in der High Street das College.

Im Durchgang zu einer kleinen Grünfläche stand Professor Falls und unterhielt sich mit einem älteren Mann in einem mausgrauen Kittel. Falls bemerkte Norcott sofort und streckte ihm die Hand entgegen.

»Guten Abend, Superintendent. Wie schön, Sie zu sehen. Ich möchte Ihnen gleich, wenn ich darf, unseren dienstbaren Geist«, Falls lächelte den älteren Mann an, »hier im Institut vorstellen: Mr. Kendrick. Mr. Kendrick ist der Pedell des Instituts. Er trägt die Verantwortung für Ordnung und Sauberkeit in den Räumen. Wenn

Sie irgendetwas in Ihrem Hörsaal vermissen oder einen Wunsch haben, Mr. Kendrick ist Ihr Mann.«

Kendrick straffte sich und grüßte militärisch. »Sie finden mich immer hier, Sir.« Er zeigte hinter sich auf ein kleines Büro, das den Durchgang kontrollierte. »Entweder ich bin hier oder einer meiner Männer.« Er nickte noch einmal bestätigend, mit dem Blick auf Norcotts Uniform. »Stets zu Diensten, Sir.« Kendrick wollte noch etwas anfügen, wurde aber von einer jungen Frau unterbrochen, die aus einer anderen Tür im Durchgang getreten war.

»Professor Falls? Bitte entschuldigen Sie ...« Die Frau wirkte atemlos. »Verzeihen Sie, ich weiß nicht mehr weiter ...« Die Worte purzelten förmlich aus ihr heraus. »Mr. Troutbeck vom Außenministerium.«

Das schien genug Erklärung zu sein, denn Cyril Falls sog hörbar die Luft ein und machte dabei gleichzeitig ein so säuerlich verdrießtes Gesicht, dass Norcott einfach schmunzeln musste. Der Professor schien einen Moment zu überlegen, dann antwortete er: »Es geht ihm wieder um Ihr Gutachten zur Repatriierung der Kriegsgefangenen, stimmt's?« Dann lächelte er jedoch und drehte sich zu Norcott. »Superintendent, darf ich Ihnen Dr. Clare Judis vorstellen? Dr. Judis ist Expertin für Politische Soziologie und habilitiert an unserem Fachbereich. Clare, das ist Superintendent Norcott von New Scotland Yard.«

Dr. Judis hatte sich scheinbar schnell gefangen. Sie streckte Norcott ihre Hand entgegen. »Wie schön, Sie kennenzulernen. Ich konnte am Dienstag leider nicht an

Ihrer Begrüßung teilnehmen. Eine dieser elenden Sitzungen in London und danach bin ich lieber in meinem Club geblieben, als noch zurückzufahren. Ich hoffe, Sie vergeben mir.« Judis lächelte einen kurzen Moment, bis sich Mr. Troutbeck, wer immer das sein mochte, erneut in ihr Bewusstsein drängte. Sie wandte sich wieder Professor Falls zu. »Er will doch tatsächlich, dass ich mein Gutachten korrigiere! Wofür hält mich dieser Dickschädel?«

Cyril Falls hob ganz leicht eine Hand, fast wie ein Mediziner, der seinem Patienten die finale Diagnose erklären will. »Mr. Troutbeck hat ein sehr einfaches Weltbild. Für ihn gibt es nur schwarz und weiß. Wir sind die Guten, die weißen Ritter der Demokratie. Und die Deutschen sind alles Nazis, verderbt bis ins Mark.« Er hüstelte und verschränkte dabei die Arme hinter dem Rücken. »Sie kennen doch diesen Physiker ... Einstein, Albert Einstein? Er hat einmal gesagt: *Für jedes noch so komplexe Problem gibt es eine ganz einfache Lösung. Und die ist meistens falsch.*« Professor Falls seufzte. »Also gut. Ich werde unseren Freund Troutbeck erneut anrufen und noch einmal versuchen, ihm unseren Standpunkt zu verdeutlichen. Lassen Sie das meine Sorge sein.« Ein verschmitztes Lächeln huschte für einen ganz kurzen Moment über sein Gesicht. Zu Norcott und dem Hausmeister gewandt, sagte er: »Superintendent, bitte nehmen Sie es mir nicht übel, wenn ich Ihnen nicht selbst alles zeige. Sie sehen ja ... Mr. Kendrick? Ich verlasse mich auf Sie.« Man verabschiedete sich, Falls und Judis eilten davon und die beiden Männer blieben allein zurück.

Ohne Übergang sagte Norcott: »Sie haben in Hong Kong gedient, Mr. Kendrick?«

Der Pedell war nur einen kurzen Moment überrascht, dann besah er sich seine Krawatte, breite dunkelblaue neben schmalen hellblauen und hellgelben Streifen. »Ja, ich habe fast zwanzig Jahre in Hong Kong gedient. Bin nach dem Ende des großen Krieges dann, als Quartermaster Sergeant, in Pension gegangen.« Nur für einen kurzen Moment schien der alte Mann in Gedanken zurückzureisen. »Sie kennen sich gut aus, Sir.«

»Purer Zufall, dass ich es wusste. Der Mann einer Mitarbeiterin trägt die gleiche Krawatte.« Norcott lächelte. »Dann wollen wir uns jetzt die Räume ansehen?«

»Gern, Sir.« Der Pedell machte eine einladende Geste in Richtung der Tür, durch die Falls und Judis verschwunden waren. »Es tut mir leid, wenn wir Ihnen nur ein kleines Notbüro zur Verfügung stellen können. Durch die zusätzlichen Kurse für die britische Verwaltung in Deutschland sind wir bis unters Dach belegt.«

Nach einer beträchtlichen Anzahl Stufen auf einer engen Wendeltreppe stellte sich heraus, dass »bis unters Dach« wörtlich zu nehmen war. Kendrick öffnete eine offenbar neue Tür und Norcott trat in eines der seltsamsten Zimmer, die er je gesehen hatte. Der ungefähr sechzehn Quadratmeter große Raum wurde von einer enormen Säule und deren Kapitel bestimmt. Die Verzierung und Malerei des Kapitels gingen in die Decke über, endeten erst an den Seitenwänden. Vor einem sehr kleinen Fenster stand ein einfacher Tisch mit zwei ebenso einfachen Holzstühlen. Daneben fanden sich noch zwei niedrige, leere Bücherregale und kurioserweise ein Bett, halb hinter der mächtigen Säule verborgen.

Kendrick spielte verlegen mit seinem Schlüsselbund. »Eigentlich gibt es diesen Raum gar nicht. Diese Zwischendecke«, er trat zweimal kräftig auf den Dielenboden, »ist erst vor einem Jahr eingezogen worden. Dies hier ist der Deckenraum des unter uns liegenden Lehrsaales. Ich hoffe, es wird gehen.«

»Keine Sorge, Mr. Kendrick. Es ist ja nur für vier Monate. Und außerdem«, Norcott drehte sich um die eigene Achse und betrachtete dabei die aufwendige Deckenverzierung, »ist das hier ein wirklich außergewöhnlicher Raum.«

»Interessieren Sie sich für Architektur, Sir?« Die Augen des älteren Mannes bekamen einen frischen, neuen Glanz bei dieser Aussicht. Als er Norcotts scheinbar unschlüssiges Gesicht sah, fügte er schnell hinzu: »Oh, keine Angst, Sir. Ich meinte nicht die - bei allem Respekt - kreuzlangweiligen Details, die Professor Peake so wichtig findet. Welcher Architekt hier was und so weiter und so fort. Nein, ich meine kleine Verrücktheiten, geheime Treppen und verborgene Gänge. Ich dachte, Sie als Kriminalbeamter finden das vielleicht interessant?«

»Sie machen mich neugierig«, antwortete Norcott und lächelte aufmunternd. Er sah auf seine Armbanduhr und entschied, dass es noch genug Zeit bis zu seiner Vorlesung war. »Also, Mr. Kendrick?« Norcott lächelte verschwörerisch. »Ach, wissen Sie, wenn es für Sie in Ordnung geht, werde ich *Sergeant* Kendrick sagen. Einverstanden?«

»Selbstverständlich, Sir.« Der Pedell öffnete schwungvoll die Zimmertür. »Folgen Sie mir, Sir. Wir können uns einiges auf dem Weg zu Ihrem Hörsaal ansehen.«

Eine ausgesprochen interessante halbe Stunde später standen die beiden Männer dann in dem Hörsaal, in dem Norcott seine Vorlesungen halten sollte. Sie hatten auf dem Weg dorthin verdeckte Türen, schmale Parallelgänge zu den Fluren und enge, steile Geheimtreppen durchquert. Kendrick erklärte, dass diese verdeckten Strukturen im All Souls College nach denselben Prinzipien und aus ähnlichen Gründen erbaut worden waren, wie die in englischen Schlössern. »Die Gänge wurden fast ausschließlich von den Dienstboten benutzt. Die Herrschaften wollten zwar bedient werden, aber nicht ständig auf den Fluren ihren dienstbaren Geistern begegnen.« Er lächelte und drückte auf eine Intarsie der Wandtäfelung. »Und jetzt noch ein Blick in die Tiefe.« Hinter einer verborgenen, nun zurückweichenden Tür sah Norcott eine nach unten führende Treppe. Der Pedell ging voran und winkte Norcott, ihm zu folgen. Nach gut fünf Metern in die Tiefe erreichten sie einen schmalen Gang, der sich bereits nach wenigen Metern in drei Richtungen auffächerte.

»Das waren wilde Zeiten, als Oxford gebaut wurde«, erklärte Kendrick. »Die ersten Gebäude des All Souls wurden quasi mitten in die Rosenkriege hinein gebaut. Und auch später gab es immer einmal wieder die Notwendigkeit, schnell und unauffällig die Gebäude verlassen zu können. Natürlich sind heute eine Reihe von Abschnitten und auch die meisten Aufgänge verschlossen. Aber prinzipiell können Sie von hier aus, ohne auch nur einmal nach oben steigen zu müssen, die gesamte Stadt durchqueren bis Oxford Castle im Westen, und im Norden bis zur Lady Margaret Hall an der Fyfield Road.«

Kapitel 6

Die Luft hatte eine fast prickelnde Frische und Klarheit. Das Wasser glitzerte in der Morgensonne dieses Sonntages. So als hätte jemand extra für diesen, ihren ersten Sonntag in Oxford bestellt: Warmen Sonnenschein, eine winzige Portion Schäfchenwolken und eine saubere, gut gelaunte Themse mit wenig Verkehr. Genau genommen herrschte so gut wie kein Verkehr auf dem Fluss.

Eigentlich ist es eine Verschwendung, dachte Vicky, *an diesem prächtigen Morgen nicht unterwegs zu sein.* Während sie ihre Hand immer weiter durch das Wasser gleiten ließ, genoss sie mit fast kindlichem Eifer die sanften, harmonischen Bewegungen des Bootes, die Luft, die Sonne und ihren Mann. Charles Norcott trieb die beiden Ruder des Bootes in ruhigen Zügen durch das Wasser und lächelte seine Frau dabei an. Diese Frau, die nun seit achtzehn Monaten endlich *seine* Frau war, ordentlich verheiratet, mit all den Papieren, auf die sie beide gut und gerne hätten verzichten können. Nach dem, was sie gemeinsam durchgestanden hatten, waren sie so sehr und so lange Frau und Mann, das konnte keine Zeremonie stärker machen. Aber irgendwie fehlte sie dann doch, diese amtliche Bestätigung, die einem das Recht gab, denselben Namen zu tragen oder auch das Recht, Auskunft im Krankenhaus zu bekommen darüber, wie es dem anderen ging. Sie beide hatten schon in Krankenhäusern gestanden und sich nur mit Tricks, und einmal auch roher Gewalt, Auskunft über das Wohl des anderen verschaffen können. Nun waren sie also verheiratet. Genau seit dem 20. September 1945, einem milden, ansonsten wenig bemerkenswerten Donnerstag. Aber beide dachten sie oft an diesen Tag. Wegen ihrer Hochzeit, ja, aber vor allem, weil sich in diesem Spätsommer 1945 ihr Leben scheinbar endlich wegbewegte vom Krieg, weg von Tod und Verlust, von Not und Angst. Sie beide hatten vier Kriegsjahre, seit 1940, zusammen durchgestanden. Jahre, die ihnen alles abverlangt hatten. Und als wären die ersten Kriegsjahre nicht schlimm genug gewesen, hatte 1944 noch einmal eine Steigerung für sie bereitgehalten. Charles war bei Nacht und Nebel allein von Guernsey nach England zurückgekehrt und hatte sie allein lassen müssen. Aber seitdem waren drei Jahre vergangen und Vicky wollte an diesem sonnigen Tag nicht daran denken. Stattdessen betrachtete sie ihren Mann ausgiebig. Seine schlanke Gestalt, die grauen Haare, in denen das Sonnenlicht immer noch ein wenig Blond funkeln ließ, eine schöne hohe Stirn über einer schlanken Nase, die sie - das würde sie nie zugeben - sehr liebte. Sie sahen sich jetzt direkt an und er hielt mit den Ruderbewegungen inne.

»Bist du zufrieden mit dir, Darling?« Sie wusste gar nicht so recht, warum sie das fragte. Wahrscheinlich war sie, wie so oft, einfach hungrig auf seine Gedanken.

Er schmunzelte und strich sich mit der für ihn typischen Geste über das Haar. »Als Ruderer, als Polizist oder als Dozent?«

»An deinen Ruderqualitäten können wir sicher über den Sommer noch arbeiten«, gab sie lächelnd zurück. »Aber im Ernst, wie zufrieden bist du mit deinen ersten Vorlesungen? Diese ersten Tage sind so schnell verflogen und wir hatten kaum Zeit, darüber zu reden.«

Er wusste, dass sie recht hatte. Nach seiner abendlichen Antrittsvorlesung am vergangenen Donnerstag waren an den darauffolgenden Tagen weitere Vorlesungen und Besprechungen dicht aufeinander gefolgt. Es mussten Themenbereiche mit den anderen Dozenten abgesteckt werden, die Bibliothek hatte wissen wollen, welche Bücher für die Kursteilnehmer benötigt würden und schon vom ersten Tag an belagerten Teilnehmer sein kleines Dachgeschossbüro. Viele wussten bereits, in welchen Funktionen und Orten sie im besetzten Deutschland eingesetzt werden würden. Es ergoss sich eine schier unendliche Lawine von, teilweise sehr speziellen, Fragen über Norcott.

»Ich bin nicht unzufrieden«, antwortete er nun seiner Frau. »Bei der überwiegenden Zahl der Teilnehmer habe ich das Gefühl, sie wollen wirklich etwas lernen, wollen verstehen.« Er seufzte leise. »Natürlich gibt es auch viel Wut und Hass. Die Menschen haben so viel erduldet. Viele sind verwundet. Äußerlich und innerlich.« Beide schwiegen wieder einen Moment. Nach einer Weile begann er erneut mit langsamen Ruderbewegungen. »Cyril Falls hat mich gefragt, ob ich nicht

56

Gastdozenten in meine Vorlesungen einbinden möchte. Ich habe an Lucien Grignard gedacht, aber er treibt sich irgendwo in Algerien herum. Näheres wollte mir sein Stellvertreter in Paris nicht sagen. Nur, dass er wohl nicht in den nächsten Tagen wieder zurück sein wird.« Sie mussten beide lächeln. Capitaine Grignard - mittlerweile Commandant - den Norcott 1940 im besetzten Frankreich kennengelernt hatte, schien wie ein unermüdlicher Wirbelwind. Wen oder was er auch immer in Nordafrika jagte - er würde sein Ziel erreichen.

»Und Ralf?«

Charles Norcott nickte. »Ja. Das war mein zweiter Gedanke.« Er schwieg wieder einen Moment. So lange, bis er ein Grinsen nicht mehr zurückhalten konnte. »Wie lange brauchen wir mit deinem *Eichhörnchen* in die Gegend von Farnborough?«

Vicky strahlte ihn an. »Oh Charles, du meinst, wir könnten ihn besuchen? Seit wann ist er denn in Farnborough? Warum hast du nichts erzählt?«

»Ich habe es selbst erst gestern erfahren. Nach der Intervention von Sir Harold ist sein Fall noch einmal überprüft worden und er wurde letzte Woche in ein Offizierlager bei Farnborough verlegt. Zugleich hat er jetzt die Erlaubnis, sich, mit einigen Auflagen, in Großbritannien frei zu bewegen.« Charles lächelte seine Frau wieder an. »Und da dachte ich, du magst am kommenden Sonntag dieses Boot gegen etwas Schnelleres eintauschen?«

Vicky hatte sich während seiner letzten Worte behände zu ihm bewegt, beugte sich nun zu ihm und küsste ihren Mann leidenschaftlich. »Manchmal hast du wirklich hervorragende Ideen, Darling!« Ihre meerwasserblauen Augen leuchteten. »Ich freu mich so sehr. Nach zwei Jahren Warterei endlich ein Fortschritt. Und wenn er sich frei bewegen kann, wie du sagst, kann er dich doch bei deinen Vorlesungen unterstützen, oder?«

Charles Norcott nickte. »Sir Harold hat sich wirklich sehr für ihn eingesetzt und ich«, er räusperte sich, »habe auch noch den einen oder anderen Gefallen in Whitehall eingefordert. Ich muss es noch mit Professor Falls besprechen und sicher auch den Dekan informieren. Ein kriegsgefangener deutscher Offizier ist wohl ein ungewöhnlicher Gastdozent in diesen Tagen.«

»Er ist auch und vor allem immer noch Kriminalbeamter«, versetzte Vicky. »Und er kennt die britische Verwaltung.«

»Absolut. Und ich gestehe, er wäre für meine Arbeit im Moment eine unschätzbare Hilfe. Meine *Studenten* haben so viele Fragen, nach Ansprechpartnern und lokalen Gegebenheiten in Deutschland ...« Er seufzte. »Auch wenn Ralf nicht zu allem und jedem etwas sagen kann, so könnte er mit Sicherheit eine Fülle an nützlichen Hinweisen geben. Und es würde ganz bestimmt auch ihm helfen.« Wieder schien Charles einen Moment in Gedanken zu versinken, dann setzte er hinzu: »Er ist unser Freund und er könnte so wichtige Kontakte für die Zukunft knüpfen.« Norcott lächelte.

Kapitel 7

Oxford, Physikalisches Institut
Dienstag, 15. April 1947, Vormittag

Jack blickte aus dem Fenster seines Büros. Gepflegtes Hochschulgrün mit penibel gestutzten Sträuchern. Eine wahrscheinlich hundert Jahre alte Buche, deren Zweige müde in der Morgensonne hingen. Genau so müde und träge wie Jack sich gerade fühlte. Er hatte eindeutig zu wenig geschlafen. Am Sonntagabend mit Janna in London auszugehen, obwohl er wusste, dass er am Montag diese furchtbare, einschläfernde Sitzung im Versorgungsministerium haben würde: Was für eine idiotische Idee. Er starrte weiterhin mit bleischweren Augen aus dem Fenster, ohne wirklich etwas wahrzunehmen. Dann zuckte er zusammen, weil jemand heftig an seine Bürotür klopfte.

»Ja!«

Seine Sekretärin Daphne stand in der Tür, eine Tasse in der Hand.

»Ihr Kaffee, Professor Vercenne.«

»Dafür müssen Sie doch nicht gleich die Tür einschlagen! Und verdammt, Daphne, sagen Sie nicht immer Professor zu mir. Sagen Sie Jack oder Chef oder sonst was, aber nicht Professor!« Er hatte zu jedem der letzten Worte mit der flachen Hand auf den Tisch geschlagen.

Daphne Pelling stand entgeistert vor seinem Schreibtisch, den Kaffee immer noch in der Hand. »Entschuldigen Sie, ich hatte schon zweimal geklopft, vielleicht ...«

»Daphne, um Himmels willen, nun stellen Sie die Tasse schon hin! Und da Sie gerade hier sind, wo in aller Welt ist das Protokoll der 10-B-Versuchsreihe? Wir haben bereits den Fünfzehnten. Sie haben die handschriftlichen Protokolle seit mindestens zehn Tagen und ich warte immer noch auf Ihre Abschriften. Also? Wo sind sie?« Er starrte sie mit wütendem, durchdringendem Blick an.

Sie sah zu Boden. Wich seinem Blick aus, wie sie es immer tat. Immer, wenn irgendetwas schiefging, Versuche scheiterten oder de Vercenne auch nur mit seinen Frauengeschichten durcheinander geriet: büßen mussten es immer auch sein Mitarbeiter. Und vor allem seine Sekretärin Daphne, die Vercenne immer wieder als Blitzableiter missbrauchte. Sie musste seine latente Unzufriedenheit ertragen.

Wie sehr sie sich auf diesen Posten gefreut hatte, ging es Daphne wieder einmal durch den Kopf. Ein unverschämt gut aussehender Chef, hoch intelligent, der dazu noch sehr charmant sein konnte. Ja, sein konnte, wenn er wollte. Nur dass er es bei Daphne selten wollte. Seinen Charme und die weichen Tönen seiner Stimme, die hob er sich lieber für Lady Morley oder Janna Carsdale auf. *Die eine der beiden eine junge dumme Gans, die jeden vernünftigen Menschen allein mit ihrem Kichern zum Wahnsinn trieb, die andere ein neureiches Flittchen, die zutiefst verdorben war. Und gefährlich ist sie,* setzte Daphne Pelling im Geiste hinzu. *Gefährlich wie eine gereizte Klapperschlange. Überhaupt ist das ganze Institut eine einzige Schlangengrube.* Die junge Frau schreckte aus ihren Gedanken auf.

»Wo, Daphne, wo?« Er sah sie mit zusammengekniffenen Augen an. »Hören Sie mir, verdammt noch einmal, überhaupt zu? Wo ist das Versuchsprotokoll?«

Ihr Magen krampfte sich schmerzhaft zusammen. Dieses verhexte Versuchsprotokoll hatte nur Ärger gebracht. Es durfte ihr auf gar keinen Fall rausrutschen, dass sie die handschriftlichen Protokolle erst vor fünf Tagen von Mitch Firking bekommen hatte. Immer wieder hatte sie ihn darum bitten müssen und er hatte stets neue Ausreden gefunden, wieso er ihr die handschriftlichen Protokolle nicht pünktlich geben konnte. Bis zum Fünften eines jeden Monats hatte er ihr die handschriftlichen Protokolle abzuliefern. Sie waren eine Art Tagebuch der Versuche, die hier im Institut in der Forschungsgruppe von Professor de Vercenne durchgeführt wurden. Der diensthabende Versuchslaborant, im vergangenen Monat war das Mitch gewesen, zeichnete für alle Eintragungen verantwortlich. Jeder Versuch, jeder Aufbau, jede Veränderung und vor allem, jedes Ergebnis musste haarklein in die Protokolle eingetragen und dann von drei Personen abgezeichnet werden: dem protokollierenden Laboranten, danach vom jeweiligen Leiter des Versuchs - das waren entweder Professor Vercenne selbst oder Dr. Fraser-Collins - und schließlich von der für den Versuch eingeteilten Verwaltungskraft. Die Verwaltungskraft musste dabei unter anderem kontrollieren, ob die angegebenen Materialmengen auch wirklich verbraucht und richtig in den entsprechenden Verbrauchs- und Lagerbüchern vermerkt worden waren. Bei bestimmten Stoffen gab es noch eine doppelte, manchmal eine dreifache Nachweispflicht, bei der Fraser-Collins, Vercenne und der Institutsleiter, Professor Maidstone, jedes Gramm abzeichnen mussten. Mitch hatte bei seiner Protokollführung gleich mehrere Probleme. Er war von Grund auf schlampig. Und er lag mit allen Forschern über Kreuz und bekam selten die Unterschriften ohne Probleme. Er mochte weder Vercenne, den er für einen reichen adligen Schnösel hielt, noch Fraser-Collins, dessen halb englische, halb burmesische Herkunft für ihn ein rotes Tuch darstellte. Immerfort fand er neue Dinge bei Vercenne oder Fraser-Collins, die ihn ärgerten und über die er sich maßlos erregen konnte. Selbst zu Professor Maidstone, den Daphne Pelling nur für einen leicht trotteligen, aber harmlosen alten Mann hielt, hatte er ständig beißende Bemerkungen. Firking lag mit allen im Streit und dadurch dauerte seine Protokollarbeit länger als bei anderen Laborassistenten. *Und,* dachte Pelling, *Mitch hat etwas Destruktives an sich, eine Art negatives Talent.*

Und nun konnte ihr Chef das vermaledeite Protokoll nicht finden. Sie seufzte laut und aus vollem Herzen. Nur, um sich sogleich die nächste Abfuhr einzufangen.

»Hören Sie gefälligst auf zu seufzen wie eine liebeskranke Kuh!« Vercennes Stimme hatte jetzt dieses Eiskalte, Schneidende, vor dem sich seine Sekretärin - und die meisten hier am Institut - so fürchteten. Sie versuchte, die Tränen zurückzuhalten, die ihr in die Augen schossen. *Bloß keine Schwäche zeigen,* versuchte sie sich selbst zu ermahnen. *Zeig ihm keine Tränen!*

»Sie haben drei Minuten, das Protokoll in diesem unaussprechlichen Saustall zu finden!« Mit jedem Wort, so schien es ihr, wurde Vercennes Stimme leiser und eisiger. Und dabei saß er immer noch unverschämt entspannt in seinem gottverfluchten Lederdrehstuhl und trank genüsslich seinen Kaffee.

Die junge Frau löste sich mit äußerster Kraftanstrengung aus ihrer Starre und trat näher an seinen Schreibtisch. Hier auf seinen üblichen Posteingangsstapel hatte sie ihn doch gestern gelegt. Sie ging den Stapel durch, ging ihn noch einmal durch, griff hektisch nach weiteren Stapeln auf seinem Schreibtisch. Aber der Packen Protokolle, die etwa 160 Seiten, die sie in Wochenendarbeit und in voller Verzweiflung getippt hatte, dieser verteufelte Haufen, für dessen Unterschriften sie von Pontius bis Pilatus gelaufen war, nur um gestern, vor der Rückkehr seiner Exzellenz, alles fertig zu haben, er blieb verschwunden. Samt der gelben Geheimhaltungsmappe, in der die Protokolle transportiert wurden. Daphne merkte, wie ihr Blutdruck in den Keller rauschte und ihr gleichzeitig siedend heiß wurde. Er würde sie kreuzigen dafür. Und sie konnte froh sein, wenn es dabei blieb.

»Gut. Da Sie ganz offensichtlich absolut unfähig sind, die fertigen Versuchsprotokolle zu finden, ich aber einen dringenden Zwischenbericht ans Ministerium schreiben muss, geben Sie mir in Gottes Namen die Originalprotokolle.« Nur de Vercenne schaffte es, mit derart blasierter Stimme etwas zu verlangen und gleichzeitig einen Unterton anklingen zu lassen, der sagte: Gib mir, was ich will oder ich zieh dir deine Haut in Streifen ab.

Es hätte diesen bedrohlichen Unterton nicht gebraucht, um Pelling in heillose Panik zu versetzen. Bereits ein einziges Wort hatte genügt: *Originalprotokolle*.

* * *

Dr. Fraser-Collins nahm einen langen Zug aus seiner rosafarbenen Sobranie-Zigarette, atmete ihn tief ein und entließ den Rauch genüsslich wieder aus seiner Lunge. »Es bleibt uns wohl nur, Gedächtnisprotokolle anzufertigen und, so gut es geht, gegeneinander abzugleichen.« Er sog erneut an seiner Zigarette und schloss dabei die Augen. Fraser-Collins gelang es mühelos, scheinbar konstruktive Vorschläge zu machen und dabei ein fast belustigtes Desinteresse zu signalisieren. Er war weder Institutsleiter noch Leiter der Forschungsgruppe. Ihn würde das Ministerium nicht kreuzigen und vierteilen, wenn die Versuchsergebnisse verschwunden blieben. Mit dem für ihn typischen feinen Lächeln zog er erneut an der Sobranie. Alle am Institut waren sicher, dass er diese Sorte Zigaretten allein aus Provokation rauchte. Farbige Zigaretten mit einem goldenen Mundstück, die wohl eher in einen Club nach Soho passten als in ein renommiertes Forschungsinstitut. Zumindest Professor Maidstone dachte so. Amos Parsifal Maidstone, der grauhaarige Institutsleiter hatte im vergangenen August seinen siebzigsten Geburtstag gefeiert. Äußeres - er trug lange, exakt geschnittene Koteletten und pomadisiertes Haar - und Inneres, eine kritische Grundhaltung allem Neuen gegenüber, passten hervorragend zusammen. Leider war Maidstone in den Jahrzehnten seiner Universitätskarriere jeder Funken von Führungsenergie abgetötet worden, wenn er denn so etwas jemals besessen hatte. Er war der Typ des Akademikers, der in seiner Forschung völlig aufging und die Welt dabei vergaß. Leider vergaß die Welt ihn und sein Institut nicht.

»Wir brauchen vor allem eine schnelle Lösung.« Vercenne klopfte mit seinem Kugelschreiber auf die Tischplatte. »Die Sitzung gestern im Versorgungsministerium war ohnehin alles andere als entspannt.«

»Ja, ach ja, die Sitzung gestern. Sie hatten bisher nicht ...« Maidstone räusperte sich. »Wollten Sie nicht davon ...« Wieder beendete der Ältere den Satz nicht und schob stattdessen in enervierender Langsamkeit seine Notizen hin und her.

»... berichten?«, beendete Fraser-Collins mit einem gespielt respektvollen Lächeln den Satz. Dabei gab er sich nicht die geringste Mühe, dessen Falschheit zu kaschieren.

»Ich«, sagte Vercenne leise und ließ nun seinerseits eine Kunstpause, bevor er weitersprach, »trage in unserer Forschungsgruppe die Hauptlast der Arbeit. Es sind meine Erkenntnisse, meine erfolgreichen Versuche und mein Wissen, die uns den Forschungsauftrag des Ministeriums eingebracht und bisher erhalten haben. Ich kann keinerlei Sinn darin erkennen, meine Zeit mit Berichten an Dritte zu belasten.« Jedes Wort, das Vercenne ausgesprochen hatte, war wie ein wohlgeschliffener Dolch, den er mit eisiger Präzision in sein Ziel trieb.

In Professor Maidstones Augen blitzte für einen kurzen Moment etwas auf, aber sein Oberkörper sank am Besprechungstisch doch nur wieder ein Stück weiter zusammen. »Mein lieber Vercenne, sie mögen das so sehen, aber ...« Erneut versandeten seine Worte, seine trockenen Phrasen, ohne Ziel und Wirkung.

Dr. Fraser-Collins hatte sich während des kleinen Wortgefechtes mehr damit beschäftigt, an der Spitze seiner Sobranie einen möglichst perfekten Glutkegel zu produzieren. Scheinbar gelangweilt fragte er nun: »Also, was schlagen Sie vor, Herr Kollege?«

»Wie ich bereits sagte, brauchen wir eine schnelle Lösung. Dieser aufgeblasene Esel Charles Portal versucht wieder einmal, seine eigene Inkompetenz mit Aktionismus zu überdecken. Er hat damit gedroht, bei der nächsten Sitzung der GEN 163 den Ministern zu empfehlen, einen detaillierten Fortschrittsbericht von allen beteiligten Forschungseinrichtungen anzufordern. Dass unser Versuchsprotokoll überfällig ist, war ihm ein willkommener Vorwand, weiter Druck zu machen. Er hat darauf bestanden, die Papiere heute noch zu bekommen.«

Die *GEN 163* war ein geheimes Komitee des britischen Regierungskabinetts. Unter dem Vorsitz von Premierminister Clemens Attlee wurden hier alle Fragen der britischen Atomforschung beraten. Und alle Fragen zum Bau der ersten britischen Atombombe. Sämtliche Projektforschungen dazu, auch die der Forschungsgruppe um Jack de Vercenne, wurden im Versorgungsministerium überwacht und koordiniert. Verantwortlich hier war der *Controller of Production - Atomic Energy*, Sir Charles Portal. Der ehemalige Berufsoffizier Portal war 1945 als *Marshal of the Royal Air Force* und Oberbefehlshaber der Luftstreitkräfte aus dem aktiven Dienst ausgeschieden.

»Heute noch?« Maidstone war aus seiner gebeugten Haltung hochgeschreckt. »Wie in aller Welt ... Ich meine, wie können wir ...«

»Gar nicht«, stellte Fraser-Collins lakonisch fest. »Wir können gar nichts liefern. Selbst wenn wir den ganzen Tag durcharbeiten, würden wir nicht einmal ein Zehntel der Versuche rekapitulieren können. Völlig unmöglich. Noch dazu diese Woche. Seit gestern läuft die C-Versuchsreihe mit den neuen Metalllegierungen, die kann ich unmöglich allein lassen.«

Vercenne nickte. »Ich werde ein paar Telefonate führen. Ein, zwei Kontakte in Portals Mitarbeiterstab, die mir noch etwas schuldig sind. Vielleicht können die uns eine Atempause verschaffen.«

Kapitel 8

Und bitte, meine Damen und Herren, vergessen
Sie nicht, am Montag zur nächsten Vorlesung
ihr Exemplar von *The Nazi Conception of Law*
von J. Walter Jones mitzubringen. Wir wollen
uns dann mit den Unterschieden zur deutschen Rechts-
auffassung vor 1933 beschäftigen. Und falls Sie sich
am Wochenende langweilen, sind Sie herzlich eingeladen, bereits das Vorwort von Mr. Jones zu lesen.«

Obwohl alle Teilnehmer bereits gestandene Frauen
und Männer waren und in gehobenen Positionen arbeiteten, reagierten sie doch wie junge Studenten. Rufe
nach Gnade vermischten sich mit Gelächter, ein Teilnehmer blies die Wangen auf und Norcott musste selbst
grinsen.

Langsam leerte sich der Hörsaal, die letzten Grüpp-
chen und ihre Stimmen verloren sich in den weiten,
hohen Gängen des All Souls College. Bedächtig schlich
sich eine dämmrige Stille statt ihrer in den alten Hörsaal zurück. Ehrwürdiger Staub legte sich gemächlich
auf Tische und Sitzreihen. Norcott hatte seine Vorle-
sungsunterlagen in der schlanken Aktenmappe verstaut
und war nun fast allein. Er hatte den älteren, in unauf-
fälliges graues Tweed gekleideten Herrn bereits zum
Beginn der Vorlesung bemerkt. In der hintersten Reihe,
seitlich im Schatten der dunklen Holzsäulen saß eine

zierliche Gestalt, kerzengerade und mit verschränkten Fingern. So, wie Norcott ihn hunderte Male beobachtet hatte. Ruhig, aufmerksam. Vor einer scheinbaren Ewigkeit.

»Guten Abend, Sir Philip.«

»Eine wirklich brillante Kartographie der deutschen Seele, Charles. Ich bereue nicht, gekommen zu sein.« Bedächtig entnahm der Ältere seinem Jackett ein Brillenetui und klappte es auf. »Professor Falls sollte versuchen, Sie hierzubehalten.« Wieder entstand eine kurze Pause, in der Sir Philip Game, bis 1945 britischer Polizeichef, seine Brille abnahm und im Etui verstaute.

Norcott lächelte seinen ehemaligen Vorgesetzten an. »Bin ich sehr misstrauisch, wenn ich vermute, dass es kein Zufall war, der Sie heute Nachmittag hierhergeführt hat?«

Für einen ganz kurzen Moment huschte nun auch über Sir Philips Gesicht ein Lächeln. »Ich wünschte, es wäre so, Charles. Wirklich, ich wünsche es mir sehr.« Er seufzte kaum hörbar. »Aber ich will mit Ihnen keine Rätselspiele treiben. Begleiten Sie mich zu meinem Wagen? Dann können wir uns kurz unterhalten.«

Die beiden Männer verließen den Hörsaal und schlenderten durch den angrenzenden Kreuzgang, in dem sich die angenehme Kühle der schweren Mauern mit wärmender Nachmittagssonne mischte. Der Tag war bereits fortgeschritten und so hielten sich nur noch wenige Menschen in dem sonst belebten Innenhof auf.

Sir Philip räusperte sich. »Sie fragten nach dem Zufall, der mich hergeführt hat. Nun, genau das müssen wir herausfinden. In Oxford, in einem Forschungsinstitut nicht weit von hier, an dem wir ... nun, sagen wir ... ein gewisses Interesse haben, gehen merkwürdige Dinge vor.« Er blieb einen Moment stehen und rieb sich mit zwei Fingern über den Nasenrücken. »Ereignisse, die Zufall oder Absicht sein können, Schlamperei oder Sabotage. Ereignisse, in jedem Fall, die wir nicht mehr ignorieren können.« Er sah Norcott jetzt direkt in die Augen. »Ich würde Sie bitten, Charles, mir morgen früh ein, zwei Stunden Ihrer Zeit zu schenken.« Sie hatten das Ende des Kreuzganges erreicht und Norcott öffnete die dunkle Eichentür, durch die man auf die Catte Street treten konnte. Auf der dem Eingang gegenüberliegenden Straßenseite parkte eine dunkelgraue Jaguar-Limousine. Deren Fahrer stieg sofort aus und öffnete für Sir Philip den Wagenschlag.

»Passt Ihnen morgen früh, gegen zehn Uhr? Wir treffen uns auf Broughton Castle. Kennen Sie das?«

Norcott nickte. »Ungefähr eine halbe Stunde nördlich von hier. Bei Banbury, richtig?«

»Stimmt. Das Schloss liegt zwei, drei Meilen südwestlich des Ortes.« Er streckte Norcott seine Hand entgegen. »Ich danke Ihnen, Charles. Morgen werden wir alles in Ruhe besprechen.« Sie schüttelten sich die Hände.

Der Superintendent sah dem Wagen noch einen Moment hinterher, nachdem die elegante Limousine gewendet hatte und davonfuhr. Zwei Jahre waren vergangen, seit er Sir Philip Game zuletzt gesehen hatte, und zwar bei dessen offizieller Verabschiedung aus dem aktiven Polizeidienst. Wer immer *wir* war, von denen der ehemalige Polizeichef gesprochen hatte, es war mit einiger Sicherheit keine unwichtige Mission, in der er unterwegs war. Norcott beschloss, sich seine Fragen für morgen aufzuheben.

Kapitel 9

Oxfordshire, Broughton Castle
Samstag, 19. April 1947, Vormittag

Die Oxford Road, der Charles Norcott den größten Teil seiner Wegstrecke nach Broughton Castle gefolgt war, hatte wenig Abwechslung geboten. Fast schnurgerade nach Norden verlief die Straße offenbar ausschließlich an Feldern entlang. Hier, in einer flachen Landschaft, eingebettet zwischen den Chiltern Hills im Osten und den nördlichen Ausläufern der Cotswolds im Westen, beherrschte die Landwirtschaft das Bild. Einsame Bäume und spärliche Hecken säumten den Straßenrand. Selbst die Dörfer, durch die Norcott fuhr, wirkten eher zweckmäßig als schön oder wenigstens wohnlich. Er war fast erleichtert, als er bei Bodicote endlich abbiegen konnte. Nun waren es nur noch vier Kilometer bis zum Schloss.

Norcott gestand sich ein gewisses Maß an angenehmer Neugier ein. Er dachte eben noch einmal darüber nach, was die Hintergründe der ganzen Geschichte sein mochten, als er die ersten Häuser des winzigen Ortes Broughton passierte. Einen halben Kilometer später wies ein Hinweisschild am Wegesrand auf die Einfahrt zum Schloss hin. Zu Norcotts Überraschung waren das Torhaus und die Brücke über den Wassergraben von Soldaten bewacht. Ein missmutig wirkender Sergeant der Scots Guards kontrollierte peinlich genau Norcotts Dienstausweis, bevor dieser die Brücke passieren durfte. Auch das Abstellen des auffälligen roten Alvis wurde von einem Posten im Innenhof des Schlosses aufmerksam beobachtet. Ein junger, ebenfalls zugeknöpft wirkender Offizier nahm Charles Norcott am Schlosseingang in Empfang und geleitete ihn durch eine Reihe von Fluren bis in die Bibliothek. Hier wartete eine erste Überraschung.

Der stämmige Mann, dem Norcott dort gegenüberstand, war rotgesichtig, klein und hatte nur noch einen spärlichen Kranz rötlich-blonder Haare. Und seine blauen Augen strahlten. »Wenn ich gerade frischen Kaffee bestelle, wer kommt dann pünktlich durch die Tür, um ihn mir wegzutrinken?«

»Bob!« Norcott musste geradezu unbändig lachen. Was immer er nach dem geheimnisvollen Gespräch mit Sir Philip Game erwartet hatte, sein Freund Bob Horrocks war es nicht gewesen.

»Surprise, surprise!«, prustete Horrocks heraus und umarmte Norcott stürmisch. »Wenn es nicht so Gott verflucht früh am Tag wäre, müssten wir was ganz anderes trinken als Kaffee.« Er lachte fröhlich und klopfte Norcott kräftig auf die Schultern. »Lass dich mal ansehen.« Er nahm einen Schritt Abstand und schmunzelte. »Die Ehe bekommt dir gut. Wie geht es Vicky? Es ist eine verdammte Schande, dass wir in derselben Stadt arbeiten und uns ... wie lange nicht gesehen haben?«

Norcott strich sich über die grauenblonden Haare. »Eineinhalb Jahre würde ich sagen. Aber wo warst du? London ist sicher keine Kleinstadt, aber du warst wie vom Erdboden verschluckt. Und überhaupt: Wann haben sie dich zum Brigadegeneral gemacht? Glückwunsch übrigens.«

Bob Horrocks blies die Wangen auf. »Viele Fragen, die alle ein bisschen zusammenhängen.« Er grinste auf seine typische Art, die ein Meer aus Lachfältchen in seinem Gesicht entstehen ließ. »Sir Philip kommt bestimmt gleich zurück, dann erzählen wir dir die ganze Geschichte in einem Stück, einverstanden?«

Kurz nachdem eine Ordonnanz den Kaffee serviert hatte, erschien auch der ehemalige Polizeichef. Sir Philip begrüßte Norcott und ließ sich dann in einen der Ledersessel der Bibliothek sinken.

»Was hat Portal gesagt?«, fragte Horrocks.

Sir Philip seufzte. »Bockig wie ein junger Esel. Wollte immer noch MI5 mit den Nachforschungen betrauen. Kanonen auf Spatzen.« Er schüttelte den Kopf. »So ein Unverstand!« Als würde ihm die Präsenz Norcotts nun erst bewusst, lächelte er seinen ehemaligen Mitarbeiter an. »Bitte verzeihen Sie einem alten Narren, Charles. Ich habe manchmal nicht mehr die Geduld für all das.« Er machte eine wegwerfende Handbewegung. »Diese politischen Ränkespiele. Die Sucht nach öffentlichem Ruhm.« Das letzte Wort hatte er fast nur noch geflüstert. »Ach vergessen Sie das, mein Lieber, ja?«

»Pah!« General Horrocks schlug mit der flachen Hand auf die Sessellehne. »Warum soll er es vergessen? Es ist die Wahrheit! Wir werden von Männern regiert, deren einzige Sorge der eigene Reichtum und der gesellschaftliche Rang ist. Ekelhaft, so etwas.«

Sir Philip schien die Situation unangenehm und so baute Norcott ihm eine Brücke. »Vielleicht fangen wir ganz von vorn an?«

Game und Horrocks sahen sich kurz an, dann begann der ehemalige Polizeichef zu sprechen. »Charles, was wissen Sie über unsere Atomforschung?«

Norcott war einen Moment überrascht. »Atomforschung? Ich fürchte, nicht mehr, als man durch die Zeitungen erfährt. Also das, was jeder Bürger weiß.«

Game trank einen Schluck Kaffee, dann nickte er. »Gut. Dann bringe ich Sie mal auf Stand. Ich überspringe die Jahre bis 1943, in denen sich unsere Forschungsgrößen nicht sicher waren, ob oder ob nicht Nuklearenergie oder der Bau der Bombe überhaupt möglich ist. Überall wurschtelten Forscher daran herum: Hier bei uns, zusammen mit den Franzosen, die sich über den Kanal gerettet hatten, dann in Kanada und natürlich in den USA. Anfang 1943 waren dann die Amerikaner mit ihrem sogenannten *Manhattan-Projekt* so weit, dass sie die Führung übernehmen konnten.«

»Und sie taten es«, warf Horrocks ein.

»Richtig. Im August 1943 trafen sich Roosevelt und der Alte ...«

»Churchill?«, hakte Norcott nach.

»Churchill ja, entschuldigen Sie, ich kann mich an Mr. Attlee einfach nicht gewöhnen. Also Präsident Roosevelt und unser alter Premierminister trafen sich in Quebec in Kanada. Die US-Amerikaner luden uns und die Kanadier quasi ein, alles Wissen in einen Topf zu werfen und gleichberechtigt davon zu partizipieren. Die

Forschung sollte in den USA stattfinden. Man befürchtete, hier sei es angesichts der deutschen Bombenangriffe zu gefährlich.«

»Klingt logisch.«

»Ja.« Sir Philip verzog das Gesicht. »Klang alles so verdammt logisch. Alle rühren in einem Topf und hinterher wird gemeinsam gegessen. Nun, jedenfalls wechselten nach dem Abkommen von Quebec die meisten unserer Wissenschaftler nach drüben. Es lief gut. Die Konsultationen liefen sogar so gut, dass Churchill davon überzeugt war - er hat es mir selbst wortwörtlich gesagt -, dass die Amerikaner uns nicht über den Tisch ziehen würden. Und dann kamen Hiroshima und Nagasaki und das Ende des Weltkrieges. Die Amerikaner hatten ihre Superbombe und waren unangefochten der lauteste Köter auf dem Hof. Und wir saßen im Dunkeln. Im wahrsten Sinne des Wortes. Das Land zerbombt, der Staatshaushalt verschuldet bis unters Dach und eine Energiekrise erster Ordnung. Im Krieg hatte die Bevölkerung vieles ertragen, aber jetzt war der Krieg vorbei und trotzdem blieb dauernd das Licht weg.« Game seufzte tief, bevor er weitersprach. »Der letzte Winter war der pure Horror. Ihnen muss ich das ja nicht erzählen. Also haben wir versucht, wieder an die Atomforschung zum Zweck der Energieerzeugung anzuknüpfen. Im Gegensatz zu den Amerikanern gab es hier immer auch ein starkes Interesse daran. Die Amis schwimmen im Öl, denen war das nicht so wichtig. Und genau in dieser Situation gab der neue US-Präsident Harry Truman - auf einem Angelausflug, man muss sich das vorstellen, so ganz nebenbei - bekannt, dass die Vereinigten Staaten, wörtlich: *keinerlei Absicht hätten, atomare Geheimnisse mit anderen Regierungen zu teilen.*«

Es herrschte einen Moment fühlbare Stille im Raum, bis Sir Philips Stimme wieder einsetzte: »Der große Knall kam dann im August letzten Jahres. Im US-Kongress wurde der sogenannte *McMahon-Act* verabschiedet. Ein Gesetz, das jegliche Weitergabe von atomarem Wissen unter strengste Strafe stellt. Ich fasse den Rest mal kurz zusammen. Die Amis hatten, was sie wollten und wir hatten, ich sollte sagen: wir haben nichts. Unsere wichtigsten Wissenschaftler sitzen auf netten Lehrstühlen in den warmen USA und haben absolut kein Interesse daran, nach Hause zu kommen und hier bei Kerzenlicht zu forschen. Und zu allem Überfluss kokettiert der neue US-Außenminister Byrnes ständig mit Onkel Josef. Er ist mehr in Moskau als in London. Truman selbst verschwendet keinen Gedanken an Europa und kümmert sich lieber um die Innenpolitik. Und in so einer Situation kann man schon auf böse Ideen kommen.«

»Nämlich?«, hakte Norcott nach.

»Na, zum Beispiel, ob die Amis überhaupt interessiert genug sind an Europa, wenn die Sowjets einfach noch ein bisschen weitermarschieren. Sie sitzen schon in Berlin und Wien, Osteuropa haben sie komplett geschluckt. In Griechenland stehen die kommunistischen Partisanen kurz vor der Machtübernahme. Und wir sind, machen wir uns nichts vor, alles andere als kriegsfähig. Wir sind militärisch und wirtschaftlich am Ende. Überall im Empire gärt es, in Indien, Malaysia, Afrika. Wir können mit unseren Kräften gerade einmal die ärgsten Löcher stopfen. Fakt ist: Im Januar hat das Kabinett formal beschlossen, die Atombombe zu bauen. Ich bin der festen Überzeugung, dass uns der Rang einer Atommacht die Meute so lange vom Hals hält, bis wir über die Krise hier im Land hinweg sind und uns von Indien und den anderen Kolonien sauber getrennt haben. Und es ist das Einzige, das die Sowjets auf Abstand halten kann.«

General Horrocks hüstelte gequält.

»Ja, ich weiß, Bob, Sie sehen das anders.« Sir Philip hatte seinem Gesprächspartner einen fast liebevollen Blick zugeworfen und sprach nun merklich leiser weiter. »Sie halten nichts von Wunderwaffen und ich kann Ihre Beweggründe auch verstehen. Und glauben Sie mir: Ich bin der Letzte, der einen Atomkrieg will. Ich sehe aber auch unser Land, wie es ist: ausgeblutet und nahezu wehrlos. Und es geht, wie erwähnt, nicht allein um die Bombe, sondern auch um Energieerzeugung, vergessen Sie das nicht.«

Norcott nutzte die Pause und fragte: »Und welche Rolle spielen Sie beide auf dieser Bühne?«

General Horrocks weihte Norcott zunächst in die Existenz der GEN 163 ein. »Sir Charles Portal, der frühere Marshall der Royal Air Force, leitet vom Versorgungsministerium aus die gesamte operative Arbeit unterhalb der Ministerebene. Wir, Sir Philip und meine Wenigkeit, sind für Sicherheit und Materialversorgung verantwortlich. Unsere Ebene ist bewusst kleingehalten worden. Es sollen so wenig Menschen wie möglich eingeweiht werden. Noch ist die Bombe ein Staatsgeheimnis. Sogar jedes Gespräch darüber ist ein Staatsgeheimnis. Daher auch die Wachen und die ganze Heimlichtuerei.« Horrocks machte eine abschätzige Handbewegung.

Norcott dachte einen Moment nach. Dann fragte er: »Und dieses Forschungsinstitut, von dem die Rede war ... dort wird an der Bombe geforscht?«

General Horrocks seufzte tief auf. »Ja. Zumindest an wichtigen Grundlagen. Dort sitzt Jack de Vercenne. Professor de Vercenne, trotz seines jugendlichen Alters. Ein unangenehm arroganter Schnösel, aber auch einer der begabtesten Männer, was bestimmte Grenzgebiete der physikalischen Chemie angeht. Wir können auf ihn beim Bau der Atombombe im Moment nicht verzichten.«

Der Superintendent wandte sich wieder seinem alten Chef zu. »Sir Philip, Sie sprachen gestern von merkwürdigen Ereignissen?«

Game nickte. »Seit März ereignen sich immer wieder Zwischenfälle am Institut. Manches sind scheinbare Kleinigkeiten. Da wird ein Board mit Notizen abgeräumt, angeblich von einer übereifrigen Putzfrau. In einem Laboratorium wird eine ganze Versuchsreihe durch einen angeblich defekten Wasserhahn geflutet. Wieder eine andere Versuchsreihe muss wiederholt werden, weil ein Schmelzofen falsch bedient wurde. Angeblich! Wieder. Und vorgestern nun sickerte im

Ministerium durch, dass wohl die gesamten Versuchsprotokolle des vergangenen Monats verschwunden sind.« Geistesabwesend trank Sir Philip einen Schluck Kaffee.

»Und die Schwere der Zwischenfälle nimmt zu oder war die Reihenfolge Ihrer Aufzählung Zufall?«

»Nein«, antwortete Game. »Das ist auch unser Eindruck, dass eine Steigerung zu beobachten ist.«

»Was für Sabotage und gegen Zufall sprechen würde«, warf Horrocks ein. »Oder sehe ich das falsch, Charles?«

Norcott nickte bedächtig. »Nein, das siehst du nicht falsch.« Und an Game gewandt, fragte er: »Wer ist für die Sicherheit dort verantwortlich und wie sehen die Sicherheitsmaßnahmen im Institut aus?«

»Im Grunde bin ich für die Sicherheit verantwortlich«, sagte Game und seufzte. »Zumindest so weit, wie man mich lässt. Natürlich steht so eine wichtige Forschungsgruppe unter einer Art Beobachtung. Aber unser Verhältnis zur Universität, zur Forschung allgemein, ist nicht gut. Zahlreiche Forscher sind politisch links eingestellt und lehnen eine Zusammenarbeit mit staatlichen Stellen oder gar dem Militär grundsätzlich ab. Dazu kommt noch ein gewisses Maß an akademischer Arroganz. Die Herren und Damen Professoren fühlen sich überwacht und gegängelt und viele glauben, ganz gut allein zurechtzukommen.«

»Der Krieg ist seit zwei Jahren aus«, warf Horrocks ein. »Die Forscher lassen sich nicht mehr so einfach kasernieren, wie es in Zeiten des Kriegsrechts möglich war. Und wenn wir den Druck zu weit erhöhen, arbeiten wir damit nur den Amerikanern zu, die ohnehin alles tun, um unsere guten Leute abzuwerben. Es ist zum Haare ausraufen.«

»Wir sollen für Sicherheit und Geheimhaltung sorgen, dürfen aber keine spür- oder sichtbaren Maßnahmen ergreifen.« Game wirkte sichtlich frustriert. »Und als wenn das alles nicht kompliziert genug wäre, möchte Charles Portal, unser Leiter, nun die Kavallerie aufmarschieren lassen.«

Norcott erinnerte sich an Games Bemerkung vom Anfang ihres Gesprächs. »Darum ging es also. Portal möchte, dass MI5, die militärische Abwehr, die Vorgänge untersucht?«

Die anderen beiden Männer tauschten Blicke. Schließlich sagte Horrocks: »Charles Portal ist in den letzten zwei Jahren zweimal geadelt worden. 1945 zum Baron und ein Jahr später zum Viscount. Er ...«, Horrocks sprach jetzt betont langsam, »hat, das könnte man vermuten, wohl noch weitergehende politische Ambitionen. Und ein erfolgreiches Atombombenprojekt wäre sicher eine, nun, gute Empfehlung, nicht?«

»Und da möchte er sich nicht nachsagen lassen, zu wenig Einsatz gezeigt zu haben, wenn es schiefgeht«, stellte Norcott lakonisch fest. »Verstehe. Aber was soll ich dann dabei für eine Rolle spielen?«

Der alte Polizeichef schmunzelte. »Wenn Sie einverstanden sind, liegt der Ball vorerst in Ihrer Hälfte. Ich habe Portal überzeugen können, dass Sie genau der Richtige sind, um diskret ein Auge auf das Institut zu haben. Mit Ihrer offiziellen Funktion am All Souls können Sie sich absolut unauffällig an der Universität bewegen. Mit meinem Nachfolger, Sir Harold Scott, habe ich bereits gesprochen. Er wäre einverstanden, wenn Sie es sind.«

»Uns ist natürlich klar«, meldete sich General Horrocks zu Wort, »dass du neben deinen Pflichten selbst keine Observation oder ähnliches durchführen kannst und deine freie Zeit auch begrenzt ist. Deshalb würdest du für die Laufarbeit einen Constable zugeordnet bekommen. Offiziell als Hilfskraft für die Vorlesungen.«

Wieder fiel die Bibliothek in Stille zurück und für eine Weile schien jeder der drei Männer seinen eigenen Gedanken nachzuhängen. Dann fragte Norcott: »Wie spät ist es jetzt wohl in Sydney?«

»Auf jeden Fall nach 18.00 Uhr«, sagte Sir Philip, dem die Erleichterung deutlich anzumerken war. Er lächelte Horrocks aufmunternd zu. Dieser erhob sich, schlenderte zu einer kleinen Anrichte und füllte drei Gläser mit einer großzügigen Portion Whisky.

Kapitel 10

Oxford, 14b Norham Gardens
Dienstag, 22. April 1947, Vormittag

Superintendent Norcott saß im Wohnzimmer des *Schlösschens*, wie seine Frau ihr vorläufiges Heim in Oxford nannte. Vicky arbeitete an einem Landschaftsbild - trotz der morgendlichen Kühle - bei geöffneten Terrassentüren. Er liebte es, ihr bei der Arbeit zuzusehen, mit den Augen ihren präzisen Pinselstrichen zu folgen und dabei nachzudenken. Nun aber drehte und drehte er seine leere Teetasse auf der Untertasse, dachte über das Treffen am vergangenen Sonntag nach und seine Gedanken drehten sich ebenso.

»Würde es dir etwas ausmachen, deine Tasse abzustellen, Darling? Das Geräusch macht mich nervös.« Sie lächelte ihn über die Schulter an. »Erklär mir lieber noch einmal, was du nun vorhast.«

Von Anfang an hatten sie in ihrer Beziehung keinerlei Geheimnisse voreinander gehabt. Norcott wusste, dass er sich auf Vickys Verschwiegenheit absolut verlassen konnte. Dazu schätzte er ihren Verstand und ihren Blick auf die Dinge. Sie war es in ihrem Beruf gewohnt, in der Gesamtperspektive auch kleinste Details zu erkennen.

Mit einem leisen Seufzer stellte er die Teetasse auf einem kleinen silbernen Tischchen ab. »Nun, ich konnte wohl kaum Nein sagen und die beiden im Stich lassen. Zumal hier die nationale ...« Er verstummte unter dem Blick seiner Frau.

Sie betrachtete ihn mit diesem kühl-prüfenden Blick, den er ein klein wenig fürchtete.

»Darling. Ich habe nicht nach deinen Beweggründen gefragt. Mir ist klar, dass du dich nicht anders entscheiden konntest. Nicht in dieser Situation und nicht, wenn dich ausgerechnet diese beiden Männer um Hilfe bitten.« Sie warf ihm ein mildes Lächeln zu. »Ich meinte wirklich, was du tun wirst. Und wie du es tun willst.« Hinter der zweiten Frage hingen kleine, leicht sarkastische Fragezeichen, die jedes Wort begleiteten.

Norcott wusste sehr gut, was zu tun war. Die Personen im Institut und im Umfeld mussten gründlich überprüft, die wichtigen und verdächtigen observiert werden. Er musste Augen und Ohren im Institut, um das Institut herum und in einem weiteren Umkreis um alle Kontaktpersonen herum postieren. Am besten vierundzwanzig Stunden. So müsste man es angehen. Nur so hatte er eine Chance, die wahre Gefahrenlage zu erkennen und dann entsprechend zu agieren. Im Moment war noch jede Konstellation denkbar: Von purem Zufall, der Kumulation von Unaufmerksamkeit und Faulheit der Mitarbeiter, über Rivalitäten zwischen den Forschern bis hin zu dem ganz großen Spiel: gezielter Sabotage fremder Staaten.

Als könnte sie seine Gedanken lesen, sagte Vicky: »Mit massiven Kräften kannst du nicht auffahren, weil du sie nicht hast. Oder, korrekterweise, du hättest sie, darfst sie aber nicht einsetzen.«

Norcott schenkte seiner Frau und sich neuen Tee nach und seufzte. »Genau. Bei so einer Situation, in der es um höchste nationale Sicherheitsinteressen geht, könnte ich so ziemlich alles anfordern. Aber uns sind die Hände gebunden. Der Premierminister hat panische Angst davor, dass auch noch die letzten Wissenschaftler ihre Sachen packen und nach Los Alamos ziehen, dass sie sich drangsaliert oder überwacht fühlen. Deshalb durfte Charles Portal ja auch den MI5 nicht einschalten. Die Weisung kam von Attlee persönlich. Jetzt muss ich überwachen, ohne zu überwachen.« Er verzog das Gesicht.

Seine Frau tupfte zartes Grün auf die Darstellung einer Birke. »Das ist doch genau die richtige Herausforderung für dich, Darling«, bemerkte sie ungerührt und lächelte dabei. »Im Ernst, Charles, mit jeder Menge Unterstützung kann das jeder. Man riegelt das Gelände ab, stellt neben jeden Wissenschaftler zwei Constables und der Spuk ist vorbei. Oh, apropos Constables, du sagtest am Samstag, du bekommst jemanden zur Unterstützung?«

Er nickte, wirkte aber immer noch in sich versunken. »Ja, Detective Constable Elizabeth Badby. Frisch von der Polizeiakademie in Ryton. Und ich darf Nigel Ward verpflichten.« Norcott stockte und wirkte einen Moment noch nachdenklicher. »Ein junger Kerl, der wegen einer unglücklichen Geschichte den Polizeidienst quittieren musste und sich jetzt, so gut es geht, in London als Privatdetektiv durchschlägt.« Er sah auf die Uhr. »DC Badby kommt gegen zwei Uhr hier an. Ich muss mich gleich noch um eine Unterkunft für sie kümmern. Und um drei habe ich einen Termin mit einem Professor Maidstone. Das ist der Leiter des Physikalischen Instituts, in dem diese du-weißt-schon-Forschungen stattfinden.«

»Warum bringst du Constable Badby nicht hier unter?« Vicky machte eine ausholende Geste, die das gesamte Haus einzuschließen schien. Sie lächelte. »Ich meine die Dienstbotenwohnung im Hinterhaus. Sie hätte da ihr eigenes Reich und einen schönen Blick in den Garten. Und ihr spart euch die Ausgaben für ein Pensionszimmer. Was sicher ungemütlicher und auf jeden Fall teurer wäre.«

Norcotts Miene hellte sich auf. »Gute Idee! Und wir müssen unsere Besprechungen nicht in meinem Kämmerchen im All Souls College abhalten. Es ist ja sehr originell da, so unter dem Dach, aber ... nun ja ...«

»Gut«, sagte Vicky. »Dann kümmere ich mich nachher um die Zimmer.«

* * *

Professor Maidstone hatte bei ihrem ersten Telefonat am Montag alles andere als begeistert geklungen und so stellte Norcott sich auf ein schwieriges Gespräch ein. Mit nachdenklichem Gesicht ging er den Thorn Walk entlang und wich dabei immer wieder Pfützen aus. Der Weg führte quer durch die Oxford University Parks und war die kürzeste Strecke, nur knapp ein Kilometer, zum Physikalischen Institut. Es hatte den ganzen Morgen geregnet und auch jetzt wirkte der Himmel lustlos, graublau verhangen - ein echter Apriltag. DC Badby dagegen schien ein Lichtblick zu sein. Sie hatte sich am Montagnachmittag noch in der Bibliothek der Polizei-akademie mit den neuesten Büchern zur Atomfor-schung und allgemein zur Universität Oxford versorgt. *Man muss als Polizist immer die Umgebung verstehen, in der man sich bewegt!*, zitierte sie ihren Dozenten für Polizeitaktik und Norcott hatte sie in diesem Gedanken bestärkt. Für heute aber war seine neue Mitarbeiterin in Vickys Obhut zurückgeblieben. Sie sollte die Personal-akten der Institutsmitarbeiter durcharbeiten, die noch am gestrigen Montagnachmittag per Kurier eingetroffen waren. Sir Philip hatte keine Zeit verschwendet.

Norcott bog am Ende des Parkweges, vor einem hochaufragenden Gebäude im Queen-Anne-Stil, nach rechts ab und erreichte nach wenigen Schritten die She-rard Road und das Physikalische Institut.

»Ich weiß wirklich nicht, ob ich mit Ihnen sprechen sollte.« Professor Maidstone rutschte seit einigen dür-ren Begrüßungsworten und einem teigigen Händedruck auf seinem Schreibtischstuhl herum. »Wirklich, Supe-rintendent, ich halte diese Polizeiermittlungen für weit überzogen. Sie werden meine Mitarbeiter in Unruhe versetzen.« Er hatte den Satz mit einer Theatralik unter-legt, als würde er eine kollektive Panik erwarten. »Was ist denn schon passiert, was der Rede wert wäre?«

Norcott beobachtete, wie Maidstone weiter an einem Bleistift herumspielte. Ruhig sagte er: »Ich denke, ich kann Ihre Befürchtungen entkräften, Herr Professor.

Der Beratergruppe des Ministeriums und auch mir ist die angespannte Situation, unter der Ihre Forschungen stattfinden, bewusst. Niemand möchte unnötig Unruhe verursachen. Aber Sie sind sicher mit mir einer Meinung, dass das Verschwinden der Forschungsergebnisse eines ganzes Monats durchaus bemerkenswert ist.« Nach einem Moment Pause beugte Norcott sich zu seinem Gesprächspartner hinüber und setzte hinzu: »Der Minister und wir alle in der Beratergruppe sind davon ausgegangen, dass dies ein ausgesprochen ungewöhnliches Ereignis in Ihrem Institut sein muss. Stimmen Sie mir zu?«

Jetzt war ein ganz leichter Schweißfilm auf der Stirn des Professors zu bemerken und seine Finger spielten noch fahriger mit dem Bleistift. Hin und her wanderte der Stift, bis Maidstone endlich nickte. »Die ... äh ... Mitarbeiter meines Instituts sind sich ihrer Verantwortung vollständig bewusst.«

Norcotts langer, stummer Blick drückte nur eine Frage aus. War sich der Institutsleiter über seine eigene Verantwortung im Klaren?

Wieder ein Nicken. Mühsam. »So ein Ereignis wird nicht wieder vorkommen. Ich verbürge mich dafür. Wir werden, soweit möglich, konstruktiv ...« Ein Satz, zerschnitten von Nervosität, in den Norcott seine Bitte sanft einflechten konnte. Er war nun sicher, dass Professor Maidstone sein Anliegen nicht abschlagen würde. Norcott gestattete sich den zurückhaltenden Ansatz eines Lächelns.

Kapitel 11

Oxford, Physikalisches Institut
Donnerstag, 24. April 1947, Nachmittag

Es war schwierig gewesen, die Termine für die heutigen Gespräche im Physikalischen Institut zu finden. Superintendent Norcott wollte sich vor allem mit den beiden Forschern der Gruppe, Jack de Vercenne und Arthur Fraser-Collins, unterhalten. Daneben schien Genevieve Rackshaw interessant, die nach den Unterlagen *Leitende Laborassistentin* war. Sie war auch die Einzige, mit der DC Badby für Norcott problemlos einen Termin ausmachen konnte. De Vercenne und Fraser-Collins hatten sich deutlich unzugänglicher gegeben. Wie Norcott feststellen konnte, war Elizabeth Badby jedoch abgebrüht und frech genug, um das Problem allein zu lösen. Sie hatte Professor Maidstone angerufen und ihm vorgeflunkert, der Versorgungsminister persönlich wolle ihn am nächsten Tag in Bezug auf die Terminschwierigkeiten kontaktieren. Sie solle dafür nun einen Zeitpunkt ausmachen. Nur fünfzehn Minuten später hatte sie die Termine mit Fraser-Collins und de Vercenne. Badby selbst würde sich mit einer Reihe von Laboranten, Schreibkräften und dem Hausmeister des Instituts unterhalten.

* * *

Sein Gegenüber hielt fragend eine farbige Sobranie-Zigarette in die Luft. »Stört es Sie, wenn ich rauche?«

Norcott schüttelte lächelnd den Kopf. »Es ist Ihr Büro. Und nein, es stört mich nicht.«

»Ich sollte damit aufhören. Diese Dinger kosten mich ein Vermögen bei der derzeitigen Versorgungslage. Sind fast nur noch auf dem Schwarzmarkt zu bekommen.« Arthur Fraser-Collins lächelte. »Vielleicht sollte ich das nicht gerade Ihnen gegenüber erwähnen. Ach, nein«, setzte er schnell hinzu, »Sie sind Superintendent, Sie kümmern sich nicht um die kleinen Fische.« Wieder folgte ein Lächeln, das für Norcotts Geschmack etwas zu eingeübt wirkte. Hier hatte scheinbar jemand gelernt, sich klein und unwichtig erscheinen zu lassen.

Er konterte: »Sind Sie denn ein kleiner Fisch, Dr. Fraser-Collins oder Professor Fraser-Collins? Was genau ist Ihre Position in der Forschungsgruppe beziehungsweise im Institut?«

»Ich bin zwar habilitiert, habe aber keine Professur inne.« Ein tiefer Zug an der Zigarette, ein kurzes Aufglimmen in den Augen. »Forschungstechnisch gesehen sind Jack de Vercenne und ich uns gleichgestellt. Die Fragestellungen unserer Forschung überschneiden sich stark, haben aber unterschiedliche Ausrichtungen.« Kurz bewegte sich der Blick Fraser-Collins direkt zu Norcott. »Sie wollen jetzt aber keine langatmige Litanei zu unseren Forschungsgegenständen, nein?« Norcott schüttelte leicht den Kopf, unsicher, ob es mehr Überheblichkeit oder echte Befürchtung des anderen war, einem Laien dies erklären zu müssen. Und noch etwas fiel ihm auf, etwas, das schon am Anfang des Gesprächs da gewesen war, jetzt aber erst eine Form bekam. Er machte sich eine Notiz und fragte dann weiter. »Nein, vielen Dank, Doktor. Vielmehr würde mich interessieren, was Sie von den Ereignissen halten.«

»Ereignisse?« Fraser-Collins kniff die Augen zusammen und wiederholte das Wort, als müsse er dessen Bedeutung erst für sich entdecken.

»Ereignisse, Zwischenfälle, Merkwürdigkeiten? Wie immer Sie es bezeichnen wollen, wenn Geräte sich von allein verstellen, Räume wie von Geisterhand überflutet werden oder ...«

»Jaja, ich weiß schon!« Der Wissenschaftler machte eine ungeduldige Handbewegung und zog wieder tief an seiner Zigarette. Dann fragte er: »Aber wer sagt Ihnen denn, dass dahinter eine Absicht, eine Planung steckt?«

»Sagen Sie mir, dass dahinter keine Absicht steckt?«, konterte Norcott. »Was sollte es sonst sein?«

Wieder eine ungeduldige Handbewegung. »Ach, Superintendent, ich denke einfach, die Nervosität des Ministeriums und der Regierung färbt langsam auf uns alle ab. Fehler passieren nun mal. Und sie geschehen besonders leicht, wenn die Mitarbeiter unter Druck arbeiten.«

Fraser-Collins ließ den letzten Satz, wie den Rauch seiner Zigarette in den Raum schweben.

Norcott aber wollte ihn mit diesem Allgemeinplatz nicht durchkommen lassen. »Sie können also keine

Absicht hinter den Ereignissen erkennen?« Ohne eine Antwort abzuwarten, setzte er hinzu: »Wie gut ist Ihr Verhältnis zu Professor de Vercenne?«

* * *

Geschlagene fünfzehn Minuten wartete Charles Norcott nun bereits im Vorzimmer. Eine verzagt wirkende Sekretärin hatte nicht gewagt, den Besucher in de Vercennes Büro Platz nehmen zu lassen. Als der Wissenschaftler schließlich eintraf, bemühte der sich auch nicht um ein Minimum an Höflichkeit. Als sei sein Besucher nicht bereits anwesend, sagte er zu seiner Sekretärin: »Sie können meinen Besuch hereinführen, Daphne.«

Norcott machte eine abwehrende Geste zu der jungen Frau und lächelte dabei. Er würde den Weg allein finden. Im Büro von de Vercenne schloss er die Tür hinter sich und nahm auf einem der Besucherstühle Platz.

»Meine Zeit ist begrenzt, Mr ...?«

»Norcott, Superintendent Norcott.« Er schenkte de Vercenne ein strahlendes Lächeln und schlug bequem die Beine übereinander. Falls de Vercennes Unhöflichkeit seine übliche Haltung gegenüber anderen darstellte, dann hatte Norcott vielleicht die Chance auf eine schnelle Auflösung. Dann war es denkbar, dass all die Ereignisse kleine Racheakte für die Demütigungen waren, die der junge Professor täglich verteilte. Norcott gestand sich ein, dass ihm dies die angenehmste Lösung wäre.

Offenbar schien dies auch de Vercennes Lösung der Dinge zu sein, wenn auch mit einer anderen Triebfeder. Auf Norcotts Eingangsfrage, wie er die Zwischenfälle im Institut werte, sagte er: »Ich mache es Ihnen leicht, Superintendent. Ursachen sind Schlendrian und Faulheit. Ignoranz auch, wenn Sie wollen.« Während er sprach, sah er oberflächlich Papiere durch, schob Stapel auf seinem Schreibtisch wie auf einem Schachbrett hin und her. »Diesem Institut fehlt eine Leitung, eine feste Hand. Hier haben sich ... Ja?«

Norcott hatte sich unüberhörbar geräuspert. »Verzeihen Sie, aber ich war der Meinung, Professor Maidstone leitet das Institut?«

De Vercennes Antwort kam mit einer winzigen Verzögerung, während der sich ein überhebliches Lächeln über seine Lippen stahl. »Und ich dachte immer, zum Beruf des Bobbys gehöre auch ein Mindestmaß an Menschenkenntnis.«

Wieder schmunzelte Charles Norcott, musste sich geradezu überwinden, seine Mundwinkel wieder einzufangen. De Vercenne schaffte es mühelos, zwei Beleidigungen in nur einen kurzen Satz zu verpacken. Wie, als wenn er dem Bild eines begriffsstutzigen Streifenpolizisten entsprechen wollte, zog Norcott sein kleines schwarzes Notizbuch hervor und begann, sich scheinbar eifrig Notizen zu machen. Er machte sich tatsächlich eine Notiz, allerdings eine andere, als de Vercenne wohl vermutet hätte. »Darf ich Sie also so verstehen, dass Sie alle Zwischenfälle den Mitarbeitern ...«

»Zwischenfälle?« De Vercenne war ihm mit höhnischer Miene ins Wort gefallen. »Schlichte Schlamperei ist das. Amos Maidstone lässt den Leuten jede Nachlässigkeit durchgehen! Meine sogenannte Sekretärin ist ein Trampel, die in ihrer schier unendlichen Stumpfheit wahrscheinlich ihr Frühstücksbrot in meine Forschungsnotizen einwickelt.«

Der Wissenschaftler hatte sich in Rage geredet. Und doch war da ein anderer Unterton, den Norcott noch nicht genau zuordnen konnte.

»Professor de Vercenne, wenn ich es richtig verstanden habe, ist, neben Ihrer Sekretärin, Miss Rackshaw Ihre engste Mitarbeiterin?«

»Wer?«

»Genevieve Rackshaw, die leitende Assistentin.«

»Ach, Gene. Ja.« Es schien fast, als müsse er sich ihre Tätigkeit erst wieder ins Gedächtnis rufen. Ein zweites, wieder zögerndes »Ja«. Vercenne strich sich über die Schläfe. »Die Assistentinnen bereiten die Versuche nach meinen Vorgaben vor, kümmern sich um die Bereitstellung der Materialien, erledigen eine Menge des Papierkrieges, mit denen uns die Universität und das Ministerium bedenken. Gene, ja ...« Wieder ein langsames Aussprechen des Namens, so als müsste er sich erst wieder ein Bild von der Person machen. »Ganz ordentlich. Kam Anfang des Jahres zu uns, im Januar, Februar. Im Verhältnis zu vielen anderen nicht schlecht.« Und so, als müsse er dieses halbherzige Lob sogleich relativieren, setzte er hinzu: »Eine Einäugige unter Blinden.«

»Wen unter den Mitarbeitern des Instituts halten Sie der Sabotage für fähig?« Norcott hatte den Satz kaum beendet, als de Vercenne höhnisch auflachte.

»Ich halte so gut wie niemanden hier für fähig!« Die Frage hatte ihn offenbar aus der zeitweiligen Nachdenklichkeit aufgeweckt. »Hatte ich mich nicht deutlich genug ausgedrückt, Mr. Norcott? Die eine Hälfte unserer Mitarbeiter ist viel zu träge und faul, um an so etwas wie aktive Sabotage zu denken und die andere Hälfte ist zu beschränkt, um sie sich auszudenken. Die guten Fachkräfte sind spätestens nach Kriegsende in die Vereinigten Staaten oder nach Kanada gegangen. Wer hier geblieben ist, ist Bodensatz.«

Norcott nutzte die Gelegenheit: »Sie selbst haben auch in den USA gearbeitet? Während des Krieges?«

Wieder ein kurzes Aufleuchten in den Augen, dann wandte de Vercenne seinen Blick zum Fenster und schien einen Punkt sehr weit entfernt zu fixieren. »Ja, ich habe am MIT, dem Massachusetts Institute of Technology, promoviert. In Boston.«

»Darf ich fragen, wieso Sie dann wieder hierher zurückgekehrt sind?« Um einer patzigen Bemerkung de Vercennes zu entgehen, setzte Norcott schnell hinzu: »Nur persönliche Neugier, weil Sie vorhin erwähnten, dass so viele Ihrer Kollegen nach Nordamerika gegangen sind.« Für Norcotts Geschmack dauerte die Antwort dann ein wenig zu lang.

»Es war der Wunsch meiner Eltern. Wie Sie vielleicht wissen, ist mein Vater der 17. Viscount Avebury. Das bringt gewisse gesellschaftliche Verpflichtungen mit sich, auch für mich, zumal ich keine Geschwister habe.« Er beendete seinen Satz mit einem demonstrativen Blick zu seiner Armbanduhr und wollte damit wohl auch das Ende der Audienz andeuten.

Norcott dagegen lehnte sich in seinem Stuhl zurück und sagte: »Ich glaube, ich habe mich noch gar nicht für die Zeit bedankt, die Sie mir so bereitwillig schenken.« Er begleitete diesen Satz mit einem dermaßen unschuldig wirkenden Lächeln, dass auch de Vercenne diesmal grinsen musste.

»Sie haben nicht zufällig einige Bullterrier in der Verwandtschaft, Superintendent?« Auch wenn die Worte unverschämt klangen, signalisierte de Vercennes erschöpftes Grinsen doch, dass er einlenkte. »Also? Was möchten Sie noch wissen?«

»Dr. Fraser-Collins. Sie haben ein gutes Verhältnis zu ihm?«

»Arthur ist«, ein kurzes Nachdenken, »ein herausragender Chemiker, dessen Expertise ich«, erneutes Überlegen, »in seinem Fachgebiet außerordentlich schätze.« De Vercenne betrachtete einen Moment die Zimmerdecke, als erwarte er von dort weitere Antworten.

»Punkt?«

»Ja, Punkt«, bestätigte der Professor und machte dabei doch ein Gesicht, als ob er das Gegenteil dachte.

»Keine Rivalität zwischen Ihnen? Um Planstellen, Lehrstühle oder blanken Ruhm?«

Diesmal lachte de Vercenne mit fast kindlich wirkender Fröhlichkeit. »Ach, Superintendent, man sagte mir, Sie halten Vorlesungen am All Souls College. Wissen Sie, wie viele Nachwuchswissenschaftler Ihnen bedenkenlos die Kehle durchschneiden würden, allein auf die vage Chance, Ihre Stelle einzunehmen?« Er machte eine ungeduldige Handbewegung. »Jaja, das war übertrieben.« Erneutes Grinsen. »Aber nicht sehr. Das All Souls ist eines der absoluten Zentren der Universität Oxford. Wer dort lehrt, gehört zur Elite der Elite. Allein in Oxford lehren, forschen, sein zu dürfen, bereitet auf Großes vor. Und natürlich sind Arthur und ich Rivalen. Um Laborplätze, Material, Personal, um alles.« Er verstummte und schien einen Moment zu überlegen. »Wissen Sie, Superintendent, ich bin eigentlich froh, dass Arthur Fraser-Collins so ein selbstverliebter, weinerlicher, ewig beleidigter«, er suchte nach Worten, »so ein Mensch ist, wie er es eben ist. Er ist ein Halbblut, wissen Sie das? Sein Vater Burmese, die Mutter Engländerin, dazu noch seine Krankheit ... So viele Hypotheken im Leben. Wenn er jetzt noch ein netter Kerl wäre - nicht auszuhalten.« Er wurde wieder ernst. »Wissenschaft ist Kampf bis aufs Messer. Verbündete findet man selten, Freunde nie. Mir ist eine klare, offene Feindschaft lieber. Da weiß man, woran man ist.«

Charles Norcott hatte sich bereits verabschiedet, als de Vercenne ihn noch einmal ansprach. »Ach, Superintendent?«

Norcott drehte sich um und ging wieder auf den jungen Wissenschaftler zu. »Ja, Professor?«

»Wissen Sie, vielleicht war ich vorhin doch etwas voreilig in der Bewertung der Mitarbeiter hier. Es gibt da einen Laborassistenten, Mitch Firking.« De Vercenne verstummte und schien nach den passenden Worten zu suchen.

»Sie halten ihn der Sabotage für fähig?«, assistierte Norcott.

In den Augen de Vercennes blitzte es auf, als wäre ihm jetzt der geeignete Begriff eingefallen. »Nein, Superintendent, nicht fähig, aber boshaft genug. Dieser Mann ist angefüllt mit Boshaftigkeit.«

Kapitel 12

London, New Scotland Yard, Victoria Embankment
Freitag, 25. April 1947, Vormittag

Mit Sir Harold Scott hatte Norcott vereinbart, ungefähr einmal in der Woche in seinem Büro bei New Scotland Yard vorbeizuschauen. Heute war wenig zu tun gewesen. Seine Sekretärin Alexandra Stephens hatte alle Routinevorgänge an seine Stellvertreter weitergeleitet. Die wenigen Dinge, die ihn persönlich betrafen, waren mit ihrer typischen, scheinbar nie erlahmenden Effizienz vorbereitet und im Nu durchgegangen.

Stephens hatte ihre Postmappe schon geschlossen, hielt aber noch einen Notizzettel in der Hand. »Und dann hat Mr. Karatzas schon zweimal angerufen. Sie erinnern sich: die Fassadenschmierereien. Ein sehr charmanter Mann.« Steph lächelte. »Ich habe ihm versprochen, dass Sie zurückrufen. Oder, wenn Sie möchten, könnten Sie ihn auch in der Stadt treffen. Er ist diese Woche in der Kunstgalerie seines Bruders.« Sie wedelte mit dem Zettel, und Norcott streckte mit einem Seufzer die Hand danach aus.

»Wir müssten dann nur meinen Termin ...«, begann er, aber hielt sofort inne, als er Stephens Gesicht sah.

»Ich habe Nigel Ward für 13 Uhr ins *Manfredi* in der Ryder Street bestellt. Die Galerie der Karatzas ist am Masons Yard, schräg gegenüber. Steht alles hier drauf.« Sie konsultierte die kleine Taschenuhr, die am Revers ihres Kostüms hing. »Es ist jetzt 11.20 Uhr. Wenn Sie durch den St. James Park gehen, sind Sie um kurz vor zwölf Uhr am Masons Yard und haben eine Stunde für Mr. Karatzas.«

»Wie habe ich eigentlich mein Leben organisiert, als Sie noch nicht für mich gesorgt haben, Steph?«

»Das kann ich unmöglich kommentieren, Chef«, antwortete sie mit bierernster Miene. Dann setzte sie mit ihrem Rollstuhl rückwärts, ließ ihn mit einer gekonnten Armbewegung eine 180-Grad-Drehung vollführen und lachte über die Schulter. »Wahrscheinlich war es aber ein ziemliches Chaos.«

* * *

Es war tatsächlich eine ausgezeichnete Idee gewesen, die Strecke durch den St. James Park zu nehmen. Vorbei am Amtssitz des Premierministers war Norcott durch die Downing Street gegangen, um dann nach links in die Horse Guard Road einzubiegen. Er hatte damit den weiteren, aber seiner Ansicht nach deutlich schöneren Weg durch den Park gewählt, da er nun ein ganzes Stück am Ufer des St. James Park Lake vorbeiging. Jetzt genoss er die Sonne, die sich seit dem späten Morgen mehr und mehr gegen die Wolken hatte durchsetzen können. Vom Marlborough Gate, dem Ausgang des Parks an der Mall war es nur noch ein halber Kilometer bis zur Galerie. Knapp zehn Minuten später stand Norcott vor den zwei großen Schaufenstern der *Karatzas Fine Art*-Galerie. Er betrachtete gerade das langgestreckte Aquarell einer Brücke, als er ein Klopfen hörte. Constantin Karatzas winkte ihm freundlich durch das Schaufenster zu.

»Hallo, Superintendent.« Karatzas kam ihm mit freundlich strahlendem Gesicht in der Eingangstür der Galerie entgegen. »Gefällt Ihnen die Brücke? Das Bild ist faszinierend, oder? Ich bin fast versucht, es für mich selbst zu behalten.« Karatzas lächelte so jungenhaft unbefangen, dass Charles Norcott versucht war, ihm zu glauben.

»Hallo, Mr. Karatzas.« Sie schüttelten sich die Hände. »Ja, ich muss gestehen, das Bild übt eine gewisse Versuchung aus. Aber zum Glück verwenden Sie ja deutlich lesbare Preisschilder. Das kühlt die Versuchung dann wieder ab.«

»Aber, aber, Superintendent, wenn wir unsere Bilder noch preisgünstiger verkaufen würden, bliebe uns nicht einmal mehr das Existenzminimum.« Er reckte dabei die Hände so theatralisch gekonnt gen Himmel, dass Norcott lachen musste.

»Ich hoffe, Sie haben einen Moment Zeit mitgebracht? Darf ich Ihnen etwas zu trinken anbieten? Vielleicht möchten Sie armenischen Kaffee probieren? Oh bitte, Sie müssen mir die Freude machen. Ich bestehe darauf!« Mit einer einladenden Geste wies er auf eine kleine Gruppe bequem aussehender Clubsessel. »Bitte, nehmen Sie Platz, Superintendent und entschuldigen Sie mich einen kurzen Moment.« Karatzas verschwand, ohne eine Antwort von Norcott abzuwarten, in die hinteren Räume der Galerie.

Norcott setzte sich in einen der dunklen bordeaux-farbenen Sessel und ließ den Blick durch die Galerie schweifen. Die mattweißen Wände wurden durch honigfarbenes Parkett und geschickt gewählte Beleuchtung ihrer Kühle beraubt. Bei den angebotenen Kunstwerken handelte es sich hauptsächlich um Impressionisten, soweit Norcott das beurteilen konnte.

Nach wenigen Augenblicken war sein Gastgeber wieder bei Norcott. Während Karatzas mit einer geübten Bewegung eine kleine Staffelei vor den Sesseln platzierte, servierte ein junger Mitarbeiter den Kaffee. »Sehen Sie es sich noch einen Moment an, Superintendent. Genießen Sie Ihren Kaffee und lassen Sie sich von den Farben, vom Licht des Kunstwerkes nach Südfrankreich entführen.« Karatzas stellte das Bild, das Norcott im Schaufenster bewundert hatte, auf die Staffelei, während der junge Mann Kaffee aus einem kleinen Metallkännchen eingoss.

»Ich muss mich wirklich noch einmal bei Ihnen bedanken, Mr. Norcott.« Constantin Karatzas hatte nun ebenfalls in einem der Sessel Platz genommen. »Ihre Intervention hat wirklich Wunder bewirkt.« Wie er weiter berichtete, war innerhalb von fünfzehn Minuten nach Norcotts Telefonat ein Trupp Polizeibeamter aufgetaucht. Man hatte sehr sorgsam Fotos von den Schmierereien gemacht und alles protokolliert, die Anzeige aufgenommen und mögliche Zeugen in der Nachbarschaft vernommen. Täglich erscheine nun ein Streifenbeamter auf seinem Rundgang vor dem Haus. »Ob sich die Urheber dieses Geschmieres nun endgültig abhalten lassen, weiß ich nicht«, sagte Karatzas. »Wir, mein Bruder und ich, fühlen uns in jedem Fall sicherer und vor allem ernst genommen. Auch wenn offenbar mancher etwas anderes glaubt, wir zahlen Steuern in diesem Land. Und dafür erwarten wir natürlich auch eine angemessene Gegenleistung.« Karatzas begleitete seine Aussage zwar mit einem Lächeln, aber es war eine Spur Bitterkeit in seinen Worten zu spüren.

»Wie ich bereits bei unserem Gespräch vor drei Wochen sagte, Mr. Karatzas, seien Sie ruhig anspruchsvoll, was die Dienste unserer Polizei angeht. Unserem Land geht es in vielerlei Hinsicht nicht gut. Vandalismus hilft aber niemandem. Auch denen, die sich an Ihrem Haus abreagiert haben, nicht.«

Karatzas seufzte. »Gewiss nicht. Aber wo Sie gerade noch einmal unsere Schmierfinken erwähnen, vielleicht können Sie mich aufklären. Was bedeuten die Worte *Häuser für Helden*? Das hatte man ja, neben anderem, mehrfach an die Wände gepinselt.«

»Häuser für unsere Kriegshelden zu bauen, war ein Versprechen der Regierung am Ende des Krieges. Die katastrophale Wirtschaftssituation seit 1945 hat dieses, wie viele andere Versprechen, in Rauch aufgehen lassen. Die Männer, die für unser Land gekämpft haben, fühlen sich betrogen. Sehr viele sind krank an Geist und Körper aus dem Krieg gekommen und die enorme Arbeitslosigkeit macht es den Schwächeren nahezu unmöglich, wieder Fuß zu fassen. Sie sind verbittert. Das ist keine Entschuldigung, nur eine Charakterisierung.«

Karatzas nickte mit ernster Miene und beide schwiegen einen Moment. Schließlich trank Norcott noch einen Schluck des aromatischen, starken Kaffees und fragte dann: »Darf ich ein wenig neugierig sein? Sie erwähnten vorhin armenischen Kaffee. *Karatzas* ist also ein armenischer Name?«

»Exakt. Meine Familie stammt ursprünglich aus Armenien. In den Wirren des untergehenden russischen Zarenreiches sind meine Eltern zunächst nach Trabzon in der Türkei geflohen, dort gab es eine große armenische Gemeinde. Als auch die Türken begannen, uns zu drangsalieren, wurden mein Bruder und ich zum Studium nach Paris geschickt. 1940, nach der französischen Niederlage, entschieden wir uns, unser Glück hier in London zu versuchen. Mein Bruder hat Kunstgeschichte studiert, ich Finanzwissenschaften. Ich bekam die Chance, bei einer Geschäftsbank, der Hampshire & Surrey Bank, als Devisenhändler zu arbeiten.« Er lächelte. »Und ich darf mir schmeicheln, in den letzten Jahren nicht ganz unerfolgreich gewesen zu sein. Neben einer gewissen finanziellen Unabhängigkeit genieße ich mittlerweile auch andere Freiheiten in der Bank. Zum Beispiel kann ich auf die Galerie aufpassen, wenn mein Bruder auf dem Land unterwegs ist, um neue Bilder zu kaufen.«

»Gibt es eigentlich viele armenischstämmige Menschen in England?«, fragte Norcott.

Sein Gesprächspartner schien einen Moment zu überlegen. »Nein, als *viele* würde ich unsere Gruppe nicht bezeichnen. Da gibt es sicherlich eine Reihe deutlich größerer Gruppen. Die Menschen aus der Karibik, aus Indien, die Iren. Bei uns ist das eher übersichtlich. Man kennt sich.«

Die beiden Männer unterhielten sich noch eine Weile, dann brach Norcott zu seiner zweiten Verabredung an diesem Tag auf. Von der Galerie im Masons Yard waren es nur etwa dreihundert Meter bis zum *Manfredi*, einem alteingesessenen, sehr kleinen, immer noch preiswerten italienischen Restaurant in der Ryder Street. An dem bestellten Tisch dort saß ein schlaksiger, jung wirkender Mann, der so eilfertig aufsprang, als er Norcott sah, dass er fast die Wasserflasche vom Tisch gestoßen hätte.

»Superintendent.« Der Mann stieß den Titel hervor, wusste aber offenbar nichts Weiteres zu sagen.

»Bleiben Sie sitzen, Nigel.« Norcott lächelte freundlich und reichte seinem Gegenüber die Hand. »Schön, dass Sie ein Treffen einrichten konnten. Haben Sie schon einen Blick in die Karte geworfen?« Er griff selbst zur Karte und beide lasen einen Augenblick still. Dann sagte Norcott: »Miesmuschelauflauf soll hier sehr gut sein. Mögen Sie Miesmuscheln, Nigel?«

Der Jüngere schüttelte den Kopf. »Ich dachte eher an einen kleinen Salat, Sir. Mittags esse ich nie viel, wissen Sie?«

Norcott warf dem ehemaligen Polizisten einen warmherzigen Blick zu und war sich bei dessen ausgemergelten Wangen sicher, dass er nie viel aß. »Die Rechnung übernimmt Scotland Yard, Nigel.« Leiser setzte er hinzu: »Schließlich sind wir dienstlich hier.«

105

Nach Pasta mit frischen Tomaten hatten sie Muschelauflauf mit Reis und Kartoffeln, die Spezialität des apulischen Wirtes, gegessen. Und nachdem sie das Essen nur mit ein wenig Klatsch und Tratsch aus der Polizeiszene gewürzt hatten, konnte Nigel Ward beim Espresso schließlich seine Neugier nicht mehr bezähmen.

»Sie hatten am Telefon davon gesprochen ...«, er räusperte sich. »Also Sie könnten mich brauchen, Sir?« Die braunen Augen des jüngeren Mannes hatten einen fast vergessenen Glanz zurückbekommen. »Wie kann ich Ihnen helfen?«

Norcott nickte. »Ja, Nigel, ich brauche Sie. Ich bin in einer etwas komplizierten Lage und brauche jemanden, der mir den Rücken deckt. Jemand, der gewitzt ist und der allein entscheiden kann.«

Ward straffte sich. »Ich bin ganz Ohr, Sir.«

Kapitel 13

Oxford, 14b Norham Gardens
Samstag, 26. April 1947, Vormittag

Guten Morgen, Sir!«
Charles Norcott zuckte kurz zusammen. Er hatte, nach seinen Terminen in London und der Heimfahrt nach Oxford, gestern Abend noch bis nach 21 Uhr Vorlesungen gehalten. Er fühlte sich jetzt, um kurz vor acht Uhr, noch nicht wirklich ausgeschlafen. *Todmüde* und *renovierungsbedürftig* würde es eher treffen, gestand er sich ein. DC Badby dagegen schien geradezu unverschämt frisch und gut gelaunt zu sein. Ihre rabenschwarzen Haare waren in einer lockeren Flechtfrisur nur halbwegs gebändigt und ihre braunen Augen glänzten unternehmungslustig. Bevor Charles Norcott richtig antworten konnte, kam auch Vicky in den Salon, der ihnen als Esszimmer diente.

»Guten Morgen, Langschläfer«, neckte sie ihn und gab ihm einen Kuss auf die Stirn. »Hattest du nicht vor, mit Elizabeth heute noch einmal alle Gespräche durchzugehen und über die Taktik der nächsten Woche zu sprechen?«

Norcott wollte wieder etwas sagen, klappte aber nur tonlos den Mund auf und zu. Er war einfach noch zu müde und hätte sich eigentlich gern wieder hingelegt.

»Elisabeth, sind Sie so gut und schenken meinem Mann auch eine Tasse Kaffee ein? Ich muss mich um

Eier und Speck kümmern.« Damit war sie auch schon wieder aus dem Zimmer verschwunden und ließ einen weiterhin sehr müden Superintendent zurück.

»Möchten Sie wirklich Kaffee, Sir, oder lieber einen schönen Tee?« Seine neue Assistentin lächelte ihn gewinnend an.

»Ein Kaffee wäre jetzt wirklich gut«, brachte Norcott hervor. »Übrigens Ihnen auch einen guten Morgen.« Während sie ihm die Tasse vollschenkte, blinzelte er sie mit gespieltem Misstrauen an. »Haben Sie nicht gestern Abend noch alle Gesprächsprotokolle abgetippt, DC? Sollten Sie nicht auch zumindest minimale Spuren von Müdigkeit erkennen lassen?« Er lächelte und fügte hinzu: »So aus Solidarität vielleicht?«

»Tut mir leid, Sir. Ich habe mich gerade vierundzwanzig geschlagene Monate an der Akademie gelangweilt. Ich freue mich so sehr, wieder in der Praxis gelandet zu sein.«

Einige Tassen Kaffee und ausgiebige Portionen Eier und Speck später fühlte sich Norcott wach genug, um die bisherigen Ermittlungsergebnisse zusammenzufassen. Er und DC Badby zogen sich in den Teil des Wohnzimmers zurück, der mit einem Schreibtisch und mehreren Stühlen ausgestattet war. Aus dem College hatte Norcott sich, mithilfe von Mr. Kendrick, dem Hausmeister, zwei Korkwände ausgeliehen. An diese Wände hefteten sie nun Fotos der interessanten und wichtigen Personen. In der Mitte prangten die Fotokopien der Bilder von Professor Maidstone, Professor de Vercenne und Dr. Fraser-Collins. Daneben die aus den

Personalakten kopierten Bilder von Daphne Pelling, Genevieve Rackshaw und Mitch Firking. Darunter waren Bilder der restlichen Institutsmitarbeiter geheftet. Norcott starrte auf die grobkörnigen Bilder. Er seufzte. »Gut. Fangen wir ganz klassisch an. Cui bono? Wer profitiert von den Ereignissen?« Er sah zu Badby, die ihre Stirn runzelte. »Denken Sie über mögliche Motive nach oder gefällt Ihnen der Ansatz nicht?«

Sie blickte zu Boden. »Bitte entschuldigen Sie, Sir, ich möchte nicht vorlaut erscheinen.«

Norcott lächelte aufmunternd. »Unsinn, Badby. Sagen Sie, was Sie denken. Wenn Sie Überlegungen haben, die falsch sind, kann ich Sie nicht korrigieren und Sie werden nichts lernen. Und wenn Sie zutreffende Ideen haben, wäre es erst recht unverzeihlich, sie nicht zu hören.«

Sie schien immer noch nicht überzeugt und schwieg noch einen Moment. Schließlich sagte sie: »Es tut mir leid, Sir. Ich habe einfach schlechte Erfahrungen gemacht.« Wieder folgte eine Pause. Sie seufzte. »Sie wissen ja, Sir, dass alle Akademiestudenten im zweiten Jahr einen Praxiseinsatz von zwei Monaten haben. Ich kam zur Cumbria Constabulary in Penrith. Bitte halten Sie mich nicht für hochnäsig oder so. Aber ich bin nun mal Londonerin und das hört man ja auch an meiner Aussprache. Na, jedenfalls war es vom ersten Tag an grässlich. Meine Vorgesetzten fragten mich ständig nach meiner Meinung, aber nur, um sich über meinen Akzent oder meine Fehler lustig zu machen.« Ein sehr tiefer Seufzer brach aus ihr hervor und sie sah Norcott nun zum ersten Mal direkt an. »Ich hab dann den Fehler gemacht, ein Versetzungsgesuch an die Akademie zu schreiben, das ich natürlich auch begründet habe.« Wieder ein tiefer Seufzer. »Den Brief muss jemand von der Akademie durchgestochen haben. Jedenfalls wussten meine Chefs nach zwei Tagen davon. Ab diesem Zeitpunkt haben sie absolut jede Gelegenheit genutzt, mich als inkompetente Idiotin dastehen zu lassen. Besonders gern vor Dritten.« Sie schwieg kurz, dann sagte sie: »Meine Meinung ist nichts wert. Das hat man mir in den zwei Monaten beigebracht. Ich bin jung und unerfahren und überhaupt eine Frau.«

Charles Norcott atmete tief durch. Wut war in ihm aufgestiegen. Wut über leitende Kollegen, die mit ihrem Denken immer noch im 18. Jahrhundert hängen geblieben waren. Und über Polizeibeamte, die ihre Macht missbrauchten. Er sah seiner neuen Assistentin in die Augen. »Die Verhältnisse ändern sich viel zu langsam. Und in solchen Regionen wie Cumbria vielleicht noch langsamer. Aber Sie dürfen nicht aufgeben oder sich kleinmachen und solchen Typen das Feld überlassen. Ich weiß, das klingt einfach, hier vom bequemen Sessel aus gesagt. Aber sehen Sie auch das Positive. Vor einem halben Jahr ist Elisabeth Bather, eine Kollegin, die ich außerordentlich schätze, zum Superintendent befördert worden und leitet nun die Abteilung A4. Und irgendwann werden wir auch weibliche Commissioner und vielleicht auch einen weiblichen Polizeichef haben, wer weiß. Zeiten ändern sich, sagt man. Aber sie ändern sich durch Menschen. Also dürfen Sie nicht aufgeben und müssen weiter Ihre Meinung sagen.« Norcott fixierte sie mit festem Blick. »Wollen Sie das, DC Badby?«

»Ja, Sir. Gern, Sir. Und danke.« Sie hatte nun wieder dieses hintergründige Lächeln, das er seit ihrer Ankunft bei ihr bemerkt hatte.

Sie waren immer noch in einer heftigen Diskussion, als zwei Stunden später Vicky Norcott ihren Kopf durch die Tür steckte. »Ich wollte nur fragen, ob ihr fleißigen Bienchen vielleicht frischen Tee und Sandwiches gebrauchen könnt?«

Elizabeth, die gerade einen großen Notizzettel an eine der Korkwände pinnte, strich sich eine vorwitzige Strähne aus der Stirn. »Oh ja, Mrs. Norcott. Tee wäre wunderbar.« Sie lächelte glücklich und Norcott nickte.

»Und Sandwiches auch. Die haben wir uns verdient, oder Badby?« Er zwinkerte ihr zu.

»Unbedingt, Sir.«

Vicky verschränkte die Arme vor der Brust und betrachtete das nur scheinbare Chaos an Zetteln und Papierknäueln, das den gesamten Schreibtisch bedeckte. Der Papierkorb quoll über und die beiden Korkwände waren mit einem kompliziert anmutenden Gewirr an Zetteln, Pfeilen und Fotos bedeckt. Sie lächelte. »Das sieht verwickelter aus als die Erbfolge vor den Rosenkriegen, aber ihr wisst bestimmt, was ihr tut. Na ja, ... ihr könnt mir, als Beobachterin, ja gleich mal erklären, was das alles zu bedeuten hat. Jetzt setze ich erst einmal Teewasser auf.«

Eine halbe Stunde später waren die ersten Sandwiches verschwunden und auf Vickys Stirn waren Gedankenfalten erschienen. Sie atmete hörbar aus. »Wenn ich es richtig verstanden habe, gibt es also eine Reihe von Verdächtigen, die ganz oder teilweise hinter den Ereignissen stecken könnten?« Norcott und Badby nickten. »Und jeder hat ein anderes Motiv?« Erneutes Nicken. Vicky betrachtete ihren Block, auf dem sie sich Notizen gemacht hatte. »Ich sage mal, was ich von den einzelnen Motiven halte, ja?« Nicken. »Professor Maidstone: Angst, dass einer der beiden Jüngeren ...«

»... vor allem de Vercenne!«, ergänzte Norcott.

»Ja, vor allem, dass Jack de Vercenne ihm die Institutsleitung streitig macht.« Sie kratzte sich mit dem Bleistift an der Wange. »Nein, so wie ihr ihn beschrieben habt, ist das alles nicht sein Stil. Solche alten Männer verlassen sich auf ihre Seilschaften, der würde eher hinter den Kulissen der Universitätsleitung ein paar Gefallen aus alten Zeiten einfordern. Dann dieser Dr. Fraser-Collins. Der scheint mir ein schräger Vogel zu sein. Charles, erklär mir noch einmal, was du vorhin mit dem Akzent meintest, das hab ich nicht verstanden.«

»Während unseres Gespräches konnte ich die gesamte Zeit einen leichten Akzent heraushören. Dieses leicht näselnde Singen, ich kann es nicht anders beschreiben, diesen Tonfall, den man bei Menschen aus Indien hört. Wie gesagt, dieser Akzent war die gesamte Zeit da und auch Badby hat ihn bemerkt, als sie mit Fraser-Collins zur Terminvereinbarung telefoniert hat.

Aber«, Norcott hob den Finger, »in einzelnen, unaufmerksamen Momenten spricht er ein lupenreines Eliten-Englisch. Die Sprechweise, die man sich in Eton, Charterhouse oder Harrow angewöhnt. Und ich frage mich, wozu er das macht? Will er harmloser wirken, als er ist? Und wozu? Warum ist die Frage.«

»Hat er überhaupt eine Chance, Maidstone zu beerben? Er hat keine Professur inne, sagtest du.«

»Stimmt«, antwortete Norcott. »Er hat aktuell keine Professur. Aber er ist habilitiert, könnte also jederzeit berufen werden. Und selbst de Vercenne äußerte Respekt vor seinen Fachkenntnissen.«

»Es könnte auch einfach blanker Neid auf de Vercenne sein«, warf Badby ein. »De Vercenne hat alles, was er nicht hat. Ein reiches Elternhaus, gesellschaftliche Anerkennung, eine Professur, Gesundheit.«

Vicky hakte erneut ein. »Der nächste Punkt, den ich nicht verstanden habe. Er hat eine Behinderung?«

Norcott nickte Elizabeth Badby zu, die in ihrem Notizblock blätterte. »Laut seiner Personalakte ist Dr. Fraser-Collins als Kind an Poliomyelitis erkrankt. Die eigentliche Erkrankung blieb weitgehend folgenlos, aber seit ungefähr zwei Jahren leidet er an dem sogenannten Postpolio-Syndrom. Eine Krankheit, die ähnliche Symptome wie Polio selbst hat, aber auch eine verringerte psychische Belastbarkeit mit sich bringen kann. Wie schwer die Krankheit ihn aktuell wirklich trifft, können wir ohne eine fachärztliche Untersuchung natürlich nicht sagen. Aber es könnte sein«, sie suchte den Blickkontakt zu Norcott, der aufmunternd nickte, »es

113

könnte sein, also das war meine Idee, dass Fraser-Collins vielleicht das Gefühl hat, ihm laufe die Zeit davon. Im Wettrennen um wissenschaftlichen Ruhm und Anerkennung.«

»Hm«, brummte Vicky. »Ja. Ich meine auch, das ist ein Kandidat, den man näher beobachten sollte.« Sie sah wieder auf ihre Notizen. »Ich fasse mal ein paar Personen zusammen: Diese kleine Sekretärin, die de Vercenne quält, Daphne soundso, kennt sich im Laboratoriumsbereich nicht gut genug aus und scheint mir eher der Typ der still Leidenden zu sein.«

Elizabeth Badby, die mit Miss Pelling gesprochen hatte, nickte. »Sehe ich genauso.«

»Okay, abgehakt fürs Erste. Dann dieser Mitch Forking?«

»Firking«, verbesserte Badby. »Er ist ein Kläffer, der aber zurückzuckt, wenn er Gegenwind spürt. Einer, der alles hasst, was nicht wie er aussieht.« Sie steckte sich ihren Bleistift in die Frisur und verschränkte die Arme vor der Brust. »Dieser kleine Widerling hat mir doch tatsächlich während unseres Gespräches Avancen gemacht. Als ich ihn abblitzen ließ, meinte er, meine Eltern seien wohl auch keine richtigen Engländer, so wie ich aussehe.« Ein winziges Lächeln huschte über Badbys Lippen. Dass sie ihm mit einem Polizeigriff den Arm auf den Rücken gedreht und gedroht hatte, ihm die Schulter zu brechen, wenn er nicht höflicher werde, erwähnte sie nicht.

»Also auch ein kleiner Fisch, der sich aufs Stänkern beschränkt?«, fragte Vicky und sah dann zu ihrem

Mann, der seine Stirn in Falten gelegt hatte. »Du siehst das anders, Darling?«

Norcott antwortete nicht sofort. Er suchte noch einmal in seinen Notizen. »Ich will Elizabeth nicht widersprechen in ihrer Einschätzung von Firking. Trotzdem habe ich immer noch die Bemerkung von Professor de Vercenne im Ohr, dieser Mitch Firking sei ›angefüllt mit Boshaftigkeit‹. Das sind seine Worte gewesen. ›Angefüllt mit Boshaftigkeit.‹ Und ich glaube, wir alle sind uns einig, dass Jack de Vercenne nicht der Typus Mensch ist, der sich leicht ängstigt oder beeindrucken lässt.«

Beide Frauen nickten und Badby sagte: »Also erst einmal ein Fragezeichen über seinem Namen?«

»Ja.« Der Superintendent nickte nachdenklich. »Ich möchte ihn, soweit es geht, erst einmal weiter unter Beobachtung halten. Streichen können wir ihn von der Liste der Verdächtigen immer noch.«

Vicky seufzte. »Fein. Damit wären wir dann mit dem unmittelbaren Kreis an Verdächtigen im Institut fertig, oder? Der Rest sind Schreibkräfte, Laboranten, alle, die nicht schlau genug sind und alle kein wesentliches und erkennbares Motiv haben, richtig?«

»Ja, fast«, korrigierte sie ihr Mann. »Es gibt noch Genevieve Rackshaw, die leitende Laborassistentin.«

»Oh ja, genau. Die habe ich ...«, Vicky suchte in ihren Notizen. »Irgendwie ist die mir durchgerutscht. Aber da hatte sich ja, nach eurer Einschätzung, auch keinerlei Motiv ergeben, wenn ich das richtig in Erinnerung habe.«

»Das stimmt«, antwortete Norcott, während er selbst noch einmal seine Notizen durchsah. »Eine zurückhaltende junge Frau. Ist noch nicht so lang im Institut, aber scheint sich schon gut eingearbeitet zu haben und beliebt zu sein. Selbst Professor de Vercenne hat sich so eine Art Lob abgerungen für sie.« Norcott verzog die Mundwinkel.

Elizabeth Badby grinste. »Auch hier kann man sehen, was dieser Firking für ein intriganter Widerling ist. Er hat während der Vernehmung über die Rackshaw geschimpft und behauptet, sie habe ihn mit einem Messer bedroht. Angeblich habe er sie nur zufällig berührt und sie sei völlig ausgerastet, wie er es ausdrückte. Wenn Sie mich fragen, hat sie ihm wahrscheinlich nur seine Grenzen aufgezeigt und er hat sich den Rest ausgedacht.«

»Ein Grund mehr, Firking nicht vorschnell aus dem Fokus zu lassen. Je länger ich über diese Episode nachdenke«, meinte Norcott, »um so weniger gefällt mir sein Verhalten. Er scheint ja schon fast psychopathische Merkmale zu zeigen.«

»Entschuldige, Darling, was für Merkmale?«, bohrte Vicky nach.

»Psychopathisch. Eine neue Bezeichnung, die ungefähr fünf, sechs Jahre alt ist. Ein amerikanischer Psychologe ...«, er suchte nach dem Namen.

»Hervey Cleckley«, half Badby ihm aus. »Wir haben sein Buch *The Mask of Sanity* in der Akademie gelesen. Ich empfand die Beschreibungen der psychischen Krankheitsbilder einerseits wissenschaftlich klar, ande-

116

rerseits beunruhigend. Besonders die narzisstische Persönlichkeitsstörung.«

»Richtig, Cleckley, so hieß er. Als psychopathisch bezeichnet er Menschen, die eine schwere Persönlichkeitsstörung aufweisen. Ihnen fehlt die Fähigkeit zur Empathie und zu sozialer Verantwortung. Oft können diese Menschen zwar oberflächliche Beziehungen aufbauen, sind aber oft sehr manipulativ. Es bleibt also dabei, wir nehmen Firking genauer unter die Lupe.«

»Dann also jetzt die Personen im weiteren Umfeld?«, fragte Vicky und blätterte in ihrem Notizblock.

Ihr Mann schüttelte den Kopf. »Wie vorhin schon kurz angesprochen, haben nur sehr wenige Menschen überhaupt regelmäßig Zugang zum Institut. Hochschuloffizielle können wir ja mangels Motiv fast pauschal ausschließen. Eigentlich gibt es nur eine interessante Spur.«

»Janna Carsdale«, sagte Vicky, mehr feststellend als fragend. »Was ich nicht verstanden habe: Ist sie nun die Freundin von de Vercenne oder nicht?«

Charles Norcott grinste und verwies wieder auf DC Badby.

»Da scheint es eine Menge unterschiedlicher Meinungen zu geben«, antwortete die junge Polizistin. »Einerseits gibt es eine inoffizielle Verlobung zwischen Jack de Vercenne und Cecily Morley, der Tochter des Duke of Exeter. Wie der Büroklatsch aber wissen will, ist diese Verlobung wohl mehr oder minder nur die Idee der Eltern von de Vercenne. An den Wochenenden wird unser gutaussehender Atomforscher nämlich ausnahm-

117

slos von Janna Carsdale in Beschlag genommen. Ich habe mal ein wenig in der Londoner Schickeriaszene herumtelefoniert. Die beiden gehören, und zwar als Paar, schon so ein wenig zu denjenigen, die man kennen muss und mit denen *man* ausgeht.« Badby betonte das *man* besonders und zog dabei eine Augenbraue hoch. Dann fügte sie hinzu: »Und auch ansonsten lässt der Herr Professor nichts anbrennen.«

»Wobei Miss Morley wohl eher still leidet und hofft«, sagte Norcott, »und Miss Carsdale ... nun ja. Erzählen Sie meiner Frau von der Episode mit der Reitgerte.«

Elizabeth Badby wiederholte die Geschichte, von der ihr der Hausmeister des Instituts, Bart Stibbon, berichtet hatte. »Er hat mir erzählt, sie habe beim Verlassen des Instituts die Türen so heftig zugeschlagen, dass er drei Scheiben neu einsetzen musste.«

Norcott trank einen letzten Schluck kalten Tees, Vicky blickte aus den großen Terrassenfenstern. Es trat einen Moment Schweigen in der kleinen Gruppe ein. Schließlich löste sich Vicky vom Anblick des Gartens und fragte: »Rache? Kann das Rache sein? Oder will sie ihn kleinkriegen? Gibt das einen Sinn? Würde die Carsdale es dort tun, im Institut?« Sie schüttelte leicht, kaum sichtbar für die anderen, den Kopf.

Kapitel 14

In seinem Bauch hatte sich ein Knoten zusammen-geballt. Ein Knoten aus Wut und Frustration, und der fraß an ihm, ätzte sich durch seinen Leib. Diese gottverfluchten Versuchsergebnisse widersprachen sich in jeder neuen Testreihe, nichts ging voran. Die Scheiben schepperten laut, als er die Schwingtüren aus dem Flur mit Wucht aufstieß. Er spürte den wilden Wunsch, etwas aufzustoßen, sich Luft zu verschaffen. Die Misserfolge der letzten Monate nagten mehr und mehr an ihm, breiteten sich wie lästiger Ausschlag aus, erstickten ihn förmlich. Seine Arbeit und ihn selbst. Wieder stieß er die nächste Schwingtür auf, wenn auch schon mit weniger Wucht. Er musste sich unbedingt konzentrieren. Konzentration war der Schlüssel zu al-lem. In der Tasche seines Laborkittels suchte er hek-tisch nach dem Büroschlüssel. Er war überrascht, als er die Tür öffnete, denn der Kamin brannte. *Ist etwa der senile Hausmeister aus seiner Lethargie aufgewacht?*, ging es de Vercenne durch den Kopf. Er hatte die Büro-tür fast wieder geschlossen, als sich der schwere Dreh-sessel in Bewegung setzte.

»Hallo, Jack.« Janna Carsdale schlug die Beine übereinander. »Ich dachte schon, ich müsste erfrieren, bevor du endlich ins Büro kommst.«

Tatsächlich brannte der Kamin lichterloh und erzeugte in dem Büro eine fast subtropische Hitze.

Janna spielte mit dem Kragen des Holzfällerhemdes, das sie trug. Das war, abgesehen von einem Paar Cowboystiefeln und einem winzigen Seidenslip, alles, was ihre Haut bedeckte. Sie hatte ihr blondes Haar geöffnet und es lag, malerisch drapiert, auf ihrer rechten Schulter. Jack hätte schwören können, dass sie es bewusst so drapiert hatte. Diese Frau überließ nichts dem Zufall. Ihre langen, eleganten Finger fuhren jetzt am offenen Saum ihres Hemdes entlang, verschoben ihn ein paar Zentimeter nach außen, so dass ihre festen, wohlgeformten Brüste noch ein wenig sichtbarer wurden. Sie wippte mit dem überschlagenen Bein. »Möchtest du nicht die Tür schließen, Liebling?«

Er sah sie einen Augenblick kalt und abschätzig an, sagte dann: »Zieh dich wieder an, Janna. Und dann verschwinde aus meinem Büro!« Scheinbar widersinnig stieß er bei diesen Worten die Tür hinter sich zu.

Für einen ganz kurzen Moment blitzte etwas in ihren Augen auf. Ein flüchtiges Glitzern, wie der Eishauch des Winters über der blauen Fläche eines Bergsees. Sie schlug ihre Beine auseinander, aber nur, um ihren rechten Fuß zu sich auf den Sessel zu ziehen, sich ihm noch offener zu präsentieren. Mit ihren Händen fuhr sie in aufreizender Langsamkeit an ihrem Hemd entlang, verschob den weichen Stoff so lange, bis er nichts mehr bedeckte, der Schein des Kaminfeuers auf der Haut ihrer Brüste schimmerte.

Der Mann ihr gegenüber sagte nichts. Tat nichts. Und nur auf kurze Distanz hätte man den hauchdünnen Schweißfilm auf seiner Stirn erkennen können.

»Komm, Jack ... komm und nimm sie.« An seiner statt umfasste sie ihre Brüste, strich dann sacht über die Wölbungen, behielt ihn dabei fest im Blick.

Sein Atem ging tiefer, forcierter. Nun machte er einen Schritt auf sie zu. Dann noch einen. Wieder schien er seinen Atem zwingen zu wollen. Noch ein Schritt. Ganz nah jetzt.

Sie sah weiter zu seinen Augen, umfasste ihre Brüste fester, massierte sie fordernd. Endlich streckte er den Arm aus, seine rechte Hand umfasste ihren Oberarm und packte sie dann mit beiden Händen. Er zog sie hoch, zu sich heran. Ihre Körper waren jetzt nur noch Millimeter voneinander entfernt. Jannas Augen huschten über sein Gesicht, sogen unstillbar jede Einzelheit in sich auf, weideten sich an seiner Erregung. Sie küsste ihn. Biss ihn, gierig, mit einem brutalen Verlangen, umarmte ihn. Plötzlich brach er ab.

»Was ...«

Er packte ihre Oberarme fester, wie in einem Schraubstock, fixierte sie mit einem wilden Blick in den Augen. »Geh! Um Himmels willen, verschwinde, Janna! Ich kann dich nicht brauchen!« Er stieß sie in den Sessel zurück, verharrte, sein Atem ging schwer.

Ihre blauen Augen fixierten ihn, strahlten von einem zum anderen Moment Eiseskälte aus. »Du kannst mich nicht brauchen?« Die junge Frau lachte höhnisch auf. »Vor ein paar Wochen konntest du mich noch gut gebrauchen! Um dein Bett zu wärmen, war ich gut genug, ja?« Ihre Augen verengten sich und der Eishauch beherrschte ihr Blau nun vollständig. »Ich bin nicht eines von deinen adligen Hühnern, die ganz besoffen vor Glück sind, wenn du sie besteigst!« Leise und doch jedes Wort betonend, setzte sie hinzu: »Bild dir nicht ein, dass du mich so einfach abschieben kannst!«

Schwer atmend stand er da und starrte sie feindselig an, versuchte aber gleichzeitig, seinen Zorn zu bändigen. Er wollte jetzt keine Schwäche eingestehen. Nicht jetzt und ganz besonders nicht ihr gegenüber. Zu ähnlich waren sie sich: machtbewusste Alphatiere. Wie er würde sie jede Schwäche ausnutzen. Für einen kurzen Moment, nur einen Wimpernschlag lang, war er versucht gewesen, sich ihr zu öffnen, seine Enttäuschung mit ihr zu teilen, sich alles von der Seele zu reden. Aber seine Arroganz und sein Machtinstinkt hatten diesen Moment erstickt.

»Ich lass mich nicht einfach wegschicken.« Sie stellte es fest - während sie ruhig in ihre alten Armeehosen stieg und ihre verschlissene Pilotenjacke anzog. Das war keiner der üblichen tränenreichen Sätze, hysterisch herausgeschrien. Es war eine kühl ausgesprochene Kampfansage. Jack wäre aufbrausende Hysterie und Theatralik lieber gewesen, aber Janna Carsdale kämpfte in einer anderen Klasse. Dieses Bewusstsein legte sich wie eine eisige Hand um seinen Verstand und ließ ihn direkt vor dem Kamin frieren.

Kapitel 15

Oxford, Physikalisches Institut
Mittwoch, 30. April 1947, Vormittag

Der Wind hatte seit dem Morgengrauen deutlich aufgefrischt und führte auch einzelne Tropfen Regen mit sich. Eigentlich mochte Jack de Vercenne diese Witterung. Der stetige, starke Wind war ideal zum Segeln und zusammen mit dem vereinzelten Regen hielt es die Schönwettersegler und Anfänger vom See fern. Er liebte es, bei solchem Wetter den ganzen Tag auf dem Boot zu verbringen und den Kingham Lake für sich zu haben. Stattdessen musste er heute einen weiteren Tag mit der Nachkorrektur seiner Testreihen verbringen. Die Situation kratzte an seiner Geduld, scheuerte seine Nerven auf und biss sich unbarmherzig in den Wunden des aktuellen Misserfolgs fest.

Mit mehr Kraft als nötig stieß er die angelehnte Bürotür seiner Sekretärin auf und blieb abrupt stehen. »Was zum Henker tun Sie da?«, blaffte er die junge Frau hinter dem Schreibtisch an.

»Guten Morgen, Professor«, gab Gene Rackshaw, scheinbar ungerührt, zurück. »Daphne Pelling hat sich für heute krank gemeldet und mich gebeten, einige Dinge für Sie vorzubereiten.« Sie bemühte sich um den Ansatz eines Lächelns. »Aber wenn es Ihnen nicht recht ist, kann auch eine der Schreibkräfte die Vertretung übernehmen.«

De Vercenne schnaubte verächtlich. »Damit hier noch mehr Chaos Einzug hält? Reden Sie keinen Unsinn.« Er stampfte an ihr vorbei in sein Büro.

Sie hatte sich eben wieder über die Papiere gebeugt, als de Vercenne noch einmal in seiner Tür auftauchte. »Versuchen Sie, Kaffee zu besorgen, ja? Schwarz. Und wenn Sie schon unterwegs sind, können Sie gleich meine Aktentasche mitbringen. Ich habe sie im Auto vergessen.« Er warf ihr einen Schlüsselbund auf den Schreibtisch. »Der dunkelblaue Bristol 400.« Ohne ein weiteres Wort drehte er sich um und ging zu seinem Schreibtisch zurück.

Gene Rackshaw sah ihm für einen Moment nach und versuchte, tief und gleichmäßig durchzuatmen. Dann griff sie nach dem Schlüsselbund und schüttelte kaum merklich mit dem Kopf. Sie verließ das Vorzimmer, ohne noch einmal nach dem Regen zu schauen, der stetig weiter an den Fenstern herablief. Im Flur bog sie nach rechts in Richtung des Schreibbüros ab. Zwei der drei jungen Frauen, die hier den einfacheren Schriftverkehr des Instituts bearbeiteten, unterhielten sich gerade, offenbar sehr angeregt.

»... und da sag ich zu den beiden: *Wenn ihr euch den ganzen Abend nur über dieses dämliche Fußballspiel unterhalten wollt, dann weiß ich gar nicht, wieso ich überhaupt mit in den Pub gekommen bin.«* Sie verdrehte ihre Augen und seufzte.

»Was ist denn überhaupt so besonderes an diesem Spiel? Ich versteh das nicht. England gegen Schottland - wen interessiert denn das?«

»Und unentschieden gespielt haben sie auch noch. Was ist da ...«

Endlich hatten die beiden Gene bemerkt, deren hochgezogene Augenbraue eine Warnung ausdrückte. »Wenn Sie denn Zeit finden könnten, gehen Sie in die Teeküche und setzen eine Kanne Kaffee für Professor de Vercenne auf.«

Die Vorwitzigere der beiden, eine hagere junge Frau mit Kaninchenzähnen, traute sich, zurückzufragen. »Sollen wir beide ...?«

Die Laborassistentin warf ihr einen Blick zu, der jedes weitere Wort erstickte. Rackshaw wandte sich um und machte Anstalten, das Büro zu verlassen. Dann aber hielt sie doch einen Moment inne und drehte sich noch einmal zu den jungen Frauen um. »Besser, Sie strengen sich ein wenig an. Der Chef ist gerade in der richtigen Laune.« Dann lächelte sie und fügte leise hinzu: »Um jemanden zu feuern.«

Die Hagere wollte noch nicht nachgeben und versetzte schnippisch: »Noch ist Professor Maidstone hier der Chef.«

Gene Rackshaw betrachtete einen Augenblick die Hände der Frau, die nervös mit einem Bleistift spielten. Dann lächelte sie erneut. »Beten Sie dafür, dass er es noch eine Weile bleibt.« Sie schloss die Tür behutsam und atmete tief ein und aus. Sie versuchte, sich wieder auf ihre Aufgabe zu konzentrieren, wandte sich nach links in Richtung ihrer Laborräume.

* * *

Es klopfte und Professor Maidstones Gesicht erschien in de Vercennes Bürotür. »Hätten Sie einen Moment, Jack?« Ohne eine Antwort abzuwarten, betrat er das Büro und setzte sich. »Ich hatte gestern wieder einen Anruf von Charles Portal aus dem Ministerium.« Da de Vercenne keine Anstalten machte, sich angemessen beeindruckt zu zeigen, sprach Maidstone nach einer kurzen Pause weiter. »Es ging wieder um Ihre Forschungsergebnisse. Sie hängen nun bereits zwei Monate hinter dem geplanten Projektfortschritt ...«

Es hatte erneut geklopft und die Schreibkraft mit den Kaninchenzähnen trug ein Tablett mit einer Kaffeekanne und einer Tasse herein. »Ihr Kaffee, Professor de Vercenne.« Sie wollte das Tablett auf dem Schreibtisch abstellen, bemerkte dabei aber den Besucher im Büro. »Oh, guten Morgen, Professor Maidstone. Wo ich Sie gerade sehe ...«

Ein ohrenbetäubender Knall schnitt der Frau die Stimme ab. Die gleichzeitige Druckwelle ließ die Fenster aufspringen. De Vercenne und Maidstone warfen sich instinktiv auf den Boden, während die Frau zu schreien begann. Sie hatte das Tablett fallen gelassen, die Hände vor ihr Gesicht gerissen und schrie wie wahnsinnig. Dem eigentlichen Knall war eine kurze Folge von eher dumpfen Geräuschen gefolgt, so als wären schwere Gegenstände auf den Boden gefallen. Überall im Gebäude schienen jetzt Menschen zu schreien. Auf den Fluren mischten sich aufgeregte Stimmen mit dem Getrappel fliehender Füße. Gerade als Maidstone und de Vercenne vorsichtig die Köpfe hoben, begann die Luftschutzsirene auf dem Hauptgebäude des Instituts zu heulen. Der Krieg schien nach Oxford zurückgekehrt zu sein.

Kapitel 16

Oxford, All Souls College
Donnerstag, 1. Mai 1947, früher Vormittag

Vielen Dank, Sergeant Kendrick.« Norcott nickte dem Pedell des All Souls College zu und benutzte, wie immer, dessen früheren militärischen Rang. Kendricks aufmerksamer Blick folgte dem kleinen Trupp finster blickender Soldaten, der die Eingänge zur Kapelle des Colleges und den südlichen Innenhof besetzte. Die Pforte zur High Street öffnete sich und Sir Philip Game trat in den kleinen Durchgang zum College.

»Hallo, Charles.« Der zierliche Mann kam mit schnellen Schritten auf Norcott zu. Sie schüttelten sich hastig die Hände. »Ich sehe, General Horrocks ist schon hier.« Er wies auf die postierten Soldaten der schottischen Garde. Sie würden dafür sorgen, dass die drei Männer sich in Ruhe und unbeobachtet beraten konnten.

»Bob ist mit seinen Männern vor ungefähr fünf Minuten eingetroffen. Wir werden uns in der Kapelle des Colleges zusammensetzen.«

Der ehemalige Polizeichef nickte dem Pedell freundlich zu, wenngleich sein Gesicht angespannt wirkte. »Gut, gut. Dann lassen Sie uns keine Zeit verlieren.«

Die beiden Männer wandten sich dem Kreuzgang zu und betraten wenige Momente später die Kapelle des Colleges.

»Und wenn die Welt in Scherben fällt ...«, begrüßte sie General Horrocks und hielt eine Teekanne hoch. »Ich denke, wir alle können jetzt einen Becher Tee vertragen.« Es war eine Feststellung, keine Frage und so schenkte er drei leicht angeschlagene Steingutbecher mit heißem Tee ein. »Es gibt keine Sahne oder Zitrone, also kein Gemecker bitte.«

Sir Philip ließ sich auf einen der herbeigeschafften Klappstühle nieder und nahm seinen Teebecher entgegen. Er wirkte erschöpft. »Danke, Bob und guten Morgen. Ich komme direkt von der Besprechung mit dem Premierminister.« Game trank einen Schluck und atmete tief durch. »Charles Portal war nur mit Mühe zu bremsen. Er hat unumwunden uns die Schuld an dem Bombenanschlag gegeben. *Wenn wir nur auf ihn gehört hätten* und so weiter und so fort.«

General Horrocks verzog angewidert das Gesicht. »Wenn es nach ihm ginge, würden wir hinter jeden Forscher einen Agenten des MI5 stellen und überhaupt wieder alle in Bletchley Park kasernieren.« Sir Philip räusperte sich gequält, aber Horrocks' schottisches Temperament war nicht so schnell zu bremsen. »Ich bin es wirklich leid, mir die Belehrungen von Portal anzuhören. Der Krieg ist vorbei und wir leben in einer neuen Welt. Entweder wir richten uns darin ein oder wir werden untergehen.« Er nestelte eine Pfeife hervor und begann, sie zu stopfen. »Es war eine glasklare Anweisung des Premierministers, die Überwachung des Physikalischen Instituts so dezent - ja, exakt das war der Begriff, den Attlee selbst gebraucht hat - so *dezent* wie möglich diesen *Merkwürdigkeiten* auf den Grund zu gehen. Wir sprechen von einem offen gelassenen Wasserhahn, von verschlampten Papieren, im Grunde von Harmlosigkeiten, egal wie ärgerlich sie im Einzelnen gewesen sein mögen.« Horrocks Gesicht war inzwischen puterrot, und er hantierte nervös mit seiner Pfeife, ohne allerdings Anstalten zu machen, sie anzuzünden. »Wer vor zwei Wochen schon ernsthaft mit einer Autobombe gerechnet hat, der hebe die Hand!« Der General atmete tief durch. »Tut mir leid«, sagte er nun sehr viel leiser. »Wir alle versuchen, unseren Job so gut wie möglich zu erledigen. Gegenseitige Anschuldigungen helfen uns so gar nicht weiter.«

Sir Philip nickte bedächtig. »Gott sei Dank sehen es der Premierminister und die Ministerrunde genauso.« Er sah jetzt Charles Norcott direkt an. »Sie haben ab jetzt den offiziellen und direkten Auftrag, alle Ereignisse im Physikalischen Institut aufzuklären. Sie können sich aller Polizeikräfte, lokal oder bei New Scotland Yard, bedienen, so lange nur jegliches Aufsehen vermieden wird.«

Horrocks grunzte, nur scheinbar belustigt. »Bloß keine Unruhe bei unseren Forschern verursachen. Zwar versucht irgendwer, sie ins Jenseits zu sprengen, aber wir bleiben *dezent* bei unseren Maßnahmen.« Seine blauen Augen blitzten angriffslustig.

Sir Philip Game seufzte. »Und zum Ausgleich dafür, dass Charles Portal sich mit seinen Vorschlägen nicht durchsetzen konnte, hat er die frohe Kunde dann gleich der Oxford City Police überbracht.«

»Bestimmt in der ihm eigenen diplomatischen Art«, bemerkte Horrocks wie zu sich selbst.

Sir Philip hüstelte leise und schenkte seine Aufmerksamkeit scheinbar der Heiligendarstellung in einem der Fenster der Kapelle.

Horrocks setzte nach: »Der Chief Constable der Oxford Police, Bill Leyroyd, ist ohnehin kein einfacher Mensch. So einem Mann aber mitzuteilen, dass er seinen Polizeiapparat zur Verfügung eines Scotland-Yard-Mannes zu stellen und sich selbst dabei geflissentlich herauszuhalten hat, ist eine äußerst delikate Sache. Charles Portal ist dafür der denkbar schlechteste Botschafter.«

Game wandte sich nun wieder Norcott zu und seufzte. »Portal hat Leyroyd die Lage vorhin per Telefon mitgeteilt. Er ließ sich nicht von der Idee abbringen.«

Horrocks senkte die Stimme. »Ich mache mir ernsthafte Sorgen, Charles.« mischte Horrocks sich wieder ein. »Leyroyd ist ein verdammter Bullterrier, nach allem was man hört. Er wird versuchen, dir Knüppel zwischen die Beine zu werfen.«

Wieder zum Kirchenfenster gewandt, meinte Game: »Es ist eine persönliche Entscheidung des Premierministers und sie ist klar und eindeutig. Dies ist eine Angelegenheit der nationalen Sicherheit und hat oberste Priorität. Dass es dem *Leiter*«, er dehnte das Wort künstlich aus, »unserer kleinen Arbeitsgruppe gefallen hat, die Botschaft dem Chief Constable in dieser Form zu überbringen ...« Sir Philip ließ den Satz unvollendet verklingen und fixierte Norcott dann. »Charles. Ich

131

weiß, Sie werden sich weder von Leyroyd noch sonst jemandem aufhalten lassen. Finden Sie die Ursachen für diese Kette von Querschlägern und beseitigen Sie sie! Finden Sie denjenigen, der eine Bombe in de Vercennes Auto platziert hat. Und wenn es Ihnen zu bunt wird: Sie haben während dieser Ermittlungen die Freiheit, den Premierminister unmittelbar zu kontaktieren. In diesem Aktenordner finden Sie die Telefonnummer seines persönlichen Sekretärs. Benutzen Sie sie.« Game reichte Norcott einen schmalen Aktenordner und sagte: »Und nun wollen wir über eine sinnvolle Strategie für die nächsten Tage sprechen.«

Kapitel 17

Oxford, 14b Norham Gardens
Freitag, 2. Mai 1947, Vormittag

Charles Norcott und DC Badby saßen in der Bibliothek und taten das, was sie schon den gesamten gestrigen Nachmittag und Abend getan hatten: Die Personalakten aller Institutsmitarbeiter durcharbeiten. Zu den aktuellen Akten waren gestern noch die Akten derjenigen hinzugekommen, die das Physikalische Institut verlassen hatten, seit Jack de Vercenne dort arbeitete. Es war Badbys Idee gewesen, dass es theoretisch auch ein ehemaliger Mitarbeiter sein konnte, der sich mit de Vercenne überworfen hatte.

Es klingelte an der Tür und sie hörten Vicky aus dem Flur rufen: »Ich geh schon.« Sie öffnete die Haustür, vor der ein schüchtern wirkender, jüngerer Mann stand. »Sie müssen Detective Constable Ward sein.« Er nickte und sie schenkte ihm ein strahlendes Lächeln. Dann streckte Vicky ihm die Hand entgegen. »Ich bin Vicky Norcott. Kommen Sie herein, DC. Mein Mann und DC Badby sitzen in der Bibliothek.«

»Hallo, Nigel.« Norcott war aufgestanden und ging dem Neuankömmling entgegen, den Vicky hereingeführt hatte. »Gut, dass Sie da sind.« Er stellte zunächst Ward und Badby einander vor und fragte dann: »Hat alles geklappt?«

Bevor Ward antworten konnte, intervenierte Vicky. »Jetzt geben Sie mir erst einmal Ihren Mantel. Möchten Sie etwas trinken? Tee oder Kaffee?«

Nigel Ward nickte eifrig. »Tee wäre wunderbar, Mrs. Norcott.«

»Sehr gern.« Vicky lächelte und blickte dann auf den großen Arbeitstisch, der von Papieren und Akten übersät war. Zielsicher fischte sie zwei leere Servierplatten aus der scheinbaren Unordnung. »Und Sandwiches mache ich wohl besser noch mal.« Ohne eine Antwort zu erwarten, verschwand sie aus der Bibliothek.

»Entschuldigen Sie, Nigel«, sagte Norcott. »Setzen Sie sich erst einmal.«

»Kein Problem, Sir. Ich habe alles bekommen. Ich habe einen Wagen gemietet, unauffällig, wie Sie gesagt haben, einen dunkelblauen Austin 10, älteres Vorkriegsmodell. Und ich habe die Konstruktion bekommen, die sie wollten.« Er nahm einen kleinen Koffer zur Hand und entnahm ihm eine seltsam aussehende Vorrichtung, die aus Metallschienen und Lederbändern bestand. »Sehen Sie ...«, er hielt sich die Vorrichtung an sein Hosenbein, »so trage ich es.« Er führte es vor.

»Und wenn Sie sich schnell bewegen müssen?«, wollte Norcott wissen.

»Brauche ich nur hier«, Ward deutete mit dem Finger auf zwei Plättchen, »drauf drücken und alles ist voll beweglich. Ich habe es mehrmals ausprobiert, es funktioniert tadellos.« Er lächelte zufrieden. »Haben Sie es sich so vorgestellt, Sir?«

»Perfekt.« Norcott nickte zufrieden und erklärte Badby, welchen Zweck die Vorrichtung hatte. Dann wurde sein Gesicht wieder ernst. »Ich wünschte, ich hätte Sie schon früher nach Oxford beordert.« Er berichtete von dem Sprengsatz, der im Auto von Jack de Vercennes versteckt gewesen war und der von der ahnungslosen Gene Rackshaw ausgelöst wurde, die nur de Vercennes Aktenmappe aus dem Auto holen wollte.

»Und? Ist die Frau tot?«, erkundigte sich Ward.

»Erstaunlicherweise nicht«, sagte Elizabeth Badby mit einem nachdenklichen Blick und sah dann erschrocken Norcott an. »Entschuldigen Sie, Sir, ich wollte nicht ...«

Norcott schüttelte nur lächelnd den Kopf. »Unsinn, Badby, sprechen Sie weiter.«

»Tja«, sagte Badby. »Die Frau hat enormes Glück gehabt und ist nicht einmal ernstlich verletzt. Die Kriminaltechniker vermuten, dass ein Verzögerungszünder eingebaut war. Sie hat zwar das Auto aufgeschlossen und damit den Sprengsatz aktiviert, sich aber nur schnell die Aktenmappe geschnappt und hatte die Tür schon wieder geschlossen, als es zur Explosion kam.«

»Wozu ein Verzögerungszünder?«, fragte Ward.

Diesmal antwortete Norcott: »Ich denke, der Täter wollte sichergehen, dass de Vercenne auch wirklich im Auto sitzt und nicht nur bei offener Tür neben dem Wagen steht.«

»Aber warum dann kein Anschluss an den Zündmechanismus des Motors?«, murmelte Elizabeth Badby. »Das lässt mir keine Ruhe.«

»Wir müssen O'Neill und seinen Technikern Zeit lassen«, mahnte Norcott. »Vielleicht haben sie eine Antwort darauf. Ich kenne DI O'Neill noch aus unserer gemeinsamen Zeit beim Yard, noch vor dem Krieg. Er ist einer der fähigsten Kriminaltechniker des Landes. Wenn es Antworten gibt, wird er sie finden.«

Sie schwiegen einen Moment. Schließlich seufzte Norcott kurz und sagte dann: »Gut. Machen wir weiter.« Er wandte sich an Ward: »Ich erkläre Ihnen jetzt Ihre Aufgabe und dann werden Badby und ich uns wieder mit den Akten und dem Vorleben der Herrschaften beschäftigen.«

Elizabeth Badby schaute auf ihre Armbanduhr. »Und denken Sie daran, dass Sie um 17 Uhr Vorlesung haben, Sir.«

Kapitel 18

Oxford, All Souls College
Freitag, 2. Mai 1947, später Nachmittag

Immer noch voller Gedanken an die Diskussion mit Badby und Ward sowie die jüngsten Ereignisse nahm Norcott seine Unterlagen aus der Aktenmappe. Er musste dabei an die Aktenmappe denken, die, wie sie herausgefunden hatten, von de Vercenne mit schöner Regelmäßigkeit im Auto vergessen wurde und die dem jungen Forscher wohl das Leben gerettet hatte. Wäre de Vercenne erst am Abend in den Wagen gestiegen, um den Heimweg anzutreten, er hätte die Explosion mit großer Sicherheit nicht überlebt.

Der wie ein Amphitheater gebaute Hörsaal füllte sich nach und nach mit den Teilnehmern des Vorbereitungskurses und Norcott versuchte noch einmal, sich auf sein heutiges Thema zu konzentrieren. *Kriminalitätsbetrachtung und -bekämpfung in einem perfekten Staat* war der Titel. Nach der Logik der Nazis war ein von ihnen geführtes Gemeinwesen perfekt, der nationalsozialistische Mensch hatte kriminelle Tendenzen überwunden. Zeigte nun eine Person kriminelles Verhalten, musste er oder sie quasi ein außerhalb der Gesellschaft stehender Staatsfeind sein. Norcott hatte bei der Vorbereitung gelesen, dass auch in der Sowjetunion die gleiche Sichtweise herrschte. Er wollte mit seinen Teilnehmern erarbeiten, welche Folgen sich aus dieser

Sichtweise für die Strafverfolgungsbehörden ergaben. Ein leises Räuspern ließ ihn aufblicken.

»Guten Abend, Superintendent.« Dorothy L. Sayers stand vor seinem Pult und lächelte ihn an. Wie immer trug sie einen randlosen Kneifer, der mit einer feinen goldenen Kette an einer Haarnadel befestigt war.

»Mrs. Sayers. Das ist eine Überraschung. Was verschafft mir das Vergnügen?«

Die Schriftstellerin lächelte zurückhaltend. »Ich wollte Ihnen einen kleinen Handel vorschlagen, Superintendent.« Sie öffnete ihre Tasche und entnahm ihr zwei Päckchen. Das kleinere reichte sie Norcott. »Das ist eine Ausgabe von *Fünf rote Heringe*. Sie hatten doch erwähnt, es habe ihnen gut gefallen, nicht wahr? Ich habe es Ihnen signiert.« Jetzt stahl sich ein schelmisches Lächeln in ihre Augen. »Obwohl Sie es eigentlich nicht verdient haben. Sie schulden mir immer noch die Geschichte, wieso Sie es in der deutschen Ausgabe gelesen haben.« Sie drohte ihm scherzhaft mit dem Finger. »Und Sie und Ihre Frau hatten auch versprochen, einmal im *Bird and Baby* vorbeizuschauen, nicht wahr. Ich würde Sie gern den *Inklings* vorstellen, eine wirklich famose Gruppe. Voll mit schwarzem Humor und beißendem Spott für alles. Sie würden sich bestimmt wohlfühlen.« Sie lachte.

Norcott musste grinsen. »Ich betrachte es als Kompliment, dass Sie glauben, Vicky und ich würden in diesen Kreis passen. Leider habe ich im Moment sehr viel zu tun. Aber ich verspreche, ich werde Zeit finden.« Er deutete auf das größere Päckchen. Wie das

Kleinere war es in graues Packpapier eingewickelt.
»Und was verbirgt sich dahinter?«

»Das ist das Manuskript eines unveröffentlichten Kriminalromans. *Der italienische Tote* spielt in der internationalen Literaturszene, es geht um gefälschte Aufzeichnungen von Dante Aligheri. Sie wissen ja, dass ich seine *Göttliche Komödie* übersetze.«

Norcott nickte. »Ich darf es lesen?«

Sayers schien für einen Moment unentschlossen, aber reichte ihm dann das eingewickelte Manuskript. »Ja, tun Sie es, wenn es Ihnen Freude macht. Und sagen Sie mir hinterher Ihre Meinung. Es ist sozusagen ein Abfallprodukt meiner Arbeit an der *Göttlichen Komödie*. Vielleicht taugt es ja auch nichts.« Sie seufzte erst, sah ihn dann aber mit neuer Frische an. »Aber im Gegenzug würde ich gern hierbleiben und Ihrer heutigen Vorlesung zuhören. Und dies vielleicht auch an einem späteren Tag noch einmal tun. Ich halte ja hier in Oxford immer noch einen Lehrauftrag und arbeite aktuell an einem Essay zu der Art, wie wir lernen und lehren. Ich dachte mir, es könne nichts schaden, einem Praktiker zuzuhören und Sie ein wenig zu beobachten.« Schnell schob sie hinterher: »Wenn es Ihnen nichts ausmacht!«

»Aber nein, absolut nicht. Sie sind herzlich willkommen. Ich freue mich sehr über das Geschenk und werde den *Italienischen Toten* sicher mit Vergnügen lesen. Ich verspreche, Ihnen ehrlich meine Meinung zu sagen.«

»Cyril Falls hat es gefallen«, erwiderte sie, fast wie zu sich selbst. »Aber er ist eine zu gute Seele, um mir all die Logikfehler und anderen Fehler vorzuhalten. Er hat übrigens eine sehr schöne Studie zu Rudyard Kipling geschrieben. Und einen Zukunftsroman! Ein Mann mit vielen Talenten.« Sie lachte. »Oh je ... ich halte Sie die ganze Zeit mit meinem Getratsche auf. Ich werde mich jetzt in die erste Reihe setzen und mucksmäuschenstill zuhören. Versprochen.«

Sayers setzte sich und auch alle seine Teilnehmer hatten sich inzwischen eingefunden. Einige schienen die Schriftstellerin erkannt zu haben, denn es gab ein gewisses Maß an aufgeregtem Getuschel. Norcott begrüßte die Teilnehmer und begann seine Vorlesung wie immer mit einer Frage. Seiner Überzeugung nach waren Fragen der Kern allen Lernens, nicht das möglichst umfassende Abspeichern von Antworten. Wer gelernt hatte, Fragen zu stellen und zu beantworten, würde durch keine neue Situation überrascht werden.

* * *

Die Vorlesung und die angeregte Diskussion im Hörsaal war bereits eine Stunde im Gang, als ein weiterer unerwarteter Besucher den Hörsaal betrat. Ein Polizeibeamter, groß und mit bulliger Statur, setzte sich an den Rand der untersten Sitzreihe. Norcott erkannte die Rangabzeichen eines Chief Constables und wusste, dass es sich nur um William Leyroyd handeln konnte, den Chef der Oxford City Police. Dessen grauer Schnurrbart schien sich zu sträuben, so wie alles an diesem Mann, Körperhaltung und Gesichtsausdruck, äußersten Widerwillen ausdrückte. Nach einer knappen Minute entnahm Leyroyd der Brusttasche seiner Uniform eine Schachtel Zigaretten. Noch bevor er sein Feuerzeug benutzen konnte, räusperte sich eine Teilnehmerin sehr hörbar.

»Haben Sie Husten, gnädiges Fräulein?«, raunzte er die Frau an. Demonstrativ zündete er sich seine Zigarette an und inhalierte den Rauch.

Bevor Norcott eingreifen konnte, war die Frau bereits aufgestanden und funkelte Leyroyd an. »Hier ist Rauchen verboten, Chief Constable, wenn Sie lesen können.« Sie wies auf das deutlich sichtbare Hinweisschild. »Und ich bin Leitende Oberstaatsanwältin und nicht ihr *gnädiges Fräulein.*«

Leyroyd setzte gerade zu einer Erwiderung an, als Norcott eingriff. »Chief Constable. Ich gehe davon aus, Sie sind gekommen, um mich zu sprechen und nicht, um meine Vorlesung zu stören. Also halten Sie sich doch an die Spielregeln und warten auf die Pause. Wie jeder andere auch.« Norcotts Stimme hatte etwas Eisiges bekommen, er hielt den Blick straff auf Leyroyd gerichtet.

Der blaffte zurück: »Sie erzählen mir was von Spielregeln? Ausgerechnet Sie?« Er stand auf und warf seine angerauchte Zigarette auf den Fußboden. »Sie kommen hier in meine Stadt und glauben, Sie können sich hier aufspielen. Wenn Sie meine Hilfe und die Hilfe meiner Männer brauchen, dann bitten Sie gefälligst darum.

Und zwar mich und niemand anderen.« Das Gesicht des Polizeibeamten war jetzt blutrot und sein Schnurrbart so gesträubt wie die Borsten eines gereizten Ebers.

Mit einer ruhigen Geste trat Norcott die immer noch qualmende Zigarette aus und ließ sein Gegenüber dabei keine Sekunde aus den Augen. Schließlich sagte er, noch leiser als zuvor, aber jedes Wort betonend: »Ich habe mir den Fall nicht ausgesucht. Aber ich werde meinen Befehlen nachkommen. Und wenn Sie mir dabei im Weg stehen, dann werde ich Ihnen eine Lektion erteilen, die sich gewaschen hat. Und jetzt, Mr. Leyroyd, mache ich von meinem Hausrecht Gebrauch. Verschwinden Sie aus meinem Hörsaal oder ich werde Sie wegen Hausfriedensbruch einbuchten lassen.«

Eine ganze Weile fixierten sich die beiden Männer. Die Spannung zwischen ihnen konnte man so deutlich wahrnehmen wie ein straff gezogenes Stahlseil. Es war Leyroyd, der sich mit einem gemurmelten Fluch abwandte und mit stapfenden Schritten den Hörsaal verließ. Dabei stieß er fast noch den Hausmeister beiseite, der von den lauten Stimmen angelockt den Hörsaal betreten hatte. Die Tür fiel hinter dem Chief Constable ins Schloss und Llewellyn Kendrick fegte seelenruhig dessen Hinterlassenschaft mit einer kleinen Kehrschaufel zusammen. In die Stille hinein sagte er mit geradezu chinesischem Gleichmut: »Wenn Sie jetzt Pause machen, Sir, Ihr Tee wäre dann auch fertig.« Der Satz brachte ihm den Beifall der Teilnehmer ein und er verbeugte sich mit einem feinen Lächeln auf den Lippen.

Kapitel 19

Sie saßen zu dritt am Frühstückstisch und besprachen die weiteren Tage. Eine ganze Reihe von Mitarbeitern des Physikalischen Instituts musste noch zum Tag des Bombenanschlags vernommen werden. Auch eine Menge ehemaliger Mitarbeiter hatte, zumindest nach dem Aktenstudium, Grund, de Vercenne Übles zu wünschen und auch diese mussten überprüft werden. Es war erstaunlich, welches Talent dieser noch junge Mann hatte, sich Feinde zu machen. Die Vernehmungen würden Norcott und Badby allein übernehmen müssen, Nigel Ward hatte seine Spezialaufgabe.

»Wir werden uns dann heute Morgen nach Sandford Hall aufmachen«, sagte Norcott, »um Miss Carsdale etwas genauer unter die Lupe zu nehmen. Ich habe da so eine Reihe von Fragen. Vor allem zu de Vercennes angeblicher Verlobung.«

Elizabeth Badby wollte eben etwas dazu erwidern, als das Telefon im Flur klingelte. Es war Bob Horrocks, der nach einer knappen, freundschaftlichen Begrüßung schnell auf den Punkt kam. »Charles, seit dieser Schweinerei vor drei Tagen sind Philip Game und ich wohl noch ein Dutzend Mal alle möglichen Externen durchgegangen, die ein Interesse haben könnten, die Forschungen zu stören.«

»Und wenn du mich heute, am Samstag, vor neun Uhr anrufst, vermute ich mal, ihr habt einen Kandidaten gefunden?«

Horrocks antwortete nicht sofort. Nach einem Moment sagte er: »Es ist heikel, Charles. Wir bewegen uns hier auf doppeltem Glatteis. Zum einen ist unser Verdacht pure Spekulation, wir haben nicht den geringsten Anhaltspunkt und zum anderen handelt es sich bei der Person um«, wieder eine Pause, »einen Ausländer. Charles, wir würden das ungern am Telefon besprechen und heute wäre auch eine gute Gelegenheit für dich, den Mann in Augenschein zu nehmen. Kurzum, wir würden dich bitten, nach London ins Versorgungsministerium zu kommen.«

»Gut«, antwortete Norcott, »Ihr werdet eure Gründe haben. Wir können das dann ja alles später besprechen. Wo treffen wir uns?«

»Es wäre gut, wenn du es schaffst, bis 12 Uhr in den Army & Navy Club zu kommen. Wir könnten dann dort essen und dich mit allen Informationen versorgen. Die eigentliche Sitzung ist für 13.30 Uhr angesetzt.«

Sie verabschiedeten sich und Norcott ging zu DC Badby zurück. »Sie werden allein mit Janna Carsdale klarkommen müssen. Ich muss zu einer Sitzung nach London.« Kurz wiederholte er das Wenige, was General Horrocks ihm gesagt hatte.

»Ein Ausländer?«, murmelte Nigel Ward nachdenklich und kratzte sich über das Kinn. »Das kann ja nun alles bedeuten.« Er grinste schief. »Oder auch nichts, mir fällt da nämlich überhaupt nichts zu ein. Mir fehlt offenbar die Fantasie.«

Elizabeth Badby lächelte ihren Kollegen an. »Da bist du nicht der Einzige.« Sie sah zu Norcott hinüber. »Wissen Sie, wen General Horrocks gemeint hat?«

Norcott setzte seine Teetasse ab, die er nachdenklich in der Hand gedreht hatte. »Ich kann es mir nur bedingt erschließen. Es muss jemand sein, der Zugang zum inneren Kreis hat. Wenn Sir Philip und General Horrocks an der Sitzung im Ministerium teilnehmen - und so habe ich es verstanden - dann geht es um die Atomforschung. Und da ist der Kreis der Möglichkeiten beschränkt: Entweder ein Kanadier, ein U.S.-Amerikaner oder ein Franzose. Nur mit diesen drei Nationen forschen wir gemeinsam. Ansonsten hat die Atomforschung ja den Rang eines Staatsgeheimnisses.«

»Vielleicht ein Deutscher?«, überlegte Ward. »Ich habe gehört, dass nach dem Krieg viele deutsche Forscher die Seiten gewechselt haben. Wie dieser ... wie heißt er noch? Wilhelm von Braun? Der ist doch zu den Amis übergelaufen, oder?«

»Hm«, machte Norcott, »könnte sein. Er heißt übrigens Wernher von Braun, wenn ich das richtig in Erinnerung habe. Im *Guardian* war vor einigen Tagen ein Artikel über ihn. Aber warum wäre es dann so heikel? Es klang eher so, als wenn es diplomatische Verwicklungen geben könnte. Nun, wie auch immer, ich werde es in wenigen Stunden erfahren.« Er schaute auf seine Uhr. »Zeit, mich fertig zu machen. Nigel, Sie wissen, wie Ihr Programm heute aussieht?«

145

Ward nickte. »Jawohl, Sir. Ich mach mich gleich auf.«

»Gut so.« Er wandte sich Elizabeth Badby zu. »Und jetzt reden wir noch kurz über die offenen Fragen, die wir mit Janna Carsdale klären wollen.«

* * *

Er sah sie herausfordernd an. Bewegte scheinbar keinen Muskel, um ihr aus dem Weg zu gehen. Stand da, wie angewurzelt. DC Badby saß ratlos am Steuer ihres kleinen Hillman Minx. Zaghaft hupte sie, aber die Reaktion war gleich null. Oder vielmehr auch nicht, denn nach einem Moment trat ein stattlicher, älterer Mann aus dem Knick an der Seite des Weges. Er winkte ihr freundlich zu und scheuchte den bunten Vogel davon, der mitten auf dem Weg gestanden hatte. Sie kurbelte die Seitenscheibe herunter und lächelte erleichtert. »Vielen Dank, Mister. Ich war etwas ratlos.«

Er tippte sich mit einer kurzen Reitgerte an die Tweedmütze und nickte ihr erneut freundlich zu. »Sie dürfen keine Scheu zeigen. Fasane sind ausgesprochen dumme Vögel. Einfach drauf zu fahren.«

»Oh nein, das könnte ich niemals fertigbringen. So ein wunderschöner Vogel! Wenn ich ihn nun verletzen würde. Was war das übrigens für eine Art Fasan? Ich habe so einen Vogel noch nie gesehen.«

»Ein Kalifasan, kommt aus dem Grenzgebiet zwischen Birma und Thailand. Ich habe mich übrigens noch gar nicht vorgestellt: Timothy Carsdale. Das ist mein Haus.« Er streckte ihr seine Hand entgegen.

»Detective Constable Badby, sehr angenehm.« Während sie ihm die Hand schüttelte, dachte sie, dass *Haus* für ein derart opulentes Schloss fast einer Beleidigung gleichkam. Die sich durch die sorgsam gepflegte Landschaft windende Auffahrt war so angelegt, dass Besucher während des Weges beständig neue Ansichten des Schlosses betrachten konnten. Sandford Hall, am Rande des winzigen Städtchens Sandford-on-Thames, war im 13. Jahrhundert von Henry of Sandford, dem Bischof von Rochester und Erzdiakon von Canterbury erbaut worden. Klerikale Strenge oder christliche Bescheidenheit waren beim Bau des Schlosses ganz offensichtlich nicht die Maßstäbe gewesen, an denen sich Bischof Henry orientiert hatte.

»Was mag die Polizei von uns wollen?«, fragte Carsdale, wirkte dabei aber eher amüsiert, als beunruhigt.

»Ich müsste mit Miss Janna Carsdale sprechen. Ist das Ihre Tochter?«

Carsdale seufzte, als wäre dies keine Überraschung für ihn, schmunzelte aber dann. »Na, was hat mein Täubchen denn jetzt wieder angestellt? Zu schnell gefahren oder Parktickets nicht bezahlt?«

Badby überging die Frage lächelnd. »Ist Ihre Tochter denn zu Hause, Mr. Carsdale?«

Er nickte und deutete auf die Stallungen, nicht weit vom Schlossgebäude. »Fahren Sie den Weg entlang, bis sie zu einer Weggabelung mit einer großen Blutbuche kommen. Der Baum steht links und Sie biegen dort direkt rechts ab. Danach folgen Sie einfach dem Weg und kommen so direkt zu den Pferdeställen.«

Wenig später hatte sie die Stallungen und auch Janna Carsdale gefunden. Es konnte keinen Zweifel geben. Eine noch junge Frau, die vor drei Wochen gerade zweiundzwanzig Jahre alt geworden war, das wusste sie aus der Akte. Janna Carsdale stand neben dem Eingang zu den Stallungen und schien in ein Gespräch mit zwei Männern und einer anderen Frau vertieft. Carsdale war groß, Elizabeth schätzte sie auf knapp eins achtzig, sie war schlank und wirkte durchtrainiert. Die Oberarme zeigten Ansätze von Muskeln unter dem Polohemd. Gleichzeitig wirkte sie auch zart, fast schmal, durch ihr längliches Gesicht und eine schöne, schmale Nase. Die langen hellblonden Haare waren zu einem lässigen Zopf gebunden. Badby stieg aus dem Auto und lehnte sich gegen die Fahrertür, die Arme verschränkt. Ohne dass sie es hätte erklären können, genoss sie den Anblick Janna Carsdales. Jetzt erst bemerkte Badby, dass neben Carsdale ein großer Windhund saß. Ein athletisches, grau-schwarz gestreiftes Tier. Er schien auf seine Herrin fixiert, voller Aufmerksamkeit und gleichzeitig ruhig, mit einer Spur gelassener Arroganz.

Badby hatte spontan Lust auf eine Zigarette. Sie rauchte selten, hatte nach der Akademie eigentlich ganz aufhören wollen. Jetzt aber zog sie eine Packung *Black Cat* aus ihrer Tasche und steckte sich eine Zigarette an. War es Nervosität, der Umstand, dass sie zum ersten Mal eine Verdächtige ganz allein verhören sollte? Oder war es *diese* Verdächtige? Elizabeth hatte versonnen an ihrer Black Cat gezogen, als Janna Carsdale plötzlich auf sie zukam.

»Die werden Sie ausmachen müssen.«

Badby fühlte sich überrumpelt. »Ist Rauchen hier draußen verboten?« Es klang gereizt und kleinlich. Gar nicht, wie Elizabeth sich fühlte. Sie schob ein Lächeln hinterher. Zu ihrer Erleichterung lachte Janna Carsdale.

»Nein, hier draußen ist es eigentlich egal. Aber ich gehe jetzt zu meinen Pferden in die Ställe und da ist Rauchen einfach zu gefährlich.« Die junge Frau zwinkerte ihr zu. »Und Sie wollen doch bestimmt mit hineinkommen, DC Badby. Oder?«

Jetzt musste Elizabeth Badby schmunzeln und es gelang ihr, die plötzlich aufflackernde Nervosität hinter einer selbstbewussten Miene zu verstecken. »Sie sind gut informiert, Miss Carsdale.«

Ihr Gegenüber machte eine geringschätzige Handbewegung. »In London wird viel getratscht. Und wenn jemand Fragen stellt, sich erkundigt, wirft es ... Echos.« Sie lächelte warmherzig. »Es waren nur ganz leise Echos. Sie waren sehr vorsichtig, keine Sorge.« Carsdale pfiff leise und sofort kam der Windhund heran. »Kommen Sie und fragen Sie, was Sie wissen wollen.«

* * *

Norcott hatte ohne Probleme einen Parkplatz direkt am St. James's Square gefunden. Selbst hier, im absoluten Zentrum der britischen Hauptstadt waren nur wenige Autos zu sehen. Wirtschaftskrise und Energiemangel schränkten den privaten Straßenverkehr immer noch stark ein. Norcott verschloss den roten Alvis und schlenderte die knapp hundertfünfzig Meter durch den St. James's Square Garden, vorbei an der Reiterstatue Williams von Oranien. Dann verließ er den winzigen, aber wunderschönen grünen Flecken, überquerte die Straße und betrat das beeindruckende Gebäude des Army & Navy Clubs. General Horrocks war offenbar nur kurz vor ihm eingetroffen, denn der gab gerade Mantel und Schirmmütze an der Garderobe ab. Die Männer begrüßten sich und ließen sich von einem Diener des Clubs an den reservierten Tisch führen. Dort wartete schon Sir Philip Game, wie immer in einem gut sitzenden Tweedanzug. Ihr Tisch stand in einer der zahlreichen Nischen, so dass sie sich würden ungestört unterhalten können.

»Hallo, Horrocks, Charles ...«, erneut wurden Hände geschüttelt. Norcott und der General setzten sich und Sir Philip schob einige Papiere zusammen, in denen er bis eben scheinbar gelesen hatte. »Ich denke, wir alle können eine kleine geistige Stärkung vertragen. Deswegen habe ich mir die Freiheit genommen, für uns alle ein Glas weißen Port zu bestellen. Die haben hier einen sehr anständigen Grahams.« Wie von Zauberhand geleitet, erschien im selben Augenblick ein Diener und servierte die drei Gläser. Danach verschwand er genauso geräuschlos, wie er gekommen war. Sie tranken und genossen den trockenen Portwein einen kurzen Moment, dann ergriff Sir Philip das Wort. »Charles, wie

General Horrocks Ihnen ja schon heute Morgen am Telefon sagte, haben wir uns seit dem Bombenanschlag intensiv Gedanken um mögliche Verdächtige gemacht. Und wir haben auch ...«, er zögerte, »ein paar Gefallen eingefordert bei ... Freunden.«

Horrocks schmunzelte verstohlen. »Mit anderen Worten, wir haben alle angebohrt, die den MI5 nicht ausstehen können: Room 39, RAF Intelligence und MI6.«

Game nickte. »Wir haben mal ein wenig Advocatus Diaboli gespielt und auch unsere Verbündeten nicht aus der Betrachtung gelassen. Dabei sind die Franzosen und Kanadier relativ schnell herausgefallen. Beide sind ohnehin Junior-Partner bei allen Forschungen und froh, überhaupt mit am Tisch sitzen zu dürfen.«

»Die Sowjets, um mal den Kreis weiter zu fassen, versuchen zwar ständig, uns Knüppel zwischen die Beine zu werfen«, Horrocks verdrehte ein wenig die Augen, »das scheint ihre Art zu sein, uns ihre Dankbarkeit für die Waffenhilfe während des Krieges zu zeigen. Aber nach herrschender Meinung sind alle Augen des MGB derzeit nach Süden gerichtet, um die Iran-Krise zu meistern. Der neue iranische Schah macht den Sowjets ordentlich Feuer unter dem Hintern.« Er grinste.

»MGB ist was?«, fragte Norcott nach. »Ich fürchte, ich bin in Geheimdiensten nicht auf dem Laufenden.«

»Die russische Abkürzung für *Ministerium für Staatssicherheit*. Wurde im März letztes Jahr aus dem NKWD, dem bisherigen Geheimdienst gebildet.

Norcott nickte. »Danke, Bob. Dann bleiben nur die Amerikaner, wenn ich niemanden übersehe?«

Sir Philip griff nach einem schmalen Papierhefter, legte ihn aber noch einmal beiseite, weil in diesem Moment wieder der geisterhafte Diener erschien und die Vorspeise servierte. Nach dessen Verschwinden reichte Game die Akte an Norcott. »Major Alexander Hathaway III., hiesiger Verbindungsoffizier zum U.S.-Heereswaffenamt. Hat seinen Vorgänger hier in London im Februar abgelöst.«

Norcott betrachtete die oben liegende Porträtaufnahme eines Offiziers in Galauniform, fotografiert vor dem Sternenbanner. Diese und eine Reihe aus der Entfernung aufgenommener Bilder zeigten einen mittelgroßen, bulligen Mann mit kantigem Gesicht und strohblonden Haaren. Norcott schätzte ihn auf etwa 35 bis 40 Jahre. Hinter den Bildern lag ein Notizzettel mit Daten zum Lebenslauf und den militärischen Stationen von Major Hathaway.

»Alexander Hathaway III.? Entstammt der gute Mann einer Dynastie?« Er konnte sich ein Grinsen einfach nicht verkneifen.

Sir Philip legte einen Moment den Suppenlöffel beiseite. »Die *Kolonisten* sind offenbar bemüht, ihren Mangel an Historie durch derartiges Beiwerk auszugleichen.« Er lächelte nun ebenfalls. »Aber im Ernst: Hathaway stammt aus einer für amerikanische Verhältnisse noblen Familie. Der Ururgroßvater kam als Strafgefangener aus England in die Kolonien. Der Urgroßvater hat Gold geschürft, augenscheinlich erfolgreich, und der Großvater schließlich hat es zum Eisenbahn-Tycoon gebracht. Die Familie residiert in Boston und auf Martha's Vineyard, Massachusetts. Dort ist unser Alexander auch geboren.«

»The place to be, wenn man reich und einflussreich ist«, warf General Horrocks ein.

»Was für eine Aufgabe hat Major Hathaway als Verbindungsoffizier? Verbindung zu wem?«, wollte Norcott wissen.

»Verbindung zur GEN 163 und den ihr zuarbeitenden Arbeitsgruppen. Er kontrolliert unsere Uranlieferungen an die Amerikaner.« Game sah Norcotts ratloses Gesicht und setzte hinzu: »Das ist alles ein wenig kompliziert. Hauptlieferant von Uranerz, dem Sprengstoff der Atombombe, ist Belgisch-Kongo. Die Belgier liefern ausschließlich an uns. Im Quebec-Abkommen haben wir uns aber verpflichtet, den Löwenanteil des belgischen Uranerzes an die Amerikaner weiterzugeben. Und dummerweise lässt sich Mr. Attlee nicht dazu überreden, diesen Vertrag aufzukündigen. Jetzt, nachdem die Amis ihren Teil nicht erfüllen. Also scharwenzeln die Amerikaner hier herum und schauen, ob wir auch nicht zu viel Uran für uns behalten. Major Hathaway ist offiziell Vertreter des US-Waffenamtes und mit der Übernahme der Erzlieferungen betraut.«

»Und inoffiziell?«, wollte Norcott wissen.

Horrocks mischte sich ein: »Inoffiziell traue ich den Amerikanern im Allgemeinen und Major Hathaway im Besonderen alles zu. Ich meine das ernst, Charles. Die Amerikaner haben uns seit 1943 bei jeder Gelegenheit über den Tisch gezogen. Die haben absolut kein Interesse an einer weiteren Atommacht, die mit ihnen weltpolitisch konkurriert. Und sieh dir mal seine militärischen Stationen an: Einzelkämpfer- und Fallschirmjägerausbildung, Einsatz bei Ranger- und anderen Spezialeinheiten. Und im Krieg war er bis 1945 beim OSS eingesetzt!«

Das OSS, wusste Norcott, das *Office of Strategic Services*, hatte während des Krieges vor allem Desinformation und psychologische Kriegführung betrieben, aber auch Partisanen-Unterstützung und Sabotage waren das Metier der OSS-Männer.

»Hathaway hat erst unmittelbar vor seinem hiesigen Einsatz zwei Monate in Los Alamos, dem atomaren Forschungszentrum der U.S.-Amerikaner verbracht. Er hat kein naturwissenschaftliches oder technisches Studium oder irgendeine Vorbildung, die ihn zum Beispiel für die Qualitätsprüfung von Mineralerzen befähigen würden.« Horrocks grunzte abschätzig. »Für mich klingt das alles ziemlich verdächtig.«

»Und er war bereits mehrfach in Oxford im Institut. Er hat als Vertreter des U.S.-Waffenamtes das Recht, den Verbleib unseres Urans zu überprüfen.« Game zog eine Augenbraue hoch. »Es scheint aus heutiger Sicht Wahnsinn, wie sehr wir uns den Amerikanern ausgeliefert haben. Aber es geschah in gutem Willen. Alle Kräfte sollten gebündelt werden, es sollte totale Transparenz zwischen den Partnern herrschen. Nur, dass die Amis jetzt die Klappe dicht gemacht haben und trotzdem weiter darauf bestehen, hier herumzuschnüffeln. Es ist eine unmögliche Situation!«

Es herrschte eine Weile Stille am Tisch, bis Sir Philip sagte: »Der NID hat uns versprochen, Major Hathaway die nächsten zwei Wochen zu beschatten. So haben wir in dieser Richtung eine gewisse Sicherheit. Aber Sie müssen auch die Augen offenhalten, Charles.« Er sah auf seine Taschenuhr. »In einer Dreiviertelstunde beginnt die Sitzung. Sehen Sie sich unseren Mann an. Und fast noch wichtiger: Lassen Sie sich sehen. Er wird ein neues Gesicht in der Runde bemerken und sich nach Ihnen erkundigen. Wenn er etwas im Schilde führt ...«

»... entweder seine Aktivitäten einstellen oder vielleicht wenigstens nervös werden«, ergänzte Norcott.

»Richtig«, sagte Game. »Und beides würde uns nützen.«

Kapitel 20

Oxford, St. Aldate's Street, Polizeihauptquartier
Montag, 5. Mai 1947, gegen Mittag

Charles Norcott ging mit gesenktem Kopf den schmalen Grove Walk entlang. Gedankenversunken setzte er mechanisch einen Schritt vor den anderen. Mit einem bewusst gleichmäßigen Gang gelang es ihm manchmal, seinen wieder einmal wild sprudelnden Gedankenstrom in eine feste, klare Bahn zu zwingen. Erst als die Gebäude des Merton Colleges verschwanden und linkerhand die weite Ebene des Merton Field auftauchte, gab er seine Mühen für einen Moment auf und ließ den Blick über die grüne Landschaft schweifen. Nach Süden erstreckten sich hier, in unmittelbarer Nähe zum Stadtzentrum Oxfords, über eine halbe Meile lang, weite Grünflächen, die bis zur Themse und an ihr entlang führten. Die Sonne schien jetzt fast genau von Süden, Norcott musste seine Augen abschirmen. Er ging noch ein kleines Stück weiter bis zum Ende des Wegs, nur um abermals stehen zu bleiben und die grüne, friedliche Stimmung der Umgebung zu genießen. Nichts erinnerte hier an den grausamen Krieg, der gerade einmal sechsundzwanzig Monate vorbei war. Die Bäume und Sträucher strotzten vor Energie und die historischen Gebäude Oxfords verströmten weiter den imperialen Charme. Es war der Charme einer verklingenden Zeit und Norcott seufzte.

Mit neuer Entschlossenheit wandte er sich ab und nach rechts in den Broad Walk ein, einen im wahrsten Sinne *breiten Spazierweg,* den jetzt um die Mittagszeit zahlreiche Studenten und Professoren zum Flanieren nutzten. Nach knapp zweihundert Metern bog Norcott in die St. Aldate's Street ein und war von einem Moment zum anderen vom Verkehr der Innenstadt umgeben. Nur ein kurzes Stück wieder nach Süden und er betrat das Hauptquartier der Oxford City Police.

Er fand Desmond O'Neill in einem seiner Labore, beschäftigt mit einem großen Holzbrett, auf dem scheinbar tausende von Lederstückchen befestigt waren.

»Hallo, Inspektor.« Norcott streckte die Hand aus und hatte das Gefühl, einem Kind die Hand zu geben.

»Superintendent, schön dass Sie sich so schnell freimachen konnten.« Das kleine, fast kugelrunde Männchen ergriff Norcotts ausgestreckte Hand und schüttelte sie enthusiastisch. Er griff nach einem länglichen Holzspatel, den er hinter sein Ohr geklemmt hatte und deutete auf das Lederpuzzle. »Sie müssen meinen grauen Zellen auf die Sprünge helfen, Super.« Er seufzte. »Entweder ich werde langsam blind und taub oder die Attentäter immer dümmer. Sehen Sie den am stärksten zerstörten Teil des Sitzes hier?« Der Holzspatel umkreiste Myriaden winziger dunkelgrüner Lederpartikel. »Sehen Sie hier?« O'Neill griff sich vom Nebentisch ein Gerüst aus metallenen Sprungfedern und Polsterung. »Dies ist das Innenleben des Fahrersitzes des Bristols. Und hier ...«, erneutes Kreisen des Holzspa-

157

tels. »Hier hat sich dieser am meisten zerstörte Teil des Sitzbezuges befunden.« O'Neill weitete fragend die Augen und hob die Schultern. »Wozu in aller Welt konstruiert jemand eine technisch so perfekte Bombe mit einem wirklich raffinierten Zünder und baut die dann ein wie ein Anfänger?« Der Kriminaltechniker pochte sich mit dem Spatel an die Stirn.

Charles Norcott kratzte sich nun seinerseits nachdenklich an der Stirn. »Die Bombe hat seitlich im Sitz gesessen? In Richtung Beifahrersitz?«

O'Neill nickte eifrig mit seinem Kugelkopf. »Exakt so ist es. Der Bombenkörper war so platziert, dass alle Wucht weg vom einsteigenden Fahrer und nicht auf ihn gelenkt wurde.«

»Konnte sich die Bombe ...«, versuchte Norcott einzuwerfen, aber das Männchen winkte schon ab.

»Nein, nein, das haben wir natürlich zuerst überprüft. Der Sprengkörper saß fest, sozusagen bombensicher montiert«, er gluckste. »Ich sage Ihnen, es war Absicht!«

»Beetroot?« O'Neill rief über die Schulter. »Sergeant Hemsley?«

Aus einer der Untersuchungskabinen schaute eine zierliche junge Frau in einem unförmigen grauen Kittel. »Sir?«

»Beetroot, seien Sie so gut und tippen Sie meine Notizen zum Fahrersitz ins Protokoll.« Er nahm ein Klemmbrett auf und reichte es der jungen Frau. »Dann kann der Superintendent das gleich mitnehmen. Ach, und Beetroot ... ich bin jetzt einen Moment in meinem

Büro. Lassen Sie doch Smith & Wesson oder einen der anderen Tee und Sandwiches ...?« Er schaute fragend zu Norcott. Der nickte. »... also Tee und Sandwiches aus der Tavern bringen. Nicht das Zeugs aus der Kantine!«

Als O'Neill in seinem Büro auf den Schreibtischstuhl kletterte, konnte sich Norcott sein Grinsen nicht länger verkneifen. »Sagen Sie mal, Desmond, Sie waren ja schon in London ein verrückter Hund und Ihre Truppe ein bunter Haufen, aber«, er wies mit dem Daumen in Richtung Labor, »die junge Dame heißt nicht wirklich *Beetroot* mit Vornamen? Und wer sind Smith & Wesson?«

O'Neill schob mehrere Papierberge auf seinem vollen Schreibtisch hin und her, um Norcott besser sehen zu können. Er grinste. »Sergeant Hemsley heißt eigentlich Georgia-May, aber wenn Sie sie so nennen, wissen Sie auch, warum wir sie Beetroot nennen. Sie ist sehr fähig und wird es sicher noch weit bringen, sofern sie weiter von mir lernt.«

Bescheidenheit, so stellte Norcott fest, war weiterhin keine Tugend, der O'Neill frönte.

Der Inspektor seufzte wieder. »Ja, und Smith & Wesson heißen eigentlich Smithers und Wesslington. Das sind zwei unserer Waffenspezialisten. Da bot sich das irgendwie an. Sie wissen doch selbst, dass Polizisten immer eine Vorliebe für Spitznamen haben.«

Der Superintendent grinste. »Vielleicht sollte ich mir dann Sorgen um meine Beliebtheit machen, da ich es nie zu einem Spitznamen gebracht habe.«

Sein Gegenüber lachte jetzt lauthals und hielt sich das hüpfende Bäuchlein. »Aber Super, wie kommen Sie darauf, dass Sie keinen haben?« Weiter lachend und nach Luft japsend fügte er hinzu: »Oder hatten?« Er strich sich die Lachtränen aus den Augenwinkeln und wedelte mit seiner kleinen Hand. »Und versuchen Sie erst gar nicht, Ihren Spitznamen aus mir herauszubekommen.«

Die beiden Polizeibeamten unterhielten sich noch einen Moment über ehemalige Kollegen und deren Marotten, bis es klopfte und Sergeant Hemsley hereinkam. Sie stellte das Tablett mit Tee und Sandwiches wortlos auf die kleine Freifläche vor O'Neill. Norcotts Lächeln und sein Dankeschön quittierte sie mit einem stummen Nicken und einem feuerroten Gesicht. Sie verschwand ebenso wortlos.

»Sehen Sie«, nuschelte O'Neill, der bereits mit Appetit in sein Sandwich gebissen hatte. »Sie brauchen sie nur ansprechen.« Ein erneuter Biss und ein Schluck Tee und er fuhr fort: »Im Ernst, Super, die Kleine kann was, wenn sie nur ihre dämliche Schüchternheit loswird! Nehmen Sie sie mit zum Yard und fordern Sie sie mal richtig heraus.«

Jetzt musste Norcott lachen und verschluckte sich fast am Tee. »Genau. Ich fordere sie so wie Sie, Desmond.« Beide grinsten verschwörerisch und mussten an die zahlreichen Wortgefechte denken, die sie sich in den Jahren vor dem Krieg geliefert hatten.

»Jetzt mal Klartext«, meinte O'Neill und deutete mit seinem angebissenen Sandwich in Richtung Labor.

»Was haben wir da? Einschüchterung? Erpressung? Der Bursche, der diese Bombe gebastelt hat, wusste, was er tat. Soviel steht mal fest. Konstruktion, Menge des Sprengstoffes, alles perfekt.«

»Bis auf den Austrittswinkel«, warf Norcott ein.

»Bis auf den Austrittswinkel«, bestätigte O'Neill. »Dieser ...«, er las eine Notiz ab, »Jack de Vercenne? Franzose? Was ist das für ein Vogel? Irgendwelche dunklen Geschichten aus der Kriegszeit?«

»Ehrlich, Desmond, irgendwelche dunklen Geschäfte wären mir wirklich lieber. Und übrigens nein, die de Vercenne sind alter Normannenadel, so britisch wie Sie und ich. Sitzen in Avebury in Wiltshire auf einem Schloss, das fünfhundert Jahre älter ist als der Buckingham Palace, und zählen da ihr Geld.«

»Und dieser Jack de Vercenne? Was ist das für ein Kantonist?«

»Ach, eigentlich wohl kein wirklich schlechter Kerl. Junger, sehr begabter Wissenschaftler, Physiker.« Norcott zählte an seinen Fingern ab: »Jung, sehr begabt, sehr reich und sehr gut aussehend. Aber leider haben ihm seine Eltern nicht vermittelt, dass das alles nicht sein Verdienst ist.« Er grinste gequält.

O'Neill wiegte den Kopf. »Ah ... der Typ.« Er kratzte sich den kugelrunden Bauch. »Na, dann haben Sie ja sicher einen Haufen Interessenten auf die Position des Verdächtigen.«

»Ich hätte, ganz ehrlich gesagt, Desmond, am liebsten gar keine Verdächtigen! Ich würde am liebsten meine Vorlesungen am All Souls halten und ansonsten in diesem schönen Städtchen ausspannen. Und das Allerletzte, was ich brauche, ist ein Kleinkrieg mit Ihrem Chief Constable. Aufregung hatte ich eigentlich genug in den letzten Jahren. Aber wenn Sie schon fragen, ja, es gibt verschiedene Optionen. Und alle scheinen irgendwie ins Leere zu führen.«

O'Neill kräuselte seine Lippen. Er winkte verächtlich ab, als wolle er eine lästige Stubenfliege verscheuchen. »Zumindest um *Wild Bill* sollten Sie sich keine Sorgen machen. Ich bezweifle, dass er Ihnen groß in Ihre Ermittlungen hineinpfuschen wird.«

Norcott dachte an Leyroyds Auftritt im Hörsaal und bezweifelte seinerseits, dass sich ein so durch und durch cholerischer Charakter dauerhaft fernhalten ließ. Für diesen Typus Mensch war alles und jedes eine Provokation.

Der Kriminaltechniker bemerkte Norcotts nachdenkliches Gesicht und lehnte sich über seinen Schreibtisch, soweit es sein strammes Bäuchlein zuließ. Er hielt vier Finger hoch. »Im letzten Frühjahr hat *Wild Bill* sich mit dem Master des Balliol College, Alexander Baron Lindsay angelegt.« Ein Finger verschwand. »Im Sommer mit dem Earl of Macclesfield, dem Chairman des Oxfordshire County Council«, ein zweiter Finger verschwand. »Zum Christfest hat er es geschafft, sich mit Cyril Asquith, Lord-Richter am königlichen Appellationsgericht über Kreuz zu legen und vor zwei Monaten gab es einen Riesenärger mit dem Herausgeber der *Oxford Mail*.« Der dritte und vierte Finger verschwanden. »Bei Gott, Superintendent, *Wild Bill* ist wirklich ein guter Polizist.« O'Neill holte tief Luft. »Aber sein Talent, sich mit den falschen Leuten anzulegen, ist unschlagbar.« Die Stimme des Kriminaltechnikers wurde leise und schneidend, als er Norcott fixierte. »Viele Hunde sind des Fuchses Tod, Super. Und hinter *Wild Bills* Kopf ist eine ganze Meute her. Ich möchte nicht einmal einem dieser vier Männer im Weg stehen.«

Norcott dachte darüber nach, zu welchen unkontrollierten Handlungen ein Mann fähig war, der nichts mehr zu verlieren hatte. Und das Letzte, was er in diesem vertrackten Fall brauchen konnte, war öffentliches Aufsehen. Bob Horrocks Worte klangen in seiner Erinnerung nach.

Eine andere Erinnerung schob sich plötzlich in den Vordergrund und Norcott wandte sich wieder O'Neill zu. »Warum haben Sie vorhin nach einer Verbindung zum Krieg gefragt, Desmond?«

O'Neill sah von seinen Papieren auf. »Weil mich die Bauweise der Bombe an Sprengsätze erinnert hat, die ich während des Krieges gesehen habe. So viele Männer haben in diesen Jahren gelernt, mit«, er wedelte unbestimmt mit der Hand, »allem Möglichen umzugehen. Da lag die Vermutung für mich nahe. Eines ist sicher: Diese Bombe hat ein Profi gebaut. Jemand, der das nicht zum ersten Mal gemacht hat und jemand, der es mit Sicherheit ordentlich gelernt hat, kein Bastler, der mal so rumprobiert. Wenn Sie meine Meinung hören wollen: Suchen Sie nach einem Soldaten oder ehemaligen Soldaten.«

Kapitel 21

Oxford, Physikalisches Institut
Dienstag, 6. Mai 1947, Vormittag

Norcott hatte nach dem Bombenanschlag im Institut durchgesetzt, dass Jack de Vercenne für eine Woche auf dem Schloss seiner Eltern bleiben sollte. Einerseits hatte die Bombe auch bei dem sonst so kühl wirkenden de Vercenne eine sichtbare Nervosität hinterlassen. Andererseits war er in Avebury einfach aus der Schusslinie und seine Abwesenheit linderte Norcotts Sorgen beträchtlich.

Es war nach dem Anschlag vom Mittwoch schwierig genug gewesen, den Schauplatz abzusperren und die Detonation gegenüber der Presse und anderen Neugierigen als geplanten Versuch zu verkaufen. Nach einigem politischen Druck aus London hatte sich die Universitätsleitung dazu bereit erklärt, eine entsprechende Pressemeldung herauszugeben, laut der es »*aufgrund eines Materialfehlers zu einer zwar lautstarken, aber harmlosen Verpuffung*« gekommen sei. Die Kriminaltechniker, die den Tatort genauestens unter die Lupe nahmen, benutzten neutrale, nicht als Polizeifahrzeuge erkennbare Transporter. Alle eingesetzten Beamten trugen ausnahmslos zivil oder die am Physikalischen Institut so verbreiteten grauen Laborkittel. Bis hierhin hielt die Geheimhaltung.

Es gab dann auch einige erstaunte Blicke, als bereits vor dem Ende seiner Zwangspause, am Dienstagmorgen, ein durchaus aufgeräumter Jack de Vercenne einem scheinbar brandneuen Healey-Coupé entstieg. Vercenne betrat sein Büro, wie immer, durch das Zimmer seiner Sekretärin Daphne Pelling. Sie war nicht am Platz, *aber vielleicht,* überlegte er, *hatte sie sich in seiner Abwesenheit ein paar Tage frei geben lassen?* Das würde seine Pläne infrage stellen. Während er noch über seinen nächsten Schritt nachdachte und dabei langsam zu seinem eigenen Büro weiterging, hörte er plötzlich eine Stimme.

»Oh, guten Morgen, Chef.« Es war Gene Rackshaw, die mit einem Stapel Unterlagen in der Bürotür stand. Einen Moment lang waren beide verblüfft. »Wollten Sie nicht ...«, begann Gene, während gleichzeitig de Vercenne sagte: »Sollten Sie nicht im Krankenhaus liegen?« Beide mussten lächeln.

»Ach, nein«, erwiderte sie schließlich, »ich hab ja nicht viel mehr als den Schreck abbekommen. Mein rechtes Ohr ist immer noch ein wenig taub und im linken höre ich immer noch ein Klingeln, aber ansonsten fühle ich mich bei der Arbeit am wohlsten. Aber sie hatten doch dem Superintendent versprochen, eine Weile auf Avebury Castle zu bleiben, oder?« Sie senkte den Kopf. »Entschuldigen Sie, ich wollte mich nicht in Ihr Privatleben einmischen.«

Für einen ganz kurzen Moment verhärteten sich seine Züge und er schluckte sichtbar eine Bemerkung herunter, dann aber sagte er freundlich: »Machen Sie sich keine Sorgen, Gene. Mir fehlt ja nichts.« Wie um das

Thema zu wechseln, fragte er: »Wissen Sie, wo Daphne steckt? Hat sie Urlaub genommen?«

Rackshaw schüttelte den Kopf. »Sie hat sich wieder krank gemeldet. Deswegen halte ich hier die Stellung.« Schnell setzte sie hinzu: »Wenn Sie nichts dagegen haben, selbstverständlich.«

Doch statt einer missmutigen oder gleichgültigen Antwort überraschte er sie mit einem freundlichen Lächeln. »Das freut mich. Wirklich. Ich weiß, ich kann mich jederzeit auf Ihre Arbeit verlassen.«

Sie wirkte einen Augenblick verunsichert, aber antwortete dann mit einem versonnen wirkenden Lächeln. Leise sagte sie: »Sie können sich immer auf mich verlassen, Jack.«

»Fein, fein, Gene. Dann werde ich die Mädels vom Schreibbüro uns mal Kaffee kochen lassen. Oder trinken Sie lieber Tee?«

Sie schaffte es gerade, »Kaffee wäre schön« zu sagen, da griff er zu ihrem Erstaunen zum Telefon und rief selbst im Schreibbüro an.

Zwei Stunden später, Gene hatte für de Vercenne gerade noch einmal alte Versuchsprotokolle aus dem Archiv herausgesucht, kam er in ihr Büro. Er lehnte sich an einen der stählernen Aktenschränke und sah sie freundlich an. »Sagen Sie mal, Gene, im Moment haben wir nicht allzu viel zu tun, die letzten Tage hat ja kein Versuchsbetrieb stattgefunden, hätten Sie wohl Zeit und Lust, etwas für mich zu erledigen?« Schnell schob er hinterher: »Also persönlich. Würden Sie mir einen persönlichen Gefallen tun?«

Sie überlegte nicht lang. »Ja, natürlich. Gern. Ich komm hier schon zurecht mit der Arbeit.«

Er lächelte sie jetzt strahlend an und kam ihrem Schreibtisch einen Schritt näher. »Wissen Sie, ich habe am kommenden Sonntag Geburtstag. Eigentlich wollte ich gar nicht feiern. Die Arbeit, diese ganzen Dinge, die passiert sind in den letzten Wochen ... na, jedenfalls wollte ich nicht feiern. Jetzt liegt mir aber meine Mutter in den Ohren, ich sollte doch wenigstens ein paar Freunde einladen. Und ich Idiot habe nachgegeben. Nun, und da ist jetzt eine ganze Menge zu tun, Einladungskarten müssen so schnell als möglich verschickt werden, es muss sich jemand um die Planung des Essens kümmern, Getränke müssen bestellt werden. Wissen Sie, ich möchte mit dem ganzen nicht meine Mutter belasten. Sie hat schon genug andere Verpflichtungen.« Er seufzte. »Daphne hat mir im letzten Jahr geholfen, so gut sie konnte ...« Er ließ den Satz offen und verschwieg ihr auch tunlichst, wie froh er darüber war, nicht seine unfähige Sekretärin darum bitten zu müssen.

»Aber natürlich, gern!« Sie strahlte jetzt über das ganze Gesicht und setzte sich betont gerade und aufrecht hin, wie ein Schulkind, dem der Lehrer seine ganze Aufmerksamkeit schenkte. »Haben Sie schon eine Liste, was alles erledigt werden soll?« Instinktiv griff sie nach Block und Bleistift.

Er lachte freundlich. »Leider noch nicht wirklich. Aber ich dachte, natürlich nur, wenn Sie mögen, wir könnten zum Mittag hinüber ins Greyhound Arms gehen und alles beim Essen besprechen?«

Kapitel 22

Oxford, 14b Norham Gardens
Donnerstag, 8. Mai 1947, Nachmittag

Suchen Sie nach einem Soldaten oder ehemaligen Soldaten«, war O'Neills Rat für Norcott gewesen. Wieder und wieder hatten der Superintendent und Badby alle Personalakten aktueller und ehemaliger Mitarbeiter des Physikalischen Instituts durchgesehen. An den Abenden verstärkt durch Nigel Ward, der sich nach seiner täglichen Sonderaufgabe zu ihnen gesellte. Ward hatte seinen Chef auch über die Rückkehr de Vercennes an seinen Arbeitsplatz unterrichtet. Charles Norcott war nicht eben begeistert gewesen. Er hatte mit de Vercenne am Mittwochmorgen telefoniert, aber wenig ausrichten können.

Der junge Wissenschaftler weigerte sich rundheraus, »noch mehr Zeit zu verschwenden, die ich für meine Versuche dringend brauche.« Sein Hinweis, das Versorgungsministerium dringe mehr und mehr auf nutzbare Ergebnisse, konnte Norcott nicht parieren. Man musste sich für den Moment mit der Hoffnung begnügen, dass die getroffenen Schutzmaßnahmen ausreichen würden.

»Ich habe das Gefühl, wir sehen den Wald vor lauter Bäumen nicht!«, beklagte sich Elizabeth Badby. »Oder besser gesagt, wir können den Baum, den wir suchen, nicht finden, nicht sehen, weil wir dem Wald nicht zu nahe kommen dürfen.« Ihre Augenbrauen zogen sich zusammen und sie schlug mit der Faust auf die Sessellehne.

Norcott rieb sich wortlos die Augen. Der Bombenanschlag hatte ihm zwar den offiziellen Auftrag zur Untersuchung eingebracht, aber leider nicht mit der entsprechend notwendigen Macht versehen. Immerhin konnte er nun die, sicher wertvolle, Arbeit der Kriminaltechniker der Oxford City Police nutzen. Mehr Beamte von dort einzubinden hätte aber das Risiko bedeutet, mehr unsichere Mitwisser zu schaffen. Auf O'Neill konnte Norcott sich verlassen, bei allen anderen Polizeibeamten würde er jedoch nie wissen, wem ihre Loyalität gehörte. Er war entschlossen, den Chief Constable Bill Leyroyd nicht zu unterschätzen. Und es bestand auch die Gefahr, dass einer der beteiligten Beamten die Hintergrundinformationen zur Presse durchstach, um sich ein wenig nebenbei zu verdienen. Er blickte zuerst in seine Teetasse, dann zu der großen Wanduhr in der Bibliothek. Es war kurz nach halb vier. »Ich geh mal in die Küche und setze uns frischen Tee auf.«

Badby sprang auf die Füße. »Ich komme mit, Sir. Wahrscheinlich setzen sich unsere grauen Zellen besser in Bewegung, wenn sie von ein paar Sandwiches geschmiert werden.« Vor allem aber wollte sie lieber nicht allein in der Bibliothek zurückbleiben. Allein gelassen würden ihre Gedanken vermutlich noch schneller und leichter zum vergangenen Samstag zurückkehren. Sie würde sich diese Gefühle nicht erlauben.

»Badby?« Norcott lächelte sie an.

»Entschuldigung, Sir, ich war in Gedanken. Was hatten Sie mich gefragt?«

Er hielt zwei Teedosen in den Händen. »Eigentlich wollte ich nur wissen, ob Sie lieber Darjeeling oder Ceylon trinken möchten. Aber jetzt würde ich zusätzlich gern wissen, woran Sie eben so angestrengt gedacht haben.«

Sie schwieg einen Moment, wollte dann antworten, wurde aber durch die Türklingel unterbrochen. »Ich geh schon. Das kann der Bote des Kriegsministeriums sein.«

Norcott sah ihr nach. *Irgendetwas ist am Samstag geschehen auf Sandford Hall,* ging es ihm durch den Kopf. Etwas beschäftigte seine junge Mitarbeiterin. Nachdenklich löffelte er schwarzen Ceylon-Tee in das Sieb. Sie arbeiteten erst wenige Tage zusammen und er wusste ja um ihre negativen Erlebnisse mit Vorgesetzten. Trotzdem musste er wissen, was sie seit fünf Tagen so sehr beschäftigte.

»Es waren tatsächlich die Akten vom Kriegsministerium.« Mit einem umfangreichen Paket im Arm kam Badby wieder in die Küche zurück. Sie hatten für alle gegenwärtigen Mitarbeiter des Physikalischen Instituts die Militärakten derjenigen angefordert, die im oder nach dem Krieg im Militär aktiv gewesen waren. Zusätzlich waren alle ehemaligen Mitarbeiter des Instituts einbezogen worden, die früher mit Jack de Vercenne zusammengearbeitet hatten. »Vielleicht finden wir ja hierin endlich Antworten.« Badby klang kämpferisch

170

und ihre Nachdenklichkeit schien für einen Moment vergessen.

Drei Stunden später wurde ihr Aktenstudium von Vicky Norcott unterbrochen, die den Kopf durch die Bibliothekstür steckte. »Guten Abend zusammen. Habe ich eine wichtige Wendung verpasst? Aber wenn ich Eure Gesichter so sehe, ist das wohl eher nicht der Fall.« Sie betrachtete ihren Mann und Elizabeth Badby mitfühlend.

»Hallo, Darling.« Ihr Mann versuchte zu lächeln und warf die Akte, in der er gelesen hatte, auf einen Stapel. »Leider nein. Der Krieg hat uns eine verdammt große Schar potentieller Bombenbauer hinterlassen. Und da wir weiter nicht ausschließen können, dass jeder dieser *Zwischenfälle* einen anderen Urheber hat, potenzieren sich die Verdächtigen.« Er sah seine Frau an. »Und du? Hast du das Nachmittagslicht gut ausnutzen können?«

»Ja, vielen Dank. Ich bin mit der Flusslandschaft gut vorangekommen und war dann noch für eine Stunde im Ashmolean Museum, um ein wenig zu studieren. Sie haben dort eine wundervolle kleine Sammlung französischer Aquarelle. Ich werde mir jetzt ein großes Glas passenden französischen Weißwein besorgen und dann dürft ihr mir alles erzählen. Noch jemand ein wenig Chardonnay?«

Sie war nach wenigen Minuten zurück und hatte die beiden voll wacher Neugier angesehen.

Norcott überließ es Elizabeth Badby, den Stand ihrer Arbeit zusammenzufassen.

»Beginnen wir mit den absoluten Sackgassen: Professor Maidstone verfügt wohl über mehr als genug Hausmacht in der Universitätsleitung, als dass er sich Sorgen um eine Konkurrenz von de Vercenne oder Dr. Fraser-Collins machen muss. Professor Falls hat für uns dazu ein wenig in der Universitätsverwaltung spioniert. Und wo wir gerade bei Fraser-Collins sind: Ein Teil der Zwischenfälle betraf auch seine Versuche. Meiner Meinung nach ist es eher unwahrscheinlich, dass er sich selbst sabotiert. Und er hat zwar als Chemiker sicher gewisse Kenntnisse zur Zusammensetzung von Sprengstoffen, aber von da bis zum Bau einer Bombe ist es ein weiter Weg.«

»Zumal«, warf Norcott ein, »der Sprengstoff in der Bombe, wie wir von O'Neill seit vorgestern wissen, normaler Armeesprengstoff war und nichts Selbstgemixtes. Zusammenfassend ist er also erst einmal raus aus dem engeren Kreis der dringend Tatverdächtigen.«

Vickys Hand zuckte einen Moment, als wenn Sie etwas sagen wollte. Sie blieb aber stumm.

Badby überflog kurz ihre Notizen und setzte dann neu an: »Mitch ›Ekelpaket‹ Firking ist zwar ein Großmaul, aber definitiv zu feige für etwas in der Preisklasse einer Bombe. Laut seiner Militärakte hat er sich aufgrund seiner«, sie rollte kurz mit den Augen, »Plattfüße in eine niedrige Tauglichkeitsstufe eingruppieren lassen. Von 1942 bis 1945 tat er auf einem umgebauten Fischtrawler Dienst, der Küstenwachtaufgaben in der Irischen See leistete. Kein Job, bei dem es Helden braucht. Er könnte aber für ein, zwei der kleineren Zwischenfälle verantwortlich sein. Als Trittbrettfahrer kann ich ihn mir exzellent vorstellen. Und da haben wir unser nächstes Stichwort: *Trittbrettfahrer* sind nach unserer Einschätzung auch zwei Labormitarbeiter, die mit den Sowjets sympathisieren. Sie waren während des Krieges beide Mitglied im *Verein für britisch-sowjetische Freundschaft* und in der kommunistischen Partei CPGB. Beide finden sich auf dem *Vorbeugenden Index* von MI5, tragen dort aber keinen Gefährdungsvermerk oder sind anderweitig irgendwie auffällig geworden. Alle anderen jetzigen oder ehemaligen Mitarbeiter sind ausnahmslos Nieten. Weder ist die Motivation stark genug, noch hatte auch nur einer eine interessante Militärakte.« Sie sah zu ihrem Chef hinüber.

Der nickte. »Bleiben aus unserer Sicht drei Personen übrig: Janna Carsdale, Daphne Pelling und Gene Rackshaw. Die Sekretärin, Miss Pelling, ist seit einigen Tagen krankgemeldet. Genaues ist nicht bekannt. Als de Vercennes Sekretärin hat sie einiges auszuhalten bei ihrem Chef. Gleichzeitig weiß sie aber um seinen Tick, ständig seine Aktenmappe im Auto zu vergessen. Sie hätte die Autobombe also nie so positioniert, da mit hoher Sicherheit nicht de Vercenne sondern irgendeine Angestellte getroffen werden würde.«

»Wie es dann ja auch passiert ist, soweit ich verstanden habe«, sagte Vicky.

»Ja, richtig«, antwortete ihr Mann. »Getroffen hat es Gene Rackshaw, Nummer 2 der Verdächtigen. Sie vertrat an dem bewussten 30. April die Pelling. Und das relativiert den Verdacht gegen sie natürlich erheblich.

Niemand, der bei klarem Verstand ist, würde eine Autobombe legen und sie dann selbst auslösen. Davon abgesehen, dass es nicht den Hauch eines Motives gibt. Sie kommt ganz leidlich mit Vercenne aus.«

»Wie schwer ist sie übrigens verletzt worden?«, wollte Vicky wissen.

Jetzt übernahm Badby wieder das Antworten. »Von blauen Flecken und einem deftigen Ohrenschaden abgesehen, hat sie riesiges Glück gehabt. Sie wird schon bald wieder arbeiten können. Ihre Militärakte ist übrigens so spektakulär wie ein leeres Schaufenster«, ergänzte die Polizistin und griff nach einer schmalen Akte. »Sie meldete sich 1940 zum Auxiliary Territorial Service und wurde die ersten beiden Jahre mit typischen Frauenarbeiten betraut: Fahrerin und Mitarbeiterin bei der Feldpost. 1942 dann Versetzung und bis Kriegsende Einsatz bei einer Forschungsstelle, die neue Textilien für Uniformen und ähnliches erprobte.«

»Wirkt nicht sehr explosiv«, kalauerte Vicky und die anderen beiden nickten. »Fehlt noch de Vercennes Freundin, Janna Carsdale?«

Charles Norcott und Elizabeth Badby wechselten Blicke, ohne etwas zu sagen.

»Gibt es etwas Besonderes zu Miss Carsdale?«, fragte Vicky nach und beugte sich im Sessel nach vorn.

Ihr Mann lächelte. »DC Badby und ich sind uns uneinig in der Bewertung ihres Potenzials. Elizabeth hält Miss Carsdale für eine sensible, tier- und kinderliebe junge Frau, deren einziger Fehler es ist, sich in den falschen Mann verliebt zu haben.«

Badby nickte. »Und der Superintendent glaubt, Miss Carsdale hätte das Zeug zu einer gespaltenen Persönlichkeit, die sich unter normalen Umständen auch normal verhält, die aber in Stresssituationen durchaus Gewaltpotential entwickeln kann. Ich gebe zu: Sich mit knapp fünfzehn Jahren gegen einen Vater durchzusetzen, der sein Vermögen im Waffen- und Schrotthandel gemacht hat, lässt einen wirklich diamantenen Willen vermuten. Sie hat sich entschieden, Mutter zu werden und man muss ihr zugestehen, sie macht ihren Job bisher gut. Ich habe Catherine, die Tochter, kurz kennengelernt. Sie macht einen aufgeweckten und wohlerzogenen Eindruck. Trotzdem kann es natürlich auch eine dunkle Seite geben.« Badby hatte den letzten Satz leise, fast wie zu sich selbst gesprochen und sah nun aus dem Fenster, als wenn sie einen weit entfernten Punkt fixieren würde.

Vicky Norcott betrachtete die Kollegin ihres Mannes kurz, bevor sie fragte: »Und wie wollt ihr das auflösen? Offenbar ist sie eine Person, die man im Auge behalten sollte. Besonders auch, weil sie ja wohl ausreichend Grund hat, Eifersucht oder Wut oder Hass zu entwickeln.«

»Ja«, erwiderte ihr Mann, »das *oder* ist die Frage. Wir wissen, dass Jack de Vercenne wohl untreu war, zumindest gibt es widerkehrende Gerüchte darüber in London. Und diese angebliche oder wirkliche Verlobung mit der Tochter des Herzogs von Exeter dürfte für die Carsdale ein rotes Tuch darstellen. Ich werde deshalb morgen selbst noch einmal nach Sandford Hall rausfahren.«

»Aber das hört sich doch nach einem durchaus überschaubaren Kreis an Verdächtigen an. Ich hatte Schlimmeres befürchtet.« Vicky Norcott lächelte aufmunternd.

Ihr Mann seufzte. »Leider ist da vor ein paar Tagen noch jemand aus dem Umfeld hinzugekommen.« Er berichtete knapp von Major Hathaway und schloss dann: »Trotz der Überwachung durch den NID macht mir der Mann Sorgen. Er ist im Moment der Joker im Spiel.«

Kapitel 23

Sandford-on-Thames, Sandford Hall
Freitag, 9. Mai 1947, Vormittag

Nachdenklich und langsam steuerte Norcott den roten Alvis 25 entlang der langen, sich windenden Auffahrt Sandford Hall entgegen. Der frühe Freitagmorgen sorgte für eine perfekte, sonnige Kulisse für das opulente Schloss. Blendend weiße, zarte Wölkchen boten eine angemessene Dekoration des blauen Himmels. *Fehlt nur noch ein malerisch drapiertes Rudel Rotwild,* dachte Norcott gerade spöttisch, als hinter der nächsten Biegung ein kapitaler Rothirsch bei einer kleinen Baumgruppe erschien. Weder der Hirsch noch die Weibchen seiner Begleitung zeigten sich im Mindesten beeindruckt von dem dunkelroten Gefährt, das in ihr Paradies eindrang.

Zwei weitere Biegungen des Weges und ungefähr vierhundert Meter später ließ Norcott seinen Wagen sanft ausrollen. Vom Portal des Schlosses löste sich eine livrierte Gestalt und trat zum Wagen. Norcott nannte seinen Namen und fragte nach Janna Carsdale, ohne sich jedoch als Polizeibeamter auszuweisen. Man musste nicht mehr Unruhe verbreiten als nötig. Elizabeth Badby hatte noch gestern Abend den Termin telefonisch vereinbart, er wurde also erwartet.

»Bitte folgen Sie mir, Sir«, sagte der Bedienstete, und sie schlugen einen Weg an der Vorderfront entlang ein. Am Ende des Gebäudes teilte sich der Weg und der

Mann vor ihm wählte jenen weg vom Schloss, einige breite Stufen hinunter in ein System weiter Rasenflächen, die mit niedrigen Hecken verziert waren. Auf einer der großen Flächen waren zwei Zielscheiben aufgebaut, etwa fünfzig Meter davon entfernt stand eine junge Frau in Reitstiefeln und Breeches und zielte mit einem Bogen. Der Diener vor Norcott blieb stehen und bedeutete ihm, dies auch zu tun. Eine Weile passierte nichts und der Superintendent hatte Zeit, Janna Carsdale zu betrachten. Sie war sehr schlank, wirkte aber durchtrainiert. Sie hatte helle, fast strahlende, blonde Haare, die zu einem etwas mehr als schulterlangen Zopf geflochten waren. Der Pfeil verließ den Bogen und traf. Soweit er sehen konnte, in den zweiten roten Ring der Zielscheibe.

Wie auf Kommando entspannte sich die junge Frau, sah zu ihm herüber und lächelte. »Superintendent Norcott, vermute ich?« Sie streckte ihm die Hand entgegen. »Janna Carsdale.« Sie wies auf eine kleine Gruppe von Klappstühlen und einem Gartentisch, die am Rand der Rasenfläche standen. »Wollen wir uns setzen? Dann kann ich gleich meinen Bogen nachspannen.« Sie lächelte. »Möchten Sie etwas trinken? Kaffee oder Tee?«

Norcott wollte gerade ablehnen, er hatte vor Kurzem erst gefrühstückt, aber sein Gegenüber war schneller.

»Bitte. Dann habe ich nicht so ein schlechtes Gewissen, wenn ich Sie gleich mit Fragen bombardiere.« Sie warf einen Blick zum Schloss und sagte schnell: »Außerdem strolcht mein Vater hier herum und wenn er sieht, dass ich Ihnen nichts angeboten habe, gibt es wieder eine Diskussion.«

Er hatte nicht den Eindruck, dass diese selbstbewusste junge Frau eine Diskussion scheuen würde, nickte aber trotzdem. »Gern eine Tasse Tee.« Mit einem Schmunzeln setzte er hinzu: »Zur Beruhigung Ihres Vaters.«

Sie gab dem Bediensteten kurze Anweisungen und wandte sich dann wieder Norcott zu. »Sie arbeiten eigentlich bei New Scotland Yard, in direkter Unterstellung zum Chef der britischen Polizei, sagte man mir.«

Norcott verstand die Bemerkung nicht als Frage, antwortete nicht, sondern wartete ab.

»Und Sie lehren am All Souls College. Sie müssen ein erstaunlicher Mensch sein. Es beruhigt mich, dass Sie sich um Jack kümmern.« Sie setzte sich, lud ihn mit einer Handbewegung ein, ebenfalls Platz zu nehmen. »Er ist Wissenschaftler, wissen Sie? Natürlich *wissen* Sie, dass er Physiker ist, aber er ist so sehr Wissenschaftler, dass ihm manchmal das Gespür für praktische Gefahren abgeht. Verstehen Sie, was ich meine? Und ich kann nicht vierundzwanzig Stunden auf ihn aufpassen. Deshalb bin ich beruhigt.« Sie drehte wieder den Bogen spielerisch in der Hand und fixierte Norcott dann erneut. »Ich habe auch studiert, Kunstgeschichte und Mathematik, hier an der Lady Margaret Hall, aber ich habe es nur zum Bachelor gebracht.« Sie schwieg einen Moment und zupfte einen imaginären Faden von ihren Breeches, dann lächelte sie. »Ich will und werde Jack heiraten. Er wird für meine Tochter ein wunderbarer Vater sein; vielleicht werden wir auch noch gemeinsame Kinder bekommen. Und als Wissenschaftler wird er es sicher noch weit bringen. Beschützen Sie ihn, Superintendent.« Ein jugendliches, offenes Lachen brach aus ihr hervor, dann sah sie Norcott direkt in die Augen. »Jetzt wäre ich fast wieder in alte Muster verfallen. Das war knapp.«

»Alte Muster?« Er lächelte zurück. »Was würde das bedeuten?«

Sie zuckte die Schultern und wirkte leicht beschämt. »Sie wissen sicher längst, dass meine Familie aus Russland stammt. Wir gehören zur armenischen Minderheit. Na, und uns Armeniern sagt man nach, alles und jedes mit Bestechung regeln zu wollen.« Sie seufzte aus tiefstem Herzen. »Und ich gestehe, ich bin sehr anfällig für diese Methode, die im seriösen britischen Beamtenstaat selbstverständlich völlig undenkbar ist.« Sie lachte wieder und jetzt sehr herzlich. »Ich könnte Ihnen eines unserer Fohlen anbieten, wir bilden es zum Reitpferd aus und schenken es Ihrer Tochter. Oder *befreundete* Handwerker renovieren Ihr Haus und vergessen die Rechnung.« Sie sah ihn mit einem Blick an, den er nicht deuten konnte.

Er brach den Bann und lachte. »Ich habe gar keine Tochter. Und das Haus, in dem ich wohne, gehört dem All Souls College. Und bevor sie fragen, es ist alles in wunderbarem Zustand.«

Geräuschlos hatte sich der Bedienstete genähert und servierte Tee in einem kleinen transportablen Samowar, Kaviar und sehr britische Gurkensandwiches. »Bitte greifen Sie zu, Superintendent. Ich schwöre, ich werde dafür nichts verlangen.« Sie blinzelte ihm zu. »Außer, dass Sie schwören, dass Sie gut auf meinen Jack aufpassen werden. Ich kann nicht ohne ihn leben. Hören Sie?« Sie ergriff seine Hand und fixierte ihn mit festem Blick.

Norcott nickte und wollte der jungen Frau gerade antworten, als sich jemand hinter ihnen räusperte.

»Vater.« Sie ließ sofort seine Hand los und stand auf. »Superintendent Norcott, darf ich Ihnen meinen Vater, Timothy Carsdale, vorstellen? Vater, ich darf dir Superintendent Charles Norcott von New Scotland Yard vorstellen?«

Die beiden Männer schüttelten sich die Hände. Norcott schätzte Carsdale auf etwa fünfzig Jahre. Er war kräftig gebaut, die dunkelblonden Haare wechselten bereits ins grau und er hatte wache braune Augen.

»Bitte setzen Sie sich wieder, Superintendent, bitte.« Er lud Norcott mit einer Handbewegung ein, wieder Platz zu nehmen. Gleichzeitig glitt sein Blick aufmerksam über den Tisch. »Aber Sie haben ja noch gar nicht von unserem Kaviar probiert, Mr. Norcott. Wenn Sie jetzt keinen Appetit haben, lasse ich Ihnen ein, zwei Kilo einpacken für die Rückreise.«

»Vater!«

»Was?« Er zuckte fragend mit den Schultern, musste dann aber lächeln. »Jaja, ich weiß schon. Aber dann trinken Sie wenigstens Ihren Tee, Mr. Norcott, bitte.« Er warf noch einen Blick auf den Tisch. »Oder vielleicht ein Gurkensandwich?« Im Gesicht des Mannes kämpften Neugier und Unverständnis. »Wie kann man so etwas nur seinen Gästen anbieten, erklären Sie mir das, Mr. Norcott. Meine Tochter sagt, Sie sind ein gebildeter Mann, ein wichtiger Mann bei Scotland Yard. Was stimmt nicht mit einer Nation, die ihren Gästen Sandwiches mit einer Frucht anbietet, die fast nur aus Wasser besteht und nach nichts schmeckt?« Er grinste und biss dann voller Vergnügen selbst in ein Gurkensandwich.

Zwei Stunden später stoppte Superintendent Norcott seinen Wagen auf einem kleinen Parkplatz an der Landstraße nach Oxford. Die Themse, die hier in der Gegend ein zivilisierter kleiner Fluss war und noch kein Strom voller Schiffe, die auch alle Weltmeere befuhren, machte hier einen rechtwinkligen Knick. Im Knick hatte sich eine kleine Sandbank gebildet, die von einer ganzen Schar Enten besiedelt war. Norcott stieg aus dem Wagen und ging einige Meter hinunter zum Flussufer. Er atmete die frische Luft tief ein und betrachtete das friedliche Bild, das sich ihm bot. Er würde Vicky diese Stelle zeigen und sie bitten, hier zu malen.

Dann aber gingen seine Gedanken zu dem Gespräch des Morgens und zu den Carsdales zurück. Norcott war sich nun sicher, was seine Kollegin, Elizabeth Badby so beeindruckt hatte. Janna Carsdale strahlte pure Kraft aus, eine Form stählerner Energie, an der man sich verbrennen konnte. Und zugleich war da diese Sicherheit, dass diese junge Frau nichts Böses wollte. Aber durfte man seinen Gefühlen soweit trauen? Wer konnte wirklich sicher vorhersagen, was Janna Carsdale zu tun be-

reit war? Wo begann Sympathie die Fragen zu beantworten, die Professionalität nicht beantworten konnte?

Das Hupen eines Autos riss Norcott aus seinen Gedanken. Er sah hoch zur Landstraße und entdeckte Nigel Ward, der ihm aus dem Wagenfenster eines kleinen
Austin 10 zuwinkte. Er rief etwas, was Norcott aber vor
dem Rauschen des Flusses nicht verstehen konnte. Nur
einen Moment später standen sich die Männer gegenüber.

»Ich bin so froh, Sie gefunden zu haben, Sir.« Ward
schnaufte vor Aufregung. »Die Polizei ...«, er musste
nochmals tief durchatmen, »die Oxfordshire Constabulary hat vor zwei Stunden eine untergegangene Segelyacht am Kingham Lake gefunden. Sie ... sie gehört
Jack de Vercenne.«

Es war, als lege sich ein eisiger Reif um Norcotts
Herz. »Verletzte oder Tote?«

»Kann man noch nicht sagen. Die Polizeitaucher
mussten erst aus Dorchester herangeholt werden. Sie
haben gerade ihre Ausrüstung vorbereitet, als ich mich
auf den Weg gemacht habe, um Sie zu suchen.« Er sah
auf seine Armbanduhr. »Das war vor einer Dreiviertelstunde.«

»Lassen Sie Ihren Wagen hier stehen«, entschied
Norcott, »mit dem Alvis sind wir schneller.«

Kapitel 24

Wiltshire, Avebury Castle
Freitag, 9. Mai 1947, Abend

Sie hatten alles versucht. Norcott und seine Leute hatten ganz Oxford durchforstet auf der Suche nach Jack de Vercenne. Im Institut wusste man nicht, wo er war, sein Appartement war leer und auch seine Mutter hatte nicht sagen können, wo sich ihr Sohn aufhielt. Es war jede nur erdenkliche Option überprüft worden, selbst seine krankgeschriebene Sekretärin hatte man versucht zu erreichen. Vergeblich.

Gegen halb neun Uhr abends schließlich, fast neun Stunden nach Auffindung der Segelyacht, meldete sich de Vercenne endlich telefonisch. Norcott hatte sich sofort auf den Weg gemacht und nun standen sich die beiden Männer in einem kleinen Arbeitszimmer auf Avebury Castle gegenüber.

»Was haben Sie sich eigentlich dabei gedacht?« Norcott war außer sich vor Wut. »Hat Ihnen die Autobombe nicht gereicht? Gibt Ihnen das einen Kick, wenn Sie sich selbst zur Zielscheibe machen?« Der Superintendent marschierte vor dem Schreibtisch auf und ab.

De Vercenne dagegen hatte scheinbar gelassen Platz in einem ledernen Schreibtischstuhl genommen. Doch seine Augen schimmerten angriffslustig und der Gegenangriff kam prompt. »Jetzt kommen Sie mal wieder herunter von Ihrem hohen Ross! Ich bin kein kleiner

Junge mit kurzen Hosen, Sie brauchen hier nicht den Oberlehrer zu spielen.«

Norcott konterte: »Wenn Sie nicht wie ein dummer Junge behandelt werden wollen, dann benehmen Sie sich gefälligst nicht so. Und damit das ein für allemal klar ist: Ich habe es mir nicht ausgesucht, für Sie das Kindermädchen zu spielen.«

Beide Männer fixierten sich, man konnte die Spannung körperlich spüren. Es war, als braue sich ein ausgewachsenes Gewitter in dem kleinen Raum zusammen.

»Suchen Sie die Gefahr, ist es das? Erklären Sie mir das!« Norcott trat noch näher an den Schreibtisch heran. »Seit wann vermissen Sie Ihr Boot?« Und als de Vercenne nicht sofort Anstalten machte, zu antworten, legte der Polizeibeamte nach: »Nun machen Sie in Gottes Namen den Mund auf, Mann!«

De Vercenne tat genau das. Er machte den Mund auf, schloss ihn aber sogleich wieder, als hielte er es für klüger, nicht zu sagen, was ihm auf der Zunge lag. Als Norcott ihn weiterhin fixierte, sagte er schließlich: »Seit ungefähr zwei Wochen ...«

»Ungefähr?«, blaffte Norcott ihn an. »Kommen Sie mir nicht mit *ungefähr*. Es muss doch einen definitiven Zeitpunkt geben, ab dem Sie Ihr Boot vermisst haben. Die Kollegen von der Wasserschutzpolizei schätzen den Wert Ihres Bootes auf 8.000 bis 9.000 Pfund. Das ist ein Vermögen. Kümmert Sie das nicht?«

Der junge Wissenschaftler verdrehte die Augen. »Ich weiß sehr wohl, was die *Louisa* gekostet hat. Ich habe sie nämlich selbst bezahlt!« Er verschränkte die

Arme vor der Brust, setzte dann aber hinzu: »Es muss der 27. April gewesen sein. Ich wollte am Sonntag segeln gehen.« Wieder verstummte er.

Norcott seufzte sehr tief. »Was soll ich eigentlich mit Ihnen machen? Sie schütteln? Hilft das? Man hat einen Bombenanschlag auf Ihr Auto verübt und wichtige Forschungsergebnisse sind wie vom Erdboden verschwunden. Von den ganzen anderen Kleinigkeiten ganz zu schweigen.« Er atmete tief durch. »Und jetzt wird Ihre Segelyacht versenkt, aber Sie halten es nicht für nötig, mich davon zu unterrichten oder den Diebstahl wenigstens der zuständigen Polizei zu melden?«

»Versenkt?« Aus unerfindlichen Gründen hatte dieses Wort de Vercenne aufgeweckt. »Ich dachte ... na ja ... ich war der Überzeugung, Jugendliche hätten ...«

Der Superintendent hatte sich in einen der großen Ledersessel fallen lassen und winkte nun müde ab. »Versenkt. Mit einer gezielten Sprengladung.« Er sah de Vercenne jetzt wieder direkt an. »Das waren keine Jugendlichen oder Betrunkene. Der oder die Täter haben die Schlösser professionell geknackt, haben das Boot in eine kleine Bucht bugsiert, ungefähr einen Kilometer vom Liegeplatz und es dort im dichten Schilf mit einer genau bemessenen Sprengladung versenkt.«

»Aber ... aber wer macht denn ... also was will man denn damit erreichen?« Der Wissenschaftler schien jetzt verunsichert.

»Das«, erwiderte Norcott nach einem Moment, »ist die ganz große Preisfrage. Was will der Täter erreichen? Wer profitiert von diesen ganzen Ereignissen?«

Es blieb eine ganze Weile still. Mit schweren Armen stemmte sich de Vercenne schließlich aus dem ledernen Schreibtischsessel hoch, ging langsam zu einer Anrichte. »Wollen Sie auch einen?« Er hob die bauchige Flasche an, als wolle er sich des richtigen Inhalts versichern. »Aber ich habe nur Bourbon hier, Corner Creek.« Fast wie zu sich selbst fügte er hinzu: »Kann man trinken. Wirklich.«

Aus einem Gefühl heraus nickte Norcott. Eigentlich mochte er keinen Bourbon und jetzt, in dieser Situation wollte er erst recht keinen Alkohol trinken. Aber vielleicht würde es ihm ja den Zugang zu de Vercenne erleichtern.

Der schenkte Bourbon in zwei Gläser und reichte eines seinem Gegenüber. Sie tranken und Norcott nahm den Gesprächsfaden wieder auf. »Was haben Sie gedacht, als Sie bemerkten, dass die *Louisa* nicht mehr an ihrem Liegeplatz lag?«

De Vercenne kniff die Augen zusammen. »Ich dachte, einer meiner Freunde habe sich das Boot geliehen. Das«, er zögerte und drehte sein Glas in der Hand, »passiert schon manchmal. Ist ja keine Welt. Man knackt das Vorhängeschloss zur Kabine. Alles andere ist kinderleicht. Hinterher sagt man Bescheid und bezahlt den Schaden und gut ist. Mehr Sicherheit als das Vorhängeschloss braucht man normalerweise nicht. Der Kingham Lake ist ein begrenztes Gewässer. Trotz der Größe des Sees könnten sie mit einem gestohlenen Boot nirgendwo hin. Man müsste das Boot aus dem Wasser holen und per Anhänger wegschaffen. Dazu aber bräuchte man entsprechende Anlagen und die gibt es nur in unserem Segelclub. Stehlen ist also völlig sinnlos.« Er schüttelte wieder den Kopf. »Alles sinnlos.«

Während der junge Mann noch weiter vor sich hin grübelte, dachte Norcott an das, was ihm die spezialisierten Kriminaltechniker der Wasserschutzpolizei als erste Ergebnisse geliefert hatten. Das Boot war an eine Stelle manövriert worden, in der die Wassertiefe ausreichte, das untergehende Boot bis über die Bordkante aufzunehmen. Die Sprengladung war exakt proportioniert gewesen. Groß genug, um eine garantierte Versenkung zu erreichen, aber nicht unnötig groß, um keine überflüssige Aufmerksamkeit zu erregen. Die Stelle perfekt gewählt, um das Boot möglichst gleichmäßig und sicher sinken zu lassen. Das war keine Spontantat, in der ein eifersüchtiger Nebenbuhler mal eben die Flutventile öffnete. »Das hat ein Profi gemacht.« Das Urteil des Kriminaltechnikers hing wie ein Menetekel in seinem Kopf.

Wieder und wieder versuchte Norcott zwei Gedanken zusammenzubringen: Einiges, was geschehen war, hatte für ihn eine persönliche Note, schien von Emotionen getrieben. Das Vernichten der persönlichen Notizen, aber auch die Autobombe. Die Konstruktion der Bombe war ein Rätsel, perfekt konstruiert und doch nicht auf den Fahrer gerichtet. Konnte es sein, dass man vielleicht nur den Wagen zerstören, de Vercenne etwas nehmen wollte? So konnte es scheinen. Und nun die Versenkung des Bootes, an dem der Wissenschaftler, trotz seiner gespielten Kühle, doch gehangen hatte. Bei all dem schienen Gefühle im Spiel. Aber beide Sprengsätze waren von Profis konstruiert und gelegt worden. Das stand völlig außer Frage. Es war, als würden zwei Personen agieren. Zwei …

»Superintendent?«

Norcott schreckte aus seinen Überlegungen hoch. »Entschuldigen Sie, ich war in Gedanken. Was sagten Sie?«

Ein kurzes Lächeln huschte über das Gesicht des anderen. »Ich habe nur erwähnt, dass ich morgen eine Party gebe. Ich habe Geburtstag, ein paar Freunde und Kollegen kommen. Nichts Großes.« Er betrachtete den Rest Bourbon in seinem Glas und wirkte nachdenklich. »Ich versuche, mich zu bessern und wollte Sie das nur wissen lassen.«

Norcott nickte und überlegte einen Moment. Schließlich sagte er: »Ich würde gern kommen. Macht das ein Problem?«

»Nein. Gar nicht. Es wird eine lockere Cocktailparty. Aber was erhoffen Sie sich davon? Es werden, wie gesagt, nur Freunde und Kollegen kommen.«

»Reine Routine«, antwortete Norcott mit einem Lächeln. »Ich möchte mir nur einen Eindruck verschaffen.« Gleichgültig, wie professionell und berechnend die beiden Sprengsätze gebaut worden waren, Norcotts Instinkt sagte ihm, hier waren Emotionen im Spiel. Vielleicht, sogar wahrscheinlich, von einer Person aus dem persönlichen Umfeld. Und genau das wollte sich Norcott am nächsten Abend ansehen.

Kapitel 25

Wiltshire, Avebury Castle
Samstag, 10. Mai 1947, früher Abend

Du hast was?« Seine Stimme überschlug sich. Sie betrachtete ihn mit diesem Blick, den er so hasste. Dieser Mischung aus unterkühlter Geringschätzung und Arroganz. »Bitte mäßige deinen Tonfall, Jack.«

»Mutter, wie konntest du nur? Ich hatte dich ausdrücklich gebeten, Miss Morley nicht einzuladen. Du weißt, Janna wird hier sein.« Er strich sich nervös durch die dichten braunen Haare und wirkte ehrlich erschüttert. »Ich wollte einfach nur eine kleine, ruhige Feier mit engen Freunden und keinen Adelsball.« Leiser setzte er hinzu: »Hatte ich nicht genug Probleme, auch ohne, dass du dich in meine Geburtstagsfeier einmischst?«

Die Stimme seiner Mutter wurde eisig. Ohne, dass sich in ihrem hageren Gesicht eine Regung erkennen ließ, sagte sie: »Cecily Morley ist die einzige Tochter des Herzogs von Exeter und deine künftige Gattin. Und du wirst sie heute Abend entsprechend behandeln.«

»Einen Dreck werde ich.« Die Kürze des Satzes wurde durch Ruhe und Bestimmtheit begleitet. Er fand seine Gelassenheit ein Stück weit wieder. »Entweder du lässt dir etwas einfallen, Mutter, oder es wird ein sehr unerfreulicher Abend für Miss Morley. Und das willst du ihr doch nicht zumuten.«

»Wage es nicht, dich unseren Wünschen zu widersetzen, Jack. Es gibt Mittel und Wege, dich zu zwingen.«

Er konnte nicht anders. Er konnte sich nicht beherrschen. Jack musste laut lachen. »Was denn für Wege? Wollt ihr mich ins Verlies werfen bei Wasser und Brot? Oder mich enterben?« Er stützte sich bei den letzten Worten auf den Lehnen des Ohrensessels ab, in dem seine Mutter kerzengerade, wie immer, saß. Ganz dicht war sein Mund nun vor ihrem Gesicht. Leise flüsterte er ihr zu: »Du bist fünfundfünfzig, Mutter. Du kannst keinen Erben mehr gebären.« Seine Augen suchten die ihren. »Treibt es nicht zu weit. Sonst packe ich meinen Koffer und gehe zurück in die USA. Und ihr beiden könnt hier auf eurem Schloss vor euch hin trocknen.« Er strich ihr mit einer vorsichtigen Geste über die Wange, ließ seinen Blick über ihr Gesicht gleiten. »Treibt es nicht zu weit.«

Ein zurückhaltendes Klopfen löste sie aus ihrem Ringen. Jack drehte sich zur Tür. »Herein!«

»Bitte verzeihen Sie, Sir. Mylady. Die ersten Gäste sind eingetroffen und erkundigen sich nach Ihnen. Sollen wir Aperitifs servieren? Und die Küche fragt an, wann die kalten Platten serviert werden sollen.«

»Herrgott, Bentley, fragen Sie Gene. Oder entscheiden Sie ausnahmsweise einmal etwas selbst.« Als Jack das ratlose Gesicht des Butlers sah, fasste er nach: »Wo ist denn Miss Rackshaw, Bentley?« Aus einer Eingebung heraus wandte er sich an seine Mutter. »Weißt du, wo Miss Rackshaw ist, Mutter?«

Steinern blieb das Gesicht seiner Mutter. »Ich hielt es für angebracht, ihr einen Hinweis auf ihren Platz zu geben.«

Er war überrascht, stumm. Nach vierunddreißig Jahren schaffte es seine Mutter doch noch, ihn sprachlos zu machen.

»Gehen Sie, Bentley«, herrschte Madame de Vercenne den Diener an. »Kümmern Sie sich um die Gäste. Natürlich Aperitifs und dann die ersten Platten. Mein Sohn wird auch gleich kommen.«

Mit der seinem Beruf eigenen Lautlosigkeit verschwand der Butler. Das Geräusch der sich schließenden Tür löste Jack aus seiner Starre. »Du hast Miss Rackshaw, Gene, gehen lassen? Hast du? Mutter?« Seine Finger umfassten ihr Handgelenk. Fest.

Sie lachte. »Ich habe sie nur darauf hingewiesen, dass sie sich gewiss nicht wohlfühlen werde, sobald die Gäste erscheinen würden. Ich wollte uns nur die Peinlichkeit ersparen. Bediensteten muss man immer einmal wieder ihren Platz zeigen. Zum eigenen Wohl.«

Er musste sich lösen. Mühsam ordnete er seine Gedanken. Morgen würde er sich bei Gene entschuldigen. Blumen, vielleicht ein Abendessen im teuren *Chez Lambert* in London. Ihm würde etwas einfallen, um diese ungeheure Peinlichkeit aus der Welt zu schaffen. Während er die Räumlichkeiten seiner Mutter verließ und sich eilig auf den Weg in den Bibliothek machte, dachte er an die vergangenen vier Tage. Gene Rackshaw war ein echtes Organisationstalent. Ihrer Genauigkeit haftete manchmal etwas Manisches an, hatte ihn aber beeindruckt. Bis tief in den Abend hatte sie Einladungskarten getippt, Bestelllisten ausgearbeitet und ganz nebenbei an tausend Kleinigkeiten gedacht, die er mit absoluter Sicherheit vergessen hätte. Wenn er sich jetzt auf seine Geburtstagsfeier ein klein wenig freuen konnte, war das ihr Verdienst.

Er betrat die Bibliothek und atmete einen kurzen Moment durch. Ungefähr ein Dutzend Personen waren bereits anwesend. Soweit er mit einem Blick feststellen konnte, alles alte Freunde und Studienkollegen. Menschen, denen er vertraute und die er oft seit einer Ewigkeit kannte. Leroy Fitzsimmons, sein ältester Freund, mit dem er die Eliteschule Harrow durchgestanden hatte, Benjamin O'Brien, ein ewig gut gelaunter Rechtsanwalt, mit dem er in der Rudermannschaft von Oxford ein unschlagbares Duo gebildet hatte. Und *King* Arthur Spalding, Sohn und Erbe eines Kaufhausimperiums, der niemals seine Geduld verlor und eine hinreißende italienische Freundin hatte. Jack atmete tief ein und aus. Alles würde gut werden. Seine Freunde gaben ihm Rückhalt, gaben ihm die so dringende Ruhe, die er, Stück für Stück, in den letzten Wochen verloren hatte.

Er versuchte, sich zu räuspern, aber seine Kehle war knochentrocken. Die Aufregung hatte ihm im wahrsten Sinne des Wortes den Hals zugeschnürt. Er griff nach einem Weinglas und trank zunächst. Dann klopfte er mit einem Messer daran. »Meine lieben Freunde, herzlich willkommen! Ich freue mich sehr, euch heute Abend auf Avebury Castle begrüßen zu dürfen. Wie einige von euch wissen, waren die letzten Tage und

Wochen nicht leicht. Dies ist auch der Grund, warum meine Einladung so kurzfristig erfolgte. Umso mehr freue ich mich, euch alle zu sehen. Ich wünsche allen einen wundervollen Abend, genießt ihn mit mir.« Jack schien noch etwas sagen zu wollen, hob dann aber kurz entschlossen sein Glas. »Danke, dass ihr gekommen seid.«

»Na, das wird ja eine Feier«, lachte Arthur Spalding laut. »Mit leeren Gläsern.« Er drückte seinem Freund ein gefülltes Glas in die Hand. Sie stießen an und Jack de Vercenne begann eine Runde durch die Bibliothek, um die Gäste alle auch noch einmal persönlich willkommen zu heißen. Während er gerade Benjamin O'Brien und dessen Frau begrüßte, trafen Charles Norcott und Elizabeth Badby, zeitgleich mit Janna Carsdale ein. Deren Auftritt setzte den ersten Glanzpunkt des Abends. Sie trug einen Smoking nebst Zylinder, hatte sich ein Monokel in das rechte Auge geklemmt und rauchte, die Zigarette keck in einem Mundwinkel. Norcotts Blick huschte schnell über die Gesichter der anwesenden Gäste. Einzelne Damen wirkten überrascht, aber die Mehrheit schien begeistert von der strahlenden Erscheinung der jungen Frau. Fast schien es, als wenn sie nichts anderes erwartet hätten. *Es ist*, dachte er, *wie das Erscheinen einer Königin, die ihren eigenen Thronsaal betritt.*

Und als würde sie sich in ihren ureigensten Gemächern bewegen, durchschritt Janna Carsdale die Bibliothek, begrüßte hier Freunde, gab da und dort Küsschen und übernahm ganz selbstverständlich ihre Regentschaft. Und ebenso selbstverständlich fanden irgendwann Jack und Janna zueinander. Norcott hatte sie einen Moment aus den Augen verloren und plötzlich waren sie da: ein Paar, Arm in Arm. Gerade wollte sich bei diesem Bild ein Gedanke in seinem Kopf nach vorn schieben, als Badby flüsterte: »Ich weiß, de Vercenne ist Ihnen nicht sonderlich sympathisch, aber Sie müssen zugeben, dass die beiden ein wirklich schönes Paar abgeben.«

Norcott musste lächeln. Elizabeth hatte recht, Janna Carsdale und Jack de Vercenne wirkten wie ein souveränes Herrscherpaar. Doch bei aller Harmonie konnte er nicht die Frage verdrängen, wer von beiden die stärkere Persönlichkeit war. Einer Tatsache war er sich aber sicher: Janna Carsdale betrachtete Avebury Castle als ihr zukünftiges Terrain. Und sie würde es nie kampflos aufgeben.

Er hatte diesen Gedanke kaum zu Ende gedacht, als Janna Carsdale plötzlich neben ihm stand. »Noch einmal guten Abend, Superintendent.« Er schrak aus seinen Gedanken auf und sie lachte leise. »Habe ich Sie erschreckt? Das tut mir leid, aber es scheint mein Schicksal zu sein, heute alle zu erschrecken.«

Norcott musste nun ebenfalls lächeln. »Keine Sorge, ich war nur ein wenig in Gedanken. Und falls Sie Ihr bezauberndes Ensemble meinen, ich finde, Sie sind absolut passend gekleidet.«

»Das finde ich auch!«, warf Elizabeth Badby ein, die sich gerade eine Tasse Kaffee vom Buffet geholt hatte. »Der Smoking steht Ihnen blendend.«

»Meine künftige Schwiegermutter würde wahrscheinlich der Schlag treffen«, sagte Carsdale vergnügt. »Aber offenbar zieht sie es vor, uns heute nicht mit ihrer Gegenwart zu beehren.«

»Verübeln Sie mir meine professionelle Neugier nicht, wenn ich frage, aber weiß Professor de Vercenne schon, dass Sie heiraten wollen?«

Sie lachte und das Monokel fiel ihr aus dem Auge. »So wörtlich dürfen Sie den Begriff Schwiegermutter nicht nehmen, Superintendent. Mir liegt nichts an Konventionen. Ich komme auch gut ohne den Segen von Staat und Kirche aus. Vielleicht leben wir einfach so zusammen. Das schockiert Sie doch nicht, oder?«

Sie hatte wieder dieses hintergründige Lächeln bei ihrer Frage aufgesetzt und irgendwie beschlich Norcott das Gefühl, Janna Carsdale wusste mehr über ihn, als er erwartet hätte.

»Nein«, antwortete er gut gelaunt. »Ich wäre der Letzte, den so etwas schockieren würde. Glauben Sie mir.«

Sie hielten einen Moment Augenkontakt, dann hakte sich Carsdale bei ihm und Elizabeth Badby unter. »Dann kommen Sie, ich werde Ihnen einige interessante Menschen vorstellen.« Sie steuerte auf eine Gruppe Männer und Frauen zu. »Zuerst möchte ich Ihnen einen der erfolgreichsten Finanzjongleure Londons vorstellen, der ...«

»Guten Abend, Superintendent«, sagte Constantin Karatzas lächelnd und schnitt Janna damit charmant den Satz ab.

Gekonnt ließ diese das Monokel aus dem Auge fallen. »Verdammt! Woher zum Teufel kennt ihr ... Verzeihung, kennen Sie sich denn nun schon wieder?«

Die beiden Männer sahen sich einen Moment an, dann erwiderte Norcott trocken: »Wir haben ein gemeinsames Hobby: Fassadenmalerei.« Beide mussten lachen.

Ungefähr eine Stunde später, Norcott und Badby waren gerade im Gespräch mit Benjamin O'Brien, einem Strafverteidiger aus Sheffield, betrat Madame de Vercenne die Bibliothek. Begleitet wurde sie von einer jungen Frau in einem offensichtlich teuren, sehr eleganten Cocktailkleid.

Elizabeth Badby sog hörbar die Luft zwischen den Zähnen ein. »Cecily Morley«, flüsterte sie Norcott zu. »Die Wunsch-Schwiegertochter von Madame. Das dürfte spannend werden.«

Madame de Vercenne hatte, mit Miss Morley am Arm, begonnen, die Gäste zu begrüßen. Norcott beobachtete, wie sie die junge Frau einzelnen Gästen offenbar vorstellte. Souverän, lächelnd, leise plaudernd versuchte sie, die Hoheit über den Raum zurückzuerobern, den Janna Carsdale für sich eingenommen hatte. Die hielt in der Mitte einer Gruppe ausgelassen diskutierender Gäste Hof, so schien es Norcott. Er bemerkte auch, wie Badby ihr Glas beiseitegestellt hatte und Janna Carsdale fixierte. »Schsch!«, zischte er leise. »Wir mischen uns nicht ein. Beobachten Sie lieber die anderen Gäste, wenn die beiden Damen gleich aneinandergeraten.« Er verstärkte seine Anweisung mit einem strengen

Blick und Badby nickte kaum sichtbar. Bereits im nächsten Augenblick war es so weit.

»Guten Abend, meine Damen und Herren«, hörte Norcott Madame de Vercenne etwas zu laut in die Gruppe um Janna Carsdale sagen. »Ich freue mich, Sie auf Avebury Castle begrüßen zu können.« Sie zog die junge Frau, die ganz offensichtlich vor der Konfrontation zurückschreckte, näher an sich. »Darf ich Ihnen Cecily Morley, die Tochter des Herzogs von Exeter, vorstellen«, Madame de Vercenne ließ diesen Satz gelassen verklingen, zog die nachfolgende Stille zu einem fast schmerzhaften Höhepunkt, abgelöst durch einen Satz, der wie eine Klinge zustieß, »die Verlobte meines Sohnes Jack.«

Wenn absolute Stille herrscht, hatte Norcott einmal gelesen, *erneuern sich die Wege der Welt*. Die Bedeutung des Satzes sah er, fühlte er körperlich, in diesem schier endlosen Moment, in dem diese zwei starken Frauen miteinander rangen. Sie schienen wie in einem Eisblock eingeschlossen, endlose Zeit gefangen. Schließlich trat Janna Carsdale ruhig auf Cecily Morley zu, schenkte ihr ein kurzes Lächeln und wandte sich dann zu Madame de Vercenne.

* * *

Sie hielt ihr Weißweinglas an die Stirn, genoss offenbar die Kühle und sah ihn dabei mit ihren meerwasserblauen Augen an. »Ach, sag das doch noch einmal, Darling. Sie hat was getan?«

»Sie hat ihr eine geklebt, ihr eine gescheuert«, warf Badby voll Begeisterung in der Stimme ein. »Sie hat der hochnäsigen Kuh eine Ohrfeige verpasst.« Die junge Constable schien immer noch aufgewühlt und amüsiert zugleich.

Norcott erlaubte sich ein mäßig rügendes Hüsteln, konnte Badby damit aber nicht wirklich bremsen.

Ihre Wangen glühten und sie nahm einen großen Schluck aus ihrem Weinglas. »So viel Entschlossenheit! So schnell konnten wir überhaupt nicht reagieren.« Es schwang sehr deutlich Sympathie mit.

»Ja, und dann?« Vicky Norcott grinste ihren Mann an. »Nun lass dir noch nicht alle Würmer einzeln aus der Nase ziehen, Darling. Lass mich mal ein wenig teilhaben am Leben der oberen Zehntausend.« Wieder rollte sie ihr Weinglas an ihrer Schläfe.

»Du hast wieder Kopfschmerzen, Darling.« Es war eine Feststellung, keine Frage.

»Ja ... ja, ein bisschen. Ich wollte unbedingt diese Brückenlandschaft ein Stück voranbringen.« Sie zeigte mit dem Finger auf ihren Mann. »Du bist schuld. Du hast mir dieses wunderschöne Motiv gezeigt! Und jetzt lenkst du noch ab! Erzähl weiter.«

»Tja, irgendwie passierte alles gleichzeitig, wie man so schön sagt. Miss Carsdale hat der Herrin des Hauses also eine Ohrfeige verpasst und nach einer Schrecksekunde war der Tumult unbeschreiblich. Cecily Morley hat aus dem Stand angefangen zu weinen. Bentley, der Diener, patenter Bursche übrigens muss ich sagen, hat die alte de Vercenne einfach aus dem Raum geführt, wie einen Welsh Corgi an der Leine.« Norcott seufzte leise. »Und dann haben meine begeisterte junge Kollegin hier und ich versucht, Janna Carsdale und Jack de Vercenne auseinanderzuhalten.«

»Angefaucht haben die sich wie die Kesselflicker in Hackney.« Badbys Augen leuchteten. »Leichter hätte man zwei Wildkatzen mitten im Revierkampf trennen können. Wir haben dann die Carsdale in unser Auto verfrachtet und in Sandford Hall abgeliefert. Die Party war ja nun vorbei, dachten wir.« Sie grinste, wurde aber gleich ernst, als sie das nachdenkliche Gesicht ihres Chefs sah.

»Was denkst du?«, fragte Vicky ihren Mann.

»Ich versuche, zuzuordnen, was ich gesehen habe. War das eine einmalige Gefühlsaufwallung, eine Einzelsituation, in die jeder von uns ebenso geraten könnte?«

»Oder?«, hakte Vicky nach.

»Oder haben wir die wahre Janna gesehen? Eine unkontrollierte, unkontrollierbare Frau, die zu Gewalt neigt, wenn sie sich provoziert fühlt?«

Kapitel 26

Oxford, 14b Norham Gardens
Sonntag, 11. Mai 1947, früher Morgen

Leise fluchend tastete Charles Norcott nach seiner Armbanduhr. Vergeblich. Aber er fand den Schalter seiner Nachttischlampe und versuchte dann, das Zifferblatt des Weckers zu erkennen. Kurz vor halb sieben. »Wer zum Henker ...?« Immer noch im Halbschlaf eilte er die Treppe hinunter, dem klingelnden Telefon entgegen.

»Norcott.«

Eine unbekannte Männerstimme meldete sich. »Bitte verzeihen Sie, Superintendent. Hier ist Benjamin O'Brien, der Anwalt aus Sheffield. Sie erinnern sich vielleicht an gestern Abend?«

Norcott war von einem Moment zum anderen hellwach. Und ebenso schnell kroch Eiseskälte seinen Nacken hoch. »Was ist passiert?«

»Ich bin heute Nacht nicht mehr nach Sheffield zurückgefahren. Gott sei Dank.«

»Weiter!«

»Wir haben die Polizei hier. Einen ganzen Schwarm. Von der Wiltshire Constabulary und Leute aus Oxford, von der City Police. Sie verhören Jack.«

Norcott versuchte, sein Gedankenkarussell zu bändigen. »Wie lautet der Vorwurf?«

O'Brien sagte es ihm. Bleiernes Schweigen folgte. »Superintendent? Sind Sie noch da? Könnten Sie herkommen? Jack meinte ...«

»Gehen Sie zu de Vercenne zurück. Ich fahre gleich los.« Er legte ohne ein weiteres Wort auf. Vicky war inzwischen die Treppe heruntergekommen und blickte ihn fragend an. »Geh bitte und weck Elizabeth. Ich brauch sie. Sofort.« Er versuchte, ein entschuldigendes Lächeln hinzubekommen. »Und Kaffee wäre nicht schlecht.«

Eine knappe Viertelstunde später verbrannte er sich die Zunge am Kaffee, den er im Stehen zu trinken versuchte. Er hatte sich angezogen und gab gerade letzte Anweisungen an DC Badby. »Sie müssen Sir Philip Game oder General Horrocks erreichen. Lassen Sie sich nicht abwimmeln. Sprechen Sie nur mit den beiden direkt. Erzählen Sie Ihnen, was unser bisheriger Sachstand ist und dass ich unterwegs bin. Die beiden wissen dann, was zu tun ist.«

»Jawohl, Sir.«

»Danach rufen Sie auf Sandford Hall an. Wenn Miss Carsdale noch nichts weiß, soll sie unbedingt auf Sie warten. Fahren Sie hin und bereiten Sie sie vor. Wir werden sie brauchen.«

»Ja, Sir, verstanden.« Sie klappte ihren Notizblock zu, schien aber einen Moment zu zögern. Dann schüttelte sie sacht den Kopf. »Jack de Vercenne ist manchmal ein arroganter Schnösel, hochnäsig und bestimmt kein einfacher Chef. Aber er ist ganz sicher nicht der Typ, der seine Sekretärin vergewaltigt.«

»Dann sind wir uns ja einig.« Seine Augen blitzten. »Jetzt müssen wir nur noch herausfinden, was wirklich hinter den Vorwürfen steckt.« Er verabschiedete sich eilig und war im nächsten Moment unterwegs. Jetzt, am Sonntagmorgen, noch vor sieben Uhr, war Straßenverkehr nicht das Problem. Norcott trieb den Sechszylindermotor des Alvis an die Grenze des Vertretbaren auf den engen Landstraßen. Verrückterweise beruhigte ihn die Geschwindigkeit. So liefen seine Gedanken, einige Kilometer nachdem er die Stadtbezirke verlassen hatte, immer geordneter. Game oder Horrocks würden ihm die nötige Rückendeckung verschaffen, um sich in die Ermittlungen der Kollegen aus Oxford und Wiltshire einzumischen. Im Notfall würde er seine Trumpfkarte nutzen und den Sekretär des Premierministers aus dem Bett holen müssen. Trotz des ganzen Chaos musste Charles Norcott schmunzeln. Im Laufe seiner Karriere hatte er sich mit so ziemlich jeder Polizeibehörde im Vereinigten Königreich angelegt, dazu noch mit einer Reihe von Geheimdiensten, von denen es weiß Gott nicht wenige gab.

Die erste Widerstandslinie passierte er mühelos. Ein uniformierter Beamter der Wiltshire Constabulary, der die Auffahrt zu Avebury Castle kontrollierte, salutierte militärisch zackig beim Anblick des Dienstausweises von New Scotland Yard. Respektvoll distanziert gaben sich auch zwei Detective Constables, die innerhalb des Schlosses die Zugänge kontrollierten. Aber für Höflichkeit hatte Norcott keine Zeit. »Wer leitet hier die Ermittlungen?«

»Detective Inspector Benedict, Sir.«

»Oxford City Police?«

»Ja, Sir. Entschuldigung. Die Kollegen aus Wiltshire begleiten uns nur, Detective Sergeant Foxglove ist der Kontaktbeamte.«

»Okay, DC. Dann möchte ich Mr. Benedict sprechen. Jetzt. Ist jemand in der Bibliothek?«

»Soweit ich weiß nicht, Sir.«

»Noch eine Sache. Hier ist ein Rechtsanwalt O'Brien zu Gast. Wissen Sie, wo er sich aufhält?«

Die beiden Constables schienen verwirrt. »Wir ... Ich bin mir nicht sicher, Sir. Vielleicht im Speiseraum? Alle Gäste wurden gebeten, entweder in ihren Zimmern zu bleiben oder ...«

»Constable. Was halten Sie davon, es herauszufinden? Ich will den Mann sprechen, und zwar jetzt.«

»Ich ... eigentlich sollen wir ...«

»Es ist Sonntagmorgen, Constable, und wir haben noch keine zehn Uhr. Vermuten Sie, dass ich allein zu meinem Vergnügen gerade die siebzig Kilometer von Oxford hierhergefahren bin?« Er wartete keine Antwort ab, sondern drehte sich um und ging zur Bibliothek.

Benjamin O'Brien war der Erste, der die Bibliothek nach ihm betrat. Geführt von einem der jungen Constables. Bevor dieser das Weite suchen konnte, beauftragte Norcott ihn gleich noch, Kaffee zu organisieren. O'Brien, der noch im Morgenmantel war, standen zwar die Haare ungekämmt zu Berge, ansonsten wirkte er aber aufgeräumt und kampflustig. Die beiden Männer begrüßten sich knapp.

»Danke, dass sie gleich kommen konnten, Superintendent. Ihre Kollegen aus Oxford haben hier heute in aller Frühe einen Tanz aufgeführt, als wenn sie hier mindestens den Blackout Ripper vermuten würden.«

»Es war richtig, mich gleich anzurufen. Wissen wir inzwischen mehr?«

O'Brien schüttelte den Kopf. »Nachdem man erst einmal die Personalien aller Personen aufgenommen hat, verhören sie Jack permanent. Ich durfte nicht dabei sein, weil er ja angeblich nur als Zeuge vernommen wird. Ich habe zwar protestiert, aber ...«

Die Tür zur Bibliothek wurde aufgerissen und ein mittelgroßer Mann fegte herein. Auf den ersten Blick wirkte der eher wie ein Buchhalter, mit einem graugrünen Dreiteiler, wie er in den Zwanzigerjahren modern gewesen war.

»Sind Sie der Mann von Scotland Yard?« Er hatte eine hohe Fistelstimme und Norcott bemerkte rote Flecken an seinem Hals.

»Ich bin Superintendent Norcott von New Scotland Yard, Detective Inspektor.« Norcott sprach ruhig, betonte aber die Dienstgrade.

»Wer gibt Ihnen das Recht, hier hereinzuplatzen, meinen Constables Befehle zu erteilen und sich in eine laufende Ermittlung einzumischen, Superintendent Norcott von New Scotland Yard?« Auch er betonte den Dienstgrad.

»Clement Attlee.« Norcott hatte sich inzwischen in einen der großen Lesesessel fallen lassen und wartete die Wirkung seiner Antwort ab.

»Ausgesprochen witzig, Superintendent«, blaffte Benedict nach einem winzigen Moment der Unsicherheit und wandte sich dann an O'Brien. »Was machen Sie hier?«

Bevor der Rechtsanwalt den Mund aufmachen konnte, sagte Norcott: »Mr. O'Brien ist der Rechtsbeistand von Professor de Vercenne und auf meine Bitte hier.« Benedict wandte sich wieder ihm zu und Norcott nutzte diesen Moment aus. »Wissen Sie, wer Arthur Moyle ist, Inspector?«

»Nein, keine Ahnung. Noch ein Wichtigtuer von Scotland Yard? Hören Sie, Norcott, Sie haben mir ...«

»Inspector Benedict«, unterbrach Norcott ihn und tatsächlich verstummte der andere. »Mr. Moyle hat die Ehre, unserem Premierminister als Privatsekretär zu dienen. Und dies«, er hielt lässig einen Notizzettel hoch, »ist seine Privatnummer. Ich bin unmittelbar vom Premierminister mit Untersuchungen beauftragt, die Professor de Vercenne und das Physikalische Institut der Universität Oxford betreffen. Und jetzt werden wir drei zusammen eine Tasse Kaffee trinken und uns wie zivilisierte Menschen unterhalten. Sie werden mir über alle Fakten und Ansätze im Fall Daphne Pelling umfassend berichten und dann«, er setzte sein boshaftes Verhörlächeln auf, »werden Mr. O'Brien hier und ich vielleicht vergessen, dass Sie einem Beschuldigten, entgegen unseren Gesetze, seinen Rechtsbeistand verweigert haben.« Er sah auf seine Uhr. »Für mehr als vier Stunden.« Leise setzte er hinzu: »Und ich werde Ihre Un-

höflichkeit vergessen, wenn ich morgen dem Premierminister berichte.«

Wie sich nach der Besprechung, die ungefähr eine
Dreiviertelstunde dauerte, herausstellte, war Benedict
von seinem Chief Constable William Leyroyd am gestrigen Abend gesondert gebrieft worden. Nachdem der
erhängte Leichnam der Sekretärin, nebst einem Abschiedsbrief, in ihrer Wohnung aufgefunden wurde,
hatte Leyroyd den ermittelnden Benedict zu sich zitiert
und ihm eingeschärft, de Vercenne *festzunageln*. Und er
sollte Scotland Yard ignorieren. General Horrocks hatte
es vorhergesagt: Leyroyd würde Ärger machen. Wie
Benedict berichtete, hatte der Chief Constable auch von
dem Leitenden Kriminaltechniker Desmond O'Neill
Kopien der Berichte zum Bombenanschlag verlangt.

»Nun gut«, sagte Norcott, »fassen wir noch einmal
zusammen. Miss Pelling wurde zwar erhängt aufgefunden, aber ein Bericht zur Todesursache liegt bisher
nicht vor. Es existiert ein Abschiedsbrief, der ist aber
auf der Maschine geschrieben und trägt keine Unterschrift. Außerdem wird dort zwar von mehrfachem,
sexuellem Missbrauch gesprochen, aber kein Name
genannt, sondern nur von ihrem Chef gesprochen. Weiterhin ist jetzt, mehr als zwölf Stunden nach Auffinden
der Leiche, weder die Familie noch der Freundeskreis
von Miss Pelling befragt worden. Dafür haben wir hier
aber eine ganze Reihe ordentlicher Bürger ohne rechtli-
che Handhabe seit heute Morgen festgehalten. Habe ich
etwas vergessen in der Bewertung?«

DI Benedict hatte jetzt noch mehr rote Flecken am Hals, nickte aber trotzdem ergeben. Seine morgendliche Überraschungsaktion, in die ihn der Chief Constable gedrängt hatte, war gründlich misslungen. Und das einzig sichere Ergebnis war ein Haufen verärgerter Bürger, die für reichlich Scherereien sorgen konnten. Diesen Ärger hatte auch Benjamin O'Brien angekündigt, der sich ein Vergnügen daraus gemacht hatte, aufzulisten, gegen wie viele Vorschriften und Gesetze mit der Aktion verstoßen worden war.

Norcott seufzte. »Ich glaube, ich spreche auch für Mr. O'Brien und seine Mandanten, wenn wir alle gemeinsam nur an einer möglichst schnellen und lückenlosen Aufklärung interessiert sind.« Er hielt einen Moment inne, in dem O'Brien, wie auf ein gut eingeübtes Stichwort hin, wohlwollend nickte.

Benedict betrachtete seine beiden Gesprächspartner misstrauisch. »Und was erwarten Sie jetzt von mir?«

Der Rechtsanwalt nickte Norcott zu und der antwortete. »Ich werde über alle Entwicklungen, sowohl hier in Wiltshire als auch in Oxford, von Ihnen auf dem Laufenden gehalten. Und damit meine ich, dass ich die Dinge erfahre, unmittelbar nach dem Moment, in dem Sie sie erfahren. Nichts, absolut nichts, geht an die Presse. Wir verlangen eine vollständige Nachrichtensperre. Sorgen Sie dafür, dass alle beteiligten Beamten wissen, was ihnen blüht, wenn sie der Presse etwas stecken. Wir sprechen hier über Angelegenheiten der nationalen Sicherheit.«

Der Inspektor aus Oxford nickte, sah aber gequält aus.

»Ich weiß, an wen Sie denken. Aber Bill Leyroyd überlassen Sie beruhigt mir«, Norcott lächelte, »und Mr. Moyle.«

Noch während die Polizeitruppe aus Wiltshire und Oxford abzog, übernahm Benjamin O'Brien das Briefing der anderen Gäste und der Hausangestellten. Je nach Position wurde gebeten oder auch gedroht. Wichtig war, da waren sich Norcott und O'Brien einig, dass keine Gerüchte nach außen drangen.

Im Vorraum der Bibliothek hatten auch Elizabeth Badby und Nigel Ward gewartet. Badby berichtete zweierlei: Zum einen hatte sie Janna Carsdale nicht auf Sandford Hall angetroffen und niemand, auch ihr Vater nicht, wusste, wo sie sich aufhielt. Timothy Carsdale war von Badby grob über die Ereignisse unterrichtet worden und hatte versprochen, sich zu melden, sobald seine Tochter wieder auftauchte. Zum anderen hatte sie General Horrocks telefonisch erreicht und der hatte dann Sir Philip Game informiert. Das Büro des Premierministers war unterrichtet worden und alle gemeinsam waren sie sich einig, dass jetzt vor allem Ruhe wichtig war. Würde die Presse auf den Todesfall aufmerksam werden, war die Verbindung zu Jack de Vercenne schnell hergestellt. Und dann stünde die Frage, woran der junge Wissenschaftler denn forsche, als Nächstes im Raum. Bei aller Tragik des scheinbaren Freitodes einer jungen Frau - die unmittelbare Krise schien im Moment gebannt. Charles Norcott konnte durchatmen.

Kapitel 27

Nur trüb und fahl drang das wenige Sonnenlicht durch die niedrig hängende Wolkendecke, die diesen Morgen beherrschte. Verwaschenes Gelb mischte sich mit schmutzig-nassem Grau. Sie bewegte sich zielstrebig und zugleich wachsam durch den jahrhundertealten Wald, der das Schloss in Avebury umgab. Sehen, ohne gesehen zu werden, war ihr Ziel. Ungefähr fünfhundert Meter, nachdem sie ihren Wagen neben einem dichten Brombeergestrüpp verlassen hatte, erreichte sie eine spürbare Steigung im Boden. Es war der äußere der beiden uralten Steinkreise, auf denen der normannische Ritter Alain de Vercenne vor über achthundert Jahren seine erste Burg errichtet hatte. Die schlanke Gestalt hielt einen Moment inne, zog ihre Jacke enger um sich und sah sich um. Oben auf der Krone des Ringes ließen sich da und dort noch die gewaltigen Sandsteinfelsen erkennen, die den Kreis markierten.

Die Frau versuchte, kontrollierter zu atmen, versuchte, die Wut in sich zu unterdrücken. Seit mehr als achthundert Jahren gaben die Herren auf Avebury Castle ihr Erbe an immer neue Generationen weiter. Achthundert Jahre verschanzten sie sich bereits hinter ihren Steinkreisen, hinter ihrer Tradition, immer bedacht darauf, ihr Blut weiter zu veredeln, vom Ehrgeiz zerfressen.

Entschlossen ging sie weiter. Sie wusste, sie hatte nur diesen Vormittag, um mit Madame de Vercenne zu sprechen. Nur heute, bis zum Mittag, hatten die Dienstboten frei. Sie suchte nicht die Konfrontation und konnte keine Zuschauer gebrauchen. Sie wollte ein für alle Mal ihren Anspruch anmelden. Jack gehörte ihr. Sie wollte und konnte nicht ohne ihn leben.

Die Frau setzte sich wieder in Bewegung, tat einen Schritt nach dem anderen – entschlossen. Sie wusste, vom Rand des äußeren Steinkreises waren es noch etwa vierhundert Meter bis zum Schloss. Sie passierte mächtige Eichen, Buchen und immer wieder knorrige Eiben, die in dichter Folge standen. Sie war froh, denn die Bäume hielten ein Stück weit auch den feuchten Dunst ab, der sich immer weiter, wie eine Glocke, vom Himmel senkte. Endlich schienen die ockerfarbenen Mauern des Schlosses durch die Bäume. Endlich. Sie blieb noch ein letztes Mal stehen, sog die feuchtkalte Luft ein und ging zum wohl hundertsten Mal die Worte durch, die ihr so sehr auf der Seele brannten. Es war Zeit. Das fühlte sie. Zeit, den Schritt zu gehen.

»Was tun Sie hier?«

Sie stellte den kleinen silbernen Pokal wieder in das Regal der Bibliothek zurück und schaute zu der Frau, die eben den Raum betreten hatte. Diese stand noch in der Tür, die Hand spinnengleich weiter auf der Klinke. Eine zierliche Person, hager und eher klein, aber voll aggressiver Ablehnung.

Wie dumm sie gewesen war. Hatte sie wirklich geglaubt, einfach hier hereinspazieren und ein klärendes Gespräch führen zu können? Woher war nur dieser Gedanke gekommen, einfach ihren Jack für sich zu reklamieren? Was war sie schon gegen achthundert Jahre Tradition? Sie war ein Nichts, ein Niemand, Abschaum. Sie spürte wieder diese Wut in sich aufsteigen. Wut auf sich selbst, auf ihre Naivität, aber auch ihre Geduld. So einfach schien es zu sein. Den Montagmorgen abzuwarten, das Schloss durch eine der Gartentüren zu betreten und sich zu nehmen, was ihr gehörte. Es einfach auszusprechen. Diese falschen Türen! Offen! Sie hatte nur die Klinke herunterdrücken müssen und war ohne weiteres Hindernis durch die Räume im Erdgeschoss gewandert. Aber dieses Schloss war verdorben und verloren, voller falscher Versprechungen. Das Schloss und seine Herrin! Die Herrin. Die jetzt in der dreiviertel geöffneten Tür stand, als wenn sie es nicht einmal wert wäre, für sie eine Tür vollständig zu öffnen, sie es nicht wert wäre, hereinzukommen. Sie war so wütend, so voller Hass, dass sie der Frau nicht mehr zugehört hatte. Die stand ihr nun doch gegenüber, redete auf sie ein.

Die junge Frau versuchte mit aller Kraft zu sprechen. Zu sagen, was sie sagen wollte. Zu sagen, was ihr Leben bestimmte. Mühsam wie ein Kind, übernervös, fast flüsternd, reihte sie Wort an Wort, presste eines nach dem anderen heraus aus dieser Kehle, die zugeschnürt und trocken war. »Jack ...«

»Mein Sohn geht Sie nichts an!« Nicht einmal ein winziger Funken Leidenschaft lag in diesen Worten. Nicht über einen Menschen wurde hier gesprochen, eher über ein Möbelstück, einen der verdammten Pokale, wie sie zu Dutzenden in dieser verdammten Bibliothek herumstanden.

»Er ...« Sie würgte an dem kurzen Wort. »Wir ...« Sie zitterte vor Wut und Kraftanstrengung, trat einen Schritt vor, dann noch einen. Ihre eigene Unfähigkeit zu sprechen, ließ ihren Hass weiter auflodern.

»Mein Sohn Jack geht Sie nichts an. Sie haben hier nichts zu suchen, Sie sind hier nicht willkommen.« Kalt. Endgültig. Herablassend. Und nun drehte sich diese Frau um. Sie wandte ihr doch tatsächlich den Rücken zu, ließ sie stehen wie ein dummes Gör. Da brach der Damm, gewann der Hass. Ungezügelt und heiß durchflossen Wut und Verbitterung ihren ganzen Körper, gaben ihrer Hand Kraft. Der erste Schlag fiel.

Später, eine scheinbare Ewigkeit später, fühlte es sich warm und angenehm an. Es war warm und überall. An dem eisernen Schürhaken, an ihrer Hand, ihrem Arm. Rot und Warm. Sie wusste nicht mehr, wie oft sie zugeschlagen hatte. Sie fühlte nur diese ungeheure Befreiung, die Leichtigkeit, die sie nun emporhob. Sie hatte den Schürhaken zurückstellen wollen und betrachtete nun das Feuer, das im Kamin der Bibliothek brannte. Das Feuer in diesem verlogenen Haus, diesem Haus voller falscher Versprechungen. Und dann hatte sie auch schon die brennenden Scheite aus dem Kamin auf den Teppich gezogen. Mechanisch hatte sie Bücher aus den Regalen gerissen. Flammen leckten an ihnen. Mehr und mehr, an deren Seiten das Feuer emporloderte. Dann, ebenso mechanisch wie sie begonnen hatte, hörte sie auf. Sie warf noch einen letzten Blick auf den am Boden liegenden Körper, auf den Teppich, der sich dunkel gefärbt hatte und an dem nun die Flammen gierig leckten. Gelassen verließ sie die Bibliothek, verschloss die Tür hinter sich. Wie man ein Kapitel abschließt, ruhig, sorgfältig. Weil man weiß, dass diese Türen zu nichts mehr führen.

Sie verließ das Schloss, wie sie es betreten hatte. Durch eine der Gartentüren. Sie verschloss auch diese sorgfältig. Blickte nicht zurück auf das verlogene Haus, das nun loderte, dessen Herz nun lichterloh brannte.

Kapitel 28

Wiltshire, Avebury Castle
Montag, 12. Mai 1947, Abend

Die zwei massigen Rundtürme, zwischen denen das Haupthaus von Avebury Castle bis vor wenigen Stunden gethront hatte, wirkten wie zwei zum Himmel gereckte Arme. Ein stummer Schrei aus Trümmern. Sechs Stunden hatten die Feuerwehren aus Marlborough, Swindon und anderen umliegenden Orten versucht, wenigstens einen der beiden Flügel des Haupthauses zu retten, vergeblich. Jetzt war das Feuer, bis auf wenige Brandnester, besiegt, aber der Kampf verloren. Wozu vor achthundert Jahren der Grundstein gelegt worden war, was Kriegen und Revolutionen getrotzt hatte, war an einem einzigen Tag in Asche und Staub versunken. Charles Norcott hatte die Hände in den Manteltaschen vergraben und betrachtete die Myriaden von winzigen schwarzen Flocken, die wie Schnee aus der Hölle in der Luft herumtrieben. Eine der Flocken landete auf seiner Wange und als er sie beiseitewischen wollte, erkannte er den winzigen Rest einer Buchseite. Sie zeigte den Buchstaben ,a'. Seine Gedanken, die wie die düsteren Flocken durch seinen Kopf wirbelten, bildeten Assoziationen. A wie Anfang, A wie Atombombe, A wie ...

»Sir? An der Zufahrt zur äußeren Absperrung wartet ein Chief Constable Leyroyd.« Ein Funker der Einsatzgruppe hielt ihm den Hörer des Funkgerätes hin.

216

»Superintendent Norcott.«

»Leyroyd hier. Pfeifen Sie Ihre Wachhunde zurück und lassen mich gefälligst zur Brandstelle.«

Norcott seufzte innerlich. »Sie sind sehr weit weg von Ihrem Zuständigkeitsbereich, Chief Constable. Und ich bin leider sehr beschäftigt.«

»Sie ...« Leyroyd schluckte sehr deutlich einen Kraftausdruck herunter. »Ich will mit Ihnen reden und mir ein eigenes Bild von dem machen, was hier vorgeht. Bevor Sie wieder alles vertuschen können!« Er wurde noch lauter und brüllte jetzt fast in das Funkgerät: »Glauben Sie nicht, ich lasse Sie den Mord an dieser Sekretärin einfach so unter den Tisch kehren, damit Sie und Ihre Londoner Freunde in meiner Stadt weiter Ihre Ränke schmieden können.« Überraschend wurde seine Stimme leise und bekam einen tückischen Klang. »Ich werde den Jungs von der Presse mal ein kleines Geschenk machen. Wollen wir doch mal sehen, wie Sie dann den Deckel auf diesem Riesenhaufen Scheiße halten.«

Norcott gab seiner Stimme einen bewusst gönnerhaften Ton, weil er genau wusste, dass er den anderen damit ärgern konnte. Bill Leyroyd und er würden in diesem Leben ohnehin keine Freunde mehr werden. »Aber sehr gern, lieber Kollege.«

Wortlos schien Leyroyd den Hörer zurückgegeben zu haben, denn jetzt meldete sich der Funker an der Absperrung wieder. »Sollen wir ihn durchlassen, Sir?«

»Ja, lassen Sie ihn durch. Aber allein und zu Fuß. Und geben Sie ihm zwei Mann Begleitung mit. Sie sollen mit ihm direkt zu mir kommen. Ich stehe unmittelbar vor dem ehemaligen Haupteingang.«

Leider hatte der Chief Constable der Oxford City Police nur knapp vier Minuten für den Weg gebraucht. In Begleitung zweier schwer bewaffneter Soldaten stapfte die stämmige Figur Leyroyds den Weg herauf, die unvermeidliche Zigarette zwischen den Lippen.

»Herzlich willkommen, Chief Constable.« Norcott entließ die beiden Soldaten mit einer Handbewegung.

»Sparen Sie sich das, Norcott. Ich bin nicht Inspector Benedict, den Sie um den Finger wickeln können.« Ohne eine Antwort abzuwarten, redete er weiter. »Was geht hier für eine verdammte Schweinerei vor? Erst hängt sich die Sekretärin von diesem wissenschaftlichen Frankenstein auf und jetzt brennt sein Schauerschloss ab? Ich will wissen, was dahintersteckt.«

Zu seinem eigenen Erstaunen empfand Norcott plötzlich Mitleid mit diesem Mann. William Leyroyd hatte Jahrzehnte guter Polizeiarbeit hinter sich und eine lange Liste brillanter Ermittlungserfolge aus seiner Zeit als Inspector vorzuweisen. Er hätte es durchaus auch weiter bringen können. Und jetzt vertrieb dieser geniale Kopf sich seine Zeit damit, seiner Umwelt das Leben zur Hölle zu machen. Noch ein paar Jahre und seine täglich wachsende Schar an Feinden würde ihn zur Strecke bringen, ihn pensionieren lassen und ihm bliebe nichts, als auf den Tod zu warten. Allein und von Wut zerfressen. Norcott musste tief seufzen.

»Ja, seufzen Sie ruhig, Mann. Ich werde trotzdem nicht nachgeben und diesen Augias-Stall ausmisten.«

Abschätzig warf er seine Zigarette auf den Boden, ohne sie auszutreten.

»Sie werden nichts Derartiges tun, Chief Constable. Der angebliche Selbstmord von Daphne Pelling wird, ebenso wie der Brand hier auf Avebury Castle unter der Leitung von New Scotland Yard untersucht werden. Inspector Benedict wird in Sachen Daphne Pelling an mich berichten. Sie sind, ebenso wie die Kollegen hier aus Wiltshire, aus der Nummer raus. Wenn Sie Ihre heutige Post gelesen hätten, wäre Ihnen das entsprechende Telex von Sir Harold Scott wohl aufgefallen.« Leyroyd wollte etwas erwidern, aber Norcott winkte mit einer ungeduldigen Geste ab. »Nein, Leyroyd, jetzt hören Sie mir zu. Das Ganze ist mindestens zwei Nummern zu groß für Sie. Halten Sie sich im eigenen Interesse raus. Die Entscheidung ist heute Morgen gefallen, eine entsprechende Anweisung ist durch den Innenminister persönlich ergangen.« Sein Gegenüber holte schon wieder Luft, um offenbar noch einmal zu widersprechen, aber nun war Norcotts Geduld endgültig aufgebraucht. »Schluss. Sie haben einen Treueeid auf den König geleistet und werden sich jetzt verdammt noch mal den Anweisungen der Regierung seiner Majestät unterordnen.«

Wortlos drehte Leyroyd sich um und stapfte davon. Aber der letzte Blick, den er Norcott zugeworfen hatte, versetzte dem Superintendent einen Stich. Nicht, weil er Angst vor dem Mann aus Oxford hatte, sondern weil dieser Mann auch zum beruflichen Selbstmord bereit war.

Norcott zwang sich, nicht weiter über Leyroyd nachzudenken. Stattdessen drehte er sich um und ging zu einem großen Militärzelt, das auf einer Freifläche südwestlich der Schlossruine aufgebaut worden war. Sofort nachdem die Nachricht vom Brand in Avebury bei Norcott eingetroffen war, hatte er General Horrocks angerufen und um einen Zug der Soldaten gebeten, die er schon bei den Treffen auf Broughton Castle und in Oxford kennengelernt hatte. Die schweigsamen Soldaten der schottischen Garde waren nur knapp zwei Stunden später mit mehreren Fahrzeugen am Brandort angekommen. Schnell und effizient legten sie einen Bewachungsring um das Gelände, bauten Zelte für die Kriminalbeamten, die Spezialisten der Brandermittlung und ihre eigene Einheit. Strom- und Telefonkabel waren verlegt, eine Feldküche und Versorgungszelte aufgebaut worden. Diese Männer hatten sich noch vor zwei Jahren ihren Weg durch Europa erkämpft, jetzt sorgten sie mit absoluter Präzision dafür, dass kein Unbefugter seine Nase hereinsteckte, keine Gerüchte nach draußen gelangten und Norcott die Logistik hatte, die er brauchte. Er nickte zwei bewaffneten Posten zu und betrat dann das Zelt.

Innen empfing ihn gepflegte Büroatmosphäre. Direkt hinter der Eingangsschleuse residierte Trish Cooper, die, zusammen mit Kriminaltechnikern, Brandsachverständigen und zwei weiteren Kriminalbeamten von New Scotland Yard aus London gekommen war. Vier Schreibtische, ein größerer Besprechungstisch und mehrere Stellwände waren im Zelt aufgebaut worden.

Wortlos, aber mit einem Lächeln, reichte Trish ihm einen Kaffeebecher. Norcott ging zu einem der Schreibtische, ließ dort seinen Mantel zurück und klemmte sich dafür eine Aktenmappe unter den Arm. Damit ging er zu einer kleinen Gruppe von Beamten, die im hinteren Teil des Zeltes an dem Besprechungstisch arbeiteten. Norcott setzte sich.

»Wie weit sind wir?«, erkundigte er sich und sah dabei in Richtung eines jugendlich wirkenden Mannes, der eine rot-schwarze Felduniform trug. Es war Frederick ›Freddy‹ Beresford, Detective Inspector und Leitender Brandermittler.

»Bisher bleibt es bei dem einen Leichnam, den wir unter den Trümmern der Bibliothek gefunden haben. Mit aller gebotenen Vorsicht gehen wir auch immer noch davon aus, dass ganz in der Nähe des Auffindeortes auch der Brandherd gelegen haben muss. Leider sind große Mauerteile zwischen dem Haupthaus und dem nordwestlichen Flügel extrem einsturzgefährdet. Wir müssen gleichzeitig«, er hielt drei Finger in die Luft, »letzte Brandnester löschen, Beweismittel, soweit vorhanden, sichern und damit beginnen, diese Mauerreste abzustützen.« Obwohl viele Menschen Dunsford erst auf Mitte dreißig schätzten, war er einer der höchstqualifiziertesten Beamten des Yard. Er hatte beide Ausbildungswege absolviert, den eines Berufsfeuerwehrmannes und den eines Kriminalbeamten. Zusätzlich hatte er einen Abschluss als Bauingenieur und, was Norcott außerordentlich schätzte, er hatte eine unaufgeregte, pragmatische Art zu arbeiten.

»Danke, Freddy. Wir machen es wie immer, Sie bekommen alle Zeit von mir, die Sie für nötig halten. Schon irgendeine Idee zur Brandursache?«

»Das ist noch zu früh. Was ich aber sagen kann: Wir haben bisher definitiv keinerlei Spuren von Brandbeschleunigern, Zündmechanismen oder ähnlichem gefunden. Auch die Ausbreitung des Feuers wirkt absolut natürlich und bisher ist nur ein Brandherd erkennbar. Also kann es auch immer noch nur ein Unfall gewesen sein.«

Norcott nickte. »Danke, Freddy. Wenn Sie wollen, können Sie jetzt wieder zur Brandstelle zurück.«

Beresford stand auf. »Das wäre gut, denn wir sind knapp im Moment. Ich musste zwei meiner Spezialisten zu einem Lagerhausbrand in Wapping abstellen.«

Er verschwand aus dem Zelt und Norcott wandte sich an die anderen Beamten. »Machen wir weiter. Badby, was wissen wir vom Viscount Avebury, Madame de Vercenne, Jack de Vercenne und Janna Carsdale?«

Badby schüttelte leicht den Kopf, während sie in ihrem Notizblock blätterte. »Leider wissen wir wenig wirklich sicher. Ich habe mit DC MacAskill das Personal zum Viscount und Madame de Vercenne befragt. Bentley, der Diener sagte aus, der Viscount halte sich so gut wie gar nicht auf dem Schloss auf und verbringe die meiste Zeit des Jahres in London. Er hat eine Suite im East India Club. Seit heute Mittag habe ich konstant versucht, ihn dort zu erreichen oder mit irgendwem zu sprechen, der mir etwas zu seinem Verbleib sagen kann.« Ihre braunen Augen verengten sich und glitzerten kampflustig. »Ich hatte das starke Gefühl, dass er sich dort nicht wirklich regelmäßig aufhält. Jeder, mit dem ich gesprochen habe, versuchte, mich nach Kräften hinzuhalten. Was auch immer er in London tut, er tut es nicht in seinem Club!«

Norcott musste schmunzeln. »Gut. Und was machen wir jetzt?«

Badby grinste nun ebenfalls. »Ich habe mich mit Trish Cooper und dann mit Mrs. Stephens beraten. Steph, also Ihre Assistentin, hat versprochen, Kollegen der Dezernate 7 und 4.2 anzusprechen.«

»Glücksspiel und Sitte?«

»Es ist ein Schuss ins Dunkel. Aber meine Fingerspitzen sagen mir, der gute Viscount tut Dinge in London, von denen er nicht möchte, dass sie bekanntwerden. Wozu sonst die ganze Heimlichtuerei im Club? Obwohl ich angedeutet habe, dass es wirklich wichtig ist, ihn schnell zu erreichen, hat man mich hingehalten. Also werden jetzt zwei Kollegen der beiden Dezernate bei der Clubleitung des East India Club nachbohren. Sie melden sich, sobald sie fündig geworden sind.«

Der Superintendent wurde wieder ernst. »Weiter. Wissen die Hausangestellten etwas über den Verbleib von Madame de Vercenne?«

Diesmal antwortete DC MacAskill, ein eher wortkarger Beamter, der schon mit Ende zwanzig nur noch einen schmalen Haarkranz rotblonder Haare trug und von der schottischen Insel Skye stammte. »Wie man es nimmt, Sir. Alle Angestellten haben ausgesagt, dass

Madame heute Morgen zu Hause war und nichts darüber erwähnt hat, das Haus verlassen zu wollen. Der Chauffeur sagt, es fehle kein Auto in der Garage. Auch die Taxiunternehmen der Umgebung habe ich überprüft. Fehlanzeige. Wenn wir also nicht annehmen, dass sie entweder zu Fuß unterwegs ist oder von einer dritten Person abgeholt wurde, dann fürchte ich, Madame könnte die Leiche in der Bibliothek sein.«

»Bleiben Sie dran und versuchen Sie herauszufinden, bei welchem Arzt und Zahnarzt Madame in Behandlung war. Wir brauchen schnellstmöglich die Arztakten, wahrscheinlich zur Identifikation.«

Badby nickte Hector MacAskill zu, der sich eine Notiz machte. Dann berichtete sie weiter: »Weder Jack de Vercenne noch Janna Carsdale können wir erreichen. Die Carsdale ist noch am Abend der Party, nachdem wir sie auf Sandford Hall abgeliefert hatten, mit ihrem Auto weggefahren. Sie fährt einen recht auffälligen BMW 328, ich habe mir erlaubt, das Fahrzeug zur stillen Fahndung auszuschreiben, genauso wie den Wagen von Jack de Vercenne. Auch er ist unauffindbar. Weder über das Institut noch in seinem Appartement in Oxford zu finden. Ich habe vor seiner Wohnung einen Mann postiert, der ihn gegebenenfalls abfangen kann. Professor Maidstone und Miss Rackshaw werden uns sofort benachrichtigen, sobald de Vercenne im Institut auftaucht.«

»Haben Sie die Fahndung nur hier und in Oxfordshire laufen?«, wollte Norcott wissen.

»Nein, Sir, landesweit für England und Wales. Wir müssen ja damit rechnen, dass die beiden schlicht ein paar Tage in Cornwall oder Kent verbringen. Da könnten wir ja hier lange nach ihnen suchen. Übrigens ist der Vater, Timothy Carsdale, grob über die Ereignisse informiert. Ich hatte mit ihm gesprochen und er wird seiner Tochter sagen, dass sie umgehend mit uns Kontakt aufnehmen soll, falls sie sich bei ihm meldet.«

Norcott nickte zufrieden. Er sah auf seine Armbanduhr. Mittlerweile war es kurz nach 19 Uhr und in ungefähr einer halben Stunde würde die Sonne ganz untergegangen sein. Durch die Zeltfenster fiel nur noch fahles Licht herein. »Gut. Machen wir erst einmal Schluss für heute. MacAskill, bitte gehen Sie zu DI Beresford und sagen ihm, wir brechen ab. Morgen um 6 Uhr geht es weiter.«

Kapitel 29

Wiltshire, Avebury Castle
Dienstag, 13. Mai 1947, später Vormittag

Kurz nach 4 Uhr war die Sonne aufgegangen und bereits eine Stunde später hatten die Ermittlungen in Avebury erneut begonnen. Ein immer noch großer Teil der enormen Brandfläche musste weiterhin akribisch untersucht werden. Gleichzeitig gingen die Untersuchungen in Oxford weiter. Zusammen mit DI Benedict beschäftigte sich ein zweites Team von Scotland-Yard-Beamten dort mit dem angeblichen Selbstmord der Sekretärin. Ihren Körper, ebenso wie den bisher noch nicht identifizierten Leichnam aus Avebury Castle, hatte man nach London, in das gerichtsmedizinische Institut des St. Thomas Krankenhauses gebracht. Dort würde sich der wohl bekannteste Gerichtsmediziner des Königreichs, Sir Bernhard Spilsbury, der beiden Toten annehmen.

Norcott hatte währenddessen das Gefühl, auf einem steilen Hang vor einer Lawine davonzurennen. Aus zwar merkwürdigen, aber keinesfalls lebensbedrohlichen Ereignissen war innerhalb von wenigen Tagen eine Kette fast apokalyptischer Katastrophen geworden. Wie aus dem Nichts hatte er zwei Todesfälle und ein niedergebranntes Schloss am Hals. *Mindestens zwei Todesfälle,* korrigierte sich der Superintendent in Gedanken. Norcott seufzte leise. Das war sehr weit weg von dem ruhigen Semester in Oxford, welches man ihm vor gerade einmal sechs Wochen offeriert hatte. Er schüttete den Rest kalten Tees aus seinem Becher ins Gras. Gerade wollte er zurück in das Zelt gehen, das ihm als Lagezentrum diente, als er den Funker von drinnen rufen hörte.

»Superintendent?«

Norcott schlug den Zeltstoff beiseite. »Was gibt's?«

»Der Posten an der Zufahrt meldet, Viscount de Vercenne ist gerade eingetroffen. Er hat ihn passieren lassen, wie Sie es befohlen hatten.«

Norcott nickte kurz und ging dann in Richtung Auffahrt. Er blinzelte in die immer noch verhangene Sonne und versuchte, seine widersprüchlichen Gefühle zu sortieren. Einerseits war er froh, dass der Viscount lebte, sie ihn also schon einmal nicht mehr in den Trümmern des Schlosses finden würden, andererseits verband der Superintendent mit dem Adligen keine gute Erinnerung. Kurz darauf erschien der mit Abstand auffälligste Wagen in der Auffahrt, den Norcott jemals gesehen hatte. Vor ihm hielt ein goldfarbenes Rolls-Royce Coupé mit einer stromlinienförmigen Karosserie, nach seiner Schätzung gute sechs Meter lang. Die extravagante runde Fahrertür öffnete sich und ein Mann im Smoking entstieg leuchtend roten Ledersitzen.

Egmont de Vercenne, 17. Viscount Avebury, ein schlanker, sportlich wirkender Mann mit einer Glatze und blauen Augen, starrte wortlos auf das Trümmerfeld, das einmal das Stammschloss seiner Familie gewesen war. Dann wandte er sich Norcott zu und fixierte ihn. »Wir kennen uns.« De Vercennes Stimme war kalt und hatte gleichzeitig den typisch schleppenden Tonfall, den sich die Oberschicht des Landes in Privatschulen, elitären Hochschulen und exklusiven Clubs angewöhnte.

»Superintendent Norcott von New Scotland Yard.« Er streckte die Hand aus, aber sein Gegenüber betrachtete diese, als sei sie ein ekliges Insekt.

»Freuen Sie sich jetzt? Ist es ein erhebendes Gefühl für Sie?« De Vercenne ging zwei Schritte auf die Ruine zu, drehte sich dann aber wieder halb zu Norcott herum. »Ich habe mich das schon vor zehn Jahren gefragt.«

»Was haben Sie sich gefragt?«, erkundigte Norcott sich ruhig, nachdem sein Gegenüber nicht weitersprach.

»Woher dieser unbändige Hass kommt. Ist das Neid, der Sie antreibt? Missgunst auf Menschen, die erfolgreicher sind als Sie? Oder ist es politisch? Hassen Sie Adlige? Fühlen Sie sich als Proletarier, vielleicht weil Ihre Eltern es nicht ...«

»Das reicht.« Norcott hatte eine Hand halbhoch gehoben. »Ihre Provokationen haben 1938 nicht funktioniert und werden es auch heute nicht. Mit dem Unterschied«, er gestattete sich ein Lächeln, das er gewöhnlich für überführte Straftäter bereithielt, »dass ich mir Ihre Tiraden nicht mehr anhören muss. Also entweder, Sie kooperieren und helfen mir bei der Aufklärung oder ich lasse Sie schlicht vom Gelände entfernen. Dann können Sie sich Ihre Informationen zum Stand der Ermittlungen aus der Zeitung holen.« Norcott schwieg einen Moment. Er würde diese Sorte Männer nie verstehen. Menschen, die ihrem Stolz und Hochmut alles unterordneten. Fast vierundzwanzig Stunden waren seit dem Brand vergangen und von der Ehefrau wie auch vom Sohn dieses Mannes fehlte jede Spur. Und das Einzige, an das dieser Mann denken konnte, war eine zehn Jahre alte Kränkung. Eine eingebildete Kränkung, denn schon damals war es Norcott einzig und allein um die Wahrheit gegangen. Persönliche Ressentiments waren ihm fremd.

»Sie wollen mich entfernen lassen?« De Vercennes Stimme troff nun vor Hohn. Er baute sich vor Norcott auf. »In dieser Burg lebt meine Familie seit achthundert Jahren. Es haben schon andere versucht, uns zu vertreiben.«

Plötzlich war es wieder da. Dieses Mitleid, das Norcott gestern bereits für Bill Leyroyd empfunden hatte. Mitleid für diese ach so starken Männer, deren Sucht zur Stärke doch immer nur ihre Schwäche sein würde. Männer, die ihre Kraft und Macht auf alten Mauern gründeten und die der Wandel der Zeit verschlang. Das Imperium, das diese Männer hervorgebracht hatte, schwand dahin. Die Welt wandelte sich und würde ihre Mauern schleifen, sie selbst vergessen. Charles Norcott sah seinem Gegenüber offen ins Gesicht. »Kommen Sie. Sprechen wir miteinander.« Er hielt ihm noch einmal seine Hand entgegen.

Egmont de Vercenne, 17. Viscount Avebury, der im Smoking den Ruinen seines Lebens gegenübergestanden hatte, drehte sich wortlos um und fuhr davon.

Charles Norcott blinzelte hoch zur Sonne. Sie hatte die fahlen Wolken des Morgens abgeschüttelt und wärmte nun sein Gesicht. Kurz gestattete der Superintendent sich, an 1938 zurückzudenken, an die Ermittlungen, die ihn ins Oberhaus des britischen Parlamentes geführt und eine Reihe Adliger ins Wandsworth Gefängnis gebracht hatten. Ja, der Name de Vercenne war vom ersten Tag der Ermittlungen in Oxford wieder in seinen Gedanken lebendig geworden. Erinnerungen an einen fast zehn Jahre zurückliegenden Fall, dessen Aufklärung das Königreich erschüttert hatte. Aber im Gegensatz zum Viscount de Vercenne war es für Charles Norcott nie eine persönliche Sache gewesen. Oxford war ein neuer Fall, Jack de Vercennes eine Person, die ohne die Hypotheken seines Vaters bei Norcott startete.

Wieder blinzelte Norcott in die Sonne, genoss den milden Wind auf der Haut und dachte dabei an Janna Carsdale. Er würde sein Versprechen halten, alles tun, um Jack zu schützen, völlig gleichgültig wer sein Vater war.

Kapitel 30

London, Whitehall, Innenministerium,
Mittwoch, 14. Mai 1947, früher Morgen

D as *Foreign and Commonwealth Office Main Building* war ein weitläufiger Gebäudekomplex im Herzen Londons, den die Londoner in pragmatischer Verkürzung schlicht FCO nannten. Er erstreckte sich zwischen Whitehall im Osten und der Horse Guards Road sowie dem angrenzenden St. James Park im Westen. Die weitläufigen, im italienischen Stil errichteten Gebäude boten Platz für vier Ministerien. Charles Norcott benutzte die Richmond Terrace, einen schmalen Durchgang, der neben dem Gebäude von New Scotland Yard direkt nach Whitehall und zum FCO führte. Der kurze Weg bis zu den dortigen Räumen des Innenministeriums ließ ihm wenig Zeit für Grübeleien, aber das war auch nicht nötig. Seitdem ihn gestern, am späten Abend, sein Chef, Sir Harold Scott angerufen hatte, war Norcott systematisch durch alle Fakten gegangen, hatte die bisherigen Ereignisse reflektiert und seine Argumentation zurechtgelegt. Ein Termin beim Innenminister, James Chuter-Ede, war zwar auch für Norcott kein normales Tagesgeschäft, aber er sah auch keinen besonderen Grund zur Beunruhigung.

Chuter-Ede, ein Labour-Politiker, der früher Lehrer gewesen war, wirkte in seinem Büro eher wie ein Besucher vom Land. Er hatte einen praktischen Bürstenhaarschnitt, ein kleines graues Schnauzbärtchen und trug einen dunkelblauen Allerweltsanzug. Seine Augen betrachteten Norcott aufmerksam, aber Chuter-Ede wirkte dabei entspannt und unvoreingenommen. Neben dem Minister waren Sir Harold Scott und Sir Charles Portal sowie ein namenloser Sekretär anwesend, der Protokoll führte.

Portal, der die Nervosität eines Windhundes vor dem Rennen ausstrahlte, ergriff das Wort als Erster. »Superintendent, so wie wir die Lage beurteilen, sind Sie Ihrer Aufgabe nicht gewachsen. Sie werden verstehen, dass wir angesichts der Entwicklung der Dinge nicht anders handeln können, als Sie von Ihrem Auftrag zu entbinden.« Portals Worte hatten immer noch die unterschwellige Tonlage militärischer Anweisungen. Sie strahlten die typisch pragmatische Kälte aus, die Befehlen im Kriege anhaftete.

Der Minister hüstelte leise. »Nun, wir überlegen, dies zu tun. Richtig. Wie mir Sir Harold erläutert hat, war es von Anfang an eine sehr komplizierte Ermittlungslage für Sie. Und daher würde ich gern, vor einer Entscheidung, Ihre Einschätzung hören. Was ist passiert und wie bewerten Sie es?« Der Minister hatte langsam gesprochen und bei seinem letzten Satz sacht mit einem Füllfederhalter auf den Schreibtisch getippt.

Norcott umriss die Grundsituation, die politisch schwierige Lage an der Universität und verteidigte den Ansatz, durch sein inoffizielles Auftreten Unruhe zu vermeiden. Zu seiner Überraschung seufzte der Innenminister vernehmlich.

»Ja, Sie haben sicher recht, Superintendent. Obwohl Sie nur erste Gespräche am Institut geführt haben und dabei nachweislich sehr diskret vorgegangen sind, lag sofort eine schriftliche Beschwerde von diesem«, er blätterte kurz in einer Akte, »Professor Maidstone in meiner Post. Und ein paar Tage später rief mich sogar der Rektor der Universität in derselben Sache an. Ich vermag mir vorzustellen, was ein Einsatz von MI5-Agenten zu diesem Zeitpunkt an Widerstand ausgelöst hätte.«

Diese, wenn auch indirekte Kritik, ließ bei Charles Portal rote Flecken am Hals entstehen.

Norcott nickte und sprach dann ungerührt weiter. »Zwischen dem ersten Gespräch im Institut, am 24. April, und dem Autobombenanschlag lagen gerade einmal fünf Tage. Die weitere Entwicklung, bis zu dem vorgeblichen Selbstmord der Sekretärin und dem Brand auf Avebury Castle, erstreckt sich auf elf beziehungsweise zwölf Tage. Zeit, in der ich mit den wenigen mir zur Verfügung stehenden Kräften und unter den erwähnten, politisch gewollten Beschränkungen versucht habe, den Schaden zu begrenzen, den oder die Täter zu finden und dabei gleichzeitig nichts an die Presse durchsickern zu lassen.«

»Schadensbegrenzung?«, blaffte Portal. »Mindestens zwei Tote und eines der ältesten Schlösser Englands bis auf die Grundmauern niedergebrannt. Das nennen Sie Schadensbegrenzung?«

»Oh bitte, Portal, heben Sie sich die Polemik für das Oberhaus auf.« So ruhig und leise Sir Harold Scott das gesagt hatte, der Hinweis auf Portals politische Ambitionen wirkte wie ein Stopschild. »Ich kann nicht erkennen, was der Superintendent in diesen Fällen hätte mehr tun können. Oder sollte er das Stammschloss der Vercennes rund um die Uhr bewachen lassen? Jedem Mitarbeiter des Instituts einen Beamten mitgeben? Das ist doch Unsinn.«

Der Innenminister nickte und warf Portal einen listigen Blick zu. »Und da kann sich Viscount de Vercenne noch so sehr beim Lordkanzler beschweren. Er sollte vielleicht lieber erklären, wo er selbst war, als das Schloss brannte, seine Ehefrau zu Tode kam, und wieso er so lange quasi nicht auffindbar war.« Chuter-Ede blätterte wieder in der Akte vor ihm. »Es stimmt doch, dass die verbrannte Tote aus Avebury Madame de Vercenne ist, Superintendent?«

Für einen kurzen Augenblick war Norcott überrascht. Er selbst hatte das Obduktionsergebnis der Toten aus dem Schloss erst vor knapp einer Stunde telefonisch erhalten. »Das ist korrekt, Sir. Wir wissen jetzt auch, dass nicht der Brand die Todesursache war. Es wurden zahlreiche Knochenbrüche im Schulter-Arm-Bereich festgestellt, verursacht durch Schläge mit einem schweren, schlanken Gegenstand. Eigentliche Todesursache war ein Schlag auf den Kopf und der daraus resultierende Schädelbasisbruch. Da die Tote unmittelbar an einem Kamin gefunden wurde, tippe ich auf einen Schürhaken als Tatwaffe.«

»Ich gehe davon aus, dass es keinen dringend Tatverdächtigen gibt«, sagte der Innenminister in einem Ton, der keine Antwort erwartete. »Und wenn wir annehmen, dass Viscount Avebury das Schloss seiner Vorfahren nicht selbst in Brand gesteckt hat, dann sollten wir die Mordermittlungen zunächst den allgemeinen Ermittlungen um das Physikalische Institut unterordnen. Also keine gesonderten Ermittlungen bitte, die den Brand nur unnötig aufbauschen.«

Portal schnappte nach Luft. »Aber Sie können den Fall doch nicht unter den Teppich kehren.«

Der Innenminister warf dem Sprecher einen langen Blick zu. Dann sagte er ruhig: »Staatsräson, Sir Charles. Gut ist, was dem Staat nützt, schlecht, was ihm schadet. Viscount Aveburys Vorfahren dienen dem Königshaus seit vielen Generationen. Er wird es verstehen.« Chuter-Ede wandte sich wieder Norcott zu. »Was ist mit diesem angeblichen Selbstmord dieser Sekretärin?«

»Ich gehe davon aus, dass Sie auch hier den Obduktionsbericht gelesen -«, begann Norcott.

»Jaja, habe ich«, wiegelte der Innenminister ab. »Aber ich will Ihre Einschätzung hören. Die Berichte von Sir Bernhard haben für meinen Geschmack etwas anhaltend Doktrinäres.«

Norcott drängte die Frage in seinem Kopf zurück, wie viele Obduktionsberichte der Innenminister wohl schon gelesen haben mochte. »Es ist sicher immer gut, die Berichte zu hinterfragen und selbst eine unangefochtene Kapazität wie Sir Bernhard Spilsbury kann sich irren. In diesem Fall komme ich aber zum gleichen Schluss. Die Lage und Stärke der Hämatome an Unterarmen und in der Hüftregion lassen darauf schließen, dass Miss Pelling hochgehoben wurde, um ihren Kopf in die Schlinge zu stecken. Ich würde hier auch gern den noch ausstehenden pharmakologischen Befund abwarten und sehen, ob der Frau vor ihrem Tod irgendwelche Substanzen zugeführt wurden.«

Charles Portal hatte offenbar noch nicht aufgegeben. »Aber was haben Sie denn unternommen, um im Institut für Sicherheit zu sorgen? Wie soll es denn dort weitergehen?«

Der Innenminister runzelte zunächst die Stirn, nickte dann aber Norcott auffordernd zu.

»Ich musste abwägen zwischen einer dezenten Überwachung des Instituts und den schon mehrfach angesprochenen Empfindlichkeiten. Daher habe ich mich für das Einschleusen eines Mitarbeiters entschieden. Ich ...«

Portal unterbrach ihn rüde. »Sie haben einen Spitzel eingeschleust? Wieso weiß ich davon nichts und wer hat das genehmigt?«

Der Polizeichef, Sir Harold Scott, konnte sich ein Grinsen nicht verkneifen. »Sie selbst, Portal. Es gehörte zu den Maßnahmen, die zwischen Sir Philip Game, der innerhalb Ihrer Beratergruppe GEN 163 ja immer noch für Sicherheit zuständig ist und mir abgestimmt wurden. Und Sie haben das abgesegnet. In der Aktennotiz vom 21. April, die auch Ihre Unterschrift trägt.«

Portal wollte etwas entgegnen, aber ein nun sichtlich gereizter Innenminister schnitt ihm das Wort ab. »Bitte, Portal, auch wenn diese Sache wichtig ist, ich habe auch noch mehr zu tun und würde gern Superintendent Norcott hören.«

»Wie ich sagte, habe ich mich für das Einschleusen eines Mitarbeiters entschieden. Es ist ein Privatermittler aus London, den ich seit Jahren kenne und schätze. Er ist wandlungsfähig genug, um in diesem Fall in die Rolle eines Hausmeistergehilfen zu schlüpfen. Nach seiner Legende ist er ein kriegsbeschädigter Veteran, der lange arbeitslos war. Er wirkt absolut glaubwürdig und kann als Hausmeister überall im Institut unauffällig die Augen offenhalten, auch außerhalb der offiziellen Arbeitszeiten.«

»Das scheint mir eine ausgezeichnete Idee. Niemand fällt weniger auf als Hausmeister oder Putzkräfte. Sehr gut.« Der Minister klappte ostentativ die vor ihm liegende Akte zu. »Noch eine letzte Frage: Sind Jack de Vercenne und Janna Carsdale wieder aufgetaucht?«

»Ja, das sind sie. Eine Streife der Cornwall County Constabulary hat die beiden in einem kleinen Hotel in Truro aufgespürt. Wie es aussieht, hat sich Miss Carsdale irgendwann nach dem Streit auf der Geburtstagsfeier nach Süden abgesetzt und Jack de Vercenne ist ihr später hinterhergefahren. Ich konnte mit beiden noch nicht sprechen, werde das aber nachholen, sobald ... nein, wenn ich diesen Fall weiterhin bearbeiten soll.«

»Tun Sie das«, antwortete der Innenminister schlicht. »Und erstatten Sie mir persönlich Bericht, einmal am Tag.«

Damit war die Besprechung beendet und der Innenminister entließ die drei Männer. Sir Charles Portal machte auffallend deutlich, wie ungehalten er über das Ergebnis der Unterredung war. Wortlos stürmte er aus den Büros des Innenministeriums davon.

Sir Harold und Charles Norcott sahen dem Davoneilenden einen Moment hinterher. »Ich weiß nicht«, sagte der Polizeichef, »ob es daran liegt, dass er einmal Pilot war ...« Scott setzte seine Schirmmütze auf, justierte sie ruhig und fügte dann hinzu: »Aber irgendwie muss ich immer an Ikarus denken.« Ein kaum sichtbares, filigranes Lächeln tänzelte über Scotts Mundwinkel. Dann begann er bedächtig, die opulente Freitreppe hinunterzuschreiten. Er wandte sich dabei Norcott zu. »Gibt es einen besonderen Grund, wieso Sie dem Minister gegenüber die Beschattung Major Hathaways durch den NID verschwiegen haben?«

Norcott räusperte sich. »Zum einen wollte ich Charles Portal nicht noch weiter reizen. Ich weiß, er ist ein Verfechter der Idee eines einzigen großen Geheimdienstes und verabscheut unsere wunderbar britische Vielfalt. Und zweitens, ganz banal, sollte Geheimdienstarbeit eben am besten im Geheimen stattfinden. Je weniger Bescheid wissen, umso besser.« Nach einem Moment fügte Norcott hinzu: »Besonders, wenn die Betreffenden eigene politische Ziele verfolgen.«

Kapitel 31

Charles Norcott hatte seine Vorlesung gehalten. Oder, wie er sich selbst eingestehen musste: es war ein Kampf gewesen. Allzu deutlich waren, nach diesem langen Tag, seine Nerven überreizt gewesen. Während er über das Rechtssystem der deutschen Militärverwaltung berichtet hatte, vermischten sich in seinem Kopf die Damals- und die Jetzt-Ebene, flossen Bilder ineinander. Gesichter tauchten auf, Menschen, die Masken zu tragen schienen, Gesichter, die zerflossen. Norcott nahm sich vor, alles und jeden Punkt noch einmal systematisch durchzugehen, sobald er zu Hause angekommen wäre.

Seine Aktenmappe war bereits gepackt und nun wollte er noch schnell die Tafel wischen, da bemerkte er den Hausmeister, Llewellyn Kendrick.

»Lassen Sie nur, Sir, ich mach das.« Kendrick streckte mit einem Lächeln, das Norcott nicht genau zuordnen konnte, die Hand nach dem Schwamm aus. »Lassen Sie mich das ruhig machen.« Nach einem weiteren Zögern Norcotts nickte Kendrick ihm aufmunternd zu. »Gehen Sie ruhig, Sir, und fangen Sie den Bastard.«

Norcott zog die Augenbrauen empor. »Was bringt Sie auf den Gedanken, dass ich auf der Jagd bin, Mr. Kendrick?«

»Oh, nur so eine Vermutung.«

Norcott verschränkte die Arme, lehnte sich an das Dozentenpult und sagte nichts, ließ die Stille arbeiten.

Kendrick rieb sich verlegen über den Nasenrücken. »Nun. Man hört dies und das, nicht?«

Der Superintendent sagte weiterhin nichts, sah den Hausmeister nur interessiert an. Die beiden ungleichen Männer schwiegen sich eine Weile an.

»Wieso nur habe ich das Gefühl, Sergeant Kendrick, dass Sie mehr wissen als dies und das?« Norcott hatte den alten Dienstgrad des Hausmeisters mit einer winzigen Betonung versehen.

Der straffte sich, strich seinen grauen Kittel glatt, suchte einen Moment nach Worten und schien dann einen Entschluss gefasst zu haben. »Sie kennen die Londoner Mail Rail?«

»Dieses unterirdische Postsystem?« Norcott nickte.

»Das gibt es hier auch. Also ...« Kendrick griff hastig in die Luft, als wolle er die Worte zurückholen. »Kein Posttransportsystem! Das nicht. Aber ein ... eine Art Kommunikationssystem.«

»Unterirdisch.«

Kendrick schmunzelte. »Na ja, Sie mögen das so ausdrücken.« Dann drehte er sich wieder ein wenig zur Tafel und begann, diese mit ruhigen, langen Bewegungen zu wischen. »Einen Teil der Geheimgänge habe ich Ihnen ja schon an Ihrem ersten Tag gezeigt. Aber es gibt auch noch uns, die wir uns treffen und über die Gänge Informationen austauschen.«

Norcott sagte weiterhin nichts und betrachtete die sparsamen, exakt bemessenen Bewegungen, mit denen der kleine Mann die Tafel wischte.

»Leyroyd ist nicht der Erste aus der Stadt, der hierherkommt und sich aufplustert.« Kendrick gestattete sich ein leises Seufzen. »Und er wird auch nicht der Letzte sein.« Er trat einen Schritt zurück und prüfte die geleistete Arbeit. »Die Universität muss wissen, was in der Stadt vorgeht.«

»Und, was in der Universität vorgeht?«

»Natürlich.« Der kleine Hausmeister nickte mit ernster Miene. »Es ist wohl besser, wir wissen Bescheid darüber, wenn mitten in Oxford eine Atombombe gebaut wird.«

Norcott setzte zu einem Einwand an, aber sein Gegenüber macht nur eine ungeduldige Handbewegung. »Jaja, ich weiß. Sie bauen die Bombe nicht hier. Maidstone, Fraser-Collins und die anderen ...«

»Jack de Vercenne.«

Kendrick sog die Luft zwischen zusammengebissenen Zähnen ein. »Ja. Der.« Er strich mit zwei Fingerspitzen zärtlich über seine Regimentskrawatte. »Er bemerkt uns nicht. Sieht uns nicht, lebt in seiner Welt.«

»Sergeant, wer ist *wir*?«

»Hausmeister, kleine Verwaltungskräfte, Sekretärinnen, die eine oder andere ältere Putzfrau. Die kleinen Leute der Universität. Die, die man nicht sieht, nicht wahrnimmt.« Er lächelte. »Ich weiß. Sie sind anders. Sie sehen uns, Sie haben einen anderen Blick. Aber wir können so still sein wie ein Möbelstück und für viele

Herrschaften sind wir auch nur das: Möbelstücke ohne eigenes Denken.« Er schnaubte.

Norcott veränderte die Standposition, um seinen Rücken zu entlasten. »Und was wissen Sie sonst über die Vorgänge im physikalischen Institut?«

Kendrick legte den Kopf leicht schief. »Das da Sabotage getrieben wird. Es ging im Februar los. Als hier noch alles unter dem Schnee versank. Gene ist es zuerst aufgefallen.«

»Miss Rackshaw, die Laborassistentin.«

»Richtig, die Leitende Laborassistentin. Sie war damals gerade neu ans Institut gekommen. Ein intelligentes Mädchen. Sehr aufmerksam. Im Gegensatz zu Bart Stibbon, dem Hausmeister.« Kendrick schnaubte erneut durch die Nase. »Bartholomew ist alt und versteht diese Welt nicht mehr. Er wurde geboren, als Königin Victoria ein junges Mädchen war.« Es entstand ein Moment der Stille, in dem Kendrick vielleicht über sein eigenes Alter nachdachte, vielleicht über den Kollegen. Dann blickte er den Superintendent direkt an. »Routine-Experimente liefen unerwartet schief, Dokumente verschwanden. Es war plötzlich Sand im Getriebe und das fiel irgendwann sogar Bart Stibbon auf. Wir hatten uns beraten. Gene sollte die Augen offen halten.«

»Aber was ich nicht verstehe«, sagte Norcott, »in der Zwischenzeit hat es einen Bombenanschlag gegeben, Avebury Castle ist bis auf die Grundmauern niedergebrannt und wir haben zwei Tote. Wieso um Himmels willen haben Sie sich nicht gemeldet?«

Kendrick schüttelte leicht den Kopf. »Um Ihnen was zu erzählen? Wir wissen ja selbst nicht mehr. Es gibt nichts Handfestes, keinen wirklichen Hinweis darauf, wer hinter dem Ganzen steckt. Und mit Gene haben Sie ja gesprochen. Sie hat Ihnen alles erzählt, was sie wusste.«

Der Schatten eines Gedankens zog durch Norcotts Kopf, aber er konnte ihn nicht fassen. Llewellyn Kendrick hatte gleichzeitig etwas gefragt.

»Wie bitte? Entschuldigen Sie, da war gerade ein Gedanke ...«

»Macht nichts. Ich hatte mich nur gefragt, was ich von Nigel Ward halten soll, dem neuen Hilfshausmeister. Dem Mann mit dem steifen Bein.«

Norcott lachte leise. »Sie meinen, eigentlich fragen Sie mich das.« Er überlegte einen Moment, dann fügte Norcott hinzu: »Er gehört zu mir. Aber das ist eine Information nur für Sie ganz allein. Ich möchte, dass seine Tarnung im Physikalischen Institut so lange und so vollständig wie möglich bestehen bleibt. Wenn Sie mir helfen wollen, behalten Sie es für sich und sprechen über ihn immer nur, wie über einen Hilfshausmeister.«

Kapitel 32

Oxford, 14b Norham Gardens
Donnerstag, 15. Mai 1947, Vormittag

C harles Norcott starrte auf die Notizwände, die voller Fotos und Aufzeichnungen hingen. Drei Tage waren seit dem Brand auf Avebury Castle und dem Mord an Madame de Vercenne vergangen. Vier seit der Entdeckung der toten Daphne Pelling. Davor die Autobombe und die anderen Ereignisse. Alles war penibel dokumentiert. Eine Reihe von Unglücken, die wie in einem Crescendo beständig anschwoll, so schien es Norcott. Die Dramatik der Entwicklung ließ sich an den Fotos und Notizen ablesen, aber es fehlte der Anfangspunkt, der Schlüssel. Was war der Antrieb? Während die Gedanken durch seinen Kopf trieben und wie schnell ziehende Wolken mal diese, mal jene Form annahmen, drang leise Musik in die Bibliothek. Sie kam aus dem Wohnzimmer, das Vicky als Atelier nutzte. Wie so oft, hörte seine Frau Schellackplatten bei der Arbeit und Norcott erkannte argentinischen Tango. Der typische Klang des Bandoneons, das die leidende, klagende Melodie anführte, die Streicher zu leiten schien. Er stand von seinem Arbeitstisch in der Bibliothek auf und ging der Musik entgegen. Je näher er dem Atelier kam, umso lauter wurde die Musik. Gleichzeitig aber, so schien es Norcott, wurde, getrieben von der Tangomelodie, ein Gedanke in ihm immer stärker: Dass hinter all dem Leidenschaft steckte. In seiner langen Karriere hatte er vielfach Situationen erlebt, in denen versucht worden war, Menschen einzuschüchtern oder zu erpressen. Das hatte sich immer anders angefühlt: kühler, kalkulierter. Er trat ins Atelier.

Vicky sah von ihrer Arbeit an einem Portrait auf. Sie nickte dem Modell, einer jüngeren Frau zu. »Zehn Minuten Pause. Wenn Sie so lieb sein wollen, setzen Sie uns doch einen Tee in der Küche auf. Sie wissen ja, wo alles ist.« Vicky wandte sich zu ihrem Mann um. »Hallo, Darling. Du siehst ein wenig abgekämpft aus, wenn ich das sagen darf. Stört dich die Musik?«

Er schüttelte leicht den Kopf und betrachtete das entstehende Portrait. »Nein, ganz und gar nicht. Sie hat mir sogar ein wenig geholfen.«

Als er nicht weitersprach und wieder in Gedanken zu versinken schien, nickte seine Frau ihm aufmunternd zu. »Magst du mir das erklären?«

Statt einer Antwort ging er zu dem Grammophon und legte die Nadel auf die Mitte des letzten Musikstückes. Das Bandoneon und die Streicher setzten erneut ein. »Diese Steigerung, das Crescendo, das treibt die Leidenschaft voran. Da steckt Liebe dahinter, unglückliche Liebe. Ich bin mir jetzt sicher.« Er ließ die Musik noch einen Moment weiterspielen und hob dann die Nadel von der Schellackplatte. »Diese politischen Motive, Sabotage durch die Amerikaner, das ist alles eine falsche Fährte. Den oder die Täterin treibt Leidenschaft.« Er lächelte. »Oder mein Einfühlungsvermögen ist völlig taub geworden.«

Seine Frau wusch ihren Pinsel in einem Glas mit Reinigungsflüssigkeit. Drehte ihn hin und her und trocknete den Pinsel dann sorgsam an einem Tuch. »Liebe ist nur die eine Seite der Leidenschaft, mein Lieber. *Leidenschaft umfasst Formen der Liebe und des Hasses.* Hab ich mal irgendwo gelesen. Vergiss den Hass nicht.«

Er legte den Kopf schräg, so als horchte er ihren Worten nach, antwortete aber nichts.

»Von der Leidenschaft schließt du auf Liebe und von dort zu einer Frau. Du suchst unterbewusst nach einer weiblichen Verdächtigen. Oder anders ausgedrückt: Du verdächtigst eine Frau.« Weil er leicht den Kopf schüttelte, setzte sie nach: »Vielleicht im Moment noch keine spezielle Frau, aber du beginnst, dich auf eine Frau festzulegen.« Sie trat auf ihn zu und tippte ihm mit dem Finger auf die Brust. »Aber Hass ist auch eine Leidenschaft und auch Männer können Jack de Vercenne hassen.« Als ihr Mann keine Anstalten machte, zu antworten, sprach Vicky weiter: »Wenn du meinen Rat willst: Schau noch einmal gründlich alles durch. Fang ganz am Anfang an, versteif dich nicht auf eine vielleicht naheliegende Lösung.« Sie strich ihrem Mann sacht durch die graublonden Haare. »Und damit es nicht zu einfach wird, gebe ich dir noch einen zweiten Rat: Vergiss auch die offensichtlichsten, wahrscheinlichsten Lösungen nicht. Manchmal ist eben tatsächlich der Gärtner der Mörder.«

»Welcher verfluchte Gärtner?«, fragte er mit gespielter Empörung, musste aber sofort grinsen. »Ja, du hast recht. Ich verstehe, was du meinst. Es wird das Beste sein, wirklich alles noch einmal auf links zu drehen. Es ist so viel, in so kurzen Zeitabständen passiert - da können eine Menge Details untergehen.«

* * *

Zwei Stunden später hatte sich die Ermittlungsgruppe in der Bibliothek versammelt. Neben dem eigentlichen Kernteam, Charles Norcott, DC Badby und Hector MacAskill waren Desmond O'Neill und Freddy Beresford, der leitende Brandermittler anwesend. Mit am Besprechungstisch saß schließlich noch Nigel Ward, der in seiner Rolle als Hilfshausmeister für Norcott die Augen und Ohren im Physikalischen Institut offen hielt.

Norcott klopfte mit einem Bleistift sacht an seine Teetasse. Die leisen Gespräche rund um den provisorischen Konferenztisch verstummten und gaben einer aufmerksamen Ruhe Platz. »Die Entwicklung der vergangenen vierzehn Tage darf man getrost als Albtraum eines jeden Kriminalbeamten beschreiben: Eine rasante Fallentwicklung, verbunden mit maximal möglicher Geheimhaltung. Und damit zusammenhängend, unzureichende Personalressourcen, damit wir nur niemanden aufschrecken.« Norcotts Gesicht zeigte den Anflug eines grimmigen Lächelns. »Aber völlig gleichgültig, wie schlecht unsere Chancen stehen - wir werden am Ende das Feld behaupten.« Die Stille im Raum wurde noch intensiver, stofflicher und Norcott spürte es. »In den kommenden drei Tagen werden wir, angefangen von den ersten winzigen Ereignissen im Physikalischen Institut, bis zum Brand auf Avebury Castle, alles, aber auch absolut alles, untersuchen und überprüfen. Wir werden jeden noch so kleinen Stein umdrehen, alle Personen, auch im weiteren Umfeld überprüfen und jede noch so kleine Spur untersuchen.« Der Superintendent schlug die vor ihm liegende Akte auf und blickte einen Moment auf ein einzelnes Dokument. »Wir haben die uneingeschränkte Vollmacht des Premierministers, in absolut alles unsere Nase zu stecken.« Er fasste, der Reihe nach, alle Menschen im Raum noch einmal fest ins Auge und sagte dann: »Ich gedenke, dieses Mandat bis zum Äußersten auszunutzen!«

Ihm antwortete diese ganz besondere Form der Entschlossenheit - diese fast schmerzhafte Anspannung absolut aller Kräfte, die er in den Kriegsjahren so oft hatte herauslocken müssen. Und wieder stand so viel auf des Messers Schneide. Charles Norcott hatte in alle Gesichter geblickt, jetzt erteilte er seine Aufträge.

Kapitel 33

Oxford, 14b Norham Gardens
Sonntag, 18. Mai 1947, Vormittag

Es ist wohl der Glaube an eine Art göttlicher Gerechtigkeit, die den Menschen erwarten lässt, seine Erfolge und vielleicht noch mehr, seine mühsam erstrittenen Misserfolge, mit strahlendem Sonnenschein belohnt zu sehen. Charles Norcott saß allein auf der Terrasse des Hauses in den Norham Gardens und betrachtete die milchige Sonne, die sich scheinbar mühsam und widerwillig hinter schmutziggrauen Wolkenschlieren emporarbeitete. Er nahm einen Schluck kalten Kaffees aus dem angeschlagenen Becher in seiner Hand, spürte die klamme Feuchte des Morgens auf seiner Haut. Er fühlte sich müde und konnte zugleich nicht schlafen.

Drei volle Tage, jeweils bis tief in die Abendstunden, hatten sie mit allen verfügbaren Kräften jeden Stein zweimal umgedreht und dutzende Personen ein weiteres Mal befragt. Eine ganze Reihe von neuen Personenbefragungen waren hinzugekommen. Besonders aus dem privaten Umfeld von Jack de Vercenne, aber auch von dessen Vater. Mithilfe Londoner Kollegen wurde dessen dortiges Privatleben durchleuchtet. Dazu kam noch das Privatleben und Umfeld der toten Sekretärin Daphne Pelling.
Die Ergebnisse all ihrer Bemühungen waren ernüchternd. Norcott betrachtete den schalen Rest kalten Kaf-

fees in seinem Becher. Er seufzte. Gern hätte er sich noch einmal frischen gekocht, aber die Kaffeevorräte gingen schon zur Neige. Kaffee, Tee, Kakao oder Zucker: viele alltägliche Dinge, die aus den Kolonien importiert wurden, blieben Mangelware und waren weiterhin rationiert. Norcott stellte seinen Becher ab und rieb sich die Hände warm. Gedankenfetzen und offene Fragen wirbelten weiter durch seinen Kopf. Wer hatte ein Interesse daran, eine eher unwichtige Sekretärin umzubringen? Ihr Tod brachte für niemanden erkennbar einen Vorteil. Es gab keinen eifersüchtigen Geliebten und zu vererben hatte die junge Frau auch nichts, weder Vermögen noch einen attraktiven Arbeitsplatz. Nur wenn der, mit dem Abschiedsbrief erhobene, Vorwurf der sexuellen Nötigung gegen de Vercenne der eigentliche Zweck war, wenn es also nur um das Erheben des Vorwurfes ging, dann war Pellings Tod sozusagen eine notwendige Voraussetzung. Doch es war angesichts der Beweislage mehr als fraglich, ob der Staatsanwalt Anklage erheben würde. Von dem Abschiedsbrief abgesehen gab es nicht den geringsten Beweis für den Vorwurf. Der Brief war zudem auf der Maschine getippt und nicht unterschrieben. Die passende Schreibmaschine hatten sie allerdings auch nicht gefunden. Nach dem Urteil der Kriminaltechniker passte weder die Schreibmaschine, die in Pellings Wohnung gefunden wurde, noch ihre dienstliche Maschine zum Schriftbild im Brief. Die Autopsie hatte Spuren eines Psychopharmakons in Pellings Blut nachgewiesen. Nach der Konzentration des Stoffes zu urteilen, war die

Sekretärin zum Tatzeitpunkt zwar wach gewesen, aber nicht in der Lage, sich physisch zu wehren. Ein grausiger Gedanke, in wachem Zustand miterleben zu müssen, wie der eigene Selbstmord fingiert wird. Und was hatte der oder die Täterin in diesem Moment gefühlt? Hatte er Mitleid für sein Opfer empfunden? Und was musste ihn oder sie antreiben, einen Menschen für die vage Chance einer Vergewaltigungsanklage zu töten?

Norcotts Gedanken wanderten zu dem anderen Opfer: Madame de Vercenne. Erschlagen mit enormer Wucht. Hier gab es mit Janna Carsdale eine klare Verdächtige. Sie hatte das Opfer zwei Tage vor dem Brand in aller Öffentlichkeit geschlagen und das Motiv war unübersehbar. Madame de Vercenne hintertrieb ganz offen Carsdales Beziehung mit ihrem Sohn. Eher kein ausreichender Grund für einen kaltblütig geplanten Mord, aber vielleicht war ein Streit eskaliert? Carsdale hatte zweifelsohne die Kraft und das Temperament zuzuschlagen. Und sie wusste, dass am Montagvormittag die Bediensteten Ausgang hatten. Trotzdem passte die Tat nicht zu der jungen Frau. Norcott hatte sie auf Sandford Hall anders erlebt. Diszipliniert und fast zurückhaltend ihm gegenüber, liebevoll und ruhig ihrer siebenjährigen Tochter gegenüber, wie Badby berichtet hatte. Würde jemand, der seit Jahren die Verantwortung für ein Kind trug, in einem Alter, in dem andere noch mit Spielzeug spielten, würde so eine Person alles riskieren? Janna Carsdale war sicherlich ein Rätsel, mit ihrer Ruhe einerseits und ihrer Leidenschaft andererseits. Aber war sie auch eine Mörderin?

Die Wolken über Oxford hatten sich weiter zusammengeballt. Wie graue Felsriesen beherrschten sie jetzt den Himmel und Norcott schien es, als wenn auch die Temperatur noch einmal gefallen war. Er nahm seinen leeren Kaffeebecher, ging ins Haus und verschloss die Terrassentüren vor dem Wetter. Vicky saß, wie er sie verlassen hatte, in der Bibliothek in einem großen Ohrensessel, ins Lesen vertieft. Eine einzelne Stehlampe beleuchtete das schmale Buch. Er lehnte sich leise an den Türrahmen und betrachtete ihre Erscheinung: Ihr hellblondes Haar, die unbändigen Haarsträhnen, die sich immer wieder in ihr Gesicht stahlen, der konzentrierte Ausdruck. Sie waren keine Teenager mehr und ihre ersten gemeinsamen Jahre waren hart und schwierig gewesen, aber in Momenten wie diesem überkam Charles Norcott eine Form ganz unbändig romantischer Liebe zu seiner Frau, so sehr, dass ihn sein Glück wortlos machte für den Moment.

»Nun, Superintendent?«, fragte Vicky unvermittelt, ohne den Blick vom Buch zu heben. »Sind wir mit unseren Ermittlungen ein Stück vorangekommen?«

Ihr Mann machte einen gequälten, leisen Laut.

Sie ließ das Buch sinken und sah ihn voller Wärme an. »Bitte verzeih, Darling. Ich wollte kein Salz in deine Wunden reiben. Aber seid Ihr denn so gar keinen Schritt vorwärtsgekommen?«

Er setzte gerade zu einer Antwort an, als die Haustürklingel anschlug. »Ich gehe schon.«

Einige Minuten später schob Charles Norcott einen Mann durch die Tür der Bibliothek, breitschultrig, mit blonden kurzen Haaren, in denen man einen leichten Grauton erahnen konnte.

»Guten Tag, Vicky.« Der Blonde lächelte verlegen. »Ich hoffe, ich komme nicht ...«

Sie war aufgesprungen und umarmte ihn im nächsten Moment. Einige Augenblicke hielt sie ihn fest und auch Charles hatte seinen Arm um die Schultern des Mannes gelegt. Nun trat Vicky einen Schritt zurück. »Ach, Ralf, was für eine wunderbare Überraschung! Wir hatten ja die ganzen letzten Wochen gehofft, dass du nun bald das Camp verlassen darfst, aber nie gab es eine vernünftige Auskunft.« Sie betrachtete ihren gemeinsamen Freund, dem sie so viel verdankten. »Ach herrje, was bin ich für eine Gastgeberin. Steh hier und starr dich an. Hast du Hunger? Sicher hast du Hunger. Wir haben Schreckliches über das Essen in den Lagern gehört. Komm und setz dich erst einmal, ich gehe in die Küche und ...«

Ihr Mann hielt sie mit einem Lächeln auf. »Lass nur, Darling. Ich geh schon und mach das.« Er nickte ihr aufmunternd zu, ging aus der Bibliothek und schloss die Tür hinter sich. Er atmete durch, aber im gleichen Moment überfielen ihn die Erinnerungen. Vor drei Jahren hatte Ralf Breckow alles riskiert, um Vicky zu retten. Für diesen Mann, den der Krieg aus seinem Zivilleben als Hamburger Kriminalbeamter gerissen hatte, war Freundschaft wichtiger gewesen als strammer Gehorsam. Ihm verdankten sie Vickys Leben. Aber nun galt es, einen neuen Anfang zu finden und dem Freund ein wenig zurückzugeben.

Mehr als zwei Stunden später saßen die drei in der Bibliothek und genossen die Ruhe, die sich mehr und mehr zwischen ihnen ausgebreitet hatte. Sie waren mit ihren Gedanken zurück nach Guernsey gereist, zurück in ihre gemeinsamen Erinnerungen. Sie hatten über Menschen gesprochen, über diesen kleinen, vom Krieg geschaffenen Kosmos auf einer Insel im Ärmelkanal, über Briten und Deutsche, Iren und Franzosen. Manche, die der Krieg verschlungen hatte und manche Überlebende. Als der Nachmittag kam und die grauen Regenwolken immer weiter die Stadt bestürmten, hatten sie den Kamin entzündet, genossen nun die stetige Wärme des Feuers.

In dieser Ruhe begannen nun die Augen des Deutschen zu glänzen, er ließ die Erinnerung hinter sich und lächelte seinen Freund an. »Also, Charles, was ist das für ein Fall, der dich hierhergebracht hat und der für diese beängstigenden Falten auf deiner Stirn verantwortlich ist?« Nun saß dort, zumindest für den Moment, nicht mehr der Wehrmachtsoffizier, nicht mehr der Kriegsgefangene. Nur ein erfahrener Kriminalbeamter.

Norcott antwortete nicht sofort, so dass Vicky die Pause ausnutzte: »Alles begann damit, dass man uns ein ruhiges Semester in dieser schönen Universitätsstadt versprach.« Sie lächelte verschmitzt.

Norcott seufzte tief. »Äh, ja ... so kann man ... kann man das wohl sagen.« Er stockte wieder und seine Frau sah ihn liebevoll an.

»Auch wenn es noch früh ist, aber dem Anlass entsprechend und damit du die Kraft hast, diese komplizierte Geschichte zu erzählen, werde ich uns allen mal ein gutes Glas weißen Portwein einschenken.« Sie stand auf. »Wenn ich mich nicht irre, haben wir noch eine Flasche Dry White in der stillen Reserve.« Sie küsste ihren Mann auf die Stirn. »Und keine Details vergessen, hörst du?« Sie schmunzelte wieder.

Wieder hatte Ruhe die Bibliothek und die drei Menschen in ihr erobert. Charles Norcott hatte mit seiner Erzählung der Ereignisse geendet, zahlreiche Zwischenfragen beantwortet und nippte an seinem zweiten Glas Port. »Und so ist es wie verhext. Gegen keinen der Verdächtigen gibt es wirklich eine Handhabe, alle Indizien sind dünn wie japanisches Papier und wir können ja noch nicht einmal ausschließen, dass es mehrere Täter gibt und die Reihung der Ereignisse rein zufällig ist.« Norcott schnaubte verächtlich. »Aber ich glaube nicht daran! Das alles hat etwas stark Persönliches. Ich kann die Leidenschaft, die hinter den Taten steckt, förmlich riechen.«

Breckow nickte ernst. »Verlass dich auf dein Gefühl, Charles. Du weißt, die kühle Logik schlägt uns ab und an Schnippchen. So wie ich es verstehe, haben euch die Amerikaner nach Strich und Faden über den Tisch gezogen. Okay. Aber ob sie wirklich zu Autobomben greifen würden, um die Forschung hier zu stören? Ganz ehrlich? Ich bezweifle das. Die U.S.-Amerikaner denken immer groß, sie können gar nicht anders. Alles muss immer groß sein. Und macht es da Sinn, einen einzelnen Forscher ...«

Norcott hatte mit der Hand gezuckt.

»Ja, richtig, oder eine Forschungsgruppe zu stören? In Los Alamos arbeiten hunderte Wissenschaftler mit tausenden Hilfskräften an der Weiterentwicklung der Bombe. Bitte nehmt es mir nicht übel, aber ich glaube, dieser ...«

»... de Vercenne.«

»Dieser de Vercenne ist gar nicht wichtig genug, als dass die Amerikaner sich um ihn kümmern würden. Und ich gebe dir noch ein wirklich schlüssiges Argument. Wenn sie de Vercenne neutralisieren wollten, würden sie ihm einen Haufen Dollars plus eine fette Professur an einer Ivy-League-Universität anbieten. So haben sie es immer gemacht. Ganz unblutig und funktioniert garantiert.« Er zuckte mit den Schultern. »Jeder Mensch hat seinen Preis.«

»Aber wenn wir die Amerikaner wirklich ausschließen«, insistierte Norcott, »dann bleibt niemand übrig mit genügend militärischem Sachverstand, um so eine Autobombe zu bauen oder eine Segelyacht derart gekonnt zu versenken.«

Breckow rieb sich über die Stirn. »Du sagst, ihr habt die Militärakten aller Mitarbeiter des Instituts und andere Personen im Umfeld überprüft?«

Charles Norcott nickte.

Wieder rieb sich der Deutsche die Stirn und Schläfen. Nach einem Moment fragte er: »Könnte es sein, dass zwischen den Verdächtigen jemand ist, der während des Krieges im Umfeld der Geheimdienste gearbeitet hat?«

»Was würde das für einen Unterschied machen?« Norcott stutzte. »Unsere Geheimdienste und das Militär waren quasi eine Institution während des Krieges. Falls jemand entsprechend eingesetzt worden wäre, würde man dies aus den Akten ablesen können.«

Ralf Breckow schüttelte den Kopf. »Nein, das denke ich nicht. Ich würde erwarten, dass entsprechende Akten bei Kriegsende bereinigt und *ziviltauglich* gemacht wurden.«

»Ziviltauglich?«, fragte Vicky. »Was meinst du damit?«

»Nun, nach einem Krieg werden zahlreiche Mitarbeiter der Geheimdienste und des Militärs demobilisiert. Sie werden einfach nicht mehr gebraucht im Frieden. Irgendwo auf dem Balkan Brücken zu sprengen oder feindliche Agenten in irgendwelchen Hinterhöfen zu liquidieren, das ist zivilberuflich«, er hüstelte, »eher wenig gefragt. Außerdem sollen geheime Aktionen auch später geheim bleiben. Dazu ist es das Beste, wenn die Beteiligten möglichst nicht auffindbar sind. Also werden die Personalakten derartiger Mitarbeiter regelmäßig geschönt oder gleich ganz neu geschrieben. Die sicherheitsempfindlichen Tätigkeiten werden gelöscht, es werden harmlose Schreibtischjobs erfunden, in denen die ehemaligen Mitarbeiter dann die passende Zeit gearbeitet haben. Der Lebenslauf ist wieder vollständig, aber eben unauffällig. So wird das in Deutschland gemacht. Und ich wette, hier wird das nicht anders gehandhabt.«

»Hm ...« Norcott strich sich über das Haar. Er überlegte: »Wer könnte dann von den Änderungen wissen? Irgendjemand muss das ja befehlen.«

»Wenn du mich fragst«, erwiderte Breckow, »würde ich bei der Behörde fragen, in der die Akten auch regelmäßig geführt werden. Sie werden auch die Originalakten haben. Nur eben unter Verschluss. Kennst du jemanden in eurem Kriegsministerium, der sich mit Personaldingen beschäftigt?«

Norcotts Gesicht hellte sich auf. »Oh, ja. So jemanden kenne ich!« Er sah auf seine Armbanduhr und stand dann aus dem Ohrensessel auf. »Ich gehe mal telefonieren.«

Kapitel 34

Oxford, 14b Norham Gardens
Mittwoch, 21. Mai 1947, früher Vormittag

Seine Hand tastete zum Lichtschalter und danach zu seiner Armbanduhr. Es war 4.55 Uhr. Er schwang seine Beine aus dem Bett und hastete die Treppe herunter.

»Norcott.«

»Nigel Ward hier, Sir. Im Institut ist ein Feuer ausgebrochen. Stibbon, der Hausmeister hat mich eben angerufen. Feuerwehr ist schon vor Ort. Er hat erst die lokale Polizei alarmiert und Professor Maidstone, bevor er mich angerufen hat.«

Vicky war nun ebenfalls die Treppe heruntergekommen und sah Charles fragend an. Es war wie in einem Déjà-vu. Ihr Mann deckte einen Moment die Telefonmuschel ab und sagte: »Weck Badby und Mac-Askill, wir müssen sofort los.«

Dann wandte er sich wieder Ward zu: »Sind Sie schon im Institut?«

»Nein, noch in meinem Pensionszimmer. Ich wollte Sie zuerst anrufen.«

»Gut. Ich mach mich mit meinen zwei Constables gleich auf den Weg, vorher rufe ich noch Beresford an. Kommen Sie zum Institut, aber bleiben Sie bei Ihrer Rolle.« Ohne eine weitere Antwort abzuwarten, legte er auf. Mit fiebrigen Fingern suchte er eine Telefonnummer und wählte. Fast augenblicklich wurde abgehoben.

»Sind Sie ein verdammter Hellseher?«, platzte es aus Norcott heraus und schob sofort ein »Norcott hier« nach.

»Unsere Zwillinge bekommen Zähne. Und wir wenig Schlaf.« DI Beresford flüsterte jemandem etwas zu, war sofort wieder in der Leitung. »Wo brennt es?«

»Physikalisches Institut, Universität Oxford. Weiß bisher keine Einzelheiten. Kratzen Sie alle Kräfte zusammen und kommen Sie so schnell, wie Sie können.«

»Ich mach das. Kein Problem.« Beresford schaffte es, in wenige Worte eine stählerne Zuversicht zu legen.

Badby und MacAskill standen mittlerweile im Flur. »Habt ihr mitgehört?«, fragte Norcott knapp. Beide nickten. »Abfahrt in zehn Minuten. Mit Dienstwaffen.«

Beide nickten und verschwanden.

Vicky stand wieder neben ihrem Mann. »Zieh dich an. Unten steht Tee.«

Weniger als eine Viertelstunde später bremste Norcotts Wagen vor einer Absperrung der Feuerwehr von Oxford. Die Norham Gardens lagen Gott sei Dank nur einen halben Kilometer vom Institut entfernt. Ihre Dienstausweise verschafften ihnen sofortigen Zugang, aber auch zwei Reporter wurden auf sie aufmerksam. Der rote Alvis war leider alles andere als unauffällig. Norcott winkte gereizt ab, als die beiden versuchten, sich ihm in den Weg zu stellen. Die Schmierfinken von der Presse waren nun die Allerletzten, die er hier jetzt brauchen konnte. Doch weitaus Schlimmeres wartete auf ihn.

»Ah, New Scotland Yard kommt, um die Spuren zu verwischen.« Selbst über den Lärm der Feuerwehrleute und anderen Rettungskräfte hinweg war die Stimme des Chief Constable der Oxford City Police deutlich zu hören. Bill Leyroyd stand, zusammen mit zwei uniformierten Sergeants, neben einem hünenhaften Feuerwehrmann, der, den Rangabzeichen nach zu urteilen, die Leitung innehatte.

Norcotts Geduld war nach den letzten Tagen intensiver Ermittlungsarbeit auf einem Minimum angekommen. Er baute sich vor dem Chief Constable auf. Mit seinen fast zwei Metern Körpergröße, dem hochgeschlagenen Mantelkragen, die Hände in den Manteltaschen verborgen, strahlte er eine dunkle Drohung aus. »Leyroyd, das Einzige, was ich von Ihnen hier hören will, ist ein kurzer Sachstandsbericht.«

»Sie? Einen Bericht von mir?«, blaffte Leyroyd mit übertriebener Lautstärke zurück. Trotz der Geräuschkulisse, den kämpfenden Feuerwehrmännern, dem Knacken und Prasseln der Brandherde und dem Fauchen der Wasserschläuche war seine Stimme überlaut zu hören. »Mein einziger Bericht wird an den Innenminister gehen und zwar zu der unfähigen Art, in der Sie hier alles vermurkst haben.« Er kniff die Augen zusammen. »Sie und ihre Polizeischüler.« Leyroyd drehte sich weg und wollte offenbar sein unterbrochenes Gespräch mit dem Feuerwehrmann und den beiden Sergeants fortführen.

»Das ist die letzte Warnung, Chief Constable. Kooperieren Sie oder verschwinden Sie aus meinem Blickfeld.« Norcotts Stimme hatte wieder den eisigen Ton angenommen, den er sich sonst für Verdächtige aufhob. Die beiden Sergeants wechselten nervöse Blicke miteinander und auch Leyroyd schien einen Moment unsicher. Aber dann siegte doch seine Arroganz. Er wandte sich ganz seinen Männern zu und sagte über die Schulter: »Wenn Sie mich nicht sehen wollen, hauen Sie doch ab nach London und lassen uns unsere Arbeit machen.«

»Alle Ermittlungen zu diesem Fall wurden durch den Premierminister mir übertragen«, sagte Norcott so leise, dass es gerade noch zu hören war. »Das wissen Sie genau, Leyroyd. Wenn Sie aber glauben, ich lasse mich auf ein Armdrücken ein wie zwischen zwei Schuljungen, dann täuschen Sie sich. Ich werde mir jetzt ein Telefon suchen, in der Downing Street anrufen und Sie und Ihre leitenden Beamten des Amtes entheben lassen. Ich habe Ihre Querschläger endgültig satt.« Trotz seiner Ankündigung blieb Norcott stehen und fixierte seinen Widersacher. Badby und MacAskill hatten ebenfalls steinerne Mienen aufgesetzt. Die Drohung war fast körperlich greifbar und wieder schien es, als würde auch dies an Leyroyd abprallen. Die Sekunden verstrichen. Dann, ruckartig, drehte sich der Polizist zu Norcott um. »Ach, machen Sie Ihren Scheiß doch allein.« Ohne ein weiteres Wort drehte Leyroyd sich um und stapfte davon.

Norcott wandte sich den beiden Sergeants der Oxford City Police und dem Feuerwehrmann zu. »Superintendent Norcott, New Scotland Yard. Sind Sie in der

Lage, mir einen Lagebericht zu geben?« Auch wenn der Satz als Frage formuliert war, nahmen alle drei, wie auf ein Codewort hin, Haltung an. Der Feuerwehrmann, er stellte sich als wachhabender Stationsleiter vor, nahm den beiden Polizisten die Aufgabe ab. Die waren sichtlich erleichtert. Ihre Gesichter wirkten, als wünschten sie sich nach Leyroyds Abgang möglichst weit weg.

Wie der Feuerwehrmann berichtete, war nur das Erdgeschoß eines Flurtraktes vom Brand betroffen. Der Feuerschein war von zwei Krankenschwestern bemerkt worden, die gerade vom Nachtdienst im benachbarten Medical Sciences Teaching Centre kamen. »Wir hatten riesiges Glück, dass die beiden so aufmerksam waren. Der Brand kann erst kurz vorher gelegt worden sein und war noch im Anfangsstadium.«

»Der Brand ist gelegt worden? Können Sie sich da jetzt schon festlegen?« Norcott war erstaunt.

»Ich würde hundert zu eins wetten, Sir. Der Brand ist in einem Archivraum ausgebrochen, das lässt sich aus der Brandentwicklung schließen. Und das Fenster dieses Raumes ist von außen eingeschlagen oder eingeworfen worden. Außen auf dem Rasen finden sich nur minimal Glassplitter.«

»Verstehe, wäre das Fenster durch das Feuer von innen geborsten, müssten die Splitter außen liegen.«

»Exakt«, bestätigte der Feuerwehrmann. »Außerdem lässt sich immer noch ein leichter Benzingeruch am Brandort wahrnehmen. Wenn es sich nicht herausstellt, dass ...«

In diesem Moment trat der Institutsleiter, Professor Maidstone, hinzu. Sein sonst so sorgsam pomadisiertes Haar stand in Büscheln, wie graue Igelstacheln wirr vom Kopf ab. In seiner Begleitung war Dr. Fraser-Collins und es wirkte fast, als wenn sich der Ältere an ihm festhielt.

»Guten Morgen, Professor Maidstone, Dr. Fraser-Collins.« Norcott wollte die beiden Wissenschaftler gerade bitten, sich einen Moment zu gedulden, damit er sich selbst erst ein vollständiges Bild von der Lage machen konnte, da bemerkte er einen weiteren Feuerwehrmann. Der machte seinem Einsatzleiter offenbar gerade Meldung. Norcott wandte sich ihm zu. »Gibt es Neuigkeiten?«

»Ja. Der Brand ist soweit, bis auf ein paar Glutnester, gelöscht. Wie soll jetzt weiter vorgegangen werden?«

Wenn sie jede noch so kleine Chance wahren wollten, um Spuren am Tatort zu sichern, musste das komplette Gelände gesperrt werden. Beresford und seine Brandermittler brauchten Zeit und Ruhe. Charles Norcott seufzte innerlich, er hätte vorhersagen können, wie Maidstone reagieren würde. Aber es half nichts. Also gab er die entsprechenden Befehle und kümmerte sich dann um den hysterisch protestierenden Professor.

Kapitel 35

Oxford, All Souls College
Donnerstag, 22. Mai 1947, Nachmittag

Seit den frühen Morgenstunden hatte sich der sonnige Mai in einen April verwandelt. Nicht enden wollender feiner Regen wechselte mit immer wieder aufziehenden Nebelfronten. Charles Norcott betrachtete gedankenverloren den kleinen Kamin, der sich tapfer bemühte, einen Hauch von Wärme in sein Arbeitszimmer zu bringen. Zwar hatte er sich heute Morgen, angesichts des Wetters, für einen Anzug in warmem Harris-Tweed entschieden, fror aber trotzdem. Aus dem Treppenhaus waren vier Schläge der Standuhr zu hören: also noch eine Stunde bis zu seiner Vorlesung. Zwischen drei und fünf Uhr hielt Norcott Sprechstunde für die Teilnehmer des Vorbereitungskurses. Heute hatte wohl das schauerliche Wetter die Besucher abgehalten, denn Norcott war allein, seit er gekommen war.

Seine Gedanken gingen zum gestrigen frühen Morgen zurück, jenen Stunden, in denen sie versucht hatten, Spuren zu sichern und mögliche Zeugen aufzutreiben. Leider wohnte so gut wie niemand in diesem Teil der Stadt. Das Physikalische Institut, ebenso wie die umliegenden Universitätsgebäude waren an drei Seiten von weitläufigen Parkflächen umgeben. Erst hinter der im Westen liegenden Park Road waren wieder Wohnhäuser zu finden, viel zu weit von der Sherard Road und dem Tatort entfernt, um Hoffnung auf mögliche Augenzeugen zu machen. *Nicht einmal der nächtliche Spaziergänger mit Hund*, dachte Norcott, *der in billigen Romanen immer so hilfreich zur Stelle war, hatte sich finden lassen.* Wiederwillig musste er grinsen. Es war wirklich wie verhext. Ein Ereignis jagte das nächste und er war zum scheinbar untätigen Zuschauer degradiert.

Ein Klopfen an der Tür holte Norcott aus seinen trüben Gedanken. »Herein.«

Die Tür öffnete sich und General Horrocks trat ein. »Hallo, Charles, mein Lieber.«

Die nur scheinbar gut gelaunte Begrüßung ließ bei Norcott die Alarmglocken läuten. »Hallo, Bob. Was bringt mich nur auf den Gedanken, dass das hier kein Höflichkeitsbesuch ist?« Sie schüttelten sich die Hände und Norcott bot seinem Freund mit einer Geste die einzige andere Sitzgelegenheit an.

Horrocks ging stattdessen zum Kamin und wärmte sich die Hände am Feuer. »Das englische Wetter macht seinem schlechten Ruf heute wieder alle Ehre. Und die Wetterfrösche meinen, es wird bis zum Wochenende so bleiben.«

Norcott blieb stumm. Er ahnte, dass Horrocks Nachrichten im Gepäck hatte. Und es würden keine guten sein. Je mehr der General im munteren Plauderton sprach, umso schlimmer war die Lage.

Bob Horrocks drehte sich um und sah seinen alten Freund nun unverwandt an. »Heute, in aller Herrgottsfrühe haben die Amerikaner ihre erste eigene ballistische Rakete erfolgreich gestartet.« Die *Corporal E,* berichtete Horrocks, war um 5.30 Uhr amerikanischer Zeit in den so genannten *White Sands Proving Grounds* in der Wüste von New Mexico gestartet und hatte bis in eine Höhe von neununddreißig Kilometern alle Kurskorrekturen zuverlässig ausgeführt.

»Was bedeutet das für uns?«, fragte Norcott ruhig, dem schwante, dass dies nur der Auftakt gewesen war.

»Militärisch gesehen bedeutet es, dass die Amerikaner nun ein Trägersystem für Atombomben haben, das unabhängig von Bombern ist. Sie können damit Ziele angreifen, ohne dass der Gegner die Chance zur Abwehr hat. Jagdflugzeuge, die Bomber einfach im Anflug abschießen und theoretisch auch so eine Rakete abfangen könnten, steigen mit der momentan verfügbaren Technologie maximal bis in fünfzehn, sechzehn Kilometer Höhe. Die *Corporal E* steigt, wie gesagt, bis auf fast vierzig Kilometer.« Horrocks kam nun vom Kamin zum Schreibtisch und setzte sich auf den einsamen Besucherstuhl. Er sah Norcott mit trauriger Miene an. »Und politisch ist das ein Erdbeben. Es macht die USA zumindest im Moment quasi unbesiegbar, zu einer Art *Supermacht.* Du kannst dir vielleicht vorstellen, was in London los ist, seit die Nachricht über die Ticker lief. Das ganze Kabinett läuft Amok.«

»Komm zum Punkt, Bob«, sagte Norcott sanft.

»Es tut mir leid, Charles. Portal hat sich durchgesetzt. Und es scheint auch, de Vercenne Senior und Leyroyd haben seit Tagen im Hintergrund gewühlt. Es tut mir leid«, wiederholte Horrocks noch einmal, »aber du bist den Fall los.«

Norcott hatte es im Inneren gewusst. Spätestens seit dem Brand von Avebury Castle hatte er mit geborgter Zeit gearbeitet. Und er hatte keine Erfolge vorzuweisen. Nichts war im politischen Umfeld unverzeihlicher als Erfolglosigkeit. Er seufzte kurz. »Und wie geht es weiter? Wer übernimmt die Ermittlungen?«

»Es gab eine Sondersitzung der Kabinettsgruppe GEN 163. Die haben entschieden: Verantwortlich ab sofort ist eine Task Force aus Oxford City Police und MI5. Chief Constable Leyroyd und ein Colonel vom MI5 sollen die Ermittlungen gemeinsam leiten.« Horrocks sah wie unabsichtlich aus dem Fenster, an dem weiter, unaufhörlich die Regentropfen herunterliefen. »Du hast bis morgen Mittag deine sämtlichen Ermittlungsakten bei denen abzuliefern.«

Norcott machte eine Geste, die Horrocks missdeutete. »Nein, Charles, bitte. Die Entscheidung ist gefallen. Lass es dabei. Akzeptier es bitte.«

Über die Augen des Superintendents lief ein ganz kurzes, leises Lächeln. »Keine Sorge, Bob. Ich hatte mit dieser Entscheidung irgendwann gerechnet.« Er stand auf und ging nun seinerseits zum Kamin. »Aber ich wollte dich fragen, ob du mir wohl ... nur aus reiner Neugier natürlich ... doch noch die echten Militärakten zur Einsicht besorgen kannst?« Norcott grinste.

Horrocks atmete sehr tief ein und sagte einen langen Moment nichts. Dann überzog auch sein Gesicht ein Lächeln. »Ich denke mir, dass diese veränderten Militärakten ein Stück Militärgeschichte sind und für deine Studien hier vielleicht interessant wären.« Er strich sich über das Kinn, als würde er sein Argument noch einmal abwägen. »Ich denke, ich kann sie dir überlassen.« Schnell ergänzte er leise: »Aber die Information über die veränderten Akten stehen auch in deinen Ermittlungsprotokollen. Ich werde Kopien also auch an die Task Force liefern müssen, das ist dir hoffentlich klar?«

Norcott nickte. »Zwei Tage Vorsprung?«

»Bekommst du.«

Kapitel 36

Oxford, 14b Norham Gardens
Freitag, 23. Mai 1947, später Vormittag

Konnte das Wetter einen Sinn für Ironie haben? Norcott hegte diesen Verdacht, während er zu dem perfekt babyblauen Himmel emporsah.

Er betrachtete die mustergültigen Federwolken, trank heißen, wenn auch dünnen Tee und genoss den warmen Sonnenschein auf seinem Gesicht. Wenn er sich hier, im Garten ihres Oxforder Hauses umsah, bahnte sich überall der Sommer seinen Weg. Rosenknospen wetteiferten miteinander im Wachsen, die beiden zierlichen Apfelbäume bogen sich unter Blüten. Nichts und niemand schien sich an den katastrophalen Winter oder auch nur an den gestrigen Tag zu erinnern, der so viel Missvergnügen in sich getragen hatte, dessen Regen alle Hoffnung Norcotts hinweggewaschen hatte.

Ein diskretes Räuspern war von der Terrassentür zu hören und Norcott drehte sich herum. Seine beiden Constables, seine beiden *Polizeischüler*, wie Leyroyd sie so abfällig genannt hatte, standen in der offenen Terrassentür. »Könnten wir Sie einen Moment sprechen, Sir?«, fragte Hector MacAskill, die Hände hinter dem stämmigen Oberkörper verborgen.

»Ja, natürlich. Was gibt's?«

MacAskill machte den Mund auf, als wollte er antworten, blickte dann aber seine Kollegin hilfesuchend an.

Norcott lächelte die beiden an. »Na, nun raus mit der Sprache. Sie wissen doch, dass Sie alles fragen dürfen und sollen.«

Elizabeth Badby straffte sich. »Sir, wir wollten nur fragen, was nun mit uns geschieht. Also jetzt ... wo unser Team von den Ermittlungen entbunden wurde.«

Hector MacAskill warf seiner Kollegin einen schnellen Blick zu, den Norcott nicht zu deuten vermochte.

»Ich hab mich wohl falsch ausgedrückt ... oder falsch herum. Kurz und gut«, sie reckte den Kopf, »wir würden gern bei Ihnen bleiben, Sir.« Beide standen nun fast in Habachtstellung, Arme hinter dem Rücken verschränkt, Blick leicht angehoben, fixiert auf einen imaginären Punkt am Horizont.

Sanft, wie auf den weichen Sohlen einer Katze, beschlich Charles Norcott eine fast sentimentale Stimmung - eine Wärme, die ihn in seiner Karriere oft mit seinen Kollegen und Kolleginnen verbunden hatte. Ganz von allein tauchten Bilder in seinem Kopf auf. Bilder von Menschen, die er kennenlernen, mit denen er hatte arbeiten dürfen. Sanfte und bissige, militärisch-kühle und warmherzige, wunderbare Menschen, die geholfen hatten, das zu werden, was er heute war. Er rief sich lächelnd zur Ordnung, seine beiden Constables warteten immer noch auf eine Antwort. »Ich hatte heute Morgen Gelegenheit mit Sir Harold zu telefonieren. Und er hielt meinen Vorschlag für eine gute Idee, Sie so lange bei mir zu behalten, solange ich hier in Oxford bleibe. Ich werde ...« Ein leiser Jubelschrei hatte Norcott unterbrochen und zauberte dem Superintendent ein weiteres Lächeln auf die Mundwinkel. »Ich werde Sie also bis mindestens Ende August einer harten Ausbildung unterziehen. Danach sehen wir weiter.«

Spätestens jetzt standen die beiden jungen Polizisten in Habachtstellung, die Körper gestrafft und regungslos, die Blicke wieder auf den imaginären Punkt am Horizont gerichtet. Oder fast, denn Hector MacAskill hatte seinen Blick in den blauen Himmel entfliehen lassen, ließ seine Augen über die zarten Frühsommerwolken wandern. Vielleicht beflügelt von dem gleichen Wunsch, den so viele junge Polizisten im Vereinigten Königreich hegten: Für New Scotland Yard zu arbeiten.

Dieser Morgen, der scheinbar seine Niederlage besiegelte, an dem er seine Ermittlungsakten würde an seine Widersacher übergeben müssen, dieser Morgen hätte mit nichts als kalter Bitterkeit gefüllt sein müssen. Und trotzdem fühlte Norcott in diesem Moment nur Wärme, genoss die Loyalität und Zuversicht seiner jungen Kollegen. Er sah nun seinerseits in den sommerlichen Himmel und blinzelte mit einem Lächeln. »Also gut Herrschaften. Heute ist dienstfrei für Sie. Gehen Sie und schauen sich diese wunderschöne Stadt an oder tun Sie, was immer Sie möchten.«

Nachdem sich die beiden jungen Polizisten erleichtert verabschiedet hatten, ließ Norcott seine Gedanken noch einmal in die Vergangenheit schweifen. Zurück zu den Anfängen seiner eigenen Polizeikarriere. Er erinnerte sich an seine hochfliegenden Träume, die Ideale von Recht und Gerechtigkeit. Aber er entsann sich auch der Enttäuschungen und Misserfolge, all der Tage, in denen die Falschen hatten büßen müssen, die wahren Schuldigen davonkamen. Auch seine beiden jungen Constables würden Siege und Niederlagen schmecken, wieder und wieder, in einem scheinbar endlosen Ringen. Sein Herz wünschte ihnen all die Kraft und Zuversicht, um am Ende zu obsiegen. Und als hätte dieser Wunsch etwas ausgelöst, spürte Norcott mit einer fast schmerzhaften Klarheit, dass dieser Morgen kein Ende bedeutete, sondern nur einen weiteren Wendepunkt. Er trank die letzten Tropfen blassen Tees und blinzelte wieder in den strahlenden Himmel. Mit einem Lächeln auf den Lippen.

* * *

Norcott blickte an dem fahl-braunen Sandsteingebäude empor, in dem das Hauptquartier der Oxford City Police untergebracht war. Der schnörkellose, fast strenge Baustil erinnerte ihn an so viele Polizeigebäude, in denen er ein- und ausgegangen war. Die scheinbar immer gleichen hohen Sprossenfenster, ein spartanisches Äußeres. *Und innen geht es genauso spartanisch weiter,* dachte er und seufzte mit einem grimmigen Lächeln im Gesicht. Entschlossen drückte er die Schwingtür am Eingang auf und erklomm die wenigen Treppenstufen bis zur nüchternen Eingangshalle. Dem wachhabenden Sergeant, den er vom Sehen kannte, nickte er zu, wandte sich dann nach rechts zum Treppenhaus. Im Flur vor Leyroyds Büro fand Norcott eine Gruppe wartender Beamter vor. Ganz offenbar wussten die Männer, wer hier eintraf, denn man zog sich leise tuschelnd zurück. Den Platz einer Sekretärin hatte ein weiblicher Sergeant inne, die ein antiseptischer Geruch umgab und die, wie sich Norcott erlaubte zu denken, auch so aussah.

»Kann ich Ihnen helfen?«, sagte sie emotionslos. Ohne eine Antwort abzuwarten, setzte sie hinzu: »Haben Sie einen Termin?«

Norcott hatte bereits einen Blick auf ihr Namensschild geworfen. »Nein, Sergeant Russell«, antwortete er sanft. »Ich habe keinen Termin, würde aber trotzdem gern kurz den Chief Constable sprechen.« Sie blinzelte hinter den Gläsern einer unmodernen Hornbrille. Um ihrer augenscheinlichen Unentschlossenheit einen sanften Stoß zu geben, setzte er hinzu: »Detective Superintendent Norcott, New Scotland Yard.«

»Entschuldigen Sie, Sir. Ich ... der Chief Constable ist in einer Besprechung und ich habe strikte Anweisung, nicht zu stören.« Die Augen hinter der Hornbrille wanderten unruhig zwischen Leyroyds Bürotür und Norcott hin und her.

Norcott beschloss, die Sekretärin aus ihrem Dilemma zu erlösen. »Kein Problem. Ich werde hinüber in die Kriminaltechnik zu DI O'Neill gehen. Rufen Sie doch an, wenn Ihr Chef Zeit findet, ja?«

Zehn Minuten später saß Norcott in einem abgewetzten, aber gemütlichen Sessel in O'Neills, wie immer, chaotisch-unaufgeräumtem Büro. Berge von Papieren türmten sich auf dem Schreibtisch des rundlichen Kriminaltechnikers, garniert mit allerlei technischen Bauteilen, Beweismittelbeuteln und Essensresten.

»Trinken Sie Ihren Tee, solange er heiß ist«, murmelte O'Neill fröhlich, während er selbst an einem gewaltigen Käse-Tomaten-Sandwich kaute. Er trug, wie so oft, eine schreiend bunt gemusterte Weste über seinem prallen Bäuchlein und eine nicht weniger farbenfrohe Fliege.

Mit Genuss kam Norcott dem nach, denn der Tee war wirklich ausgezeichnet. Heiß, stark und wunderbar aromatisch. »Wie schaffen Sie das nur, Desmond?«, fragte Norcott.

»Waff?«, antwortete der mit prallen Wangen.

Norcott lachte fröhlich und hielt dann drei Finger in die Luft. »In diesem Chaos arbeiten? Mit Leyroyd auskommen? So einen absolut einmaligen Tee beschaffen?«

O'Neill schluckte und deutete mit dem Rest des Sandwiches auf seine Teekanne. »Assam First Flush. Bekomme ich von einem Londoner Tee- und Gewürzhändler, mit dem ich befreundet bin.« Er grinste und fügte hinzu: »Das einfachste der drei Probleme.« Er warf seinem Büro einen kurzen Rundblick zu. »Und die Ordnung hier ...? Ich bin eben ein wenig schlampig. Aber solange ich alles irgendwann wiederfinde ...« Er seufzte und steckte sich dann den Rest des Sandwiches in den Mund, kaute einen Moment nachdenklich. »Leyroyd ist wirklich manchmal wie ein Pickel am Allerwertesten. Obwohl ich mich nicht beklagen kann. Er mischt sich nie in technische Fragen ein und lässt mich machen.« Ein maliziöses Grinsen stahl sich in O'Neills rundliches Gesicht. »Wir hatten vor knapp zwei Jahren, direkt nach Kriegsende, ein klärendes Gespräch.« Er beugte sich zu einer Schublade, kramte darin herum und wedelte dann mit einem abgegriffenen Reiseführer *Schönes Winchester* herum. »Das ist mein Zaubermittel.«

»Winchester in Southamptonshire? Sind Sie nicht in Winchester geboren, Desmond?«

»Stimmt. Gutes Gedächtnis. Und außerdem ist der Mann meiner Tante dort Chief Constable.« Beide Männer mussten grinsen. »Bei aller Bescheidenheit: Es würde mich nicht nur in Winchester einen Anruf kosten, um einen neuen Posten zu haben. Sollte ich mich jemals in Oxford ... *unwohl* fühlen. Und Leyroyd ...« Das klingelnde Telefon unterbrach den Kriminaltechniker. O'Neill hob ab, klemmte sich den Hörer zwischen Schulter und Ohr und biss dann zunächst herzhaft in sein Sandwich. »Ja?« Er lauschte. »Wir trinken gerade Tee.« Wieder Lauschen. »Rosi, sag ihm, in einer Viertelstunde. Du weißt doch, wie sehr ich es hasse, gedrängt zu werden.« Er lachte nach einer kurzen Pause. »Du bist doch die Einzige in diesem Affenkäfig, die noch weniger Angst vor dem Alten hat als ich. Du schaffst das schon. Was? Colonel wer?« O'Neills Stimme wurde süßlich und er beschrieb Leyroyds Sekretärin in deutlichen Worten, was ihn der MI5-Mann mal könne. Er verabschiedete sich mit einem in den Hörer geschmatzten Kuss. »Rosi ist schon ein Goldstück. Rosalind Russell, der weibliche Cerberus, der Leyroyds Tür bewacht. Hat sich während des Krieges die *Distinguished Conduct Medal* verdient und ist dabei fast draufgegangen. Ich glaube, sie ist die Einzige, vor der Leyroyd ehrlichen Respekt hat.«

Beide Männer schwiegen wieder für einen Moment und ohne es aussprechen zu müssen, dachten beide an die Frauen und Männer, die sie gekannt hatten und die der Krieg fortgerissen hatte.

Norcott riss sich aus der Erinnerung. »Desmond, haben Sie schon einmal davon gehört, dass Personalakten bei der Armee nachträglich geändert, beziehungsweise neu erstellt werden?«

Der Kriminaltechniker schien einen Moment überrascht, nickte dann aber. »Wenn Sie meinen, dass bestimmte sicherheitsrelevante Dinge gelöscht und Lebensläufe auf harmlos umgestrickt werden, ja, das weiß ich.« Er rutschte von seinem hohen Drehstuhl herunter und ging zu seiner Bürotür. »Sergeant Smithers?«

Hinter einem unförmigen Versuchsaufbau brummte jemand eine undeutliche Antwort. Zwei Minuten später stand ein schlaksiger, etwa vierzig Jahre alter Mann mit Walrossschnurrbart in der Tür. »Boss?«

»Das ist Detective Superintendent Norcott. Mein alter Chef bei Scotland Yard. Super, das ist DS Smithers, einer meiner Waffenspezialisten.« Die beiden Männer gaben sich die Hand. »Als ich seine Bewerbung im Herbst 1945 auf dem Schreibtisch hatte, wollte ich ihn zuerst nicht einstellen.« O'Neill nickte Smithers zu. »Aber er hat mir dann sein kleines Geheimnis verraten.«

»Ja, stimmt«, bestätigte Smithers. »Mein langweiliger Lebenslauf hätte mich fast jede Chance hier gekostet.« Er schmunzelte und strich sich über den Schnurrbart. »Ich war ab 1941 als Ausbilder und Waffentechniker in Blechtley Park. Wir haben in unserer Sektion Sabotagespezialisten ausgebildet, die hinter den feindlichen Linien operieren sollten. Viele der Aktionen, die wir mit vorbereitet haben, waren ... nun sagen wir ... völkerrechtlich in einer Grauzone und einige Dinge liefen zum Beispiel auch in der Sowjetunion ab, ohne deren Wissen. Man hielt es dann nach dem Krieg, als die meisten von uns demobilisiert wurden und wir uns wieder Ziviljobs besorgen mussten, für besser, die Akten auf harmlos zu trimmen.« Er grinste fröhlich. »Bei mir haben sie es wohl übertrieben und meine Militärerfahrungen so gähnend langweilig umgestrickt, dass ich fast keinen Job bekommen hätte.«

Norcott, der aufmerksam zuhörte, blätterte scheinbar in Gedanken versunken in den Akten, die er gleich übergeben musste.

Da legte Smithers plötzlich eine Hand zwischen die Akten. »Ach was, Bomben-Fraser? Der ist hier in Oxford?«

Kühle Stille breitete sich von einem Moment zum anderen in dem Büro aus.

Norcott schlug die Akte auf. Er hielt Smithers die erste Seite mit dem Foto von Dr. Fraser-Collins hin.

Smithers nickte.

Kapitel 37

Desmond O'Neill zeigte sichtliches Vergnügen an seiner Darstellung der Situation. Genüsslich hatte er in der vergangenen halben Stunde, nach dem gemeinsamen Abendessen, das herrschende Chaos in der neu errichteten Task Force geschildert. »Diese jungen Schnösel von MI5 sind so dermaßen von sich überzeugt ...«

»Bitte entschuldigen Sie, Sir«, unterbrach DC Mac-Askill ihn neugierig, »das habe ich nicht verstanden. Sie sagten vorhin schon, fast alle Agenten des MI5, die zur Task Force gehören, seien so jung wie wir. Der MI5 muss doch einen Riesenstamm an kriegserfahrenen Agenten haben? Ist denen der Auftrag nicht wichtig, oder warum ...?« Er zuckte zum Zeichen des Unverständnisses mit den Schultern und sah dabei von O'Neill zu Norcott.

Der Superintendent drehte sein Weinglas nachdenklich in den Händen. »Die letzten zwei Jahre waren für den MI5 nicht leicht. Man musste sich eingestehen, dass der sowjetische NKWD dort während des Krieges einen ganzen Schwung Spione platziert hatte. Viele der Agenten, die man während des Krieges an den Universitäten rekrutierte, waren von Anfang an politisch links eingestellt. Der sowjetische Geheimdienst musste sie sozusagen nur einsammeln.« Norcott nippte an seinem

Glas und schien einen Moment in Erinnerungen abzutauchen. Dann nahm er seinen Gedankenfaden wieder auf. »Dazu kamen die Sparmaßnahmen. Immerhin hat unsere Regierung allein im ersten Halbjahr 1947 fast achtzigtausend Beamte entlassen, darunter war mit Sicherheit auch eine ganze Reihe von *Old Hands*, die man für politisch unzuverlässig hielt.«

O'Neill nickte mit düsterer Miene. »Und diese Situation haben wir in allen Geheimdiensten, MI5 und MI6, NID oder RAF Intelligence. Während des Krieges wurde fieberhaft rekrutiert, ohne ein ausführliches Hintergrundscreening vorzunehmen.«

Norcott und der Kriminaltechniker blickten sich einen Moment an. In die Stille hinein räusperte sich Vicky Norcott leise und schüttelte sacht den Kopf. »Das ist vielleicht keine Geschichte für heute Abend.« Beide Männer nickten und es schien, als würde ein dunkler Schatten von ihren Mienen gezogen.

Die beiden jungen Constables wirkten enttäuscht, wie um eine vielleicht interessante Geschichte gebracht, aber Vicky lenkte sie sofort ab. »Hector und Elizabeth, helfen Sie mir bitte, den Tisch abzuräumen? Und dann können wir auch die Nachspeise servieren.« Sie blinzelte Desmond O'Neill zu. »Es gibt Rhabarber Crumble.« Der rieb sich die Hände. »Ich wusste, es würde sich lohnen, herzukommen und mein Insiderwissen zu verkaufen.« Er lachte vergnügt.

»Apropos Insiderwissen«, hakte Norcott ein. »Wie sieht denn nun die Strategie der Task Force aus? Haben unsere Kollegen irgendeinen neuen Ansatz gefunden, dem Problem auf den Grund zu gehen?«

Wieder lachte O'Neill und sein beachtliches Bäuchlein schien zu hüpfen. »Strategie hat doch irgendetwas mit Planung zu tun, oder? Wenn Sie meine Meinung hören wollen, haben die beiden Chefstrategen, Leyroyd und dieser überaus smarte Colonel Alloway bisher nichts anderes zustande gebracht, als sich stundenlang wie die Kesselflicker zu streiten.«

»Und konkret«, wollte Norcott wissen, »was haben sie unternommen?«

O'Neills Antwort wurde kurz von Hector MacAskill unterbrochen, der eine große Steingutschüssel mit der Nachspeise hereintrug und verkündete. »Rhabarber Crumble, frisch aus dem Ofen.«

Einige Minuten später machte der Kriminaltechniker einen neuen Ansatz. »Sie haben zwei Laboranten vorübergehend festgenommen ...«

»Ach je«, fiel ihm Elizabeth Badby ins Wort. »Etwa die beiden, die Mitglied der kommunistischen Partei waren?«

»Genau«, antwortete er und grinste breit. »Und nach zwei Tagen Verhör mussten sie sie dann ohne Ergebnis wieder laufenlassen. Professor Maidstone hat getobt, weil die beiden für angesetzte Versuche gebraucht worden wären. Durch die ganzen Zwischenfälle ist das Institut ohnehin im Ergebnisrückstand und das Versorgungsministerium macht Maidstone die Hölle heiß.« Mit einem Augenzwinkern setzte er hinzu: »Wie man so hört.«

Norcott konnte sich denken, dass die Informationsquelle *Rosi* hieß, von der O'Neill dies und das hörte, kommentierte es aber nicht. Ihn beschäftigte eine andere Frage: »Wissen Sie, ob General Horrocks schon die echten Militärakten an die Task Force abgegeben hat?« Zwar hatte Horrocks versprochen, ihm die Akten zuerst auszuhändigen, aber seit Norcott vor zwei Tagen durch Sergeant Smithers von Dr. Frasers Tätigkeit in Bletchley Park erfahren hatte, brannte er darauf, einen Blick in die unfrisierte Akte werfen. Norcott hatte deswegen am Freitag und Sonnabend zweimal telefonisch bei Bob Horrocks nachgehakt, aber beide Male hatte sein Freund ihn vertrösten müssen.

»Definitiv nicht«, antwortet O'Neill. »Das wüsste ich.« Selbstzufrieden setzte er hinzu: »Wenn oben beim Chef Akten aus London eingehen, weiß ich es eine Minute später. »Haben Sie denn schon mit diesem Dr. Fraser-Collins Kontakt aufnehmen können?«

Der Superintendent schüttelte missmutig den Kopf. »Leider ist er seit Donnerstag auf einem Kongress in Glasgow. Er wird Dienstag zurückerwartet, dann werde ich mein Glück versuchen.« Norcott spielte mit dem kleinen Löffel seiner Nachspeise herum. »Wie wird denn das Institut aktuell überwacht? Nigel Ward sagte mir, er sieht abends nur einen einzelnen Streifenbeamten auf der Straße vor dem Institut.«

Desmond O'Neill nickte mit grimmiger Miene. »Es ist so idiotisch, dass man es kaum aussprechen möchte, aber Colonel Alloway ist überzeugt, allein der Umstand, dass nun MI5 die Ermittlungen führt, wäre genügend Abschreckung und eine weitere Bewachung damit überflüssig.« Er seufzte. »Ich frage mich, wie wir mit solchen Männern den Krieg gewonnen haben.«

»Völlig gleichgültig, wer unser Gegenspieler auch sein mag«, urteilte Norcott, »aber das ist geradezu eine Einladung. Er wird bald wieder zuschlagen. Darauf möchte ich wetten.«

* * *

Das fahle Licht eines messerscharfen Sichelmondes drang nur mühselig durch die Wolkendecke, die seit Samstag den Südwesten Englands bedeckte. Sie hob den Blick und fröstelte einen Moment. Mit den Wolken war auch ein Temperatursturz gekommen und die leichte Feuchte der frühen Nacht fühlte sich kalt und unfreundlich an. Die junge Frau zog den Gürtel ihres Mantels enger und trat entschlossen vor die Tür. Um Strom zu sparen, war die Straßenbeleuchtung bis auf wenige, einzelne Lampen ausgeschaltet. So genügten einige schnelle Schritte und ihr schlanker Körper verschmolz mit der Nacht, verschluckte sie. Trotz der Dunkelheit spürte sie keine Furcht, denn sie hatte gelernt, sich in diesem ganz eigenen Reich zu bewegen, die Geräusche und Zeichen zu deuten.

Zeit, wusste sie, verlief in der Schwärze der Nacht deutlich langsamer als im hellen Tageslicht. Aber endlich war sie an ihrem Ziel angekommen. Sie war vorbei an den großen Linden der South Parks Road in die Sherard Road eingebogen. Von hier ab, wusste sie, würde sie vollständig mit der Nacht und ihren Schatten verschmelzen müssen. Noch sachter als auf ihrem bisherigen Weg setzte sie die weichen Sohlen, noch konzentrierter suchte sie die schwärzesten Winkel ihres Weges. Etwa zweihundert Meter nachdem sie zuletzt abgebogen war, empfingen sie das mittlerweile vertraute klassizistische Portal, die massigen dorischen Säulen. Sie zog sich auf der anderen Straßenseite, schräg gegenüber dem Haupteingang des Physikalischen Instituts, noch weiter in die nächtlichen Schatten zurück. Ihre Aufmerksamkeit galt jedoch nicht dem Haupteingang. Nur ein Narr würde versuchen, hier, über den weiten und freien Vorplatz in das Gebäude einzudringen. Ihr Interesse galt dem links von ihrer Blickrichtung liegenden Flügel. An dessen Nordseite, durchgehend beschattet von den wuchtigen Mauern des angrenzenden Medical Sciences Teaching Centre, lagen eine Reihe von Archiväumen, deren große ebenerdige Fenster geradezu eine Einladung darstellten. Stunden hatte sie über den Plänen des Physikalischen Instituts und der Nachbargebäude gebrütet, war die Pläne der städtischen Beleuchtung durchgegangen, hatte Lauf und Stand des Mondes berechnet. Sie war absolut sicher, diese Fenster, genauer, drei Fenster an der nordöstlichen Wand des nördlichen Flügels waren der ideale Angriffsort. Sie lächelte bei dem Gedanken, dass dies auch mit Sicherheit der Ort war, an dem sich ein einsamer Polizei-Constable in einer feuchten, dunklen Nacht am wenigsten herumtreiben würde.

Geräuschlos stieß sie sich von der klammen Sandsteinmauer ab, in deren Schatten sie fast eine Stunde den Zugang zum Nordflügel beobachtet hatte. Sie war nur knapp zehn Meter geschlichen, als sie es erneut hörte: leichte, schnelle Schritte. Sie erstarrte in der Bewegung, lauschte, versuchte das Geräusch von Schritten aus dem Gemurmel der Nacht herauszuhören. Da war es wieder, nur ganz kurz. Ihr Kopf schnellte automatisch in die Richtung. Sie versuchte, die Entfernung einzuschätzen, Details auszumachen, entschied sich dann aber für einen Frontalangriff, folgte mehr dem Instinkt als kühler Überlegung. Mit einer hundertfach geübten Bewegung zog sie den Webley-Fosbery-Revolver aus ihrem Achselholster, noch während sie in die Richtung lief, aus der sie das Geräusch gehört hatte. »Polizei. Bleiben Sie stehen!«

Es war mehr ein Schemen, ein Fleck Schwärze, der von der nördlichen Fensterfront weglief. Fast schien es, als wenn der Körper vom Dunkel der Nacht verschluckt werden würde, aber da war ein Aufblitzen, eine kurze Reflexion: karges Mondlicht auf Haut.

Badby hatte sich der fliehenden Person nur wenig nähern können. Sie kalkulierte blitzschnell die Optionen, blieb dann abrupt stehen, hob den Revolver und feuerte in die Luft. Ein Schuss, dann sofort einen zweiten. Erneut rief sie die Warnung hinaus in die Nacht. »Polizei. Stehen bleiben oder ich schieße.«

Ein gedämpftes Aufblitzen war die Antwort. Der charakteristische Reflex auf einer Oberfläche aus mattem Stahl. Badby ließ ihren Körper blitzschnell einknicken. Aber das Erkennen der Gefahr, ihres Fehlers und das Fühlen der Explosion war alles eins. Ging ineinander über, schlug über ihr zusammen. Dumpf und zugleich heiß bohrte sich das Gefühl in ihre Brust, füllte sie mit Schwärze, riss sie fort - in die Dunkelheit, in das Nichts. Ihr Gegner setzte seine Flucht in den Schutz der Nacht fort, aber das hörte Elizabeth Badby nicht mehr, fühlte nicht mehr die klamme Nässe der Pflastersteine, spürte nicht mehr das Blut, das aus ihr floss. In die Dunkelheit.

Kapitel 38

Bill Leyroyd war ein Choleriker, ein Zyniker und Misanthrop, das würde die Mehrheit aller Menschen bestätigen, die ihn je erdulden mussten. Aber er war auch mit Leib und Seele Polizist und Vorgesetzter. Darum hatte er dem wachhabenden Sergeant in der Polizeizentrale auch sogleich eine Lektion verpasst. Als dieser ihn gegen 03.10 Uhr anrief und ihm von dem Zwischenfall am Physikalischen Institut Meldung machte, fragte er sofort nach: »Haben Sie schon Superintendent Norcott angerufen?«

»Äh, nein, Sir ... ich dachte, ich wollte erst einmal Sie ...«

»Sergeant Cassels, Sie Hornochse, Sie lernen es nicht mehr, oder? Immer zuerst den kommandierenden Offizier informieren. Die Constable ist sein Mädchen, also rufen Sie ihn auch zuerst an.«

»Ja, Sir. Verstanden.«

»Gut so. Und Sergeant?«

»Ja, Sir?«

»Schicken Sie ihm einen Streifenwagen, der ihn abholt.«

Leyroyd hatte sich schon aus dem Bett geschwungen und aufgelegt, bevor Sergeant Cassels antworten konnte.

Knappe zwanzig Minuten später hasteten Charles Norcott und DC MacAskill durch den Empfangsbereich des *John Radcliffe Hospitals*. In ihren Gesichtern spiegelte sich die Sorge um die Kollegin, die Angst, sie nicht mehr rechtzeitig zu erreichen. Der Streifenwagen der Oxford City Police hatte die beiden Beamten zwar in rekordverdächtiger Zeit in die im Stadtosten gelegene Klinik gebracht, aber die ersten Informationen zum Gesundheitszustand ließen das Schlimmste befürchten. Als sie, nach schier endlosen Gängen, endlich den Zugang zur chirurgischen Notfallstation erreichten, stellten sich ihnen zwei Männer entgegen, die sich als MI5-Agenten auswiesen.

In Krisensituationen tendierte Norcotts Geduld schnell gegen Null und seine Ruppigkeit hatten schon andere Kaliber als zwei einfache Geheimdienst-Gorillas zu spüren bekommen. »Gehen Sie mir aus dem Weg. Sofort!« Norcott hatte sich vor dem größeren der beiden Geheimdienstagenten aufgebaut und überragte diesen immer noch um einen halben Kopf.

Der Mann sammelte sich sichtbar, versuchte Entschlossenheit darzustellen. »Wir haben strikte Anweisungen, niemanden auf die Station zu lassen.«

Norcott hielt dem Mann seinen Dienstausweis unmittelbar vor dessen Augen. »Detective Superintendent Norcott, New Scotland Yard.« Er rückte seinem Gegenüber so nah, dass ihre Gesichter nur noch Zentimeter voneinander entfernt waren. »Da drin liegt eine meiner Beamtinnen mit einer schweren Schussverletzung. Und ich werde jetzt mit meinem Constable durch diese Tür

gehen.« Fast schien es, als wichen die Hintergrundge-
räusche des Krankenhauses einen Moment zurück, als
senke sich eine greifbare Stille auf den Flur. »Gehen
Sie mir aus dem Weg«, wiederholte Norcott leise.
»Oder bei Gott, ich sorge dafür, dass Sie den Rest Ihrer
Dienstzeit am Arsch des Vereinigten Königreiches verbringen werden, wo immer das auf diesem Planeten
sein mag.« Stille dehnte die folgenden Sekunden, dann
trat der MI5-Agent endlich beiseite und gab die Tür
frei.

In der Abteilung mussten sie nicht lange nach dem
richtigen Zimmer suchen. Ein uniformierter Constable
der Oxford City Police bewachte Badbys Zimmer. Er
ließ sich lediglich ihre Dienstausweise zeigen, versuchte aber nicht, Norcott aufzuhalten. Sie öffneten die Tür
und schlüpften, so ruhig es ging, in den Raum. Eines
der zwei Betten war beiseitegeschoben worden. Das
hatte Platz geschaffen für eine ganze Batterie kompliziert aussehender Geräte, die leise, aber stetige Geräusche von sich gaben. Norcott trat an das Bett. Das Gesicht seines Constables war aschfahl und glänzte fiebrig. Dennoch schien ihr Atem gleichmäßig zu gehen
und sie wirkte ruhig. Norcott seufzte tonlos. Er musste
der Versuchung widerstehen, ihr eine Strähne ver-
schwitzter schwarzer Haare aus dem Gesicht zu streichen. Für eine Weile standen die beiden Männer nur da,
aber schließlich machte Norcott Zeichen, das Zimmer
zu verlassen. Sie hatten die Tür gerade geöffnet, als
Norcott fast mit einem anderen Mann zusammengestoßen wäre.

»Sind Sie Superintendent Norcott?« Der etwa vierzigjährige Mann hatte ein ausgesprochen schmales Gesicht mit einem ebenso schmalen Mund und einer charakteristischen Nase.

Er ähnelte dem Schauspieler Alan Napier, fand Norcott und antwortete kurz angebunden: »Ja, stimmt.« Er schob den Mann quasi mit seinem Körper ein wenig in den Flur zurück, um die Tür hinter sich schließen zu können. »Und wer sind Sie?«

»Ich bin Colonel Alloway, MI5 und Leiter der Task Force, die mit der Aufklärung der Verbrechen rund um das Physikalische Institut betraut ist. Wie kommen Sie dazu, sich in die laufenden Ermittlungen einzumischen und noch dazu meine Männer zu bedrohen?«

»Ich mische mich in Ihre Ermittlungen, Colonel? Wie das?«

Der nur mittelgroße Alloway wippte auf den Schuhsohlen, wie es Soldaten oft tun, wenn sie Wache stehen oder auf irgendetwas warten müssen. Er schien sich damit größer machen zu wollen. Er zeigte auf die Zimmertür. »Das ist doch wohl Ihre Beamtin, die sich heute Nacht unbefugter Weise am Institut herumgetrieben hat. Oder wollen Sie mir weismachen ...«

Norcott hatte die Hand gehoben, wandte sich dann zu dem uniformierten Constable um. »Constable, Sie können mal zehn Minuten Pause machen und sich einen Tee besorgen.« Der Polizist lächelte dankbar. »Und wenn Sie am Schwesternzimmer vorbeigehen könnten, ich würde gern den diensthabenden Stationsarzt sprechen.« Während sich der Constable entfernte, wandte sich Norcott wieder Alloway zu. »Meine Beamtin treibt sich prinzipiell nirgendwo herum, mäßigen Sie mal Ihre Wortwahl. Warum DC Badby sich am Institut aufgehalten hat, ob sie vielleicht nur nicht schlafen konnte oder es einen anderen Grund gab, das weiß ich nicht, wir werden es aber herausfinden. Im Moment muss es erst einmal darum gehen, sie durchzubringen. Das ist meine primäre Sorge.«

»So leicht kommen Sie mir nicht davon«, giftete der MI5-Offizier. »Hier geht es um eine Angelegenheit nationaler Sicherheit. Wenn Sie glauben, Sie können mich so leicht beiseiteschieben, wie meine Männer, dann ...«

Norcott, der sah, wie gerade zwei Personen in weißen Kitteln den Flur heraufkamen, erwiderte: »Genau das habe ich vor.« Und damit schob er Alloway beiseite und wandte sich den beiden Neuankömmlingen zu. »Guten Morgen. Ich bin Superintendent Norcott von New Scotland Yard. Elizabeth Badby, die heute Nacht auf Ihre Station aufgenommen wurde, ist meine Beamtin. Könnten Sie mir eine kurze Einschätzung ihrer Situation geben?« Er hatte seine Hand ausgestreckt und wollte den Mann und die Frau in den Kitteln begrüßen, als sich Colonel Alloway wieder einmischte. Er drängte Norcott und die Frau beiseite. »Ich führe hier die Ermittlungen und Sie sprechen zuerst mit mir.« Alloway hielt dem vermeintlichen Arzt seinen Dienstausweis unter die Nase. »Colonel Alloway, MI5, wo können wir uns unterhalten, Doktor?«

Die beiden Krankenhausmitarbeiter wechselten einen kurzen Blick, dann sagte der Mann: »Also gut, Colonel, kommen Sie.« Er drehte sich um und ging mit dem Colonel den Gang zurück, den er gekommen war. Norcott setzte an, Ihnen zu folgen, aber die Frau hielt ihn mit einer Handbewegung zurück. Nachdem die beiden Männer in einen anderen Flur abgebogen waren, streckte die Frau Norcott ihre Hand entgegen. »Doktor Houghton, ich bin die diensthabende Stationsärztin.« Sie grinste. »Solange mein Krankenpfleger mit Ihrem Kollegen unterwegs ist, können wir ja ins Arztzimmer gehen und ich bringe Sie auf Stand.«

Trotz der dramatischen Situation und der Sorge um Elizabeth musste Norcott grinsen. »Sehr gern, Frau Doktor.« Er verbeugte sich leicht. »Hector, passen Sie solange hier auf, bis der Constable wieder da ist?«

Das Arztzimmer war geradezu winzig. Fast schien es, als wenn der Architekt um die kleine, zierliche Persönlichkeit gewusst hätte, die jetzt hier residierte. Charles Norcott hatte gerade auf dem mäßig bequemen Holzstuhl vor dem Schreibtisch Platz genommen, als es klopfte und der Krankenpfleger seinen Kopf hereinstreckte. Dr. Houghton hob fragend eine Augenbraue und der Krankenpfleger antwortete mit einem belustigenden Augenverdrehen. Sie schienen sich ohnehin überhaupt nur durch Blicke verständigen zu können. Die Ärztin konnte wohl auch Norcotts fragenden Ausdruck lesen, denn sie sagte schmunzelnd: »Ihr *Kollege* hat sich erst einmal zurückgezogen. Nachdem er seinen Irrtum bemerkt hat, war es ihm wohl peinlich, hier noch einmal aufzulaufen.« Sie kramte in einer Schreibtisch-schublade, während sie sprach. »Das ist es ihnen meis-tens, den Herren.«

»Passiert Ihnen das oft?«, wollte Norcott wissen.

Die Ärztin hatte inzwischen gefunden, was sie ge-sucht hatte und steckte sich eine Zigarette an. Dann warf sie die Schachtel Camel ihrem Pfleger zu und sog gierig an der filterlosen Zigarette. Sie grinste. »Ja, schon öfter. Dauert wohl noch hundert Jahre, bis Frau-en beruflich anerkannt werden. Sorry übrigens für die Qualmerei. Schlechte Gewohnheiten, aus dem Krieg übrig geblieben. Sie rauchen sicher nicht.« Es war eine Feststellung, keine Frage. »Sehe ich sofort. Wir Süchti-gen erkennen uns.« Sie lachte und musste dabei husten. Noch während sie mit dem Husten kämpfte, streckte sie eine Hand aus. Der Pfleger drückte ihr kommentarlos ein Klemmbrett in die Hand.

»Okay, kommen wir zur Sache. Wir haben eine .45-Kugel aus Ihrer Kollegin herausgeholt. Sie ist auf der rechten Körperseite eingedrungen, hat eine Rippe durchschlagen, ganz knapp am Herzen vorbei, durch den rechten Lungenflügel. Es gab eine erhebliche Schädigung des Lungengewebes einschließlich eines der größeren Blutgefäße.« Dr. Houghton blickte von ihrem Klemmbrett auf. »Ihre Kollegin verdankt ihr Leben dem Constable, der geistesgegenwärtig zuerst die Kollegen im Medical Science Teaching Centre alarmiert hat. Das Gebäude befindet sich ja unmittelbar neben dem Tatort.«

Norcott nickte. »Ja, ich kenne das Haus.«

»Die haben da eine kleine Trainingsstation, in der auch Intensivpatienten versorgt werden können. Bessere Überlebenschancen hätte sie nur gehabt, wenn man im OP-Saal auf sie gefeuert hätte.« Die Ärztin sog wieder an ihrer Zigarette und wieder musste sie husten. »Bevor Sie fragen: Die Chancen stehen fifty-fifty, dass sie es schafft. Ich bin vorsichtig optimistisch, solange es nicht wieder zu größeren Blutungen kommt.« Sie sah zu dem Krankenpfleger hoch und verzog den Mund zu einem grimmigen Lächeln. »Na, wenigstens dafür war der Scheißkrieg gut. Schusswunden kann hier jeder noch mit drei Promille im Blut versorgen. Ich habe ...« Sie brach ab, als ein Telefonklingeln ertönte. Mit zwei offenbar alltäglichen Griffen legte sie den Telefonapparat unter Papierstapeln frei. »Dr. Houghton. Wer? Ja, sitzt hier. Stellen Sie durch.« Sie reichte dem Superintendent ohne weiteren Kommentar den Hörer.

»Superintendent Norcott.«

»Vicky hier. Ich weiß ja, was du gerade machst und störe nur ungern, aber ich habe hier Mr. Carsdale sitzen.«

Norcott war für einen kurzen Moment überrascht und wortlos.

»Timothy Carsdale«, setzte Vicky hinzu.

Norcott, der immer noch fieberhaft versuchte, für das Auftauchen von Janna Carsdales Vater um 4 Uhr morgens einen plausiblen Grund zu finden, antwortete mechanisch: »Ja, hab ich verstanden. Ich komme so schnell ich kann.«

»Sag mir noch, wie geht es Elizabeth?«

»Den Umständen entsprechend, würde ich sagen.« Und mit einem Blick auf Dr. Houghton, fügte er hinzu: »Sie ist in guten Händen. Ich bin optimistisch.«

Kapitel 39

Oxford, The Eagle and Child, *49 St Giles Street*
Montag, 26. Mai 1947, Mittag

Gegen 12.30 Uhr traf auch Desmond O'Neill im Pub in der belebten St Giles Street ein. Das *Eagle and Child*, von den Einwohnern Oxfords auch liebevoll-spöttisch *Bird and Baby* genannt, gehörte zu den ältesten Pubs der Stadt. Neben seiner zentralen Lage verfügte das *Eagle and Child* aus Norcotts Sicht über einen unschätzbaren Vorteil. Wie ihm Dorothy L. Sayers erzählt hatte, gab es ein privates Hinterzimmer. In diesem gemütlichen kleinen Gastraum, dem sogenannten *Rabbit Room*, saßen O'Neill und Norcott nun.

»Jetzt bin ich schon vier Jahre in Oxford, aber hier hinein habe ich es bisher nicht geschafft«, schmunzelte O'Neill. »Aber sehr gemütlich.«

»Vor allem verschwiegen«, ergänzte Norcott. »Ich möchte nicht, dass Bill Leyroyd mit der Nase darauf gestoßen wird, von wem ich meine neuesten Informationen aus seinem Hauptquartier habe.«

O'Neill lächelte grimmig. »Der gute Bill hat im Moment alle Hände voll zu tun. Unser ehrgeiziger Colonel Alloway will den Zwischenfall heute Nacht nutzen, um Leyroyd in London unfähig erscheinen zu lassen.« Der Kriminaltechniker grunzte abschätzig. »Auch so einer, der keine anderen Götter neben sich duldet.«

Für einen Moment erstarb ihr Gespräch. Die beiden Männer suchten sich zügig ihr Essen aus der Karte und bestellten. Beiden stand der Sinn in diesem Moment nicht wirklich nach einem ausführlichen Essen. Als der Wirt wieder verschwunden war, nahm O'Neill den Faden erneut auf. »Der ist wie ein Schakal. Sobald er eine Schwäche spürt, beißt er gnadenlos zu. Nur hat er sich bei *Wild Bill* den Falschen ausgesucht.« Er machte ein glucksendes Geräusch. »Man soll es nicht glauben, aber auch Leyroyd hat Freunde und seine Verbündeten. Auch in London. Na, jetzt sind die beiden erst einmal miteinander beschäftigt. Aber zu etwas Wichtigerem: Wie geht es Constable Badby?«

Norcott wiegte den Kopf. Dr. Houghton hatte versprochen, ihn sofort zu benachrichtigen, sobald Elizabeth Badby aufwachte oder sich ihr Gesundheitszustand veränderte. Aber seitdem er das Krankenhaus kurz nach 4 Uhr verlassen hatte, gab es keine neue Information. Eine Stille, die ihn nervös machte. »Sie ist durchgehend bewusstlos«, sagte er plötzlich, schwieg dann wieder.

»Und wie sieht die Prognose aus?«, fragte O'Neill vorsichtig nach. »Haben die Ärzte schon etwas Greifbares sagen können?«

Norcott schüttelte den Kopf. »Im Moment sieht es vorsichtig optimistisch aus, aber das ist alles noch zu früh.« Plötzlich brach es aus ihm heraus: »Verdammt, ich mache mir Vorwürfe, Badby erst auf die Idee gebracht zu haben. Ich hab am Sonntagabend ja offen darüber nachgedacht, dass der oder die Täter die unklare Situation im Institut ausnutzen könnten. Himmel-herrgott, ich hab doch gewusst, wie ehrgeizig sie ist!«

O'Neill nickte ernst. »Ich kann Sie gut verstehen, Super. Aber bei allem Verständnis für den Diensteifer von Badby - es ist und bleibt ein Alleingang. Und Sie sind nicht ihr verdammtes Kindermädchen. Sie ist Detective Constable und übrigens ein sehr heller Kopf, meiner unmaßgeblichen Meinung nach. Badby hat das Risiko genau gekannt und ist es bewusst eingegangen.« Er machte eine ungeduldige Handbewegung. »Nicht missverstehen. Ich sorge mich auch um Badby, aber sie ist ein großes Mädchen und trifft ihre eigenen Entscheidungen. Sie ist wie wir beide: ein Dickschädel. Wir tun, was wir glauben, tun zu müssen und heulen dann nicht herum, wenn es schiefgeht. Sie ist hart, sie wird alles überstehen und stärker sein als zuvor.« Desmond O'Neill fixierte seinen ehemaligen Vorgesetzten. Schließlich mussten beide lächeln.

»Ja, Desmond«, sagte Norcott, »Sie haben recht. Sie ist aus dem richtigen Holz. Sie wird es überstehen.«

Die beiden Kriminalbeamten stießen kurz mit ihren zwei Gläsern Kirkstall Ale an, die der Wirt inzwischen gebracht hatte.

O'Neill wischte sich den Bierschaum vom Mund. »Und jetzt zu meinen Informationen. Die Kugel, die man im *John Radcliffe Hospital* aus Badby herausgeholt hat, ist eine .45 ACP-Kugel. Einerseits Massenware, andererseits aber eher untypisch für Europa. Muss ich Ihnen ja nicht erklären. Wir bevorzugen 9mm im alten Europa.«

Norcott nickte. »Also US-amerikanische Munition?«

»Soweit es uns unsere Tests verraten können: Ja.« O'Neill strich sich über sein Kinn. »Hatten Sie mir nicht erzählt, Sie verdächtigen diesen US-Offizier, seine Finger im Spiel zu haben, der früher beim OSS war?«

»Ja, wieso fragen Sie?«

»Weil eine Automatic, die .45 ACP-Munition verschießt, perfekt für einen professionellen Agenten, einen Saboteur ist. Wenn er überhaupt schießen will, also das Risiko, eine Leiche zu produzieren eingeht. Man hat eine gute Mannstoppwirkung, also ein geringes Risiko, zwei- oder dreimal feuern zu müssen. Dazu ein relativ geringes Mündungsfeuer, dadurch weniger auffällig und - letztes Argument - die Munition bleibt bei der Mündungsgeschwindigkeit im Unterschallbereich. Sie können somit direkt einen Schalldämpfer benutzen, ohne erst die Munition wechseln zu müssen wie bei einer 9mm-Munition.«

»Klingt alles logisch. Aber ob wir das als Indiz für die Beteiligung des Amerikaners werten können?«

O'Neill schüttelte den Kopf. »Warten Sie, warten Sie, Super. Ich hab noch ein Ass im Ärmel. Wir haben ja nicht aufgehört, die Überreste der Autobombe zu untersuchen.«

»Oh. Hatte zufällig ein Teil den Absenderstempel von Uncle Sam?«

»So ungefähr. Meine Jungs haben wirklich jedes verdammte Mikrogramm Rückstand untersucht und dabei festgestellt, dass ein bestimmtes Elektronikbauteil eingebaut war, ein Typ Kondensator, der in dieser Materialzusammensetzung nur für die U.S. Army produziert wurde. Glück muss man haben.«

Norcott fixierte den Kriminaltechniker. »Aber glücklich sehen Sie trotzdem nicht aus, Desmond. Oder irre ich mich?«

Der zuckte die Schultern. »Sie wissen ja, dass ich mich normalerweise aus den Deutungen heraushalte. Das ist Ihr Job. Ich liefere nur Daten.«

»Aber?«

»Wenn Sie mich fragen, ist mir das zu glatt, zu logisch. Würde ein amerikanischer Agent nicht eher versuchen, möglichst wenig U.S.-Material zu benutzen? Wie auch immer. Die Informationen musste ich natürlich auch bei Leyroyd und damit Alloway abliefern. Auch wenn sich die beiden wie die Kesselflicker streiten, sie teilen immer noch alle Informationen.«

Norcott lächelte. »Und haben Sie auch eine Ahnung, wie die beiden Herren mit der amerikanischen Spur umgehen wollen?«

»Wenn es nach Colonel Alloway geht, würde er diesen Major Hathaway sofort hopsgehen lassen. Er kriegt dafür aber bisher kein grünes Licht aus London. Auch der MI5 kann nicht einfach einen an der Botschaft akkreditierten U.S.-Offizier verhaften oder auch nur verhören. Im Moment - und damit sind wir bei Neuigkeit Nummer 2 - konzentrieren sich die beiden auf Janna Carsdale.«

Norcott wurde hellhörig. »Ich weiß. Ich hatte heute früh Besuch vom Vater der jungen Dame.« Der Superintendent erzählte von dem besorgten Timothy Carsdale, der seinerseits von zwei Besuchen durch MI5-Agenten auf Sandford Hall berichtet hatte. »Problem dabei: Janna Carsdale wurde seit Sonntagabend weder von ihrem Vater, noch von ihrer Tochter, noch von sonst jemandem auf Sandford Hall gesehen. Ihr Vater war fast panisch, weil sie so etwas nie tut.« Norcott strich sich nachdenklich über sein Haar. »Zum Hintergrund konnte der Vater von Miss Carsdale nichts sagen, weil sich die MI5-Leute sehr bedeckt gehalten haben.«

»Jack de Vercenne«, antwortete O'Neill auf die indirekte Frage. »Er hat Anschuldigungen gegen Janna Carsdale geäußert. Vermutet wohl, seine Freundin will ihm Feuer unterm Hintern machen. Oder so fassen es Leyroyd und Alloway wenigstens auf.«

»Gibt es denn eine andere Interpretationsmöglichkeit?«, fasste Norcott nach.

»Ich hab de Vercenne zweimal bei uns im Polizeipräsidium gesehen, zufällig. Der sah fix und fertig aus. Für mich wirkt der wie jemand, dem langsam, aber sicher die Nerven durchgehen. Und so viel ich habe läuten hören, sind seine Anschuldigungen zwar lautstark, aber wenig konkret.«

»Tja«, erwiderte Norcott. »Bleibt nur die Frage, wo zum Teufel Janna Carsdale steckt. Allerdings habe ich eine Vermutung und kenne auch jemanden, der mir helfen kann, sie zu überprüfen.« Kurz erzählte er von seiner Bekanntschaft mit Constantin Karatzas. Norcott hatte den Börsenmakler am Morgen angerufen und gebeten, einmal in der armenischen Gemeinde in London herumzuhören, ob jemand Janna Carsdale gesehen oder von ihr gehört hatte.

Kapitel 40

Oxford, 14b Norham Gardens
Dienstag, 27. Mai 1947, Vormittag

Mit einem Kurier waren am gestrigen späten Abend endlich die originalen Militärakten aus London gekommen. Neben Dr. Fraser-Collins, von dessen doppelter Akte Norcott schon durch O'Neills Mitarbeiter Smithers erfahren hatte, waren es noch zwei Personen, deren Militärakten geschönt worden waren. Simon Butterfly, ein Laborant, der laut seiner echten Militärakte aber lediglich mit dem Verhör hochrangiger Kriegsgefangener betraut gewesen war, konnte nach Norcotts Meinung mit einiger Sicherheit ausgeschlossen werden. Trotzdem würde man mit ihm sprechen. Blieb noch Gene Rackshaw, die Abteilungsassistentin, die ebenfalls in Bletchley Park gearbeitet hatte.

Bletchley Park war ursprünglich ein privater Landsitz, etwa siebzig Kilometer nordwestlich von London. Auf dem Gelände des, am Ende des 19. Jahrhunderts erbauten, Herrenhauses erwuchs während des Zweiten Weltkrieges die zentrale militärische Dienststelle, die sich mit der Entzifferung des deutschen Nachrichtenverkehrs befasste. Neben diesen sogenannten Code-Knackern hatten sich in Bletchley Park nach und nach immer mehr Dienststellen angesiedelt, die sich mit militärischer Geheimdienstarbeit beschäftigten.

Alle Akten über die Aktivitäten in Bletchley Park unterlagen immer noch strengster Geheimhaltung. Wie Bob Horrocks in einer Begleitnotiz geschrieben hatte, war eine Menge Überzeugungsarbeit nötig gewesen, gerade dieser Akten habhaft zu werden. Der General hatte Norcott auch noch einmal darauf hingewiesen, dass diese Informationen in zwei Tagen ebenfalls an Colonel Alloway und Bill Leyroyd gehen mussten.

Nach dem Durcharbeiten der drei Akten überlegte Norcott, wie er vorgehen konnte, ohne sich allzu sichtbar in die Ermittlungsarbeit der Task Force einzumischen. Einem plötzlichen Impuls folgend, rief er zuerst noch einmal kurz im Krankenhaus an und erkundigte sich nach Elizabeth Badbys Gesundheitszustand. Auch wenn die Antwort *keine Veränderung* hieß, war er doch ein wenig beruhigter, denn das bedeutete auch: keine Verschlechterung.

Mit Hector MacAskill besprach Norcott dann ihre Optionen. »Diesen ...«, er blätterte in einer Akte, »Simon Butterfly ... ja, er heißt wirklich so, diesen Simon knöpfen Sie sich vor, Hector. Nehmen Sie Kontakt zu Nigel Ward auf. Er soll herausfinden, wann dieser *Schmetterling* Mittagspause macht und dann fangen Sie ihn ab. Denken Sie daran, dass wir keinen offiziellen Auftrag haben. Sie müssen ihn also dazu bekommen, freiwillig etwas über sich und seine Militärzeit zu erzählen. Und versuchen Sie auch, ein mögliches Motiv zu finden. Arbeitet er mit de Vercenne zusammen? Hatte er einen Zusammenstoß mit ihm? Fragen Sie vorher auch Nigel, ob er Ihnen noch Hintergrundinformationen zu Butterfly geben kann.« Norcott lächelte seinen jungen Kollegen aufmuntert an. »Sie machen das schon. Ich bin sicher.« In dessen »Jawohl, Sir« meinte Norcott ein winziges Zögern herauszuhören. »Haben Sie noch eine Frage, Hector? Immer raus damit.«

»Ich wollte nur fragen, Sir, ob ich vorher noch ... also ich würde gern ... bei Elizabeth vorbeischauen.« Dem jungen Constable stieg eine leichte Röte ins Gesicht.

Norcott war aufgestanden. »Natürlich. Gehen Sie ruhig und nehmen Sie sich die Zeit. Vielleicht hilft es auch, Elizabeth aus der Bewusstlosigkeit zu holen, wenn Sie mit ihr sprechen.« Er berührte MacAskill sacht am Oberarm. »Viel Erfolg.«

Nachdem MacAskill gegangen war, betrachtete Norcott eine Weile die beiden verbleibenden Akten: Gene Rackshaw und Dr. Arthur Fraser-Collins. Er schlug kurzentschlossen die Akte von Rackshaw auf, blätterte scheinbar ziellos darin herum, las hier und dort, Beurteilungen, Beförderungen, Abordnungen zu Lehrgängen, die üblichen Papiermassen, die ihm schon aus hunderten Personalakten entgegengequollen waren. Sie war, soweit man es aus den Papieren herauslesen konnte, eine Art Mädchen-für-alles in einer Einheit gewesen, in der Agenten für die Balkan-Region ausgebildet wurden. In ihren Beurteilungen wurde sie als fähig und engagiert beschrieben, aber auch als zurückhaltend und bisweilen eigenbrötlerisch. Norcott musste an sein Gespräch mit Llewellyn Kendrick, dem Hausmeister des All Souls College, denken. Was hatte der noch über

Gene Rackshaw gesagt? ›*... intelligentes Mädchen. Sehr aufmerksam ...* ‹ Wie war sein eigener erster Eindruck von ihr gewesen? Freundlich, offen ... er forschte in seinen Erinnerungen, konnte aber kein klares Bild fokussieren. Es hatte plötzlich das Gefühl, durch Nebel zu schauen. *Scheu*? War das der richtige Begriff für Rackshaw? Als *eigenbrötlerisch* hatte ihr letzter Vorgesetzter in Blechtley Park sie beschrieben. Norcott musste mit ihr reden. Heute. Und mit Dr. Fraser-Collins auch. Mit Bomben-Fraser, wie der Kriminaltechniker Francis Smithers ihn genannt hatte. Auch hier rief sich Norcott das Bild des Menschen ins Gedächtnis. Wann war er dem Wissenschaftler zuerst begegnet? Aber statt des Eindruckes von ihrem ersten Gespräch sah Norcott plötzlich einen Fraser-Collins vor sich, der Professor Maidstone stützte. Am 21. Mai war das gewesen, als im Institut der Brand gelegt worden war. In der Nacht. Und Norcott sah die Gesichter der beiden Wissenschaftler vor sich. Professor Maidstone, mit ungekämmtem, struppigem Haar. Und einen Dr. Fraser-Collins, der ... frisch und ausgeruht gewirkt hatte. Oder irrte er sich? Spielte ihm seine Erinnerung einen Streich? Hatte der jüngere Fraser-Collins nur neben dem völlig derangierten Maidstone frisch gewirkt? Norcott schlug sein Notizbuch auf und suchte die Telefonnummer des zentralen Sekretariats des Physikalischen Instituts. Dann zog er den Telefonapparat zu sich und wählte.

Er meldete sich neutral mit »Polizei«.

»Was kann ich für Sie tun, Sir?«

»Ich würde gern Dr. Fraser-Collins sprechen, wenn möglich.«

»Das tut mir leid, Sir. Der Doktor kommt erst nach dem Mittag aus Glasgow zurück. Wenn Sie es dann noch mal versuchen wollen?«

»Ja, danke, das werde ich tun. Aber dann können Sie mich bitte noch zu Miss Rackshaw durchstellen.«

Am anderen Ende der Leitung trat ein Moment Stille ein. Dann sagte die Sekretärin: »Einen Augenblick bitte«, und hielt offenbar den Telefonhörer zu, denn es waren plötzlich nur gedämpfte Stimmen im Hintergrund zu hören. Sie meldete sich wieder. »Tut mir leid, Sir. Miss Rackshaw wurde gestern krank gemeldet.«

»Haben Sie ihre private ...«, sagte Norcott, als er mitten in der Frage stutzte. »Entschuldigen Sie, haben Sie gesagt: *sie wurde krank gemeldet*?

»Ja, das stimmt, Sir. Einen Moment.« Es folgte erneutes Geflüster. »Eine Arzthelferin hat angerufen, Sir. Aber meine Kollegin kann sich nicht mehr an den Namen der Praxis erinnern.«

Nach einem Moment der Überraschung fragte er erneut: »Haben Sie die private Telefonnummer von Miss Rackshaw? Und ich brauche ihre Adresse.«

Nach kurzem Geblätter am anderen Ende bekam er die gewünschte Auskunft. Aber nun fragte er sich erst recht, wieso Gene Rackshaw nicht selbst angerufen hatte, wenn sie einen eigenen Telefonanschluss besaß. Und wieder ging ihm das Gespräch mit Kendrick, dem Hausmeister, durch den Kopf. *Gene sollte die Augen offen halten,* hatte der gesagt. Langsam setzte sich in

Norcotts Kopf ein Strudel aus Worten und Fakten in Gang, Bilder wirbelten darin herum, Satzfetzen wurden wie welkes Laub losgerissen. Janna Carsdale, die seit Sonntag wie vom Erdboden verschluckt war, die *engagierte* und *eigenbrötlerische* Gene Rackshaw, die angeblich krankgeschrieben war, die die *Augen offen halten sollte*. Wie passten diese beiden jungen Frauen in das Bild der Ereignisse? Wer bestimmte und wer war nur Bauer in diesem Spiel?

Zwei Stunden später war Norcott alarmiert. Niemand hatte ihm auf sein Klingeln an Rackshaws Tür geöffnet. Bei einer schnellen, provisorischen Befragung der unmittelbaren Nachbarn gaben alle an, die junge Frau seit Sonntagabend nicht mehr gesehen zu haben. Wo war Gene Rackshaw? Er hatte von einer Telefonzelle aus Llewellyn Kendrick angerufen und ihn gebeten, die *kleinen Leute* zu aktivieren und unauffällig nach Gene Ausschau zu halten. Danach rief er noch einmal im Physikalischen Institut an und ließ sich von der Sekretärin, welche die Personalakten verwaltete, Namen und Telefonnummer von Gene Rackshaws Hausarzt geben. Dort führte sein Scotland-Yard-Ausweis zwar zu genereller Auskunftsfreudigkeit, aber ohne ein echtes Ergebnis, denn laut Patientenakte war Rackshaw weder krankgeschrieben worden, noch war sie überhaupt in den letzten vier Wochen in der Praxis gewesen.

Kapitel 41

Oxford, All Souls College
Dienstag, 27. Mai 1947, später Nachmittag

Der Superintendent hatte sich mit Nigel Ward nach dessen Dienstschluss im *Eagle and Child* verabredet. Norcotts weitere Versuche, Gene Rackshaw über Kollegen oder auf andere Weise ausfindig zu machen, waren vergeblich gewesen. Auch Janna Carsdale blieb verschwunden.

Endlich, mit einiger Verspätung, kam Nigel Ward in das Hinterzimmer des Pubs. »Entschuldigen Sie«, keuchte Ward, der ganz offensichtlich schnell mit seiner Beinschiene unterwegs gewesen war. »Diese Schiene bringt mich noch um.«

»Kein Problem, Nigel. Setzen Sie sich erst einmal und atmen Sie durch.« Norcott ging kurz nach vorn in den eigentlichen Schankraum des Pubs und bestellte zwei Kirkstall Ale.

»Fraser-Collins«, japste Ward, nachdem der Superintendent wieder in das Hinterzimmer zurückgekommen war. »Fraser-Collins ... ist ...«, erneutes tiefes Atemholen, »ist ... verhaftet worden!«

Im gleichen Moment hatte der Wirt kurz das Hinterzimmer betreten, um die zwei Gläser Ale abzustellen. Norcott schob seinem jungen Kollegen ein Glas zu und nickte. »Trinken Sie erst einmal einen Schluck. Und dann noch einmal Schritt für Schritt.«

Ward trank und atmete dann tief durch. »Der MI5 hat Dr. Fraser-Collins vor einer Stunde ganz offiziell verhaftet. Direkt, nachdem er aus Glasgow zurück war. Es soll noch im Laufe des morgigen Tages Anklage erhoben werden. *Sabotage zum Nachteil des Staates* und«, Ward musste erneut tief Luft holen, »Mord.«

Es herrschte einen Moment Totenstille in dem kleinen Hinterzimmer. Bis Norcott tonlos fragte: »Wer?«

»Daphne Pelling«, antwortete Ward. »Ihr angeblicher Abschiedsbrief wurde auf der Schreibmaschine getippt, die in seinem Büro im Institut steht. Außerdem waren seine Fingerabdrücke auf dem Papier.« Er schnaubte. »Diese jungen Musterknaben vom Geheimdienst haben offensichtlich eine Menge Kleinarbeit geleistet. Aber ihnen fehlt der Instinkt. Warten wir ab, wie viel davon in einem Schwurgerichtsprozess übrig bleibt.«

Es schien Norcott, als offenbare das eigentlich so junge Gesicht Nigel Wards für einen Augenblick eine neue Tiefe. All die Gräben, die sich in Jahren der Bitternis tief hineingegraben hatten, all die Misserfolge und Enttäuschungen, die ihre Narben hinterlassen hatten. Narben, mit denen auch ein Gespür gewachsen war, ein feiner Instinkt.

»Er war es nicht«, beschied Ward mit einem Tonfall, der Widerspruch ausschloss. »Arthur Fraser-Collins ist ein schwieriger Charakter, ein Mensch mit vielen Problemen. Aber sein Sinn, seine Ziele liegen in einer ganz anderen Welt.«

Charles Norcott, dessen Gefühl ebenfalls gegen diese Mordtheorie Einspruch erhob, nickte. »Indizien sind noch keine Beweise. Die Schreibmaschine kann ja weiß Gott wer benutzt haben. Und Schreibpapier mit den passenden Fingerabdrücken zu besorgen, dürfte ja auch keine weltbewegende Schwierigkeit darstellen.« Er trank einen Schluck und ging dann sofort zu einer für ihn brennenderen Frage über: »Haben Sie irgendetwas von Gene Rackshaw gehört?« Norcott informierte Ward in kurzen Zügen über die merkwürdige Krankmeldung der Laborassistentin.

Ward schüttelte nachdenklich den Kopf. »Nein, ich wüsste nicht. Ich hab sie vor dem Wochenende zum letzten Mal gesehen. Vielleicht ist sie zu ihren Eltern oder Freunden gefahren, wenn sie sich krank fühlte?« Ohne eine Antwort Norcotts abzuwarten, fügte Ward hinzu: »Ich kümmere mich darum. Werde mal herumhören, wohin sie gefahren sein könnte und überprüfe das dann.«

»Tun Sie das, Nigel. Und wenn Sie irgendeine Spur von ihr finden, melden Sie sich sofort bei mir.«

Ward trank einen Schluck, dann sah er Norcott an. »Was werden Sie wegen Dr. Fraser-Collins unternehmen?«

Norcott legte nachdenklich seinen Kopf schief. »Ich bin mir nicht sicher, ob ich im Moment überhaupt etwas tun *kann*.« Sein Gegenüber sagte nichts, sah seinen ehemaligen Vorgesetzten nur an. Schließlich lächelte Norcott. »Sie haben ja recht, Nigel. Ich werde sehen, was wir tun können, um unserem guten Doktor ein wenig zur Seite zu stehen.« Der Superintendent seufzte. »Aber jetzt muss ich zuerst nach Sandford Hall hinausfahren. Von Janna Carsdale fehlt uns weiterhin jede Spur. Und jetzt, wo unser Freund, Colonel Alloway, sie scheinbar ebenfalls als Verdächtige einstuft, möchte ich sie um so dringender als Erster finden.« Er seufzte. »Und ich denke, ich werde heute auch noch einmal nach London fahren müssen. Vielleicht lässt sich dort eine Spur von der Carsdale finden.«

Kapitel 42

Oxford, Physikalisches Institut
Dienstag, 27. Mai 1947, gegen 22 Uhr

Seit drei Tagen verbrachte Jack de Vercenne seine Abende und Nächte in seinem Büro im Institut. Kaum noch ging er in seine Oxforder Wohnung, um wenigstens die Kleidung zu wechseln oder zu duschen.

Fiebrig spielten seine Finger mit einem Bleistift. In den letzten zwei Stunden hatte Jack de Vercenne nichts anderes getan, als aus seinem Bürofenster in die wachsende Dunkelheit zu starren. Wieder und wieder hatte er versucht, Sinn in seine Notizen zu bringen. Aber gleichzeitig versuchte sein Kopf, Sinn in sein Leben zu bekommen, versuchte, eine Ordnung in diesem Wahnsinn zu finden. Was war nur passiert in diesem Jahr? Was war der Anfang dieses Mahlstromes gewesen, in dem er mehr und mehr zu versinken drohte? Jack wusste, dass er lieber nüchtern bleiben sollte, aber er stemmte sich dennoch aus seinem Sessel hoch, schwerfällig wie ein alter Mann und ging zu der Anrichte, auf der eine Flasche Bourbon stand. Im selben Moment, in dem er die Whiskeyflasche in die Hand nahm, klingelte sein Telefon. Er unterdrückte den plötzlichen Impuls, mit der Flasche nach dem verdammten Telefon zu werfen. Sicher war es wieder sein selbstverliebter Vater. Oder es war Sir Charles Portal, dieser arrogante Besserwisser oder Maidstone, der alte Trottel. Je länger Jack es klin-

313

geln ließ, umso weniger wollte er abheben. Schließlich ließ er die Flasche sinken und dachte an die einzige Stimme, die er brauchte und hören wollte: Janna. Sofort wallte wieder Zorn in ihm auf, Gefühle wirbelten herum, rissen jede Logik mit sich. Janna Carsdale, die er liebte, die ihn liebte? Hatte sie ihn jemals wirklich geliebt oder war er auch für sie nur das Ticket zum gesellschaftlichen Aufstieg? Er hatte es so abgrundtief satt, dieses scheinbar ewige Schachspiel des Lebens, das Benutzen aller Menschen als Statisten der eigenen Ambitionen.

Er hob ab. »Ja?«

Ein unterdrücktes Schluchzen war am anderen Ende der Leitung zu hören.

»Hallo? Wer ist denn da?«

Aus dem Schluchzen wurde ein kurzer Aufschrei, scheinbar von Angst und Schmerz getrieben.

»So sagen Sie doch etwas«, brach es aus ihm heraus. »Wer sind Sie?«

»Gene«, war es undeutlich zu hören. »Ich ... bin es. Gene.«

Wut und Erleichterung trafen in Jacks Kopf aufeinander, wie zwei Expresszüge und hinterließen ein absolutes Chaos. »Was ist denn verdammt noch einmal los? Gene? Wo sind Sie?«

Wieder war ein Aufschluchzen zu hören, kurz, dann hörte er die Stimme Gene Rackshaws. »Jack ... Ich bin hier ...« Noch einmal wurde die Stimme durch ein kurzes Schluchzen unterbrochen. »Ich bin hier in Oxford Castle. In den Katakomben.«

»Was zum Teufel ...«

»Nicht unterbrechen«, kam es gehetzt und begleitet von unterdrückten Tränen. »Sie müssen herkommen. Sie müssen kommen. Sonst ... sonst bringt sie mich um.«

Ein Schmerzensschrei folgte.

»Gene! Hallo? Sind Sie noch da? Wer...?«

»Sie müssen kommen«, kam es gepresst. »Sie ... hat ... eine Waffe! Janna Carsdale! Sie sagt, sie bringt mich um, wenn Sie nicht herkommen.« Schriller, wie ein Aufschrei: »Sie wird mich erschießen. Sie müssen kommen!«

Janna Carsdale. Es war, als würde sein Misstrauen von einem zum anderen Moment eine eigene Persönlichkeit annehmen. Eine Stimme beanspruchen. Eine Stimme, die ihm alle Hoffnungen auf Liebe entriss. Wie man einem Kind die Kleidung vom Körper reißt. Brutal, schonungslos. Er fühlte sich gelähmt, hilflos.

Dann war da wieder die Stimme. »Bitte ... gehen Sie zu der Statue des Merkur, im Säulengang. Hinter der Statue ist eine Tapetentür und ein Abgang ...« Genes Stimme war wie das Flügelschlagen eines kleinen Vogels, der sich in einem Netz verfangen hatte. Voll von Angst und nah der Kälte des Todes. »Gehen Sie den Abgang hinunter bis in die Katakomben, folgen Sie den Zeichen ... folgen Sie ...«

Er hatte alle Kraft zusammennehmen müssen, versuchte, sich zu konzentrieren. »Was für Zeichen? Wie kann ich ...«

Tot. Die Leitung war tot.

Kapitel 43

Oxford, unter der Stadt
Dienstag, 27. Mai 1947, kurz nach 22 Uhr

China war rätselhaft gewesen. Bunt, vielfältig, voller Doppeldeutigkeiten. Und wunderbar. Llewellyn Kendrick hatte Hong Kong, sein Stück China, geliebt. Mehr als er je zugeben würde. Er vermisste die heißen Sommer, die lebendige Geschwätzigkeit der Chinesen, dieses vieltausendfache Stimmengewirr, wie von hunderten Staren. Manchmal, wenn die Sehnsucht drohte, zu groß zu werden, fuhr er hinaus zu den Feldern südlich der Stadt. Dort nisteten riesige Starenschwärme. Und er stand dann dort und lauschte, ganz allein, den Staren. Diesen lebendigen, aufgeregten Wesen, die wild keckernd herumflogen, stets ihrem Schwarm folgten, nach uralten Regeln. Dann konnte er sich zurück nach China träumen.

Aber auch Oxford, seine Stadt, hatte ihre Rätsel, ihre Doppeldeutigkeiten. Und einem dieser Rätsel wollte er heute Abend auf den Pelz rücken, ein wenig Licht in den Schatten bringen. Am späten Vormittag hatte Superintendent Norcott ihn angerufen. Er, Norcott, hatte ihn um Hilfe gebeten.

»Sergeant Kendrick, Sie wissen, was für ein verfluchtes Durcheinander im Physikalischen Institut herrscht.« Es war keine Frage, sondern eine Feststellung, die Wertschätzung ausdrückte. Diese jahrhundertealte Selbstverständlichkeit, die in der britischen Armee zwischen Offizieren und ihren Sergeanten herrschte. Auch wenn Kendrick schon lange kein aktiver Sergeant mehr war und Norcott nicht sein Vorgesetzter - das Band war da.

»Ja, Sir. Natürlich. Alles ist ein wenig ... aus dem Ruder gelaufen, wenn Sie mir die Bemerkung erlauben.«

»Absolut, Sergeant Kendrick, absolut. Und bevor dieses Desaster weiter ausufert, brauche ich zuverlässige Informationen. Irgendetwas läuft hier im Untergrund, irgendein Maulwurf gräbt seine eigenen Gänge. Und ich muss wissen, wer hier welches Spiel spielt.«

»Verstehe, Sir.« Er zupfte nachdenklich an seiner Regimentskrawatte. »Ich werde mir das Institut heute Nacht noch einmal genau ansehen und auch noch einmal ausführlich mit Bart Stibbon sprechen. Verlassen Sie sich auf mich.«

»Noch etwas Wichtiges, Sergeant: Gene Rackshaw wurde, angeblich durch eine Arzthelferin, am Montag krank gemeldet und ist seitdem quasi wie vom Erdboden verschluckt. Haben Sie etwas von ihr gehört? Hat sie sich, vielleicht auch wegen der Vorgänge im Institut, bei Ihnen gemeldet?«

Kendrick klang überrascht. »Nein, Sir. Tatsächlich habe ich schon eine ganze Weile nichts von ihr gehört. Lassen Sie mich überlegen ... ja, ich weiß gar nicht ... das muss fast zwei Wochen her sein, dass wir miteinander geredet haben.«

»Tun Sie mir den Gefallen, Kendrick, und hören sich bei Ihren Leuten um. Wer hat Gene Rackshaw seit Sonntagabend gesehen und wo?«

Llewellyn Kendrick hatte dem Superintendent versprochen, sich umzusehen und genau das würde er nun tun. Entschlossen stand er von seinem Schreibtisch auf. Aus einem Metallschrank nahm er eine starke Taschenlampe und steckte auch Ersatzbatterien ein. Dann fehlte nur noch der riesige Schlüsselbund, der alle Schlüssel zu den unterirdischen Gängen enthielt. Kendrick schloss seine Schreibtischschublade auf, nahm den schweren Schlüsselbund heraus und steckte ihn ebenfalls ein. Dann löschte er das Licht in seinem Büro und wandte sich dem Treppenhaus zu. Aber statt die große Wendeltreppe emporzusteigen, duckte Kendrick sich in ihren Schatten. Hier endete die Treppe für den flüchtigen Betrachter in einer massiven Wand aus Sandstein. Aber wie er es schon hunderte Male getan hatte, schob der Hausmeister ein kleines Steinplättchen beiseite und steckte einen alten Eisenschlüssel in das dahinter liegende Schlüsselloch. Geschmeidig glitt die Tür nach innen und gab die verborgene Fortsetzung der Treppe in den Untergrund frei. Auf diesem Teil der Gänge gab es sogar elektrisches Licht, aber er benutzte lieber seine Taschenlampe. Immer musste man an den Abenden mit Stromsperren rechnen und er wollte nicht auf einer der engen Treppen von plötzlicher Dunkelheit überrascht werden.

Er schob die Tür hinter sich sicher wieder an ihren Platz und machte sich auf den Weg in Richtung des Physikalischen Instituts.

Knapp dreihundert Meter hatte Kendrick zurückgelegt in diesem Gang, der relativ breit und gerade angelegt worden war. Es war einer der Hauptgänge, wie sie die wichtigsten Institutionen Oxfords verbanden. Gleich würde links ein weiterer Hauptgang abzweigen, an dem als Nächstes das Trinity College lag. Hier, an der Kreuzung, waren kurz hintereinander zwei Eisengittertüren zu passieren, die stets verschlossen gehalten wurden. Kendrick schloss die erste Tür auf und trat hindurch in die Weggabelung. Aber während er sich umdrehte, um die Tür wieder zu verschließen, blitzte etwas im Lichtkegel seiner Taschenlampe auf. Er drehte sich wieder dem Weg zu, der in Richtung Trinity College nach Westen führte. Und da sah er es. Jemand hatte reflektierende Pfeilsymbole angebracht, die nach Westen wiesen. Kendrick ging einige Schritte auf die nächste Markierung zu und besah sich das Symbol. Die Markierung war eindeutig neu, keine zwei Tage alt. In den unterirdischen Gängen lag eine Menge Staub, der durch Belüftungsschächte hereingeführt und mit dem Luftzug verteilt wurde. Spätestens nach einem Tag lag auf allem hier unten eine Schicht Staub. Einem Impuls folgend, ging er weiter den Symbolen nach. Knappe fünfzig Meter später bog ein schmaler Gang in Richtung Trinity College ab, aber die Symbole wiesen weiter nach Westen. Der Hausmeister überlegte. Dieser Weg führte nördlich am Stadtzentrum vorbei in Richtung Themse. Dort, am Fluss, gab es unterirdische Anlegestellen und eine Abzweigung zum Oxford Castle. Seitdem das dort untergebrachte Gefängnis vor zwei Jahren geschlossen worden war, renovierte man einzelne Teile der alten Burganlage. Soweit Geld da war, und das war es meistens nicht. Waren die Markierungen von den Bauarbeitern angelegt worden? Aber wozu? Maximal hätte es Sinn gemacht, den Weg bis ins Stadtzentrum zu markieren. Kurz entschlossen ging er den Weg zurück zu der Kreuzung. Dort wartete die nächste Überraschung, denn die zweite Eisengittertür war unverschlossen. Und die Markierungen führten weiter in Richtung Norden, in Richtung des Physikalischen Instituts. Was hatte all das zu bedeuten? Hatten die Saboteure sich hier einen Zugang geschaffen, um von der Polizei ungesehen zum Institut zu gelangen? Unschlüssig stand Kendrick vor der offenen Tür. Als wenn er sich im Gespräch mit jemandem befand, schüttelte er den Kopf. Er war kein Polizist. Hier sollten sich lieber der Superintendent und seine Beamten umsehen, bevor er, Kendrick, womöglich noch Spuren verwischte.

Er eilte zurück in sein Büro und wählte die Telefonnummer des Superintendents, bekam aber nur Vicky Norcott an den Apparat.

»Das tut mir leid, Mr. Kendrick. Mein Mann ist noch unterwegs. Und Constable MacAskill ist auch nicht da. Kann ich meinem Mann etwas ausrichten, wenn er zurück ist?«

Kendrick berichtete in knappen Zügen von seiner Entdeckung und bat um Rückruf, sobald der Superintendent zurück sei. »Noch besser ist es«, setzte er hinzu, »wenn Ihr Mann direkt hierherkommen kann.« Nachdem er eingehängt hatte, schoss ihm ein anderer Gedanke durch den Kopf. Schnell wählte er erneut.

Kapitel 44

Oxford, unter der Stadt
Dienstag, 27. Mai 1947, gegen 23 Uhr

Nichts war scheinbar übrig von seinem analytischen Verstand, seiner kühlen Wissenschaftlichkeit. Die blasierte Arroganz, in Eton und anderen exklusiven Orten über Jahre anerzogen, war verschwunden, zu Staub zermahlen von den Ereignissen wie zwischen Mühlsteinen. Er hatte die Whiskeyflasche in der Hand, schon geöffnet, schwankte einen Moment unschlüssig. Aber dann bäumte sich ein Rest rationaler Vernunft auf und er knallte die Flasche auf die Anrichte. Fast in der gleichen Sekunde fiel Jack de Vercenne etwas ein, er erinnerte sich eines Gegenstandes im Büro eines Kollegen. Er sah auf seine Armbanduhr. Es war kurz vor Mitternacht, über eine halbe Stunde war vergangen, seit Genes' Anruf. Scheinbar endlos hatte er über alle Optionen nachgedacht. Die Polizei zu alarmieren? Aber wen? Diese beschränkten Bullen von der Ortspolizei, die zusammen mit dem Geheimdienst das ganze Institut lahmgelegt hatten? Oder lieber Superintendent Norcott? Aber der war offiziell vom Fall abgezogen worden, das hatten diese beiden Wichtigtuer Leyroyd und Alloway als Erstes herumposaunt, nachdem sie vor einer Woche hier hereinmarschiert waren. Ganz besoffen von der eigenen Wichtigkeit.

Während er noch über diese Frage nachdachte, war er schon, fast mechanisch, den Flur entlang, zu dem Büro eines älteren Kollegen gegangen. Er hatte die Tür geöffnet, als stellvertretender Institutsleiter besaß er einen Generalschlüssel. An der Wand hinter dem Schreibtisch hing, was er suchte: eine Luger 08 Pistole. Der Lauf der Pistole war zwar zugeschweißt, dass hatte der Kollege ihm einmal erzählt, aber die Waffe selbst war echt. Ein Erinnerungsstück aus den Schlachten des 1. Weltkrieges. De Vercenne nahm die Waffe von der Holzplatte und probierte, den Verschluss zurückzuziehen. Es ging erstaunlich einfach, offenbar wurde die Luger regelmäßig geölt. Kurzentschlossen steckte er sich die Pistole hinter sein Jackett in den Hosenbund. Er hoffte, Janna würde sich von der Waffe täuschen lassen. Andererseits wusste er überhaupt nicht, was ihn erwartete. Millionen Gedanken wirbelten wie die Flocken in einem Schneesturm in seinem Kopf herum. Fragen über Fragen, die diesen Schneesturm anpeitschten.

Aus einem der Magazinschränke im Zentrallabor holte Jack noch eine Taschenlampe, dann lief er den Gang hinunter. Schnell hatte er den sogenannten Säulengang erreicht, einen breiten Gang, der auf der einen Seite mit großen Fenstern und der anderen mit einer Reihe von Götterstatuen gesäumt war. Hunderte Male war er an diesen Statuen vorbeigegangen, aber hatte sich nie für ihre Bedeutung interessiert. Jack fluchte. Es waren zwölf. Aber welche war die richtige? Eine Beschriftung gab es nicht. Die augenscheinlich weiblichen

Figuren schieden aus. Die erste männliche Statue trug einen Dreizack; eindeutig Neptun. Jack hastete weiter, an zwei weiblichen Göttinnen vorbei. Der nächste, ein eher junger Gott trug eine Art Leier. Nein, das passte nicht, mit Musik hatte Merkur doch keine symbolische Verbindung. Aber was war das Attribut von Merkur gewesen? De Vercenne zermarterte sich den Kopf. Hinter der nächsten Götterstatue, einem bärtigen Schwergewicht mit einem Hammer, untersuchte er die Wand. Nichts deutete auf eine verborgene Tür hin. Er suchte fieberhaft. Was, wenn er nun den Einstieg in die Katakomben übersah? Warum hatte er nur so viel Zeit unschlüssig in seinem Büro verschwendet? Er hörte wieder die angsterfüllte Stimme Genes und fast hätten ihn die Fragen wieder zum Stillstand gebracht. Wieso das alles? Warum hatte Janna das alles nur getan? Er musste blinde Wut auf sie in sich niederkämpfen. Das würde ihn keinen Millimeter vorwärtsbringen. Wieder eine weibliche Statue, dann kam erneut eine männliche Figur und sofort sah er es: der Gott trug einen Stab mit einer sich windenden Schlange. Das war es: Der Merkurstab, das Symbol des Handels. Jede normale Beleuchtung war längst der nächtlichen Stromsperre zum Opfer gefallen, Jack ließ den Lichtkegel seiner Taschenlampe hektisch über die Wand hinter Merkur gleiten. Seine Finger suchten fieberhaft nach einer Art Klinke, der Andeutung eines Türspaltes in der Wand, irgendeinem Zeichen dieses verdammten Durchganges. Nichts. Hier starrte ihm nur fugenloses Mauerwerk entgegen. So sehr er auch nach Ritzen oder Spalten suchte, die Finger tastend über den glatten Sandstein gleiten ließ, wieder und wieder. Nichts. Nicht das allerkleinste Zeichen eines Durchganges war zu erkennen. Mit einer wütenden Geste drohte er dem Gott, endlich sein Geheimnis preiszugeben. Da sah er es. In der plötzlichen Bewegung seiner Taschenlampe war der Lichtkegel auf die nächste Statue gefallen. Dieser Gott trug ebenfalls einen Stab, allerdings mit zwei Schlangen und einem Flügelpaar: Merkur, der Gott des Handels! Endlich. Jack fluchte, seine Finger glitten ungeduldig über den Sandstein, fanden eine schmale, verborgene Klinke. Er drückte sie herunter und geräuschlos glitt die Tür nach innen. Nur einen Moment später waren der Mann und sein Lichtkegel in der steilen Treppe nach unten verschwunden.

Kapitel 45

Oxford, All Souls College
Mittwoch, 28. Mai 1947, kurz nach Mitternacht

Ungefähr eine halbe Stunde nachdem Kendrick Nigel Ward endlich am Telefon erreicht hatte, traf der am College ein. Die Erleichterung war dem Älteren deutlich anzumerken, denn von Norcott war keine Nachricht gekommen.

»Womöglich sind der Superintendent und DC Mac-Askill immer noch in London unterwegs«, mutmaßte Ward. »Es hilft nichts, wir müssen selbst aktiv werden. Um abzuwarten, ist einfach zu viel passiert die letzten Tage.«

Kendrick rieb sich über die leichten Bartstoppeln. »Ich habe ein ganz schlechtes Gefühl bei dem, was da unten vorgeht. Die Eisengittertüren werden sonst immer verschlossen gehalten.« Vor ein paar Jahren, erzählte er kurz, habe es immer wieder Vorkommnisse durch abenteuerlustige Studenten gegeben. Er schnaubte. »Die haben da unten Partys gefeiert und allerlei anderen Unsinn getrieben. Seitdem haben nur die Hausmeister der Colleges und einige wenige vertrauenswürdige Personen die Schlüssel.«

Ward nickte. »Klingt eigenartig. Und diese Markierungen würde ich mir auch gern ansehen.« Er stand von dem Holzstuhl auf und streckte sich. »Aber erst muss ich mal meine *Prothese* loswerden, damit ich mich wieder normal bewegen kann.«

»Dachte ich mir schon, dass Ihr *steifes Bein* nur Theater ist.« Der alte Hausmeister grinste. »Ich werde inzwischen eine Taschenlampe für Sie besorgen.«

Fünf Minuten später hatte sich Ward von dem Gestell befreit. Als Kendrick wieder in den Raum zurückkehrte, kontrollierte der Ex-Polizist gerade den Ladezustand seiner Automatik und lud sie durch. Dann steckte er sie wieder in das Schulterholster.

Der Ältere sah ihm aufmerksam zu, kommentierte es aber nicht.

»Bleiben Sie, soweit es geht, da unten immer hinter mir. Ich fürchte, wir werden auf mehr treffen, als auf feiernde Studenten.«

Sie betraten die Katakomben wieder durch die Tür an der Wendeltreppe und stiegen vorsichtig die schmalen Stufen hinunter, der Unterwelt Oxfords entgegen. Eine klamme Feuchtigkeit empfing sie. Im Gang mussten sie hintereinander gehen. Zwar war er breit genug, hatte jedoch eine Tonnendecke und aufrecht konnte man mehr oder minder nur in der Mitte gehen. Um bei Seitengängen und in Mauernischen nichts zu übersehen, hielten sie immer regelmäßig. Die beiden Männer lauschten, suchten nach Zeichen anderer, schlichen dann weiter, mit jedem Schritt wachsamer werdend.

Nach einer Weile hielt Kendrick wieder einmal an. »Wir sind jetzt nur noch ungefähr einhundert Meter von der Kreuzung entfernt. Der Gang macht noch zwei leichte Biegungen, dann sind wir da. Ward nickte wortlos und zog seine Automatik. Die Bewegung verursachte nur eine matte Reflexion im schwachen Licht der Taschenlampe. Die beiden so ungleichen Männer stießen weiter in die Katakomben vor, während in der Oberwelt einsam ein Telefon klingelte.

* * *

»Verdammt«, fluchte Charles Norcott und knallte den Hörer unsanft auf das Telefon. »Verdammt, verdammt. Ich hoffe, Kendrick ist nur nach Hause gegangen und unternimmt nicht gerade einen Alleingang.«

»Ich denke nicht, Sir. Er hat ja hier angerufen, gerade, weil er keinen Alleingang machen wollte, oder?« MacAskill kratzte sich im Nacken und sah seinen Chef fragend an.

»Ja«, knurrte Norcott. »Sie haben wohl recht, das würde gar keinen Sinn ergeben.« Er tippte dem Constable gegen die Brust. »Und trotzdem fahren wir jetzt zum All Souls College und schauen uns diesen Gang an, den Kendrick beschrieben hat.«

»Vielleicht ist das eine dumme Frage, aber wie kommen wir rein?«

Norcott zog einen Schlüsselbund aus der Tasche. »In das College und damit bis zu dem betreffenden Treppenhaus kommen wir hiermit. Schließlich bin ich ja Dozent dort.« Er zwinkerte MacAskill zu.

»Und dieser Abgang?«, wandte Vicky Norcott ein, die zusammen mit den beiden Männern im Flur des Hauses in den Norham Gardens stand. »Wie kommt ihr da hinein? Und dann weiter?« Sie zog ihre Hausjacke enger um sich und sah ihren Mann skeptisch an.

Norcott nickte. »Das müssen wir dann vor Ort sehen. Eine bessere Antwort kann ich dir jetzt und hier nicht geben.« Er legte einen Arm um sie und küsste sie auf die Stirn. »Höchst wahrscheinlich hatte er nur das Warten satt und liegt längst in seinem Bett. Das werden wir jetzt überprüfen und sind dann im Handumdrehen wieder hier.« Es war ihm anzusehen, dass er versuchte, Optimismus zu verbreiten.

Nur einige Augenblicke später saßen die beiden Polizisten wieder in der roten Alvis Limousine und steuerten auf der Parks Road in Richtung Süden. In der High Street angekommen, parkte der Superintendent unmittelbar vor dem Haupteingang und sie betraten das Gebäude. Es herrschte immer noch Stromsperre und so versuchte Norcott, im Licht seiner Taschenlampe den Abgang zu finden.

»Können Sie kurz kommen?«, rief MacAskill.

Sein Chef trat zu ihm.

Der Constable stand an einem Fenster der Hausmeisterloge und deutete mit dem Kegel seiner Taschenlampe auf ein Gebilde aus Metallstreben. »Nigels künstliche Beinprothese. Er ist also hier. Das ist doch eine gute Nachricht, oder?«

»Hm«, machte Norcott und strich sich über sein Haar. »Und er hat sie ausgezogen, also brauchte er mehr Bewegungsfreiheit oder rechnete zumindest damit.«

Die Treppe hinter der Statue des Merkur war eng und wand sich mindestens vier Meter in die Tiefe, schätzte Jack. Über die Jahrhunderte der Benutzung waren die Steinblöcke der Treppenstufen in der Mitte ausgetreten und er musste höllisch aufpassen, nicht auszurutschen. Dann trat er in den Gang am Ende der Treppe und sah sie sofort: die erste Markierung. Ein längliches Dreieck, dessen Oberfläche mit einem phosphoreszierenden Material bedeckt war. Das Dreieck wies in den Gang, der nach Südwesten ging, soweit Jack es beurteilen konnte. Er verharrte einen ganz kurzen Moment, fasste noch einmal nach der Pistole in seinem Hosenbund. Dann richtete er den Strahl in den Gang und marschierte los, eher mechanisch als aus eigenem Antrieb, Schritt für Schritt. Dann, plötzlich und nach einer Weile, bog der Hauptgang nach Süden ab, während ein zweiter Gang Richtung Norden oder Nordwesten abzweigte. Eine Markierung befahl ihm, sich nach Süden zu wenden. Was auch immer die Ursache war - plötzlich brodelte Wut in ihm auf. Von einem Moment zum anderen fühlte er Zorn, mehr noch Empörung in sich aufwallen. Er fasste die schwere Taschenlampe fester und lief los. Er rannte, den Lichtkegel vor sich, der Gefahr entgegen. Was immer hinter all diesen Vorgängen steckte, was immer Janna damit bezweckt hatte, er würde sich nicht bezwingen lassen. Jack erinnerte sich, während er lief, an seine Kindheit, die traurigen, einsamen Jahre in zugigen Internaten. Er spürte wieder die Kraft in sich, die er antrainiert hatte, um älteren Mitschülern und grausamen Lehrern trotzen zu können. Mit seinem schnellen Trott hätte es fast einen Zusammenstoß mit einer Eisengittertür gegeben, die unerwartet im Lichtkegel aufgetaucht war. Sie war nur angelehnt und in der dahinterliegenden Kreuzung wies ein leuchtendes Dreieck nach Westen, weiter in Richtung Oxford Castle. Sofort nahm Jack seinen Lauf wieder auf, wenn auch etwas vorsichtiger. Er war sich nicht sicher, wie weit der Weg sein würde. Nach seiner Schätzung war es noch ein gutes Stück bis zur Burg, dem ehemaligen Gefängnis. Immer häufiger tauchten jetzt Eisengittertüren und Abzweigungen auf. Rechts und links des Weges waren Nischen in die Wände gemauert, in denen sich allerlei Unrat gesammelt hatte. Ein Aufblitzen hatte Jack kurz halten lassen. Er bückte sich und fand einige leere Patronenhülsen, wohl noch Hinterlassenschaften des letzten Krieges. Ohne nachzudenken, steckte er ein Handvoll in seine Jackettasche und lief dann weiter.

* * *

»Was haben Sie gesagt?«, murmelte Nigel Ward, der gerade die phosphoreszierende Markierung und die frischen Laufspuren genauer betrachtet hatte. Sie hatten die Kreuzung mit den zwei Metallgittertüren erreicht. Er wandte sich Kendrick zu.

»Ob ich die Tür abschließen soll«, wiederholte der Ältere. »Sie wollen doch sicher den Gang entlang, hinter den Markierungen her. Oder?«

Ward nickte, dann deutete er auf den Boden. »Hier ist eindeutig jemand vorbeigelaufen. Gelaufen, nicht gegangen, sehen Sie sich das langgezogene Schrittmuster im Staub an.«

»Und er muss gerade erst hier gewesen sein«, fügte Kendrick hinzu. »Denn vorhin, als ich zum ersten Mal hier unten war, habe ich keine Spur gesehen, da bin ich sicher.«

»Also gut«, entschied Ward und fasste seine Waffe fester. »Wir gehen. Und Sie schließen die Tür hinter uns ab. Ich möchte keine Überraschungen in meinem Rücken erleben.«

Der Hausmeister tat, was Ward befohlen hatte und mit grimmiger Entschlossenheit setzten sie ihren Weg Richtung Westen fort. Der Ex-Polizist vorweg, mit der Taschenlampe in der einen, seiner Pistole in der anderen Hand.

* * *

Der Gang, durch den Jack zuletzt gelaufen war, hatte mehrfach, in ganz kurzen Abständen, die Richtung gewechselt. Fast schien es, als sei der Weg von seinen Erbauern absichtlich im Zickzack angelegt worden, um in ihnen vordringenden, feindlichen Truppen die Geschwindigkeit zu nehmen. Noch einmal bog er ab und lenkte dabei kurz den Lichtkegel seiner Taschenlampe auf den Boden. Dadurch bemerkte er, dass Licht in der Richtung schimmerte, in die er lief. Anstatt langsamer und vorsichtiger zu laufen, beschleunigte Jack seinen Schritt noch einmal. Dann öffnete sich, unmittelbar hinter einer Biegung, der Gang zu einer großen Halle, deren Decke von sechs klobigen Säulen getragen wurde. Obwohl es nur wenige große Kerzen waren, die den Raum erhellten, fühlte er sich einen kurzen Moment geblendet. Als sich seine Augen an das diffuse Licht gewöhnt hatten, sah er sie: Gene Rackshaw. Sie saß an einem klobigen, offenbar uralten Tisch aus dicken Holzbohlen, die Hände hinter dem Rücken. Hinter ihr, mit einigem Abstand, stand eine zweite Person. Nur schemenhaft konnte er sie erkennen, glaubte aber die Silhouette von Janna Carsdale zu erkennen. Was immer dies einmal gewesen war, der Raum war mit einer Unmenge an Staub gefüllt und die flackernden Kerzen tauchten die Szenerie in ein grau-gelbliches Licht, das eher an Nebel erinnerte.

»Gene?« Jack trat einen Schritt vorwärts, um besser sehen zu können.

»Jack, mein Liebster, da bist du ja«, sagte eine Stimme und Jack sah erstaunt zu der schattenhaften Figur, die im Hintergrund stand.

»Janna? Ich verstehe nicht.«

»Sie kann dir leider nicht antworten, mein Liebster«, antwortete die Stimme und ein leises Lachen war zu hören. »Ich sah mich gezwungen, ihr den Mund zuzukleben. Womöglich hätte sie dich noch im letzten Augenblick gewarnt.«

Mit einer gleichen quälenden Langsamkeit, mit der Gene sich von ihrem Stuhl erhob und neben den Tisch trat, begriff Jack. Er sah nun, was die Frau, die er in tödlicher Gefahr geglaubt hatte, in der Hand hielt: Eine hässlich aussehende, bullige Pistole. Sie hielt die Waffe ganz entspannt, fast wie ein unnützes Requisit.

Mechanisch, ohne jegliches Nachdenken, setzte sich Jack de Vercenne in Gang. Er ging, ohne Gene Rackshaw einen einzigen Blick zuzuwerfen, auf die Person im Schatten zu. Als er fast bei ihr war, erkannte er Janna. Und er verstand, wieso sie nicht geantwortet hatte. Ihr war der Mund verklebt worden. Sie war straff gefesselt. Als er bei ihr war, strich er ihr über die Wange, in einer zärtlichen Geste der Entschuldigung.

»Ja, verabschiede dich ruhig von deiner Janna«, spottete die Stimme, von der Jack nun wusste, dass sie zu Gene gehörte. »Sie wird ohnehin heute Nacht sterben.« Ein Lachen folgte, dass Jack schaudern ließ.

Er hatte sich zu ihr umgedreht. »Warum, Gene? Sag mir warum? Was ... habe ich dir getan?«

»Das fragst du?«, schrie sie urplötzlich und ihre Stimme überschlug sich hysterisch. »Du hast mich leiden lassen! Jeden Tag habe ich mir vorgestellt, wie es ist, dich zu küssen. Deine Nähe, du hast mir unter der Haut gebrannt, hast mir so verdammt wehgetan. Jeden verfluchten Tag.«

Er war wie vor den Kopf gestoßen. »Ich habe nie ...« Seine Stimme klang dünn und schien ihm selbst fremd.

»Du hast mich gequält, seit wir uns kennengelernt haben. Jeden Tag. Du hast mir Zeichen gegeben, mich hingehalten, immer wieder.« Sie schrie jetzt, wie von Furien gehetzt.

Er schüttelte den Kopf, unfähig zu begreifen, drehte sich dann wieder zu Janna und begann, ihre Stricke zu lösen, begleitet von den höhnischen Bemerkungen Genes. Jack arbeitete mechanisch, er wollte nur weg, Janna und sich retten vor dem Wahnsinn.

»Sterben werdet ihr. Du und diese kleine Schlampe, die dich mir wegnehmen wollte. Ich werde euch erschießen und hier in dieser Gruft den Flammen übergeben. Brennen sollt ihr, wie deine ganze Sippe, wie alles, was du warst. Und danach wirst du endlich ausgelöscht sein und ich kann dich vergessen. Es wird sein, als hättest du nie gelebt. Nichts wird übrig bleiben von Jack de Vercenne. Ich werde dich vergessen, Jack.«

Plötzlich konnte man Schritte hören, Schritte, die sich aus dem Gang näherten und Gene schien für einen Augenblick abgelenkt.

Jack nutzte diesen winzigen Moment und zog die Luger aus seinem Hosenbund. Er zog den Verschluss nach hinten und zielte mit ausgetrecktem Arm auf Gene. »Lass die Waffe fallen. Sofort!«

Noch während sie sich zu ihm umwandte, hob Gene den Arm und feuerte aus der Bewegung. Die Kugel traf Jacks Schusshand und die Wucht riss ihm die Luger aus der Hand. Während Jack in die Knie sank, hechtete Janna mit einem katzenhaften Sprung in Richtung der Waffe, griff danach und zielte auf Gene. Die sprang hinter eine der Säulen und exakt das war der Moment, in dem Nigel Ward aus dem Gang in den Raum sprang.

Er sah Janna, die eine Waffe hielt, sofort und legte auf sie an. »Polizei! Waffe fallen lassen!«

Eine Sekunde. Es war diese einzige Sekunde der Verwirrung, die entschied. In der Jacks Warnruf zu spät kam. Gene Rackshaw hob ihre Automatik und feuerte wie zuvor aus der Bewegung ein, zwei Schüsse. Sie trafen Ward wie Hammerschläge. Er sank auf die Knie, fiel mit dem Oberkörper vornüber, schlug mit einem dumpfen Geräusch auf. Im selben Augenblick drehte sich Gene, mit ihrer Waffe im Anschlag, zu Janna und Jack um. Sie zielte, legte dann aber den Kopf schräg und schien zu horchen, zögerte. Schwere Schritte näherten sich aus dem Gang. Dann, mit einer geschmeidigen Bewegung, duckte sich Gene hinter eine der Säulen, nahm Schussposition ein.

»Kommen Sie nicht in den Raum. Es ist Gene.« Es war Kendrick, der die Warnung rief. Er hatte sich nach den ersten Schüssen in eine Mauernische geworfen. »Sie hat eine Waffe und zielt auf den Gang.«

»Kendrick? Sind Sie das?«, rief Norcott laut. »Alles in Ordnung? Wo ist Nigel Ward?«

»Er ist hier. Hat ihn erwischt. Ich weiß nicht, wie schwer. Ich komm nicht an ihn heran. Ich bin okay.«

Heiße Wut stieg in Norcott auf. Diese verfluchte Eisentür hatte ihn und MacAskill entscheidende zwei Minuten aufgehalten. Sechs Schuss, ein vollständiges Magazin, hatte er auf das mittelalterliche Schloss abgeben müssen, bevor sie die Tür mit vereinten Kräften hatten aufhebeln können. »Bleiben Sie, wo Sie sind, Kendrick«, rief Norcott. »Die Oxford Police besetzt

gerade die Burg, wir nehmen sie dann in die Zange.«
Das war zwar ein Bluff, aber vielleicht wirkte er ja für
einen Moment.

Jack und Janna hatten die Ablenkung ihrer Gegnerin
genutzt und waren hinter eine der breiten Säulen gekro-
chen. Jetzt beobachtete Janna, wie die Frau scheinbar
ungerührt und ohne Hast die Waffe senkte, sich umdrehte und dann aus ihrem Blickfeld lief. »Sie läuft
weg!«, rief sie laut, ohne weiter nachzudenken. »Norcott! Sie entkommt!« Carsdale versuchte aufzuspringen
und wollte der Anderen ganz offensichtlich hinterher-
laufen.

»Nicht!«, schrie Jack und riss sie mit seiner linken,
unverletzten Hand zurück.

Jannas Augen blitzten förmlich vor Zorn. »Ich bring
das Miststück um! Versuch ja nicht, mich aufzuhalten.«
Sie wollte sich Jacks Hand entwinden, wurde aber von
Norcott aufgehalten.

»Das ist unser Job! Sie bleiben besser ...« Sein Satz
wurde durch einen markerschütternden Schrei unterbrochen. »Scheiße«, entfuhr es Norcott. Er dreht sich zu
MacAskill um, der neben Ward kniete. »Sie bleiben
hier.« Er sah zu Janna. »Welcher Gang? Schnell!«

Sie deutete auf den rechten von drei nebeneinander
liegenden Eingängen.

Ohne weiter auf Janna und die anderen zu achten,
eilte Norcott los. Seine Taschenlampe und die Dienstwaffe vor sich. Der Superintendent lief eine Weile den
schmalen Gang hinunter, dann knickte der scharf ab. Er
lenkte den Lichtkegel seiner Taschenlampe nach hinten,

kniete sich hin und sah vorsichtig um die Ecke. Völlige Finsternis und vor allem absolute Stille empfing ihn. Er hielt den Atem an und konzentrierte sich, aber es herrschte eine totale Stille. Dann ließ ihn ein Geräusch herumfahren.

Kendrick riss die Arme hoch. »Nicht schießen«, presste er leise heraus. »Ich bin es nur.«

»Was zum Teufel ...«, entfuhr es Norcott.

Der Hausmeister schlich vorsichtig heran und wisperte: »Ich kenne diesen Gang. Er führt zu den alten Brunnen der Burg. Die sind alle offen. Ein falscher Schritt und ...« Er zog mit seinem Daumen eine Linie quer über dem Hals.

»Wie weit ist es bis zu den Brunnen?«

»Von hier noch ungefähr fünfzehn bis zwanzig Meter. Dann biegt der Gang wieder rechtwinklig ab und direkt dahinter sind mehrere große offene Brunnen. Aber vom Gang bis zum Brunnenrand ist es nur ein knapper Meter, nicht mehr!«

Norcott nickte. »Danke. Bleiben Sie hier. Kommen Sie mir erst nach, wenn ich rufe.«

»Ja, Sir.«

Langsam richtete sich Norcott wieder auf und schlich um die Ecke. Nach einigen Metern hielt er noch einmal den Atem an und lauschte angestrengt, hörte aber nichts. Entschlossen ging er bis zur Biegung des Ganges, kniete sich erneut hin und ließ dann aus der Deckung blitzschnell den Lichtkegel durch den angrenzenden Raum fahren. Er war kreisrund, in der Mitte konnte man drei, ebenfalls runde, im Dreieck angelegte

Schachtöffnungen sehen. An der gegenüberliegenden Wand waren zwei grobe Holztüren zu erkennen, ansonsten war der Raum vollkommen leer. Der Polizist drehte sich halb nach hinten und pfiff leise. Eine Bewegung und Schritte waren die Antwort. Norcott wartete nicht auf Kendrick, sondern drang sofort in den Brunnenraum vor. Im ersten Schacht erwartete ihn nur dumpfe, bodenlose Finsternis, im zweiten glitzerte undeutlich Wasser. Als Kendrick aus dem Gang trat, hatte Norcott eben den Lichtkegel in den dritten Schacht abgesenkt. Was er sah, wirkte wie eine Marionette, der man die Fäden abgeschnitten hatte. Die Arme und Beine wie durch Titanenkräfte verdreht, lag dort Gene Rackshaw. Lautlos schimmerte um ihren Körper das dunkle Brunnenwasser.

Kapitel 46

Oxford, Oxford Castle
Mittwoch, 28. Mai 1947, Morgengrauen

Es wird sicher noch ein, zwei Stunden dauern, bis wir den Leichnam bergen können.« Der Spezialist von der Feuerwehr zuckte mit den Schultern. »Zunächst muss ein stabiles Dreibein über dem Schacht montiert und verankert werden.«

Leyroyds ohnehin puterrotes Gesicht verfinsterte sich weiter. Der Chief Constable schien nah an der Explosion.

»Können Sie denn nicht wenigstens einen Sanitäter abseilen?«, mischte sich Norcott ein. »Wir wissen ja noch nicht einmal, ob die Frau überhaupt tot oder vielleicht nur schwer verletzt ist.«

Der Feuerwehrmann warf dem Schacht einen geringschätzigen Blick zu. »Bei allem Respekt, Superintendent, aber bei einem Sturz aus dieser Höhe? Das geht nach meiner Schätzung gut und gern dreißig Meter in die Tiefe. Das überlebt ...«

»Das überlassen Sie mal uns«, platzte Leyroyd heraus. »Wenn auch nur eine hauchdünne Chance besteht, die Frau lebendig dem Henker zu übergeben, werden Sie gefälligst alles versuchen!«

»In diesem engen Raum können wir keinen Mann abseilen«, gab der Mann patzig zurück. »Wir brauchen mindestens sechs Mann zur Absicherung und hier ist nichts, um sich abzustützen. Wir warten auf die Winde. Das ist mein letztes Wort!«

»Kommen Sie, Bill.« Norcott fasste seinen Kollegen am Arm und zog ihn von dem Feuerwehrmann weg. »Er hat recht. Das Risiko steht in keinem Verhältnis zur Wahrscheinlichkeit, ihr noch helfen zu können.«

Bill Leyroyd funkelte den Scotland-Yard-Mann wütend an, nickte dann aber nach einer Weile.

»Entschuldigen Sie, Sir.« Ein uniformierter Sergeant war auf sie zugetreten. »Der Gerichtsmediziner lässt fragen, ob der Leichnam jetzt abtransportiert werden kann.«

Norcott warf Leyroyd einen fragenden Blick zu, der nickte nur stumm.

»Danke, Sergeant«, antwortete Norcott daraufhin. »Ich gehe selbst eben zu ihm hinüber.«

Es war ein schwerer Weg. Mühsam ging Norcott den Gang entlang, hinüber in die Säulenhalle. Und mit jedem Schritt schien sich die Verantwortung bleierner auf seine Schultern zu legen. Nigel Ward war tot. Erschossen im Dienst. Dem Polizeidienst, für den der junge Mann alles gegeben hätte und nun sein Leben gelassen hatte. Norcott sah sie wieder vor sich, Wards leuchtende Augen, als sie sich vor wenigen Wochen in London getroffen hatten. Und er erinnerte sich an den tragischen Moment, in dem Ward hatte den Dienst quittieren müssen.

Nigel Ward stammte aus einer kleinbürgerlichen Familie. Sein Großvater war Polizei-Constable gewesen, der Vater Postbeamter. Er ging, voll der romantischen Geschichten seines Großvaters, zur Polizei. Dann, nach einem verunglückten Einsatz, bei dem eine Frau zu Tode kam, wurde Detective Constable Ward entlassen und verlor den Boden unter den Füßen. Er arbeitete in hundert Jobs, hielt aber nie lange durch. Sein Herz hing weiter am Polizeiberuf. Und daran, seiner Familie, besonders seiner Mutter, zu beweisen, dass er ein guter Kerl sei. Norcott hatte immer eine Schwäche für den manchmal tapsigen, aber immer grundehrlichen Ward gehabt. Und nun stand er, Norcott, hier. In einem staubigen, dumpfen Keller und betrachtete den kalten Körper in einer großen, braunen Lache. Er stand still und betrachtete das, was von Nigel Ward übrig geblieben war und sein Herz krampfte sich zusammen. Der Sergeant flüsterte etwas und die Sanitäter hoben den Leichnam in den Zinksarg, fast zärtlich, wollte es Norcott scheinen. Sie hielten inne. Er nickte.

Ein Räuspern. Norcott drehte sich um und sah Llewellyn Kendrick in die Augen. »Ich weiß, wie Sie sich fühlen, Sir. Wenn ich das sagen darf.«

»Natürlich, Sergeant«, antwortete Norcott sanft. »Natürlich.« Dann sah er zu Janna Carsdale hinüber, die an dem klobigen Tisch stand. Jack saß auf dem einzelnen Stuhl und hatte seinen Kopf an sie gelehnt. Sie strich ihm zärtlich durch die Haare und Norcott sah, wie sich ihre Lippen bewegten. Er ließ seinen Blick auf dieser Szene, atmete durch. Kapitel, die sich schlossen, neue Kapitel, die sich öffneten. Das ewige Buch des Lebens. Er wandte sich wieder an Kendrick. »Haben Sie DC MacAskill gesehen, Sergeant?«

»Ich bin hier, Sir.« Hector kam hinter einer der Säulen hervor. »Ich habe die Papiere für die Gerichtsmedizin ausgefüllt.

»Danke Hector«, Norcott bemühte sich zu einem knappen Lächeln. »Chief Constable Leyroyd hat zugestimmt, dass Miss Carsdale und Professor de Vercenne jetzt gehen können. Würden Sie sie nach Hause fahren? Ich denke, die beiden sind auf Sandford Hall am besten aufgehoben.« Um einer unausgesprochenen Frage zuvorzukommen, drückte er seinem Constable seine Autoschlüssel in die Hand. »Nehmen Sie meinen Alvis, das ist am einfachsten.«

»Und wie kommen Sie ...?«

»Ich bleibe noch hier, warte, bis wir den Leichnam bergen können. Und ich werde mir die Zeit damit vertreiben, mich noch ein bisschen mit dem Chief Constable zu streiten.« Norcott grinste halbherzig. Dann fiel ihm etwas ein. »Sergeant Kendrick, wie kommen Sie eigentlich nach Hause?«

Der alte Mann lächelte. »Keine Sorge, Sir. Ich habe meine Wohnung im College. Oben im Dach, hoch über der Stadt.«

Sie verabschiedeten sich, Norcott sah der kleinen Gruppe, die in dem Gang verschwand, noch einen Augenblick nach, dann seufzte er, wandte sich um und ging zu Bill Leyroyd zurück.

343

Kapitel 47

Oxfordshire, Sandford Hall
Mittwoch, 28. Mai 1947, gegen 4 Uhr

Der Wagen mit Hector MacAskill am Steuer hatte die Stadtbezirke von Oxford in Richtung Süden verlassen. Der schwere Sechszylindermotor gab ein konstantes, beruhigendes Brummen von sich. Gott sei Dank würde es keine allzu lange Fahrt werden, denn langsam spürte auch Hector den Schlafmangel. Er warf einen kurzen Blick in den Rückspiegel und sah zu seinen beiden Passagieren. Sie waren schon nach wenigen Minuten im Wagen eingedöst und schienen jetzt fest zu schlafen. Das Beste, was sie tun konnten, nach Hectors Meinung.

Nach einigen weiteren Kilometern auf der Landstraße baute sich das erhabene Eingangsportal von Sandford Castle am Straßenrand auf. Die wuchtigen, wohl mehr als drei Meter hohen Säulen trugen ein fein ziseliertes, schmiedeeisernes Tor. MacAskill bremste und bog in den Zufahrtsweg ein. Als das Automobil dann schließlich vor dem Haupteingang des Schlosses hielt, war der Fahrer erleichtert. Noch eine Viertelstunde und er hätte die Augen nicht mehr offen halten können. Er weckte das junge Paar, während sich bereits die Tür geöffnet hatte und eine Gruppe Menschen herausströmte.

»Mami! Mami«, rief ein etwa siebenjähriges Mädchen und riss sich von einem älteren Herrn los. Sie lief zu Janna Carsdale, die gerade aus dem Auto stieg. Mutter und Tochter fielen sich in die Arme.

»Ich bin Timothy Carsdale«, sagte der Mann, der nun auf MacAskill zugetreten war.

»Detective Constable MacAskill, New Scotland Yard«, stellte Hector sich vor und deutete ein höfliches Kopfnicken an.

»Was um alles in der Welt ist geschehen?«, fragte Carsdale, während Janna versuchte, mit Hilfe eines Butlers ihre Tochter und Jack de Vercenne gleichzeitig ins Schloss zu bugsieren.

»Bitte, Sir«, mischte sich der Polizist ein, »vielleicht könnten sich die beiden hier erst einmal hinlegen? Ich erkläre Ihnen dann alles, wenn Sie einverstanden sind.«

»Ja, bitte Vater«, setzte Janna Carsdale hinzu und schob de Vercenne weiter ins Schloss hinein. Und zu MacAskill gewandt sagte sie: »Sie sind natürlich auch eingeladen, heute hierzubleiben, Constable. Wir können wohl alle Schlaf gebrauchen.«

»Danke, Miss. Gern. Nachdem ich Ihren Vater informiert habe.« Er lächelte und nickte dem Älteren zu.

Nach ein paar Minuten hatte sich das menschliche Knäuel entwirrt, Janna Carsdale hatte ihre Tochter mit einigen beruhigenden Worten zu Bett gebracht und auch Jack war mit einem Butler zu einem der oberen Schlafzimmer unterwegs.

»Darf ich Ihnen etwas zu trinken anbieten oder sind Sie noch im Dienst, Constable?«

Hector dachte nur einen sehr kurzen Augenblick nach, dann nickte er dankbar. »Ich glaube, mein Dienst ist für heute beendet. Und ich würde gern einen Whiskey nehmen, wenn ich so unbescheiden sein darf.«

»Aus welcher Ecke Schottlands stammen Sie, Constable?«

MacAskill lächelte. »Isle of Skye, Sir, Innere Hebriden. Waren Sie schon mal in der Gegend?«

»Sie werden lachen, Constable. Ja, wir waren vor ein paar Jahren wandern, rund um den *Old Man of Storr*.« Er ging zu einer Anrichte. »Dann habe ich etwas Besonderes für Sie, bevor ich Sie mit meinen Fragen löchere. Einen vierzig Jahre alten Talisker aus Ihrer Heimat.« Er hielt fragend eine Flasche mit einem blauen Etikett hoch.

MacAskill, der im Geiste überschlug, was ein Glas dieses gigantisch teuren Whiskeys wohl kosten würde, nickte. »Gern, Sir, danke. Aber dürfte ich zuerst meinen Chef, Superintendent Norcott anrufen? Ich möchte ihn nur kurz informieren, dass wir gut angekommen sind.«

»Selbstverständlich.« Carsdale deutete freundlich zu einem Schreibtisch. »Dort steht das Telefon. Bedienen Sie sich. Und ich gieße uns inzwischen ein.«

Der Polizist blätterte in seinem Notizbuch nach der Nummer der Einsatzzentrale der Oxford City Police. Von dort würde man ihn per drahtloser Funkverbindung mit dem Einsatzteam in der Burg verbinden. Er nahm den Hörer ab. Dann sah er kurz zu dem Telefonapparat und wandte sich danach zu Timothy Carsdale um. »Entschuldigen Sie, Sir, muss ich hier noch einen der Schalter drücken?«

Der Hausherr wirkte irritiert. »Nein. Wieso? Sobald Sie abheben, ist die Leitung frei und Sie können wählen.«

MacAskill hielt seinem Gastgeber den Telefonhörer entgegen. Und es wurde totenstill im Raum. Der Constable fing sich schnell. »Wo ist der nächste Apparat?«

»Kommen Sie.« Sie eilten aus der Bibliothek in den Flur und von dort in einen Raum, der augenscheinlich eine Art Esszimmer war. Carsdale nahm den Empfänger von einem Wandapparat. »Tot.« Er drehte sich um, ohne eine Antwort abzuwarten und läutete nach dem Butler. Der erschien nur einen kurzen Augenblick später.

»Hobson, wann ist das letzte Mal telefoniert worden?«

Der Butler wirkte verwirrt. »Ist etwas nicht in Ordnung, Sir?«

»Hobson! Beantworten Sie meine Frage. Wann wurde das letzte Mal von einem der Apparate telefoniert?«

»Sofern ich Ihre Telefonate ...«

Carsdale machte eine ungeduldige Handbewegung. »Das weiß ich selbst, wann ich telefoniert habe, Herrgott. Ich meine, ob Sie oder jemand anderes vom Personal gestern Abend noch telefoniert hat und wenn ja, wann?«

»Mrs. Strout hat am späten Nachmittag mit dem Fleischer ...«

»Die Köchin«, warf Carsdale eine Erklärung ein. »Und? War alles in Ordnung?«

»Es gab Unstimmigkeiten bezüglich der Qualität eines Lammrückens, soweit ich ...«

Carsdale schien nah daran, den Butler zu schlagen. »Ob das verdammte Telefon funktionierte, will ich wissen! Das Ding ist tot und ich will wissen, seit wann.«

MacAskill schaltete sich wieder ein. »Verriegeln Sie alle Türen, schließen Sie alle Fenster. Sofort.« Noch während er das sagte, hatte er seine Dienstwaffe aus dem Holster gezogen und die Automatik durchgeladen. »Dann will ich sämtliches Personal, das sich hier im Hauptgebäude befindet ... hier?« Carsdale nickte. »Also hier. Es sollen sich alle hier einfinden, so schnell wie möglich! Beeilen Sie sich.« Nachdem Hobson losgelaufen war, wandte sich der Polizist wieder an Carsdale. »Haben Sie eine Waffe?«

Carsdale nickte. »Jagdwaffen. Alle in einem Stahlschrank in einem Extraraum im Küchentrakt. Und ich habe eine Tokarev Automatik, oben in meinem Nachttisch. Bevor Sie fragen: Ja, ich kann damit umgehen.«

Die beiden Männer hatten gerade das Esszimmer verlassen, um die Waffe zu holen, da hörten Sie den Schrei einer Frau aus den oberen Stockwerken. Ein Schrei, der plötzlich abbrach.

»Das kam aus dem Flur meiner Tochter.« Carsdale wollte in das Treppenhaus stürzen, aber MacAskill hielt ihn fest.

»Ich gehe vor. Und Sie bleiben in meiner Deckung!« Carsdale nickte.

Aus dem oberen Stockwerk war nun mehr Geschrei zu hören, hysterisches Weinen und das Laufen vieler

Füße. Als sich der Constable zum Treppenhaus wandte und nach oben schaute, gefror ihm das Blut in den Adern.

* * *

Endlich hatte die Feuerwehr, zusammen mit einem Spezialisten der Bergrettung, eine stabile Windenkonstruktion über dem Brunnenschacht errichtet. Der nur einen Meter schmale Rand zwischen den Brunnenschächten und den Wänden sowie die engen Zugangswege zum Brunnenraum hatten die Arbeiten immer wieder aufgehalten. Charles Norcott hatte mehr als einmal eingreifen müssen, weil Leyroyds Ungeduld und seine ständigen Einmischungen eher aufhielten, als halfen.

»Wir sind soweit«, meldete der leitende Feuerwehrmann, der sich in der letzten Stunde angewöhnt hatte, den Chief Constable der Oxford City Police geflissentlich zu übersehen und nur Norcott anzusprechen. Dieser nickte, der Feuerwehrmann gab ein Zeichen und die Winde setzte sich in Gang. Ein Sanitäter der Bergrettung wurde langsam in den Schacht gelassen.

Seit Norcott den Körper von Gene Rackshaw im Brunnen entdeckt hatte, war keinerlei Lebenszeichen bemerkt worden. Niemand, auch der Superintendent nicht, rechneten noch damit, die Frau lebend bergen zu können. Und damit schlichen zwei gewichtige Fragen durch seinen Kopf: die nach Schuld und Sühne. Ob sich alle Fragen rund um diesen Fall ohne die vermeintliche

Täterin würden aufklären können, schien fraglich. Drei Menschen hatten, nach derzeitigem Kenntnisstand, ihr Leben lassen müssen. Elizabeth Badby lag immer noch in kritischem Zustand im Krankenhaus. Selbst wenn man die enormen Sachschäden ausließ, riefen allein diese Toten und Verletzten laut nach Strafe, nach irgendeiner Form von gerechter Sühne, ohne dass Norcott eine Antwort geben konnte. Aber so ungerecht es für den Einzelnen wirken musste, Gene Rackshaw war tot und es würde keinen Prozess, keine Verurteilung geben. Er seufzte innerlich und zog das Jackett fester um sich. Die klamme Luft drang mehr und mehr auf die Haut durch.

Nur einen Moment später hörte er Rufe aus dem Brunnenschacht. War doch noch Leben in dem zerschundenen Körper in der Tiefe?

»Das Funkgerät!«, bellte Leyroyd, der neben Norcott stand. »Warum benutzt der Idiot nicht das Funkgerät?«

Wieder war ein Rufen aus dem Schacht zu hören, aber der Hall des Brunnens verzerrte die Stimme.

»Ich bring diesen Trottel um«, schrie der Chief Constable aufgebracht. »Was ruft er?«

Das Rufen brach ab und nur wenige Sekunden später erwachte endlich das Funkgerät der Feuerwehr knisternd zum Leben.

»Wiederholen Sie das!« Der leitende Feuerwehrmann hatte dem Funker das Mikrofon aus der Hand gerissen. »Sie haben *was* gefunden?«

* * *

Das Mädchen hatte aufgehört zu schreien und sich zu winden. Starr schien es, fast wie eine Puppe, in der Umklammerung durch die Frau, die ihr einen hässlichen, bulligen Revolver an die Schläfe drückte.

MacAskill hob die Hände. Sein Herz schlug wie rasend. »Tun Sie nichts Unüberlegtes«, rief er ihr zu und verfluchte sich innerlich für diesen Satz. Diese Frau tat nie etwas Unüberlegtes, so schien es. Eher wirkte sie wie eine erfahrene Schachspielerin, die jeden Zug vorhersah. »Was wollen Sie? Lassen Sie uns verhandeln«, setzte der Polizist hinzu und dachte fieberhaft nach.

»Wo ist Jack?«, schrie Gene in das Treppenhaus, in dem sich das Kindermädchen und andere Hausangestellte immer noch verängstigt an die Wände drückten. »Und wo ist die Schlampe? Ich will sie beide sehen. Sofort! Sonst blase ich diesem Balg das Gehirn aus dem Schädel.«

»Ich bin hier.« Aus dem Flur des ersten Stockwerkes trat Jack de Vercenne in das Treppenhaus. Er hatte offenbar schon begonnen, sich auszuziehen, als der Tumult begann. Er trug keine Schuhe mehr und sein Hemd war aufgeknöpft. »Was willst du denn noch, Gene? Drei Menschen hast du schon ermordet! Wie viele sollen es noch werden? Und willst du jetzt auch ein Kind töten? Das bringt dich endgültig in die Hölle.« De Vercennes Stimme klang ruhig und eindringlich.

Und doch war die Reaktion nur weiteres hysterisches Gelächter. »Die Hölle? Die hast du mir doch schon bereitet, Jack. Seit ich im Februar kam, hast du mich umworben, mir Zeichen gegeben. Mich immer wieder gelockt.« Sie hielt einen Moment inne, schien zurückzudenken.

In diesem Augenblick biss das Mädchen zu. Sie nutzte ihre Chance, packte den Arm, der um ihren Hals geschlungen war und vergrub ihre Zähne mit aller Gewalt in die Hand ihrer Gegnerin. Die Rackshaw schrie auf, lockerte kurz den Griff ihres Opfers und das genügte Jannas Tochter Catherine, sich ihr zu entwinden. Flink wie ein Wiesel sprang sie zur Treppe. Sie war bereits einige Stufen hinunter gelaufen, als MacAskill sah, wie Rackshaw auf sie zielte. Er riss selbst seine Waffe hoch und versuchte zu zielen, bekam Rackshaw aber nicht ins Visier. Wie er auch zielte, immer war das schmiedeeiserne Treppengeländer im Weg. Ein Querschläger konnte jeden treffen. Er zog den Lauf der Automatik noch ein wenig höher, wollte die Frau wenigstens durch Schüsse ablenken, am gezielten Schuss hindern. Sein Finger krümmte sich und in diesem Moment ging das Licht aus.

Zwei Schüsse hallten durch das riesige Treppenhaus, beleuchteten für Bruchteile von Sekunden eine gespenstische Szenerie. Noch beklemmender war die nachfolgende, absolute Lautlosigkeit. Hector MacAskill betete, hoffte, dass dies nicht die Stille des Todes war.

Dann, nach einem kurzen Moment, hörte er ein leises Wispern. »Die verdammte Stromsperre.« Es war Carsdale.

»Wir brauchen Licht«, flüsterte der Constable zurück. »Kerzen oder Petroleumlampen. Und dann igeln wir uns ein.«

»Kerzen sind kein Problem, aber ich habe noch eine andere Idee.« Hastig besprachen die beiden Männer im Flüsterton die Optionen. MacAskill horchte gleichzeitig auf die Bewegungen im Treppenhaus. Auf Zehenspitzen waren die Angestellten, die er zuletzt im Treppenhaus gesehen hatte, in ihre Richtung geschlichen. Langsam gewöhnten sich ihre Augen an die Dunkelheit und man konnte wieder Umrisse erkennen.

»Hobson ist unterwegs in die Scheune«, murmelte Carsdale leise. »Was machen wir jetzt?«

»Ich habe hier vier Angestellte gezählt, plus Ihre Enkelin. Professor de Vercenne und Ihre Tochter müssen noch oben sein. Oder fehlen noch mehr Angestellte?«

»Nein, nur die vier und Hobson übernachten bei uns.«

»Gut«, antwortete MacAskill. »Wir können jetzt nicht nach oben vorstoßen, das wäre Selbstmord. Wir ziehen uns in die Küche zurück. Sie haben doch gesagt, dort befindet sich der Schrank mit den Jagdwaffen?«

»In einem Nebenraum zur Küche.« Er klang unsicher und setzte dann hinzu: »Dort endet aber auch das zweite Treppenhaus. Wenn die Frau schlau ist, schneidet sie uns dort den Weg ab.«

»Verdammt«, fluchte Hector leise, der immer noch versuchte, mit einem Ohr Geräusche aus dem Treppenhaus wahrzunehmen. Andererseits glaubte er nicht, dass

Gene Rackshaw sich in der Dunkelheit nach unten schlich, denn sie riskierte ebenfalls, in einen Hinterhalt zu geraten. »Dann lassen wir die Waffen und ziehen uns hier gegenüber in die Bibliothek zurück.«

»Und meine Tochter und de Vercenne? Was machen wir mit denen?«

»Liegt das Schlafzimmer Ihrer Tochter im ersten oder zweiten Stock?«

»Im ersten. Nur meine Enkelin und die Angestellten wohnen im zweiten Stock.«

»Dann können und sollten wir im Moment nichts tun. Jetzt nach oben zu schleichen, ist viel zu gefährlich. Sie könnte uns aus dem zweiten Stock abschießen wie Enten. Wir müssen darauf hoffen, dass sich die beiden in ihren Zimmern oder sogar zusammen verbarrikadiert haben.«

Timothy Carsdale nickte und führte die kleine Gruppe in die Bibliothek, während Constable MacAskill so gut es in der Dunkelheit ging, das Treppenhaus im Auge behielt. Er blickte abwechselnd hinter sich und wartete darauf, dass man in der Bibliothek die ersten Kerzen entzündete. Als er einen schwachen Lichtschein aufglimmen sah, rappelte er sich auf und hastete ebenfalls über den Flur. Bei den anderen angekommen, wollte sich MacAskill im Eingangsbereich der Bibliothek einen gedeckten Beobachtungsposten suchen. Kaum hatte er aber den Raum betreten, flog am anderen Ende des Raumes eine Tapetentür auf und seine Gegnerin zielte auf Catherine Carsdale, die Schutz in den Armen ihres Großvaters gesucht hatte.

»Lassen Sie die Waffe fallen, Constable.« Als sie ihn zögern sah, rief sie: »Machen Sie schon! Ich habe keine Hemmungen, das Balg abzuknallen.«

MacAskill hob langsam die Hände, behielt aber die Waffe in der Hand.

Sie lächelte. »Keine Spielchen, Mann. Legen Sie die Waffe auf den Boden und stoßen Sie sie mit dem Fuß in meine Richtung.«

Er hatte keine andere Wahl, als ihr zu gehorchen. Sie war nur knapp fünf Meter von dem Mädchen entfernt und auf diese Distanz traf jeder halbwegs gute Schütze.

Sie deutete mit der Waffe auf Timothy Carsdale. »Und jetzt gehen Sie ins Treppenhaus und rufen Jack und seine Schlampe herunter.«

Carsdales Kopf fuhr hoch. »Nennen Sie meine Tochter nicht so, sonst breche ich Ihnen das Genick.« Er ballte seine Fäuste, wollte auf seine Gegnerin los, da knallte ein Schuss. MacAskill wollte vorwärts springen, aber Rackshaw visierte ihn sofort an. »Stehen bleiben oder Sie fangen sich auch eine Kugel!«

Er blieb stehen, sah aber erleichtert, dass es den alten Carsdale nur an der Schulter erwischt hatte. Eine der Angestellten presste geistesgegenwärtig ein zusammengeknülltes Stück Stoff auf die Wunde und die anderen kümmerten sich um das weinende Kind.

»Sie da«, Rackshaw deutete mit der Waffe auf das Kindermädchen. »Sie gehen! Ich will de Vercenne und sein Liebchen hier unten sehen – in fünf Minuten. Wenn sie bis dahin nicht hier sind, erschieße ich eine

Ihrer Kolleginnen, alle zwei Minuten eine. Verstanden?«

Die angesprochene Frau nickte und verschwand in den Flur. Ihre Schritte wurden rasch leiser.

»Ich nehme an, Sie haben die Telefonleitungen durchtrennt«, sagte MacAskill, ohne dass es nach einer Frage klang.

»Schlaues Bürschchen. Nachdem Sie die Straße nach Süden genommen hatten, wusste ich, wohin die Reise geht und habe Sie auf der Parallelstraße überholt. Hier war alles ganz einfach, ich habe mich vorbereitet.« Sie lächelte selbstzufrieden.

»Aber Ihnen muss doch klar sein, dass mein Chef misstrauisch wird, wenn ich mich nicht melde. Sie werden nicht entkommen. Wahrscheinlich ist er schon auf dem Weg.«

Sie lachte. »Ich bin Ihrem superschlauen Chef schon einmal entkommen. Der ist bestimmt noch Stunden damit beschäftigt, die Puppe zu bergen, die ich im Schacht platziert hatte.« Sie brach ab, als Schritte aus dem Treppenhaus zu hören waren. Einen Moment später traten Janna Carsdale, Jack de Vercenne und das Kindermädchen in die Bibliothek. »Ah, da ist ja das schöne Paar.«

Janna Carsdale sah ihren Vater, der immer noch ein blutiges Tuch auf seine Schulter presste und wollte auf Gene zustürzen. Die Waffe schwenkte auf das junge Mädchen, das sich verängstigt an seinen Großvater presste. Janna hielt inne.

»Brave kleine Schlampe«, kommentierte Rackshaw. »Und jetzt runter mit dem Morgenmantel. Und Jack: Zieh die Hose aus! Ich will sehen, ob Ihr vielleicht eine kleine Überraschung für mich dabei habt.«

»Tun Sie, was sie sagt«, flüsterte MacAskill der jungen Frau zu. Fieberhaft suchte sein Kopf nach einem Ausweg. Auf jeden Fall war es eine gute Idee, die Rackshaw so lange wie möglich beschäftigt zu halten.

Die beiden schienen seine Absicht verstanden zu haben und zogen sich so langsam wie möglich aus.

»Was haben Sie denn nun vor mit uns?«, fragte der Polizist. »Erschießen können Sie uns ja nicht alle. Und egal, was Sie sagen, meine Kollegen werden bald hier sein. Vielleicht verschwinden Sie doch besser?«

Gene, die wie gebannt zusah, wie die beiden sich auszogen, lachte leise. »Aber nein, erschießen werde ich Sie nicht. Da gibt es andere Lösungen.« Sie sah sich im Raum um, der angefüllt war mit deckenhohen Bücherregalen. »Das hat beim letzten Mal ganz wunderbar funktioniert.« Sie lächelte noch einmal und dann wurde ihr Gesicht urplötzlich hart und fratzenhaft. Sie sah MacAskill an: »Brennen werdet ihr alle! Ihr und dieser herrschaftliche Kasten mit all seinen Traditionen. Ihr und alles hier werdet in ein paar Stunden nur noch Staub sein.« Sie hatte die letzten Worte nur noch geflüstert. Plötzlich drehte sie sich zu dem Paar um. »Wie lange dauert das denn noch, die paar Fetzen auszuziehen?«

Jack hob die Hose, die er eben ausgezogen hatte, mit theatralischer Geste hoch und ließ sie fallen. Noch während Hector sich über die merkwürdige Geste wunderte, fiel die Hose zu Boden und verursachte ein metallisch, klickendes Geräusch. Es waren die Patronenhülsen, die er im Gang gedankenlos eingesteckt hatte.

Sofort sah Gene zu dem Kleidungsstück am Boden. »Was haben wir denn in unseren Taschen? Schieb mir die Hose herüber, Jack Liebling.«

Bedächtig bückte sich de Vercenne und griff nach der Hose, deutete an, in die Hosentasche greifen zu wollen. Im selben Moment kehrte unerwartet der Strom zurück und die Kronleuchter im Raum flammten auf. Janna, die sich schon langsam Richtung Wand geschoben hatte, sprang mit einem langen Schritt zu einer Anrichte und griff zu. Die Bewegung war schnell, fließend, schien tausendfach geübt.

Gene Rackshaw, vom plötzlichen hellen Licht geblendet, wandte sich Janna zu, bewegte den Arm, dessen Hand die Waffe trug. Langsam und immer langsamer werdend, bewegte sich die Mündung des Revolvers auf Janna Carsdale zu. Die stand ganz still aufrecht und ließ dann bedächtig den Bogen eines Bakongo-Kriegers sinken. Wie in Zeitlupe sah Gene an sich herunter und betrachtete das gefiederte Ende des Pfeils, der ihre Brust durchbohrt hatte. Mit sichtbarer Anstrengung hob sie den Kopf, sah zu Jack, mühte sich zu sprechen. Blut quoll aus ihrem Mundwinkel. »Endlich ... vergesse ich ... dich ... Jack.«

Kapitel 48

Oxford, 14b Norham Gardens
Samstag, 31. Mai 1947, später Vormittag

Norcott hat am gestrigen Freitag die letzte seiner Vorlesungen in dieser Woche gehalten. Er wunderte sich immer noch ein wenig über sich selbst. Dass er trotz der ganzen Entwicklungen immer noch seine Vorlesungen gehalten hatte und - dies wunderte ihn noch viel mehr - seine Studenten und Studentinnen sogar hochzufrieden waren mit seinem Unterricht. Rupert Jernigan, der von all den Verwicklungen rund um das Physikalische Instituts nichts wusste, hatte ihm Anfang der Woche am Telefon erzählt, wie außerordentlich zufrieden die Teilnehmer wären. »Nun ja«, hatte Jernigan gesagt, »ich denke, Sie haben jetzt auch die nötige Ruhe für Vorlesungen, anders als in Ihrem aufreibenden Alltag im Yard.«

Charles hatte es geschafft, ohne zu lachen zu antworten: »Absolut. Wir genießen die Ruhe hier in Oxford sehr.«

Heute aber schien es wirklich ein ruhiger Tag zu werden. Charles und Vicky Norcott saßen mit Hector MacAskill im Garten und auch Ralf Breckow war aus dem Offizierlager in Farnborough herübergekommen, um das Wochenende in Oxford zu verbringen.

»Wie geht es eurer Kollegin?«, fragte Breckow und trank einen Schluck Tee.

»Die behandelnde Ärztin ist zufrieden. Elizabeth ist seit Donnerstag immer wieder für längere Zeiträume wach und ansprechbar«, erklärte Charles. »Es hat keine Komplikationen gegeben. Gott sei Dank.«

»Ich war gestern Abend bei ihr«, ergänzte Vicky. »Und es ging ihr zumindest so gut, dass sie mich nach den Einzelheiten des Falles ausfragen konnte.« Sie zwinkerte in die Sonne und lächelte. »Wir Polizistenfrauen sind eben aus hartem Holz.«

Norcott lächelte, schien aber plötzlich abgelenkt.

Breckow fixierte ihn. »Du denkst an etwas anderes. An deinen Kollegen?«

Der Angesprochene nickte ernst. »Ja, stimmt. So froh ich bin, dass der ganze Spuk ein Ende hat, so sehr muss ich an die sinnlosen Toten denken.« Er seufzte tief. »Und ja, ich denke natürlich zuerst an Nigel. Ich habe ihn in den Fall gebracht und ich trage damit natürlich auch die Verantwortung.« Es trat einen Moment Stille ein und jeder am Tisch hing seinen ganz eigenen Gedanken nach.

»Übrigens hast du«, sagte Norcott an Breckow gewandt, »recht gehabt, was die Amerikaner angeht.« Er lächelte ein wenig. »Und auch wieder nicht.«

Vicky sah ihren Mann strafend an. »Charles ... keine Rätsel. Davon hatten wir doch schon genug.«

»Ja, doch. Gönn mir doch auch ein bisschen Spannung. Aber im Ernst. Nach der Wohnungsdurchsuchung bei Gene Rackshaw und der Durchsuchung ihres Arbeitsplatzes im Institut ist der MI5 sicher, dass unser so vielseitiger Major Hathaway Material an sie geliefert hat. Ob er gewusst hat, was sie damit vorhat oder ob er es geahnt hat, wissen wir nicht. Die Rackshaw hat jedenfalls so etwas wie Tagebuch geführt.«

»Oh«, machte Vicky. »Das dürfte dann ja viele Hintergründe aufhellen, oder?«

Ihr Mann wiegte den Kopf. »Das müssen wir abwarten. Sie hat anscheinend in einer eigenen Kurzschrift immer nur Bruchstücke festgehalten. Inwieweit sich das entziffern lässt, daran sitzen derzeit Kryptographieexperten. Und inwieweit es uns enträtselt, was wirklich ihr Antrieb gewesen ist ...« Er brach ab und schwieg wieder einen Augenblick. »Erkennbar ist aber schon, dass sich Major Hathaway und Gene Rackshaw aus Bletchley Park kannten.«

»Moment«, hakte Breckow nach. »Diese Rackshaw war in Bletchley Park eingesetzt?«

Norcott nickte. »Ja, stimmt. Sie war so eine Art Mädchen für Alles in einer Abteilung, in der Saboteure ausgebildet wurden. Also Leute, die allein oder in kleinen Gruppen hinter den feindlichen Linien durch Anschläge für Chaos und Verwirrung sorgen sollten.«

»Und sie wurde auch darin ausgebildet oder was war Ihre Rolle dort?« wollte Vicky wissen.

»Soweit wir der Akte, also ihrer echten Militärakte, entnehmen konnten, war sie nur Assistentin des Ausbildungsleiters. Wie viel sie sich dabei vom Stoff der Ausbildung aneignen konnte, bleibt wohl im Dunkel.«

»Ob sie schon länger psychische Probleme hatte?« sagte Vicky wie zu sich selbst.

Charles seufzte. »Wer kann das sagen? Wir werden es nicht herausfinden, denn unsere Ermittlungen gegen die Rackshaw sind eingestellt. Gegen Tote wird nicht ermittelt.«

Nach einem Moment des Schweigens hakte Breckow noch einmal nach: »Und Major Hathaway?«

»War zu einem Lehrgang in Bletchley Park. Mehr wissen wir nicht.« Mit einem resignierten Achselzucken setzte Norcott hinzu: »Und viel mehr werden wir auch nicht erfahren. Unser guter Major hat sich in die Staaten abgesetzt.« Nun lächelte der Superintendent ein wenig. »Der MI5 hat am Donnerstagabend der U.S.-Botschaft mitgeteilt, dass man ein Gespräch mit ihm wünsche. Am Freitagmorgen war er bereits außer Landes.« Norcott grinste jetzt offen. »In diesem Fall war unser Geheimdienst wohl nicht schnell genug.«

»Na ja«, bemerkte MacAskill. »Bei dem armen Dr. Fraser haben die sich ja auch nicht mit Ruhm bekleckert.«

»Stimmt, Hector«, bestätigte Norcott. »Fraser-Collins hatte ja auch eine gefälschte Personalakte und war tatsächlich während des Krieges als Spezialist für Sprengstoffe tätig. Auch in Bletchley Park, wenn auch nur kurz. Er hatte mir aber eindeutig nachweisen können, dass er absolut kein Interesse hat, mit Professor de Vercenne zu konkurrieren.«

»Warum?« Breckow hatte fragend die Augenbrauen nach oben gezogen.

»Weil er beweisen konnte, dass er in einem halben Jahr als wissenschaftlicher Direktor der neu gegründeten Technischen Universität von Burma nach Rangun geht. Sein Vater war ja Offizier in der British Burma Army.«

»Eine andere Sache, die ich nicht verstanden habe«, hakte Breckow nach. »Woher kam plötzlich der Strom auf Sandford Hall?«

Norcott nickte MacAskill zu und der antwortete. »Carsdale hatte einen Dieselgenerator in der Scheune stehen. Den hat Hobson, der Butler, in Gang gebracht. Das Timing war allerdings Zufall. Manchmal muss man eben auch einfach mal Glück haben.«

»Bleibt also nur das Rätsel um Gene Rackshaw selbst«, stellte Vicky fest.

»Ein verwirrter Geist?«, versuchte es Ralf Breckow. »Eine Art von krankhafter Fixierung?«

»Etwas Ähnliches dürfte es gewesen sein«, erwiderte Charles und seufzte. »Es würde mich sehr interessieren, was genau dahintersteckte. Aber unsere Ermittlungen sind, wie gesagt, eingestellt und über allen weiteren Ermittlungen des MI5 hängt ein großes Schild *Geheim*. Auf alles kommt ein schöner großer, dichter Geheimdienstdeckel und die Ermittlungsergebnisse verschwinden für fünfzig Jahre in den Archiven.«

»Aber das ist doch ...«, brach es aus Hector MacAskill heraus. Dann bremste er sich selbst. »Entschuldigen Sie, Sir, ich wollte nicht ...«

»Immer sagen, was Sie denken, Hector. Sie wissen doch«, ermahnte ihn sein Chef lächelnd.

»Bitte entschuldigen Sie, Sir, vielleicht steht mir so eine Wertung nicht zu. Aber ich habe an die Eltern von

Daphne Pelling gedacht. Und ja ... auch an den alten Viscount de Vercenne. Die Angehörigen haben doch ein Anrecht darauf zu erfahren, was geschehen ist, oder nicht?«

»Menschlich gesehen, haben Sie recht, Hector. Aber das ist eben Staatsräson. Denken Sie nur daran, wie viele Menschen in der großen Dunkelheit getötet wurden oder einfach verschwunden sind und niemand wird jemals erfahren, was aus ihnen geworden ist.«

»Verdammter Krieg«, sagte Ralf Breckow leise und niemand wollte etwas hinzusetzen.

Epilog

London NW8, 126 Hamilton Terrace
Donnerstag, 20. November 1947, später Vormittag

Charles Norcott kam, tonlos fluchend, aus dem Bad und versuchte, die neuen Manschettenknöpfe in den engen Knopflöchern seines strahlend weißen Hemdes zu verankern. Immer noch mit den Knöpfen kämpfend, bog er in das Schlafzimmer ein. »Vicky, würdest du mich bitte von diesen ...« Er blieb abrupt stehen.

Seine Frau drehte sich ein wenig auf der Stelle. »Gefällt es dir, Darling?«

Er machte einen langsamen Schritt auf sie zu, ließ die Hand von der Manschette seines Hemdes sinken, trat dann noch einen Schritt näher. »Du ... siehst atemberaubend aus.« Charles musste sich räuspern, seine Lippen waren ganz trocken. Leise sagte er: »Bei Gott. Du bist die schönste Frau der Welt.«

Sie beendete ihre Drehung und wandte sich ihm zu. Einen langen, ruhigen Moment, der sich so warm und wohlig wie ein winterliches Kaminfeuer um ihre Herzen schlang, sahen sie sich nur tief in die Augen. Schließlich blinzelte Vicky ein wenig. »Ach du ... hoffnungsloser Romantiker.« Dann sah sie ihn wieder an. »Gefällt es dir, Darling? Sei ehrlich.« Sie strich sich eine weißblonde Haarsträhne aus der Stirn. »Ich gebe zu, ich bin ein ganz klein wenig nervös.«

Er lächelte seine Frau verlegen an und hielt die silbernen Manschettenknöpfe auf der offenen Handfläche hoch. »Dann kannst du mich ja verstehen.«

Vicky nahm einen der Manschettenknöpfe und betrachtete das eingeprägte Logo von New Scotland Yard. »Sie sind wunderschön, Charles. Du kannst auf dieses Geschenk wirklich stolz sein.«

Als die Nachricht vom heutigen Tage in seiner Abteilung durchgesickert war, hatten Alexandra Stephens und Trish Cooper ihm diese handgearbeiteten Manschettenknöpfe geschenkt. Und ja, er war unfassbar stolz. Die Anerkennung seiner engsten Mitarbeiter war ihm in seiner gesamten Karriere mit am wichtigsten gewesen.

»Seid ihr zwei Turteltauben endlich so weit?« Maxine Hayfields Stimme drang vom Treppenhaus herauf. Die gemeinsame Freundin hatte sich angeboten, an diesem Tag als Fahrerin zu fungieren. Natürlich hätte auch ein Fahrer von New Scotland Yard zur Verfügung gestanden, aber Vicky und Max hatten ihn überredet. »Ach komm, Charles«, hatte Max gebettelt, »so kann ich doch behaupten, auch einmal im Buckingham Palace gewesen zu sein. Sei kein Spielverderber.« Und so stand Maxine unten am Treppenabsatz ihres Hauses in St. Johns Wood und drängte lautstark, mit der Stimme eines Drill-Sergeants, zur Abfahrt. »Wir müssen spätestens in einer Dreiviertelstunde da sein. Das ist euch klar, oder?«

»Wir kommen!«, riefen die beiden im Chor und kicherten wie zwei Schulkinder. Eher unverständliches Gemurmel vom Treppenabsatz war die Antwort.

»Dann hilf mir eben mit den Knöpfen, ich brauche dann nur noch die Uniformjacke.« Er betrachtete seine Frau. »Fehlt noch etwas an dir, oder ...«

»Nur mein unverschämt gut aussehender Hut.« Sie nickte mit dem Kopf in Richtung einer Kommode, auf der ein, zum Kostüm farblich passender, kleiner Hut prangte. Ihre hochhackigen Schuhe und das Kostüm waren in einem dunklen Grün gehalten, Rock und Jacke waren zusätzlich mit einem dunkelroten Nadelstreifenmuster verziert. Fünf Minuten später waren beide fertig, Charles trug nun seine vollständige blau-schwarze Polizeiuniform, die Schirmmütze mit dem charakteristischen schwarz-weißen Schachbrettmuster versehen.

»Ihr seht wirklich prächtig aus«, stieß Max hervor, die es sich selbst nicht hatte nehmen lassen, eine komplette, schwarz-graue Chauffeuruniform zu tragen, inklusive entsprechender Breeches und schwarzer Stiefel. Sie löste sich aus dem Moment und scheuchte die beiden aus der Tür. Draußen auf dem Hof des Hauses warteten zwei Motorradpolizisten. Eine Maßnahme, auf die Sir Harold Scott, der Polizeichef bestanden hatte. Angesichts des Anlasses, so hatte er argumentiert, sei es kaum vertretbar, ein Steckenbleiben im Londoner Verkehr zu riskieren.

Zu Maxines Leidwesen war die Fahrt, auch dank der Polizeieskorte, nach nur zwanzig Minuten vorbei. Sie fuhren durch eines der seitlichen Tore, die den weniger wichtigen Gästen vorbehalten waren, auf das Gelände. Motorräder und Wagen hielten in der weitläufigen Rotunde auf der Nordseite des imposanten Gebäudes. Maxine sprang vom Fahrersitz und öffnete mit großartiger Geste den hinteren Wagenschlag. Sie stiegen aus und sofort trat ein hochgewachsener Major der Royal Marines auf sie zu. »Superintendent, Ma'am, ich darf Sie nach oben begleiten, wenn Sie erlauben.« Er schenkte ihnen ein zurückhaltendes Lächeln und machte eine einladende Geste, ihm durch das riesige, grau-beige Portal unter einem großen ovalen Standerker zu folgen. Sie durchschritten mehrere Flure, passierten scheinbar zahllose Türen, Gemälde und Statuen. Von einer großen Marmorhalle schließlich bogen sie in einen weniger formell wirkenden Flur und betraten ein fast gemütlich wirkendes Zimmer, welches von einem großen Schreibtisch und zahlreichen Bücherwänden dominiert wurde. An einer Seitenwand brannte ein großer Kamin und zwei Männer standen leise plaudernd davor.

»Ah, da sind ja unsere Hauptpersonen.« Sir Philip Game wandte sich lächelnd den Norcotts zu und küsste Vicky dabei formvollendet die Hand. Neben ihm hatte General Horrocks gestanden, der seine Freunde nun ebenfalls begrüßte. »Hallo, Vicky. Charles. Was für ein wundervoller Tag.« Sie tauschten, dem Ort angemessen, nur leise einige Worte aus. Selbst auf Sir Philip Game, der in seinen ehemaligen Positionen als Vice Marshal der Royal Air Force und als britischer Polizeichef mehrmals in den Räumlichkeiten zu Gast gewesen war, schien der Ort eine achtunggebietende Wirkung zu haben.

»Übrigens«, sagte Charles Norcott leise, »wir haben eine Einladung zur Hochzeit von Jack de Vercenne bekommen. Er und Janna werden am sechsten Dezember auf Sandford Hall heiraten. Ich bin schon ...«

Das Eintreten eines Admirals der Royal Navy unterbrach ihn. In die sofort eintretende Stille hinein fixierte der Offizier einen Punkt jenseits der hohen Fenster des Raumes und sagte schlicht: »Der König.«

Zwanzig scheinbar endlose Sekunden später betrat Georg VI., Herrscher des Vereinigten Königreichs Großbritannien und Nordirlands, Kaiser von Indien, den Raum. In seiner Begleitung war auch Sir Harold Scott, der amtierende britische Polizeichef.

Der König, der wie immer leise sprach, begrüßte Vicky und Charles Norcott mit großer Herzlichkeit, ebenso wie Sir Philip und General Horrocks. Der Adjutant des Königs, Admiral Sir Arthur Parker, ließ die Norcotts in zwei offenbar stark benutzten Ledersesseln Platz nehmen. In einem dritten Pendant nahm der Monarch Platz.

»Ich freue mich, Sie endlich kennenzulernen, Superintendent. Ihr Name ist mir schon einige Male begegnet. Und heute, am Tag der Hochzeit meiner Tochter, ergibt sich endlich eine Gelegenheit.«

Sie führten eine kurze, freundliche Unterhaltung, während der sich Georg VI. nach verschiedenen Dingen erkundigte, während die anderen Männer sich im Hintergrund hielten und auf einen bestimmten Moment warteten. Schließlich räusperte sich Admiral Parker kaum hörbar und der König sah auf. »Nun. Dann wollen wir zur Tat schreiten.« Geräuschlos trat ein weiterer Offizier aus der Begleitung des Königs vor. Er überreichte dem König ein gerolltes Stück Pergament, der es jedoch zurückreichte und sich stattdessen ein mit dunkelrotem Samt überzogenes Kästchen geben ließ. Er stand auf und sofort erhoben sich mit ihm die Norcotts. »Superintendent Charles Norcott, Sie haben Ihrem Land und Ihrem König einen großen Dienst erwiesen. Und dies nicht zum ersten Mal, wie Sir Harold und Sir Philip mir lebhaft versichert haben. Als kleines Zeichen unserer Dankbarkeit ernenne ich Sie zum Companion des Bath-Ordens. Durch die Umstände, die immer noch Geheimhaltung erfordern, kann ich Ihnen diese Auszeichnung nicht in der üblichen Öffentlichkeit verleihen. Ich weiß, Sie sehen es uns nach.« Der König lächelte scheu und suchte den Blick von Admiral Parker. Der gab ein Zeichen und ein livrierter Diener erschien mit einem Tablett, das mit einem Tuch verdeckt war.

Der König wandte sich nun an Vicky Norcott. »Mrs. Norcott, niemand weiß mehr als ich, wie wichtig eine Gefährtin ist, die uns Rückhalt und Mut gibt. Ich durfte Ihren Mann heute auszeichnen, möchte aber auch Ihnen ein kleines Zeichen der Dankbarkeit überreichen.« Er schlug das Tuch über dem Tablett beiseite und nahm ein kleines gerahmtes Aquarell in die Hand. »Ich weiß, Sie sind Künstlerin und Waliserin. Vor einigen Jahren habe ich glückliche Tage in Wales verbringen dürfen und diese beiden Aquarelle sind dabei entstanden. Es sind Ansichten der Three Cliffs Bay auf der Gower-Halbinsel. Nur Übungen eines Malschülers, aber vielleicht möchten Sie sie von mir annehmen? Ich würde mich freuen.«

Wieder hüstelte Admiral Parker und der König schien aus den Betrachtungen aufzuschrecken. »Leider muss ich Sie nun verlassen«, sagte er, nickte den Anwesenden noch einmal zu und verließ den Raum, so ruhig und leise, wie er erschienen war. Die Adjutanten folgten dem Monarchen und zurück blieben die kleine Schar und der Diener, der immer noch das Tablett mit den beiden Aquarellen hielt. Sofort aber erschien wieder der Major der Royal Marines. »Wenn Sie erlauben,

Ma'am, kümmere ich mich später um den Transport der Gemälde und bringe Sie dann jetzt alle zur Kirche?«

Alle nickten, nur Sir Harold Scott sagte: »Major, wenn Sie uns noch zwei Minuten privat geben? Dann folgen wir Ihnen gern.«

Der Offizier konsultierte kurz seine Armbanduhr, lächelte dann aber freundlich. »Selbstverständlich, Sir Harold, ich warte dann auf Sie im Marmorsaal.«

Nachdem der Offizier und der Diener verschwunden waren, gratulierten alle Charles Norcott und Sir Harold überreichte zusätzlich ein schlankes Paket. »Hierin ist alles, was Sie sich gewünscht haben, Charles. Der König und der Innenminister waren einverstanden, wie von Ihnen vorgeschlagen, Nigel Ward posthum die Georgs-Medaille für besondere Tapferkeit zu verleihen. Aus den beiliegenden Papieren geht hervor, dass die seinerzeitige Entlassung von DC Ward nur ein Manöver war und er bis zum seinem Tod, undercover, im aktiven Polizeidienst gestanden hat. Seine Mutter hat somit Anspruch auf die volle Pension und auf den Ehrensold, der mit der Georgs-Medaille verbunden ist.«

»Danke, Sir Harold«, erwiderte Norcott. »Das bedeutet mir sehr viel.«

»Wir dienen dem Recht. Und das hier ist gerecht«, sagte Sir Harold und übergab das Päckchen.

»Dann wollen wir jetzt zur Kathedrale gehen und zusehen, wie Prinzessin Elizabeth ihren Philip heiratet!«, sagte General Horrocks. »Was für ein wundervoller Tag.«

* * *

The crime of loving is forgetting.
Maurice Chevalier

* * *

Nachwort

Beginnen möchte ich mein Nachwort mit dem Dank an die Menschen, die mir Mut gemacht, mich im Schreibprozess unterstützt oder meine scheinbar zahllosen Fragen beantwortet haben. Ein besonderer Dank geht an die Leser meines Kriminalromans *Crossroads*, die mit engelsgleicher Geduld meinen manchmal lahmenden Schreibprozess zu *Erased* ertragen haben und nicht müde wurden, mich zu bestärken und nach Lesenachschub zu fragen.

Ein sehr spezieller Dank geht an meine Lebensgefährtin Tonie, die sich zu den unterschiedlichsten Tages- und Nachtzeiten Sätze, Abschnitte oder ganze Kapitel anhörte, ohne dabei jemals die Geduld zu verlieren, die mich mit Rat und oft genug auch mit Essen und Trinken versorgt hat, ohne zu murren.

Wie bereits im ersten Kriminalroman um Charles Norcott habe ich mich auch in *Erased* um größtmögliche historische Korrektheit bemüht. Die desolate Lage des Vereinigten Königreiches im Jahr 1947, sowohl in wirtschaftlicher als auch in politischer Hinsicht, entspricht den Tatsachen. Das Land gehörte zu den Gewinnern des schrecklichen Zweiten Weltkrieges und hatte doch verloren. Es war ein Pyrrhussieg im klassischen Sinne. Der Krieg hatte die Kräfte des Imperiums ausgelaugt. Gleichzeitig begannen die Völker in den Kolonien aufzubegehren. Indien, das Kronjuwel des britischen Kolonialreiches war nicht zu halten und auch in zahlreichen anderen *Schutzgebieten* verlangten die Menschen nach Unabhängigkeit.

Die in dieser Situation einsetzende Diskussion um die Atomforschung und insbesondere die Atombombe fand, wie dargestellt, statt. Alle aufgeführten Geschehnisse entsprechen den Tatsachen, wurden nur an einzelnen Stellen zeitlich etwas gerafft, um sie der Kernhandlung anzupassen.

Zu denjenigen historischen Personen, die in *Erased* eine aktive Rolle spielen, finden sich Anmerkungen im Glossar.

Glossar und Verzeichnis historischer Personen

ATS

Der Auxiliary Territorial Service (ATS) war die Frauenabteilung des britischen Heeres während des Zweiten Weltkriegs. Er wurde 1938 gebildet und war zunächst auf typische Frauentätigkeiten, z.B. als Köchinnen oder Schreibkräfte beschränkt. Die Größe des ATS wuchs mit dem Krieg an und erreichte im September 1941 über 65.000 Mitglieder. Es kamen immer neue Aufgabenbereiche hinzu, wie z. B. Krankenpflegerinnen, Fahrerinnen, Postmitarbeiterinnen und Munitionsprüferinnen. Bei Kriegsende zählte der ATS über 190.000 Mitglieder.

Avebury

Im Dorf Avebury in der Grafschaft Wiltshire, etwa siebzig Kilometer südwestlich von Oxford, gibt es tatsächlich beachtliche Steinkreise. Die Steinkreis-Anlage umfasst inklusive des umgebenden Walls eine Fläche von ca. 15 Hektar. Er besteht aus dem großen äußeren Kreis und zwei kleineren inneren Kreisen. Angelegt wurden die Steinkreise ca. 2600 bis 2500 v. Chr. Sie gehören zum Weltkulturerbe der UNESCO. Eine über den Steinkreis hinausgehende Befestigung oder Burg hat es nach derzeitigem Wissen nie gegeben. Avebury Castle ist meiner Fantasie entsprungen.

Bletchley Park

Bletchley Park ist ein Landsitz in der englischen Stadt Bletchley in der Grafschaft Buckinghamshire und liegt etwa siebzig Kilometer nordwestlich von London. Auf dem Gelände war während des Zweiten Weltkriegs die zentrale militärische Dienststelle untergebracht, die sich erfolgreich mit der Entzifferung des deutschen Nachrichtenverkehrs befasste. Alle Vorgänge rund um Bletchley Park wurden relativ lang (bis 1973) als *Streng geheim* unter Verschluss gehalten. *Erased* spielt mit dem unbestätigten Gerücht, dass hier auch Geheimagenten und Saboteure ausgebildet wurden. Da tatsächlich auf dem Gelände die sogenannte *Intelligence School* untergebracht war, in der dem betreffenden Personal Deutsch, Italienisch und Japanisch beigebracht wurde, gab es immer Gerüchte, dort würden auch Agenten für den Außendienst mit unterrichtet.

Bobby

Freundlicher Spitzname für einen britischen Streifenpolizisten. Die Bezeichnung entstand im 19. Jahrhundert als Kennzeichnung für die Männer, die vom Innenminister Robert ›Bob‹ Peel, zur Sicherstellung der Ordnung auf die Straße geschickt wurden. 1829 hatte Peel beschlossen, die Art der polizeilichen Bewachung Londons zu reorganisieren und gründete die Metropolitan Police, die erste uniformierte Polizeitruppe im Vereinigten Königreich.

Corporal E

Die *Corporal E* war eine ballistische Kurzstreckenrakete der U.S. Army. Sie absolvierte in den Morgenstunden des 22. Mai 1947 ihren ersten Testflug, der vollständig erfolgreich verlief. Von ihrem Startplatz LC33 auf den *White Sands Proving Grounds* in Neu-Mexiko aus legte sie einen komplett ferngesteuerten Flug bis in eine Höhe von 39 km und eine Entfernung von 100 km zurück.

Cummins, Gordon Frederick

Gordon Frederick Cummins, (1914 - 1942), der so genannte *Blackout Ripper* war ein britischer Serienmörder. Cummins, der Soldat der Royal Air Force war, nutzte die Verdunkelung während deutscher Bombenangriffe, um mindestens vier Frauen umzubringen. Dazu kamen zwei Mordversuche und zwei weitere Morde, die ihm später, nach seiner Verurteilung noch angelastet wurden. Der Name *Blackout Ripper* ist an *Jack the Ripper* angelehnt, da beide Mörder ihre Opfer verstümmelten. Cummins wurde nach einer der kürzesten Verhandlungen der britischen Kriminalgeschichte am 24.06.1942 im Wandsworth Gefängnis während eines deutschen Luftangriffes gehängt.

Chichele-Lehrstuhl zur Geschichte des Krieges

Der Chichele-Lehrstuhl für Kriegsgeschichte (englisch: *Chichele Professorship of the History of War*) gehört zum All Souls College an der University of Oxford. Namensgeber war der Erzbischof von Canterbury (1414–1443) und Begründer des All Souls Colleges Henry Chichele. Der 1909 gegründete Lehrstuhl wird seither durch bekannte Militärhistoriker besetzt.

Distinguished Conduct Medal

Die Distinguished Conduct Medal (DCM) war, nach dem Viktoria-Kreuz, die zweithöchste Tapferkeitsauszeichnung in der britischen Armee. Die DCM wurde nur an Nicht-Offiziere, also Mannschafts- und Unteroffiziersdienstgrade, verliehen.

Game, Sir Philip

Sir Philip Game (1876 - 1961) war ursprünglich Offizier der Royal Air Force (letzter Dienstgrad: Air Vice-Marshal). Nach seinem Abschied vom Militär wurde er zum Gouverneur von New South Wales ernannt und blieb fünf Jahre auf diesem Posten (1930–1935). Ab November 1935 war er Police Commissioner der London Metropolitan Police und blieb es bis zum Juni 1945.

Falls, Cyril

Cyril Bentham Falls, CBE (1888 - 1971) war ein irisch-britischer Militärhistoriker, Schriftsteller und Journalist. Falls war im Ersten Weltkrieg Captain in der britischen

Armee und wurde mehrfach ausgezeichnet. 1923 bis 1939 war er an der Erstellung der offiziellen britischen Militärgeschichte des Ersten Weltkriegs beteiligt und ab 1939 militärischer Korrespondent der *The Times*. 1946 bis 1953 war er Chichele Professor of the History of War an der Universität Oxford. Einem größeren Publikum war er vor allem als Experte für den Ersten Weltkrieg bekannt. Er schrieb aber auch, mit viel Leidenschaft, Literaturkritiken und verfasste einen satirischen Science-Fiction-Roman *The Man for the Job: A Story for Commissars* (1947) sowie ein Buch über Rudyard Kipling.

Häuser für Helden

Der in *Erased* benutzte Slogan *Häuser für Helden* lehnt sich an das Versprechen an, das der britische Premierminister Lloyd George in seiner berühmten Wolverhampton-Rede 1918 gab: »to build homes fit for heroes«. *Homes for Heroes* wurde in den folgenden 1920er Jahren eine oft benutzte Losung, um die Regierung an soziale Versprechen zu erinnern. Da sich die Situation der Millionen Kriegsheimkehrer nach 1945 nicht nur mit der Situation 1918 vergleichen lässt, sondern deutlich schlimmer war, wurde der Slogan in das Jahr 1947 versetzt.

Inklings
Die Inklings, wohl am ehesten mit »Tintenkleckser« zu übersetzen, war eine Gruppe von Intellektuellen, die sich in den 1930er Jahren an der University of Oxford um den Dozenten und Schriftsteller C. S. Lewis bildete. Neben Lewis zählten J. R. R. Tolkien, Charles Williams und Dorothy L. Sayers zur Gruppe. Die Diskussionsrunden der »Inklings« fanden oft in einem Pub Oxfords, dem »The Eagle and Child« statt. Dort diskutierte man generell über zeitgenössische Literatur, aber auch über eigene Werke.

Lewis, Clive Staples
Lewis (1898 - 1963) war ein irischer Schriftsteller und Literaturwissenschaftler. Er lehrte u.a. am Magdalen College der University of Oxford und der University of Cambridge. Weltbekannt wurde Lewis durch seine Kinderbuchserie *Die Chroniken von Narnia*. Ebenfalls bekannt ist die Science-Fiction-Trilogie *Perelandra*. Lewis gehörte, wie D.L. Sayers, zur Schriftstellergruppe der »Inklings« in Oxford.

McMahon Act
Im August 1946 verabschiedete der U.S.-Kongress den sogenannten Atomic Energy Act, der inoffiziell nach seinem Initiator, Senator Brien McMahon, auch als McMahon Act bekannt wurde. Kern des Gesetzes war die Einschränkung, dass die Weitergabe von Forschungsergebnissen an das Ausland, je nach Brisanz der Informationen, mit lebenslanger Haft oder sogar

dem Tod geahndet werden konnte. Die Verabschiedung des McMahon Acts war faktisch ein Bruch des mit Großbritannien und Kanada geschlossenen Quebec-Abkommens.

MI5

Der Security Service (auch bekannt als MI5, nach der historischen Bezeichnung: Military Intelligence, Section 5) ist der britische Inlandsgeheimdienst. Der MI5 untersteht, entgegen seiner alten Bezeichnung nicht dem Militär, sondern dem Innenministerium.

MI6

Der MI6 wurde 1909 zusammen mit dem MI5 und weiteren militärischen Nachrichtendiensten als Teil des Secret Service Bureau gegründet. In der ursprünglichen Aufgabenteilung war der MI6 ursprünglich für die Marine zuständig, spezialisierte sich dann aber zunehmend auf Auslandsspionage.

NKWD

NKWD steht für *Narodnyj kommissariat wnutrennich del* -Volkskommissariat für innere Angelegenheiten - einem Synonym für das Innenministerium der UdSSR. In seiner Geschichte war das NKWD einerseits klassisches Innenministerium, aber gleichzeitig auch politische Geheimpolizei und Geheimdienst.

Old-Hands

Als *Old Hands* bezeichnet man Menschen, die über eine tiefgreifende Erfahrung verfügen und langjährig in ihrem Beruf tätig waren. Gerade im Bereich der Sicherheitsorgane - Militär, Polizei, Geheimdienst - wird der Begriff oft benutzt.

Portal, Sir Charles

Sir Charles Portal (1893 - 1971) war britischer Luftwaffenoffizier. Er schied 1945, im Range eines *Marshal of the Royal Air Force* aus dem aktiven Militärdienst aus. Von 1946 bis 1951 war Portal *Controller of Production* für Atomenergie im Versorgungsministerium. Seine Effektivität dort wird historisch unterschiedlich betrachtet. Christopher Hinton, im Ministerium für die Produktion fossiler Brennstoffe verantwortlich, äußerte sich so: »I cannot remember that he ever did anything that helped us.« Sir Charles Portal wurde 1945 zum *Baron Portal of Hungerford* und ein Jahr später zum *Viscount Portal of Hungerford, of Hungerford in the County of Berkshire* erhoben.

Post-Poliomyelitis-Syndrom

Teilweise erst Jahre oder Jahrzehnte nach einer Polio-Infektion tritt das Post-Poliomyelitis-Syndrom als Spätfolge auf. Dessen Symptome sind extreme Müdigkeit, Muskelschmerzen und Muskelschwund in neuen und früher schon betroffenen Muskeln, aber auch Atem- und Schluckbeschwerden.

RAF Intelligence

Offiziell gegründet wurde der Geheimdienst der Royal Air Force 1939, bei Beginn des Zweiten Weltkrieges. Bereits vorher, seit Bildung selbständiger Luftwaffeneinheiten 1918, bestanden auch kleinere Einheiten des militärischen Nachrichtendienstes, speziell auf die Bedürfnisse der britischen Luftwaffe ausgerichtet.

Room 39

1912 gegründeter Geheimdienst der britischen Royal Navy. Die eigentlich korrekte Bezeichnung lautete *Naval Intelligence Division* (NID). Als *Room 39* wurde der NID nach der Zimmernummer benannt, die sein Leiter im Gebäude der Admiralität hatte.

Sayers, Dorothy L.

Dorothy Leigh Sayers (1893 - 1957) war eine englische Schriftstellerin und Übersetzerin. Ihre Kriminalromane, insbesondere die in der Londoner High-Society spielenden Lord-Peter-Wimsey-Romane haben sie bekannt gemacht.

Diese Romane gelten heute als wichtige Werke der klassischen Detektivgeschichte, wie sie für die Zeit zwischen den beiden Weltkriegen typisch war. Später hat sie sich vom Kriminalroman ab- und der Übersetzungsarbeit zugewandt. Während ihrer Zeit in Oxford verfasste die Autorin tatsächlich auch das im Gespräch mit Charles Norcott erwähnte *Traktat zur Kunst des Lernens* (Originaltitel: The Lost Tools of Learning). Es basiert auf der Idee, die drei Hauptfächer des mittelalterlichen Lernens, Grammatik, Logik und Rhetorik wieder in den Vordergrund zu stellen, da mit der Beherrschung dieser Fächer jedes Fachproblem zu lösen sei.

Einen Roman *Der italienische Tote*, in dem es um die internationalen Literaturszene und gefälschte Aufzeichnungen von Dante Aligheri geht, hat Sayers leider nie geschrieben. Dies entsprang meiner Fantasie.

Scott, Sir Harold

Sir Harold Richard Scott (1887 – 1969) war Commissioner der Metropolitan Police von 1945 bis 1953. Seine Ernennung zum britischen Polizeichef war nicht unumstritten. Traditionell wurde dieser Posten mit Polizisten oder ehemaligen Militärs besetzt. Scott hingegen hatte seine Karriere im Innenministerium gemacht, war aber u.a. auch Vorsitzender der Gefängnis-Kommission. Es gelang ihm in seiner Amtszeit, die beruflichen Bedingungen und die Ausrüstung britischer Polizisten nachhaltig deutlich zu verbessern, ohne gleichzeitig den Etat zu erhöhen. Er galt als geschickter Verhandler und schrieb mehrere Fachbücher zur Polizeiarbeit.

Spilsbury, Sir Bernhard

Sir Bernard Henry Spilsbury (1877 – 1947) gilt als einer der bekanntesten britischen Pathologen der Geschichte. Er war an zahlreichen berühmten Kriminalfällen beteiligt, u.a. am Hawley-Harvey-Crippen-Fall, dem Seddon-Fall und den Giftmorden des Major Herbert

Rowse Armstrong. Spilsbury war bei Verteidigern und Staatsanwälten gleichermaßen für seine dominanten Gerichtsauftritte gefürchtet. Spilsbury starb durch eigene Hand, hauptsächlich, weil er den frühen Tod zweier Söhne nicht verwinden konnte.

* * *